春风
好美
-04-

平生一诺

叶紫 /著

百花洲文艺出版社
BAIHUAZHOU LITERATURE AND ART PRESS

图书在版编目（CIP）数据

平生一诺 / 叶紫著. — 南昌 : 百花洲文艺出版社, 2017.9

ISBN 978-7-5500-2434-2

Ⅰ. ①平… Ⅱ. ①叶… Ⅲ. ①言情小说 - 中国 - 当代 Ⅳ. ①I247.5

中国版本图书馆CIP数据核字(2017)第215582号

出 版 者　百花洲文艺出版社
社　　址　江西省南昌市红谷滩世贸路898号博能中心A座20楼　邮编：330038
电　　话　0791-86895108（发行热线）　0791-86894790（编辑热线）
网　　址　http://www.bhzwy.com
E-mail　bhzwy0791@163.com

书　　名　平生一诺
作　　者　叶紫
出 版 人　姚雪雪
责任编辑　李梦琦　李　瑶
特约编辑　廖晓霞
封面设计　刘　艳
内页设计　cain酱
经　　销　全国新华书店
印　　刷　长沙鸿发印务实业有限公司（长沙黄花工业园三号　邮编410137）
开　　本　880mm×1230mm　1/32
印　　张　10.5
字　　数　336千字
版　　次　2017年11月第1版
印　　次　2017年11月第1次印刷
书　　号　ISBN 978-7-5500-2434-2
定　　价　34.80元

赣版权登字：05-2017-376

目录
CONTENTS

目录

CONTENTS

楔子

P I N G S H E N G Y I N U O

丁子君整理了下妆容才走出电梯，对着前台小姐有礼貌地说："我找一下郑总。"

前台小姐看了她一眼："有预约吗？"

丁子君失笑，倒是从来没想过如今找他也需要预约，她笑笑："没有。"

前台小姐颇不耐烦道："没有预约，郑总是不会见你的。"

"你要不要先通报一声，看他愿不愿意见我？"丁子君依然好脾气地问。

"对不起，这样不符合规定。"前台小姐一口拒绝了她。

丁子君抬腕看了下表，快到下班时间了，不怕他不出来，她在门口会客的沙发上坐下，无视前台小姐投射过来的奇异目光。她想着一会儿要跟他说的话，心中有些许的忐忑和紧张。

总要有个人先踏出这一步的，不是吗？

公司门前人来人往，每个人行色匆匆，有被迎进去的，也有像她这样被拒在门外的。

丁子君歪头想着心事，她才出差回来，旅途劳顿，她窝在沙发上，渐渐打起了瞌睡。

梦里仿佛又回到那段无忧无虑的时光。

她从背后捂住那个正专心看书的白衣男孩的眼睛，轻声地问："猜猜我是谁？"

男孩把她拉到身前，揽她入怀，眼神无比温柔。

她正好梦，有人推醒了她。她睁开眼，入眼是郑超放大的笑脸。他抚了抚她的发顶：“怎么在这里睡着了？”

“等你呗。”丁子君笑笑。

“为什么不给我打电话？”

丁子君微笑：“刚下飞机就过来了，手机没电了。”

“让我猜一猜你迫不及待找我的原因。”郑超眼角眉梢俱是笑意。

丁子君脸颊微微发烫。

“莫非你答应跳槽过来帮我了？”郑超表情愉悦。

丁子君一时有些发蒙，良久才反应过来，郑超曾多次提过希望她能去他的公司任职，每一次她都回绝了，没想到他还没死心。她情绪有些低落，声音哑哑的：“不是。”

郑超挠挠头皮：“那还有什么事？”

就在这时，手机铃声响起，他接听后，很快挂断，拉起丁子君。

“走，吃饭去。”他顿了顿，似乎还有点不好意思，“给你介绍一个人。”

“谁？”

“我女朋友。”

Chapter 1
第一次见到你

P I N G S H E N G Y I N U O

丁子君站在男生公寓楼下，脑中斟酌着今天吴阿姨和她说的话：“子君啊，阿姨打许辉的电话打不通，你去宿舍找一下他，帮阿姨捎句话吧，让他周末回一趟家，他叔叔来了。”

她当时脑袋一热就答应了，直到现在才开始后悔，许辉虽然是她青梅竹马一起长大的，可毕竟是男生，她怎么能堂而皇之地进男生公寓呢？

随着公寓楼门口来来往往的男生越来越多，投射在丁子君身上诧异的目光也越来越炽烈。

终于，她拍拍脸，鼓起勇气，平生第一次踏入男生公寓。

宿管阿姨眼皮都没有撩一下，直接放她进去了。丁子君垂头，下意识地搓了搓自己额前的碎发，暗想，宿管阿姨估计是知道，她这只绵羊是不会对这一窝的野狼造成丁点伤害的。

沿着楼梯垂着脑袋上楼，丁子君眼睛死死地盯着光滑的大理石地面，连头都不敢抬一下，可是即便这样，视野范围内还是时不时地闪过趿着拖鞋满楼道溜达的睡眼惺忪的男生。

“哟，小美女，你找谁呢？整栋楼我都熟，哥哥帮你带路啊。”

好不容易摆脱了骚扰者，丁子君正抓着扶手准备继续上楼时，却不想被另一个男生拦住了去路。她抬头，眼前的人穿着哈伦裤，头发像是点了炮仗的鸟巢，凌乱得可以，眼泡浮肿，黑眼圈都快蔓延到双颊了。

面对这样浑身洋溢着猥琐邋遢气息的男生，丁子君没有半点要搭讪的兴趣，微微侧了下身子，不发一言地径直上楼。

身后传来一声若有似无的嗤笑声：“哟呵，还挺烈。”

丁子君恨不得把扶手上的漆皮给抠下来，忍了半天，还是涨红着脸慌不择路地逃跑了。

许辉住在五楼503，一路爬上来，丁子君觉得自己跟取经似的，一楼一个劫难啊，等到爬到503时，她都想哭了。

她抬手敲门，里头传来一声沉闷的回应：“稍等。”

不是许辉。

“请问许辉在吗？”

这次里头的人没有回应，丁子君正诧异着，门就打开了，循着打开的门缝，她的视线渐渐聚焦在一堵挂着水珠的胸膛上。

脑海中自动成像，肌肉纹理分明，不是很夸张，带着恰到好处的健硕，腰腹间的八块腹肌历历在目，水珠沿着肌肉间的沟壑滑下来，最后隐在浴巾的边沿下。

几乎是同一时间，丁子君就不可自抑地尖叫出声，如果说看是神经反射的话，那么，尖叫，就应该是本能反应了。

长这么大，头一次看到半裸的男生，并且在这么诡异的气氛下，丁子君明显地感觉到，自己的脸要燃起来了。

她仓促地转过身，双手拍着自己发烫的脸颊，努力地让视线锁在对面宿舍的门板上。

“流氓！你就不能穿上衣服再开门吗？”她的声音有点结巴，却还是下意识地吼出声。

想着刚才一路上遇到的猥琐男，丁子君着实有些崩溃，虽然眼前的人长得干净好看，可是终究挡不住他这副流氓做派。

明知道敲门的是女生，却依旧不穿衣服来开门，并且在看到来人后，还能这么淡定地杵着，这很难让丁子君相信，他不是故意的。

身后传来窸窸窣窣的声响，大约是那个流氓在穿衣服，声音停止后，他的脚步声传来，最后在她身后站定。

丁子君清了清嗓子，局促地搓着自己的刘海，慢吞吞地回过头，确定那个人已经穿戴整齐后，才偷偷地呼了口气，小心地抬起头。

“咳咳，我找许辉，他在吗？”

眼前的人穿着白衬衫和休闲裤，整个人看起来清爽干净，不过即便这样，他半裸调戏清纯小女生的流氓形象已经在丁子君的脑海里根深蒂固，再难拔除了。

“你觉得我是调戏小女生的流氓？”看到她眼底的不屑，他嘴角上扬，语气轻松地调侃。

“换成肯定句更合适。”丁子君看着径直向自己走来的人，下意识地后退一步，满脸戒备。

对面的人失笑出声，优哉游哉地走到她面前，慵懒地靠在门框上，眼睛眯起，眼尾俱是玩味：“既然小学妹这么说，那么，我有必要解释一下，不自报家门的人是你，盯着我胸口看的人是你，并且擅自闯进男生公寓的也是你。”

说到这里，他又笑出声，继续调侃：“这样胆大包天的小学妹说我是流氓，你觉得合适吗？”

这个人比刚才那个调侃自己的猥琐男更可恨，不怕流氓会打架，就怕流氓有文化，面对这样一个冠冕堂皇的当流氓的人，丁子君深刻感觉到自己已经处于弱势了。

既然说不过去那就转移话题好了。

“我来找许辉，他不在的话我就先走了。”

“哦，这样啊，他很快就回来，怎么样？小学妹，要不要进来坐坐？”

看着他眼尾放肆的调笑意味，丁子君恼羞成怒，双颊涨得通红，明知道他是只大尾巴狼，她要是乖乖进去才是脑子灌水了。

“不必了，我一会儿打电话联系他好了。”丁子君仓促地回头，抬步就要走。

身后的人又开口了："既然能打电话，你这次专门闯进男生公寓的目的是什么呢？来见我这个流氓吗？"

丁子君蒙了下，她怎么没想到直接打电话问许辉在哪儿呢，她脑回路里只有吴阿姨那句，你去宿舍找一下他，去宿舍找一下，去宿舍，宿舍……

今天所有的屈辱完全是她自找的，但是这个毫不留情、没有丝毫绅士风度、说话带刺的流氓，她也算结结实实地记在心里了。

"学长，再见。"自认倒霉的丁子君咬牙切齿地道别，恨不得把身后那个人调笑的脸皮撕下来，揣在手里狠狠揉搓一通。

看着小学妹离开，郑超嘴角的微笑消弭，眼底开始泛起嘲讽，像她这样欲拒还迎、矫揉造作的女生他见得多了，她想要通过这种方式来吸引他的注意吗？

可惜，她实在想多了，他郑少爷还真没有那个心思陪她玩少女游戏。

所谓过犹不及，指的就是她吧。装得太过了，就容易让人厌烦了。

关门回宿舍，郑超坐进椅子里，长腿搭在桌子上，整个人散漫地后仰，他抬头看着天花板，微微出神。

那个女生长得倒是挺好看，真是可惜了那张娇俏的脸。

一路狂奔出了男生公寓，直到站在女生公寓楼下，丁子君才深深地吐了口气，浑身解放。

第一次去男生宿舍的感觉不是太好，压抑、局促、不安，偏生又遇到一个流氓，这让她余生都得留阴影。

抬头挺胸地回了自己宿舍，丁子君整个人摔进椅子里，侧着腰把兜里的手机掏出来，拨了电话给许辉。

"许辉，你在哪儿呢？"

对方似乎在室外，周围人声鼎沸，轰隆隆的一片噪声，丁子君把手机拿离了耳边，对着话筒吼了一声："你在哪儿呢？好吵啊！能不能找个清静的地方，我有事和你说。"

没过一会儿，电话那头的噪声就小了下来，许辉的声音清凌凌地传过来："怎么了？刚才在学生会开会呢。"

"没什么要紧事，就是吴阿姨让我给你捎个话，说是你叔叔回来了，让你周末回家。"

"知道了。"

"那好，你忙吧，我没什么事了。"丁子君把手机拿开，正准备挂电话，那头却又传来说话声，她巴巴地凑上去。

"我听郑超说刚才有人上宿舍找我了，不会是你吧？"

从许辉说话的口气就可以判断出，他不过是用反问语气来陈述这个事实，自然，她也完全没有必要垂死挣扎。

"咳咳，我当时蒙圈了，纯属意外事故，我绝对不是故意擅闯男寝的。"

"没关系，反正我们的公寓离得近，你要是不嫌爬楼梯累的话可以经常光顾。"

不尴不尬地闯了男寝这样的丢人事件就被许辉轻描淡写地带过去了，感动之余，丁子君不禁想到那个对她极尽挖苦嘲讽之能事的流氓。

叫郑超是吧，如果他能有许辉一星半点的绅士风度，她也不会像现在这样讨厌他。

当然，对于那个陌生男生的厌烦连同擅闯男生公寓一起，被丁子君以丢脸为由统统抛诸脑后了。

用阿Q精神给自己洗脑了半天，丁子君终于对今天的事件彻底释怀，不就是去了趟男寝嘛，不就是见了个流氓嘛，不就是有点丢人嘛，又不疼不痒。

她垂头捏了捏腰间的肉，自嘲道，这不也没掉块肉嘛。

下午是市场营销和高数，宿舍里其他几位大神睡得天昏地暗的，丁子君作为唯一一个清醒的，背负着拯救全宿舍的使命雄赳赳气昂昂地赶去上课。

两点三十分准时坐进教室，讲市场营销的小老头已经打开了多媒体准备上课了，丁子君环顾了一下空荡荡的四周，不负众望地开始埋头睡觉。

若是按照以往的惯例来看，小老头这样沉闷绵长、均匀缓速的语调绝对会让丁子君睡得不省人事的，可今天却有些反常，因为鼻尖总是飘散着若有似无的香气。

不是女生用的香水，倒像是沐浴露的气息，淡淡的，清新爽朗，很提神醒脑。

于是，丁子君一反常态地醒来了。

睁开眼，视野突然变窄，面前一个庞然大物，她努力地睁了睁眼，顺带伸了个懒腰。

“睡得挺香，安安分分的，不像上午似的，像只奓了毛的猫崽子。”

面前的人一开口，丁子君就僵在了原地，伸了一半的懒腰也不知道该不该收回，她嘴角抽搐了一下，脑海中好不容易压抑下去的场景又汹涌澎湃地冲出来。

她在男寝看到了这个人的半裸体，这个人的半裸体，半裸体，半裸……

两颊又立刻蹿红，丁子君噌地缩回身子，整个脑袋恨不得戳进书本里，局促得不知道该如何是好。

明明安慰了自己一中午，反正他是个陌生人，只要她不再去男寝，就绝对不会再次遇上他，哪知道，她刚安定下来的小心脏就这样二次受创了。

于情于理，现在该理直气壮的都应该是她啊，耍流氓的可是眼前这个道貌岸然的家伙，为什么到头来反而像是她做了亏心事的模样？

“第 256 页，市场营销的途径与相关风险。”身边的人轻声开口，语气里清浅的笑声让丁子君很是不爽。

不爽之余，丁子君偷偷瞄了一眼自己的页码，192，我的天，小老头讲得真快。

身旁的人静默下来，丁子君趁其不备，抬手唰唰地把书翻到了第 256 页。等到她看到书页上加粗的宋体赤裸裸地写着“市场经济的宏观调控”时，才泪流满面地意识到，自己又被耍了。

身边的人不加掩饰地笑出声，丁子君尴尬又有些羞愤，一张脸涨得通红，微红的双眼，死死盯着那几行大字，恨不得戳几个洞出来。

“你怎么这么喜欢脸红？”

郑超饶有兴致地看着身边连耳根都泛着粉红的女生，一脸的玩味，要不是看她羞得快要哭出来，他可能会忍不住捏捏她的耳垂。

粉粉嫩嫩的，一定可爱得紧。

“你是不是有病，干吗跟着我？”

被他三番五次地调侃，丁子君终于忍无可忍，虽然依旧羞愤，可还是抻着脖子逼问出声，要是她继续蔫下去，难保他不会变本加厉。

“下面请大三的学长郑超上来说说他的学习方法，或者说一些学习心得，大家欢迎。”

耳边骤然响起鼓掌声，郑超应声起身，临走前，还不忘留一句：“很显然，我不是跟着你来的。”

郑超上台后，台下的女生瞬间就疯狂了，小老头还不忘继续煽风点火：“你们不要小看郑超，他可不是靠脸吃饭的，他的各科成绩都是全系第一，明年要保送出国读研究生的，倒是你们一个个的，连市场经济是什么都不知道。像话吗，啊！”

站在台上的郑超比小老头整整高了两个头，小老头说话时，他总是自觉地弯腰，表情认真地聆听，等小老头说完了，他才直起身回答。

干净利落的白衣少年配上这样温暖有爱的绅士行为，台下的少女心不爆棚都不行。

作为唯一一个理智尚存的女生，丁子君很明智地选择逃课，她猫着腰从后门溜走，全然没有注意，郑超讲的就是“市场经济的宏观调控”。

逃课出去，外头的空气明显新鲜许多，丁子君就着凉风拍了拍自己通红的脸颊，深深地吐纳了一口气，平稳了心跳后，才阔步离开了教学楼。

偌大的校园，她却是没有地方可去，百无聊赖地溜达了半天，她还是决定，去骚扰许辉。

郑超都有空来做讲座了，许辉应该不会太忙。

掏手机，拨号，一气呵成。

“许辉，你在哪儿？忙吗？”

那头依旧是轰隆隆的一片噪声，丁子君艰难地又复述了一次，这次许辉终于听清了她的问话。

“还好，正在准备运动会的事，怎么，你找我有事？”

“呃……那个，我下午没课，无聊得很，想找你聊聊天。”

“咦？”许辉有点疑问，但终究没有问出口，话题一转，“那你过来活动室吧。”

“好的，我马上过去。”

挂了电话，丁子君一路飞奔过去。活动室在文体中心，和教学楼中间隔着一片梧桐树，狂奔的同时，丁子君还不忘把看着顺眼的叶子捡起来揣进兜里。

偌大的活动室里，丁子君一眼就看到了人群中间的许辉。

“许辉。”她招手，语气有些兴奋。

人群一拨拨地散开，个个都目光炯炯地看着她，跟X光似的，哗哗哗地扫描过来，丁子君脸上的笑容一点点被刮下去，尴尬地笑笑，收回了卡在半空中的双手。

“来了，无聊的话陪我干活吧。”许辉从人群中走出来，走到她面前，极其自然地搓了搓她额前的刘海，面带微笑地盯着她涨红的脸。

“他们和我是一个班级的，都是你的学姐学长，不要紧张。”看出了她的局促，许辉侧身站在她正前方，挡住了来自身后的种种或好奇或猜疑的目光。

“我能帮你什么？”

“核对各班级参赛的运动员，这里有名单和联系方式。”

许辉回身进了办公室取资料。丁子君抬头看着不远处依旧炽烈的目光，还是不太习惯，她搓了搓刘海，偷偷地转了个身，避开了那些目光。

远处一撮人偷笑，组织部部长忍不住调侃：“总务长的妹妹还真是可爱，见不得别人盯着她看。”

另一个人接茬道：“她哪是许辉的妹妹，她叫丁子君，是许辉的直属学妹。”

“哇哦，这么劲爆，难不成是什么郎骑竹马来，绕床弄青梅的关系？”

“就你这么酸，不能好好说个青梅竹马吗？”

“……”

“你们一个个的，闲得慌了是不是，我把你们召集过来是听你们挖八卦的是不是。”文艺部部长刘雨欣拿着纸卷一个个敲过去。

一伙人作鸟兽散，都咋咋呼呼地叫唤着跑开了。

很快，许辉就出来了，他手里拿着一沓名单。

丁子君伸手接过，随手翻了翻，只是这随手一翻，就让她看到了最不愿意看到的名字。

郑超。

男子四百米接力赛，男子一百米短跑，男子足球赛，男子篮球赛……

“你们班没有人了吗？怎么哪儿哪儿都是这个郑超？”

“我们班估计真的只有他这么一个近乎全才的人了，当然得合理利用。”

“嘁，金玉其外败絮其中。”

“他怎么着你了，你对他这么大的偏见？”

丁子君自然不能说郑超对她耍流氓了，毕竟他是许辉的室友，她还是不要挑拨离间了：“没什么，可能是第一印象不好。”

“他人很好的，能力很强，但凡他想做的，几乎没有不成功的，待人接物，为人方面也很不错，你的第一印象不能作数。”

“装模作样的家伙，你不知道他今天下午去我们班分享学习经验时的样子。”丁子君想起郑超的捉弄，恨得牙痒痒的，“整个披着羊皮的大尾巴狼，虚伪做作。”

“哈哈，我还是头一次见你这么生气地批评一个人。”许辉笑出声，伸手揉揉她的碎发，“不过，你不是说你们下午没课吗？”

某个得意忘形的人收回咬牙切齿的狰狞相，干笑两声，把脑袋钻进名单里，生硬地转移了话题：“咳咳，我先看看其他班的。”

“不着急，你慢慢来，晚上一起吃饭吧。”

“好嘞。”

核对名单其实很简单，无非是给每个班的负责人打电话，确认一下名单上的参赛人员是否可以在运动会当天出席，以保证那天不会出现无故缺勤的情况。这样机械性完全不需要脑力劳动的活，丁子君做得游刃有余，只是在核对到 713 班时，她心里咯噔一下，瞬间凉了。

713 班果真是没有人才啊，运动会主要项目的主力人员是郑超，就连负责人，也是他。

丁子君感觉自己喉咙里像是卡了根刺，吐也不是，咽也不是。

“咳咳，”她清了清嗓子，硬着头皮拨通了郑超的手机，“喂，你好，是 713 班运动会的负责人吗？”

那头没有说话，反而是轻笑一声，过了良久，他才悠悠开口：“我叫郑超，不叫负责人，更不叫流氓。”

被他这么放肆地调侃，话筒这头的丁子君条件反射地开始脸红，磕磕巴巴了半天才反驳：“你们班参加运动会的选手确定下来了吗？”

“你手里有我们班的名单吧？”

“……哦，有，还有联系方式。”丁子君不明所以，一时间无法参透他这么问的原因，只好乖乖地如实相告。

那头的人听了她呆呆傻傻地回答后放肆大笑起来，笑够了之后才开口：“既然有名单你就该知道，整张单子上，主力人员全是我，我还需要确认名单吗？”

对方放肆的笑声让丁子君瞬间崩溃，她火气上涌，又想着反正不是面对面讲话，因此有点口不择言地吼：“篮球你一个人打吗？足球你一个人踢吗？你有没有点团队意识？”

对方似乎是被她骤然升高的声音给震着了，小声地嘟囔了一句：“看着猫似的，嗓门怎么这么大。”

听到那声嘟囔后，丁子君才反应过来，自己刚才有点过激了，仔细想想，他大约也是开个玩笑而已，自己这么大的阵势确实过分了。

“那个，不好意思。总之，你确认一下名单。”

“然后呢？”

“嗯？什么？”就只是确认一下名单而已，如果有特殊情况的话及时报上来，虽然是这么一说，可是这已经临近运动会了，基本上是不会出现意外情况了。

这么做不过是为了确保万无一失而已。

“我是说，如果我确认好了，该联系谁？”

“嗯……”丁子君皱眉，手不自觉地开始搓刘海，这个流氓还真是给她出了一个难题呢，许辉只告诉了她怎么联系别人，可没告诉她别人该联系谁啊。

“那个，要不你就联系许辉吧，你知道他的电话吧？”

“知道。”

“那就行，到时候……”丁子君的话还没说完就被打断。

“我想联系你。”

“啥？我是来帮忙的而已，我不是学生会的，你联系我也没用。”这个思维太奔腾了吧，丁子君无奈，他联系自己有个毛用啊。

不管名单有没有改动，都轮不到她来管。

“好，就这样吧，挂了。”

还没等丁子君想好怎么解释，对方已经挂了电话，听着话筒里的忙音，她深刻地感觉到自己可能和郑超不在一个频道上。

在学生会摸完鱼之后，丁子君抬腕看了看时间，便把名单还给了许辉，准备回宿舍。

“一会儿我给你打电话，一起吃饭。”许辉单手握着名单冲丁子君挥了挥。

已经走到门口的人听闻此话，乐颠颠地冲过来，抬起手肘捅了捅他的腰，奸笑道：“校门口新开的鸭血粉丝汤。”

“好好好，随你。”许辉反手揉了揉她的发顶，脸上满满的纵容的笑意。

“就这么说定了。”

告别了许辉，丁子君沿着小路往宿舍走，路过梧桐树的时候才恍然想起，她给许辉捡的书签还没送出去呢。

回了宿舍，屋子里没有人，丁子君把梧桐叶子扔进暖壶盖子里，浇了一股热水进去，等着叶肉被烫掉。

过了几分钟，黄色的叶肉渐渐变得松软，烫得差不多了，她捏着叶柄把叶子提出来，扯了纸巾擦拭着已经破败的叶肉。

就在这时，门口“咣当”一声巨响，丁子君吓得哆嗦了一下，扔下叶子，起身走到门口。

“李珊珊，你干吗呢？”

门外的人紧贴在门框上，表情有点含羞带怯，丁子君觉得，这姑娘估计是被丘比特一箭给射到墙上了。

墙上贴着的人开口：“你今天上课了吗？”

“去了呀，呃……去了一半吧，怎么了，高数点名了？”

“不是，”李珊珊一脸肠子都悔青了的色，愤懑地嘶吼，“我听小袁他们说，今天下午来了个贼帅的学长，满教室人眼珠子都快蹦出来了，那桃心咣咣往上甩。我看照片了，我的小心脏啊，被帅得不行不行的。”

“不是……你的重点是？”丁子君艰难地想要领悟李珊珊的意思，她口中贼帅的学长不出意外的话应该是郑超。当然，对于郑超长得帅这点，她并不反驳。

她好奇的是，那个金玉其外败絮其中的流氓把李珊珊怎么了，能让这姑娘如此失控。

“我今天为什么就没有去上课呢？我为什么就今天没去上课呢？老娘平时不都是好学生吗，怎么就今天没去呢？”

面对叫骂声满楼道回荡的李珊珊，丁子君有点措手不及，赶紧一把将她扯回宿舍，关上门之后才开口：“骂人就骂人，你列什么排比句。”

“为什么我没去，人家帅哥就来了，难道我命里就没有桃花吗？”李珊珊颓丧地蜷缩在椅子里，可怜巴巴地瞅着丁子君。

后者很淡定地继续把梧桐叶子从壶盖里拎出来擦拭着，对于她这种痛彻心扉的后悔表示不理解：“不就是长得好看点吗，又不能当饭吃，我倒不是排斥外貌协会，我就是觉得，人吧，最重要的还是人品，人品太差的话长得再好都白瞎。”

“郑超人品怎么不好了？他身材好，学习好，有能力，会打篮球、踢足球，会弹钢琴、弹吉他，长得又那么好看，他人品怎么不好了？”

“老大，我就是客观评价一下而已，你能不能别跟只护犊子的老母鸡似的，你把手收回去，杵我的面前我难受。”

李珊珊依言把挥舞到丁子君面前的双手收了回去，临了还不忘翻个白眼给她。

“还有，你说的那一箩筐的好话跟他的人品有一点点关系吗？”为了形象生动，丁子君腾开手，伸出拇指和食指比画了一下一点点是个什么样的概念，“更何况，没有人说人品恶劣的人不可以打篮球，不能踢足球，不能弹钢琴。”

“我说丁子君你丫是不是有病？我家男神挖你家祖坟了，你这么说他？！”李珊珊气不过，一双魔爪直接上来抓丁子君的胸。

丁子君一个激灵从椅子上蹦起来，双手环胸，瞪着眼反击：“李珊珊你怎么和郑超一个德行，俩流氓啊。”

“谁让你说我男神？从今天起，郑超就是我男神，谁要是敢说他一星半点的不是，我李珊珊和她祖宗十八代过不去。”

“呵！”丁子君揉揉发疼的胸口，一脸的鄙夷，“说得你好像见过他本人似的。”

“不对，这个不是重点。丁子君，你刚才说什么来着？什么叫我跟我男神似的，也是流氓，你丫给我把话说清楚了。”

看着李珊珊像是母老虎似的张着血盆大口扑过来，丁子君才忽然意识到自己说错话了，抱着暖壶盖转身就跑。

“丁子君你丫给我解释清楚，是不是郑超也摸你胸了？”

李珊珊最后一句嘶吼被挡在门后，丁子君松了口气，看着楼道上一脸诧异的路人甲，尴尬地笑了笑，垂头搓着自己的刘海赶紧溜进了盥洗室。

晚上接近六点的时候，许辉的电话就过来了，丁子君把压箱底的雪纺裙翻出来套在身上，吹了个空气刘海之后美美地出了门。

校门口新开的鸭血粉丝汤馆是个物美价廉的好地方，环境干净整洁，很适合学生党，丁子君进了餐厅，眯着眼睛环视了一周，最后在靠窗的位置看见了许辉。

他穿了一身休闲装，很是阳光帅气。丁子君看了看他上身的白色卫衣，忍不住打趣道："我们俩的衣服还挺配的。"

"难得看你穿裙子，很漂亮，很适合你。"

许辉毫不吝啬的夸赞，丁子君早已习惯，欣然接受。

入座之后，她才发现了另一个问题："你还叫了别人来吗？"

"我叫了……"

许辉话音未落，丁子君就看到了传说中的这个别人。

他依旧穿着白色衬衫，逆着光走来，身上雾蒙蒙一片，身材颀长，丁子君必须仰着头才能直视他。

她哀叹，为什么她今天就摆脱不了这个郑超了呢？

"哟，这不是你的小妹吗？"

依旧是这副吊儿郎当的痞子德行，所以说，不管他长得有多好看，丁子君始终对他没有一星半点的好感。

"你们俩应该认识了吧，这是我小妹，714班的丁子君。这是郑超，我一个宿舍的好哥们。"许辉面带微笑地替两人做介绍，完全没有看到丁子君眼底呼啸而过的杀意。

对面的郑超风度翩翩地冲丁子君伸出手，若无其事地打招呼："我是郑超，很高兴认识你，我的直属小学妹。"

丁子君自然听得出他刻意重读的那句小学妹，还真是让人气得牙痒痒。

"呵呵，久仰大名，郑超学长给我留下的印象真是刻骨铭心。"丁子君故意没有伸手，就想看着他尴尬出丑。

“是吗？这么说，我该高兴才是。”郑超并没有收回手，而是继续往前伸了伸，在触及她刘海的时候才堪堪停住。

“刘海分叉了。”

听了他的话，丁子君下意识地伸手摸刘海，只是在触及自己的发丝时，她才反应过来，她今天弄的可是空气刘海，哪儿来的分叉。

本来还想把他的手晾在一边让他尴尬一下的，没想到最后却变成自己尴尬了。

手指搓在刘海上，收回来不是，不收回来也不是，于是，丁子君就维持着搓刘海的姿势，窘迫地红了脸。

又被他耍了一次，太丢人了。

神经大条的许辉自然没有看出他们之间的小动作，见两人入座，便叫来了服务生，点了单。

借着这个机会，丁子君终于把手收了回来，顺势戳在菜单上：“多放辣椒，不要醋。”

“你的我知道，郑超你呢？这里的醋好酸，你少放点。”

“那我就相反吧，不放辣椒，多放点醋吧。”郑超靠在椅背上，话是冲许辉说的，眼神却一直锁在丁子君身上，看到她眼底涌上的怒火，才满意地勾起嘴角，用唇语冲她说了一句话。

“郑超你确定吗？一会儿酸得吃不下去可别怪我没提醒你。”许辉点了单后，又要了三杯冷饮。

坐在对面的丁子君完全没有心情研究喝什么，她把脑袋垂得低低的，一只手不停地搓着刘海，即便这样，也依旧掩饰不了她的羞愤。

因为刚才郑超用唇语一字一顿地说道：“你的脸又红了。”

鸭血粉丝汤很快就上来了，三个人埋头开吃，丁子君从始至终不敢抬头，即便是汤太辣了，她也不敢吱声，只能偷偷地吐舌头。

好不容易等到冷饮上来了，丁子君不管三七二十一，拿了一杯咣咣地就往肚子里灌。

她严重怀疑这家店辣椒的真实度，估计是兑了辣椒素，什么辣椒能辣成这样，现在她感觉舌头都不是自己的了，完全就是一块烧红的烙铁。

一杯冷饮下肚，她深呼吸一口气，忍不住吐槽："这个辣椒也太辣了吧，我平常也是这么吃的啊，没感觉这么变态辣。"

对面淡定喝汤的许辉接茬道："大概是学校的辣椒不太辣吧。现在好点了吗？要不要再点一杯冷饮？"

"不用了，刚喝了一杯，现在好多了。对了，我的那杯是什么味的？酸酸的，味道还不错。"

"酸的？你的是杧果味的啊，我按照你平时喜欢的口味买的。"

桌上还有两杯，绿色的是许辉喜欢喝的青苹果味的，还有一杯黄色的，应该是杧果味的，她刚才喝的难道不是自己那杯杧果的吗？

"你喝的是我的蓝莓味的，怎么样，好喝吗？酸酸的。"对面一直默不作声的郑超这个时候才悠悠地插了一句，他伸手把那杯杧果的拿起来放在唇边抿了一口，学她的口气说，"甜甜的。"

那一刻，丁子君想死的心都有了，合着人家不捉弄她了，她还上赶着冲上去找虐，当时脑子辣得冒泡了吗？怎么没看一眼就喝了呢？要是喝了许辉的还好说，偏偏是碰到她一直不对付的这么个人，她真是够倒霉的。

"呵呵……"就这样尴尬着也不像话，丁子君右手不自觉地抬起，下意识地开始搓刘海，一张脸因为狼狈而憋得通红，憋了半天，就只憋出一句，"甜甜的，挺好的。"

正喝着甜甜杧果饮料的郑超差点没一口喷出来，勉强咽下去之后就开始不厚道地大笑。

在他肆无忌惮的笑声中，丁子君搓着刘海，咬牙切齿地想，下次要再和他打一次交道，她就跟他姓。

无比尴尬的晚饭吃完了，丁子君终于解放了，揪着许辉撒丫子就往外跑，只是等出了门，许辉才和她说了个差点让她哭出来的消息。

“子君，让郑超陪你回去吧，学生会有点事，我得去看看。”

“不用，不用，我自己也能走，你们忙。”让她和那个流氓独处，还不如痛快掐死她，既然许辉有事，那她还是赶紧开溜的好。

“没关系，反正我也没事，一起走吧。”身后跟上来的人悠悠地开口，丁子君即便不回头，也能想象得出他那副皮笑肉不笑的嘴脸。

这个赤裸裸的流氓，小人。吃饭的时候三番五次的捉弄还没让他心情舒畅吗？就连吃完饭还不忘硌硬她，让她消化不良。

“行，郑超你送她回去吧，我先走了。”

看着许辉头也不回离开的背影，丁子君扯着刘海，恨得牙痒痒。

“我发现你不仅喜欢脸红，还喜欢搓刘海，尤其在害羞的时候，当然，尴尬的时候也会。”

“呵呵，学长真是明察秋毫。”丁子君艰难地放下搓刘海的手，咬牙切齿地开口。

她想着，如果有可能的话，她恨不得把这个人脸上那抹让人恨得牙痒痒的笑撕扯下来，踩在脚下狠狠跺几脚。

现在这个德行，想逃是不可能了。更何况，理亏的又不是她，她没必要心虚。

抱着这样的心态，丁子君勉为其难地同意和郑超一起回学校。

“你下午逃课了？你们老师查人了，不过好在没有点你的名字。

“教你们市场营销的石老师挺有威望的，是我们学校特意从外头请回来的教授，以后你尽量别逃他的课，跟着他能学到挺多的。

“你们今年也开了高数了，我们在大二下学期才开的，高数绝对是女生的死穴，我们班那个时候有一半的女生都挂了。

“……”

身边的人跟个唐僧似的一路上唠叨个没完，丁子君倒是没了紧张尴尬的情绪，反而是觉得他烦得厉害，难道他本来就是这么磨叽的人吗？

到了女生公寓楼下，丁子君忍无可忍地开口：“你是一个话痨吗？跟一个陌生女生哪来这么多话。”

“其实我也不想说这么多废话的，我不太喜欢说话的。”被丁子君厌烦，郑超毫不在意，摊了摊手，竟然表示赞同。

“不喜欢就别说啊，你以为我想听你一直唠叨吗？”

“不说不可以，因为我要转移注意力，只有不停地找话题，我才不会被其他东西吸引。”

“你爱被什么吸引都可以，许辉让你送我回来也就是那么一说而已，你还真以为你得担当护花使者啊？你耍了我多少次了，现在才想起做绅士是不是太迟了？”

“原因不是这个。”说到这里，郑超突然顿住，神色不自然地别了一下头，右手握拳抵在唇角轻咳了一下，才低声开口，“那个，你的肩带掉了。”说完，他就匆忙地转身离开了，只留下丁子君一个人当场石化。

肩带事件的阴影一直延续到晚上，准备洗漱睡觉的时候，丁子君叼着牙刷杵在镜子前，脑海中浮现出自己肩带掉落，春光乍现的香艳模样。

因为那条裙子是抓胸的，一旦肩带滑下来，胸口也会往下滑，如果是平视的话，基本上是看不出什么问题的。

但是问题就在于，郑超比她高了整整一个头，也就是说，从他的角度，她就是完完全全地走光了，不光是酥胸半露，估计连内衣也半露了。

她到底是造了什么孽呢，为什么就摆脱不了那个流氓？

果然是出来混，迟早要还的，她看了他的半裸体，同理，他也间接地占了她的便宜，看似是扯平了，可怎么想都是她吃亏了啊。太憋屈了。

“丁子君你刷个牙这么长时间，是要把牙都刷掉一层皮吗？赶紧给老娘出来。”

被李珊珊轰出卫生间后，丁子君叼着牙刷，毅然决然地把那条裙子塞回箱底，并且对箱子起誓，这辈子再也不穿它了。

Chapter 2

无法言喻

P I N G S H E N G Y I N U O

走光的阴影持续了将近一天后，心大的丁子君就把这事抛诸脑后了，只是老天似乎不想让她这么快忘记耻辱，于是，在走光事件发生的第二天，她的心理阴影又来了。

那正是中午时候，丁子君正在窗口前买饭，兜里的手机突然铃声大作，*Let me hear* 的劲爆音乐响彻了整片食堂，她拎着饭赶紧溜出来，以最快的速度接了起来：“喂，你好。”

“怎么办，我好像不是太好。”

听到对方的声音，再看看手机上的来电显示，丁子君恨不得把舌头给吞了，她当时就想泪流满面了，为什么她就摆脱不了这个瘟神呢？

“你先别挂电话，我有事和你说。”

“那你快说。”丁子君咬牙切齿地回答。

“我把脚崴了，可能没办法参加运动会了。”

“哈？跟我有半毛钱关系吗？你爱参加不参加。”丁子君拎着饭出了食堂门，对于郑超的这通电话表示不理解，他脚崴了给她打什么电话。

她不欢呼雀跃已经是看在许辉的面子上了。

“怎么跟你没关系？”

嘿，有点意思！丁子君冷笑一声，毫不留情地反驳：“难不成是我赖着你让你把脚崴了的吗？”

“那倒不是。”

对面的人语气轻松，一派气定神闲的模样，丁子君恨得牙痒痒，怎么不管什么时候他都是一副胸有成竹的样子呢，不管是他有理，还是自己有理，到最后，从气场上来看，她永远处于劣势。

实在是太让人不爽了。

“闲得没事的话就躺床上养养吧，估计是缺德缺多了，报应到脚上了，您悠着点。”

说罢，丁子君就准备潇洒地挂电话，那头的人最后补了一句：“过几天就是运动会了，你说我的情况该不该上报呢？”

电光石火间，丁子君就明白了他的意思，马上就到运动会了，如果郑超不上报自己情况的话，到时候他不能参加比赛，学校怪罪下来的话责任都在许辉那里，而作为当时负责核对名单的她来说，无疑是给许辉拖后腿了。

郑超这个禽兽！

校医务室内，郑超优哉游哉地坐在窗台上，等着丁子君过来。其实脚崴什么的不过是胡扯，他就是想逗逗她，看着她通红着脸咬牙切齿却不能把他怎么着的表情，他就无比开心。

敲门声响起，郑超嘴角上扬，淡定地从窗台上跳下来，等走到床边时，才朗声开口：“进来。”

来人听到应答声，焦急地推门冲进来，声音急切地询问：“郑超你怎么崴的脚？严重吗？疼得厉害吗？”

看着面前就快梨花带雨的女生，郑超脸上的笑意渐渐凝结，缓了好久才冷声道：“怎么是你？”

刘雨欣被呛了一下，嗫嚅着解释：“我从学妹那里得知你受伤的，所以过来看看。”

“丁子君？”他假装受伤的事情只有丁子君知道，那么，刘雨欣口中的学妹就肯定是她无疑了。“她告诉你的？”

面对郑超的质疑，刘雨欣垂了头，眼眶微微泛红，声音也变得低低的、小小的:“她去找许辉，说你把脚崴了，还说这不是她的责任。我正好在学生会，就不小心听到了，我担心得很，所以放下手上的工作来看你。”

那个丫头是这么说的？虽然他找尽了机会捉弄她，可事实上他并不讨厌她，或许正因为不讨厌，所以才更喜欢看她脸红的样子。

可这一切如果建立在她是一个虚伪的女生的基础上，那就另当别论了。

想着她的脸红、娇怯以及被他戏弄时手足无措的模样都是装出来的，郑超就不爽得很，他可是好不容易才找到这样一个能让他有点兴趣的女生，如果是他看走了眼，可真是可惜了。

“她现在在哪儿？”

“啊？”刘雨欣茫然地抬头，“谁？”

“呵，你说还能有谁。”

被郑超毫不留情地嗤笑一声后，刘雨欣也不敢继续装不知道：“她还在学生会，和许辉腻着呢。”

“谢谢。”

说罢，郑超长腿迈开，越过刘雨欣，头也不回地离开，身后的人小声地嘀咕:“郑超你的脚不是崴了吗？”

什么叫弄巧成拙……郑超烦躁地解开领口的扣子，自嘲地想，他这就叫弄巧成拙，本来想着要戏弄她一番的，可是目前看来，倒是他被戏弄了。

医务室离学生会活动室有一段距离，郑超几乎是小跑着过去的，等他气喘吁吁地跑进活动室时，正好看到丁子君和许辉在打闹。

两人不知道说着什么，丁子君一个劲地捶许辉的背，眉眼弯弯，双颊微微泛红，相比被他戏弄时的羞愤，此时她的模样要可爱多了。

心中腾地蹿起一把无名火，郑超也不顾周遭人的目光，几步上去就把正在打闹中的丁子君扯了出来。

某女正准备抬手给许辉一拳，还没等反应过来，就被一只大手掐住了手腕，连拖带拽地被拖出了活动室。

整个过程不过几秒钟，当事人完全没有反应过来发生了什么，一旁旁观的众人却是心里亮得跟明镜似的，这可不就是叫横刀夺爱嘛。

活动室门口，一扇玻璃门隔绝了里头的议论纷纷，但是隔绝不了噼里啪啦、电光石火的好奇目光。丁子君把手腕从郑超的魔爪中挣脱出来，顺势转了个身，避开了里头赤裸裸的目光。

“你不是脚疼嘛，好得这么快，复原能力呈指数增长啊！”揉着酸疼的手腕，看着某人好端端地杵在自己面前，丁子君忍痛讽刺。这个家伙在电话里把自己好一通威胁，吓得她马不停蹄地跑来找许辉，现在倒好，还敢耀武扬威地来活动室擒她，真是个寡廉鲜耻的人啊。

“得亏我没事，不然你是不是还得担点责任呢？”郑超本来心里就窝火，一看她这副若无其事的表情，就更加不爽了。

“那倒不是，我这不就和许辉汇报了吗，只要提前汇报就没我什么事了。”

“一般情况下听到别人受伤的第一反应，难道不是问问伤势吗？你倒好，第一反应就是推卸责任，丁子君，你这样做合适吗？”

郑超心中有火，语气不自觉地变得严厉，加上他周身散发的冷气，丁子君终于恍然大悟，原来这家伙真的生气了。

如果他是开玩笑，那么，她乐意陪他斗嘴，可如果他这样冷着脸来训她，那么，她也不是好欺负的主。

“郑超学长，我希望你能明白几点：第一，你的脚受伤是你自己的事，跟我没有半毛钱关系；第二，作为核对名单的负责人，遇到这种情况我肯定得告诉许辉，虽然我不怕揽什么责任，可是我不能连累许辉；第三，我和你很熟吗，我得对你嘘寒问暖的，鉴于你平时对我的捉弄，我没有欢呼雀跃就已经够仁慈了，我凭什么还得巴巴地问你疼不疼、累不累？”

面前的人脸上没有郑超熟悉的娇俏害羞，眼底俱是严肃认真，话说得逻辑分明，让他找不出一点破绽来反驳。对啊，她和他不熟，他充其量是许辉的室友而已，她能容忍他的捉弄，并不代表她在意他。

或许是因为给许辉面子，她才一直没有生气。

原来如此，这么长时间以来，都是他在自作多情而已，他于她而言，始终不过是一个品行恶劣的陌生人。

“对不起。”道歉之后，郑超就转身离开了。

丁子君搓着自己的刘海沉思，为什么有那么一瞬间，她从郑超眼底看出了一丝落寞，那样喜欢捉弄别人的流氓也会露出这种表情吗？

郑超高挺消瘦的背影渐渐消失在楼梯拐角处，只留下丁子君一个人感叹着他情绪的变幻莫测。

脚崴事件之后的好几天丁子君一直没有再见过郑超，虽然身边少了个品行恶劣的家伙是件值得开心的事，可她心中还是有点忐忑。她暗自思忖，她那天不小心把郑超给惹毛了，他不会借机报复吧？

运动会还有一周就要开始了，各个班级马不停蹄地训练，作为女子一百米短跑的主力军，丁子君自然也投入到了紧锣密鼓的训练中。

女子一百米短跑的训练场地在北边体育场的室外跑道，这里人烟稀少，环境静谧，除了偶尔有几对情侣低空飘过外，几乎是不见人类的。

之所以如此凄凉，是因为这个体育场距离公寓楼、教学楼、食堂等一切公众设施都相当遥远，也正因为这样，运动会上不起眼的女子短跑才被安排在这里训练。

像篮球、足球，或者是男子短跑、男子八百米等重点项目都是在中央体育场训练的，尤其是篮球，有专门的室内篮球场，实木地板，高薪聘请的教练，聚集了全校的帅哥，训练完后还有工作餐可以吃。

丁子君只是听别的同学描绘过室内篮球场是多么豪华高大上，她本人是没有亲自体验过的，原因很简单，就是在凄凉的室外跑道上风尘仆仆训练的她实在不想硌硬自己。

周一上午下课，丁子君一路飞奔回宿舍，换了运动装之后就准备去荒凉的跑道上训练，刚下楼，许辉的电话就来了。

“子君，你现在有时间吗？如果不忙的话过来看我比赛吧。”

据丁子君所知，许辉参加的是篮球赛，也就是说她可以有幸目睹豪华的室内篮球场了？

虽然她千万次暗示自己，不可以去看那么好的地方，去了那里再回自己凄凉的跑道，心理落差太大了。可是听着许辉的邀请，她的小心脏怦怦乱跳，果然是无法拒绝啊。

“我有时间，你们现在就开始了吗？”

身旁路过的李珊珊一脸鄙视地说：“运动装都换上了，说你有时间，睁眼说瞎话。”

丁子君反手掐了她一下，郑重其事地对话筒那头的许辉说道：“我真有时间。”

“有时间就过来吧，现在只是训练，半个小时之后开始热身赛，你可以来看看。”

“好嘞，我马上过去。”

为了不让自己看起来那么凄凉，丁子君特意换下运动装，穿了衬衫、短裤，脚蹬一双滑板鞋乐滋滋地往篮球场奔去。

到了门口，要进去还得有预约，丁子君报了许辉的名字后有点想哭，看看人家的配置，再想想自己那请都没人去的场地，心酸地感叹，这就是赤裸裸的歧视啊！

进了篮球场馆内，丁子君自觉地穿上鞋套，之后脑袋瓜不闲着地四处打量，这个室内篮球场大得有点人神共愤，实木地板估计是刚打了蜡，明亮得跟镜面似的。

场地中央穿着队服的男生正在两两一组练习传球，一旁的观众席上坐了十几个女生，全都是气质美女，其中几个，像丁子君这样的小透明都认识，学生会副主席、文艺部部长，以及院长家的千金。

哗，真是一大拨的俊男美女啊！

简单热身过后，就开始训练了。丁子君安静地坐在角落的台阶上，目光在人群中搜寻许辉的身影。

找到了。许辉穿着蓝色的队服和同队的人练习传球，看惯了他平时温文尔雅的模样，骤然见他如此阳光运动，丁子君还有点小小的不适应，她双手托着腮帮子，眼睛都不眨一下地盯着许辉。

他传球的时候，他躲开对方夹击的时候，每个瞬间都帅到不行。丁子君花痴的目光一直追随着许辉，直到中场休息，她才眨巴着酸疼的眼睛，拎着手中的矿泉水走向许辉。

男生打球，女生递水什么的最有爱了。

“你估计还没看到我吧？”

“还真没看见，光顾着练习了。”许辉接过她手里的水，拧开瓶盖，仰着头喝水。丁子君看着他上下翻滚的喉结，以及从鬓角滚下的汗珠，骤然红了脸。

不自然地别开目光后，她才低声开口：“那么多人我一眼就看见你了，你倒好，这里就我一个人你都看不见，心真大。”

“算我对不起你，中午队里出去聚餐，带上你，算是补偿你好了。”

“我还是不要去了，这么一大群男生就我一个女的，那得多尴尬。更何况，我不是交际花，有点应付不了。”

想象一下一大群男生吆五喝六地出去玩，她一个女生戳在中间，怎么想都不是一星半点的窘迫。虽然很想和许辉一起去，可是这样宏大的场合还是有点不合适。

“不止你一个女生，那里还有十几个呢，非要计较的话，女生可比男生都多呢。”

顺着许辉的目光看过去，丁子君一眼就看到了鹤立鸡群的郑超，她暗自感叹，自己的心也挺大的，训练都看完了，她竟然完完全全没有注意到郑超居然也在。

郑超被一大拨女生围着，似乎已经习惯了这种众星捧月的感觉，表情自然地和女生们聊着天，态度温和亲近，不暧昧却也不会让任何一个人感到尴尬。

呵呵，真是情场老手。

反观这头，许辉的身边就只有她一个女生而已。丁子君啧啧感叹："现在的女生太肤浅了，长得帅就不要命地往上扑，一个个的都没听过什么叫金玉其外败絮其中吗！"

"你怎么对郑超有这么大的偏见啊？他人不错，在学校很受欢迎的。"许辉回望了一眼人群中的郑超，完全不同意丁子君的说法。

"有些人只是乍一看觉得不错，相处下来劣根性就会暴露了。"丁子君拉着许辉坐在台阶上，继续不遗余力地黑郑超。

"这么说的话，和他一个宿舍的我好像比你更有话语权，郑超无论是在生活、社交还是学习上都足够优秀，让人无可挑剔。如果非要说缺点的话，可能就是比较容易冲动，占有欲太强，抛开这些，他很完美。"

"许辉，他不是给了你什么好处吧，你说了他一堆好话。"丁子君一脸鄙夷地盯着许辉，过了一会儿又奸笑着瞅他，"他给了你多少钱？我也给你多少，你别夸他了行不行？"

"傻丫头，这个是能拿钱砸出来的吗？"许辉无奈地拍了拍丁子君的脑袋，这丫头脑袋瓜里不知道装了点什么，而且，他十分好奇，她和郑超之间到底有什么过节，能让她一见郑超就一副苦大仇深的模样。

"子君，我能问你个问题吗？"

"问。"丁子君喝了一口自己带来的橙汁，表情坦然地看着许辉，"你想问什么？我们之间没有秘密的，我也好奇你能问什么。"

"不知道男生这么问会不会太尴尬，不过为了我好朋友，我还是问一下吧。"许辉双肘撑在膝盖上，侧头看着丁子君，"你和郑超之间到底发生了什么，能让你这么讨厌他？"

许辉的问题一出口，丁子君的脸腾地涨红了，脑海中自动浮现出了那天的事情以及郑超的半裸体。

面对提问得如此单纯的许辉，她怎么好意思开口。

"咳咳，"丁子君别开脸，尴尬地搓自己的刘海，"其实也没什么，就是那天我去你们宿舍找你的时候，我和他闹了一点不愉快，一点点的不愉快而已。”

“真的？”许辉明显不相信，直起腰后随手把丁子君撩拨刘海的手拉了下来，“你一紧张、尴尬或者害羞的时候就喜欢扯自己刘海，虽然我不愿意深究，可是很明显，你在撒谎。”

“那个……”丁子君正欲解释，就被许辉接了话茬：“我就是有点好奇随口一问，你要是觉得不方便说的话就不要说了，总之，郑超是个不错的人，你尝试着消除偏见，换个角度看，他确实是个优秀的男生。”

“哎，好嘞，保证完成任务。”为了感谢许辉放过她，丁子君口是心非地满口答应下来。

这头两人聊得欢快，丁子君全然没有注意从人群中扫射过来的郑超凌厉的目光，他喝完瓶子里的水，眼睛一眨不眨地盯着不远处的丁子君。

从她踏进篮球场的大门，他就已经看到她了，不知道为什么，他的目光瞬间就聚焦在了她的身上，再难移开。

她穿了白色衬衫、牛仔短裤，一双长腿露在外面，脚上套着蓝色的鞋套，从他的角度看，她的身材匀称，凹凸有致，很是惹眼。

她小心翼翼地走进来，并没有走到刘雨欣她们这群女生中间，而是选择了坐在角落里。郑超的目光追随着她落定，不知道是因为看得太专注，还是说他太关心她的细节，他竟然看见了她衬衫下黑色的肩带。

她穿了黑色的内衣。

意识到这点，又想到那天他无意间看见她胸前的雪白肌肤，突然就红了脸，口干舌燥起来，眼神不自觉地闪躲，赶紧收了回来。

“郑超，看什么呢这么专注，你倒是传球啊。”

“啊？哦，不好意思。”郑超一脸尴尬地把球传过去，偷偷地深呼吸一口气，才终于平复了自己莫名狂乱的心跳。

训练开始后，郑超莫名地有些激动，虽然他不愿意承认，可内心确实是有一点私心的，他希望丁子君能注意到他，像旁边那群女生一样，能把目光锁在他身上。

郑超对于女生对他无止境地犯花痴一直觉得无比厌烦，而今天他头一次觉得，如果丁子君能像她们一样含羞带怯地看他打球，感觉似乎还不错。

抱着这个目的，郑超这场训练赛打得格外认真，如果说平时打比赛只是为了胜负的话，这次有一半的成分是为了作秀。

听着周围女生此起彼伏的惊呼声和偶尔扫过去瞧见的崇拜和爱慕，郑超勾唇暗想，不知道此时丁子君的表情是什么样的。

惊诧、感叹，抑或是崇拜？

整场比赛，郑超都没敢回头看丁子君一眼，他既期待却又害怕，期待的是能看到她眼里的崇拜，害怕的却是看到她眼底的陌生。

像之前她说的那样，她本就和他不熟，凭什么关心他？

就这样忐忑地打了一场，结束后，教练在一旁满意地微笑称赞："郑超依旧发挥得不错，我就比较放心你，其他人的表现还是有所欠缺，这几天加紧训练。"

无视了教练会心的微笑，郑超抬步往前走，在瞄到丁子君起身后，他赶紧站定，装作没看见。

如果她过来给他送水的话，他该怎么说？"谢谢"？还是"呵，专门来看我的"？

不过貌似前者比较好点，她应该是讨厌自己捉弄她的。

等了半天，那个丫头都没上来，倒是边上的一群女生一窝蜂地围了过来，郑超头疼，她们这么大的阵势还怎么让丁子君过来，那个丫头本来胆子就小，有这群母老虎围着，她肯定不敢来了。

"学长，你真的好帅啊，我好崇拜你。"

"是啊是啊，你刚才扣篮那一瞬间，我整颗心都要跳出来了。"

"训练这么长时间，累了吧？喝点水吧。"刘雨欣悠悠开口，把手里的水递向郑超，其余几个手里拿着水的女生抬头看了看，终究还是没有勇气抢刘雨欣的风头。

忽略了刘雨欣举着水的手，郑超抬头看向丁子君的方向，在看到她言笑晏晏地仰头站在许辉身边时，他的脸色骤然阴沉下来。

原来，她是为了许辉而来。

难怪她不和刘雨欣她们坐在一起，难怪她的眼神一直没在他这里，原来，一直是他想多了，她的眼里，只有许辉。

许辉接过她递的水自然地喝起来，两人一前一后地坐在台阶上，她的目光自始至终都没有扫过来。郑超的眼神越来越冷，伸手夺过刘雨欣手里的水，仰头猛灌。

他拒绝接受其他女生的水，就是怕丁子君看到后不会递水给他，哪知，她根本不在意他喝不喝水，他的自作多情简直可笑至极。

身边的女生叽叽喳喳地议论着，郑超一个字都听不进去，一双眼睛紧紧盯着丁子君。

她又脸红了，并且又在下意识地搓刘海。他知道，丁子君只有在尴尬或者害羞的时候才会不自觉地搓刘海，和许辉在一起当然不会有尴尬的时候，毫无疑问，她在害羞。

和被他捉弄时的害羞不一样，是真正小女人般的含羞带怯。

她在许辉面前竟然是这副娇俏的表情，郑超死死地捏紧空了的矿泉水瓶，莫名地开始不爽，连带着连好哥们许辉都看着不顺眼了。

休息时间过后，双方队员重新上场，看着远处走过来的许辉，以及嘴角含笑冲许辉挥手的丁子君，郑超面色一凛，瞬间变得杀气腾腾。

于是，接下来的比赛，郑超总是有意无意地针对许辉，故意截他的球，完全没有心思好好比赛。

一场比赛下来，双方队员都有点不满。

“学长，你是不是有事啊？刚才状态有点不对。”

“是啊，郑超，你要是不太舒服的话就回去吧，我们先训练着。”

大汗淋漓过后，郑超才意识到自己犯了多么低级的错误，不管他怎么针对许辉，丁子君都不会看出一丝一毫的，他这么做，完全是自己找罪受。

“对不起，我刚才有点莽撞了，我先去休息一会儿。”说罢，郑超抬步往休息区走去。

一旁的许辉看着走向丁子君的郑超，若有所思地点了点头。

场上比赛继续，丁子君此时无暇顾及战况，正对着手机苦口婆心地解释：“珊珊，我今天晚上真的没时间，我有点事要办。”

“你丫还能有什么事，不就是陪许辉吗？什么时候不能陪，非得跟我抢时间，我好不容易求你办件事，我容易吗？”

“不是，珊珊，今天这个机会难得，我真的对不起你。”

那头李珊珊依旧在嘶吼，丁子君鼻尖突然闯进一股熟悉的清爽味道，还夹杂着淡淡的薄汗的气味，她瞬间警觉，赶紧回头。

不出意外地看到了身旁的郑超。

“那个……珊珊，回头再聊。”

丁子君手忙脚乱地挂了电话，眼神闪躲间，就看到了郑超手上的橙汁。

“……这是我的橙汁。”她伸手指了指郑超手上的橙汁，气势有点弱地宣告所有权。

“哦，是吗？不好意思，我还以为是许辉的。”郑超淡定地吞下嘴里的橙汁，目光转向身边的人，“你不也喝过我的吗，扯平了。”

看着面前的人把自己的橙汁喝了个精光，丁子君红着脸跟蚊子哼哼似的嘟囔：“我那次喝的时候你不是还没动过吗？”这次你喝的可是我喝过的，能一样吗？

当然，后半句，丁子君是死活不敢说出口的，只好认命了。

喝完橙汁，郑超淡定地起身，抬步又回到场上，身后的人愤愤地嘟囔，郑超的心情却突然变好，嘴角不自觉地上扬，刚才的阴霾瞬间烟消云散。

训练结束之后，一伙人如约去聚餐，丁子君自然是屁颠屁颠跟着去了。虽然许辉说了，还有十几个女生呢，但是看着被一群女生包围的郑超，丁子君还是觉得，那群女生对于她来说，存在价值并不高。

作为唯一一个“剩”下来的女生，丁子君理所当然地成了一群男生搭讪的对象。

“是小学妹吧？学什么的？”

丁子君乖乖回答：“我学的也是工商管理。”

“哟，还是直属学妹啊，好久没见过这么水灵的小学妹了。”

面对一群人真假难辨的夸赞，丁子君尴尬地往许辉身后钻，早知道应付得如此艰难，她就不该答应和他们一起聚餐。

一群人浩浩荡荡地出了学校，因为人比较多，大家便选择了离学校较远的一家酒店。

酒店的规格并不是很高，但是好在装修前卫，加上价钱适中，也吸引了不少学生。

因为人数众多，有人便提议分两张桌坐，男生一桌，女生一桌。

刘雨欣一听，顿时不高兴了，责备中带着点撒娇：“这怎么行，女生和女生吃饭有什么意思，男女搭配才合适啊。”

既然美女开口了，自然没人驳她的面子，最后决定自由搭配，想怎么坐怎么坐。

丁子君死死地盯着许辉，第一时间坐到他身边，之后才松了口气，放心地打量周遭的环境。

他们坐的这个包间的墙壁上刻着韩流明星的浮雕，丁子君眯着眼瞅了瞅，惊喜地发现，这雕的可不就是池昌旭嘛。

这可是她的新晋男神。

丁子君第一时间掏出手机，喜滋滋地和欧巴合了一张影。

身边有人开口问道：“你喜欢这样的男人？”

丁子君只顾着看浮雕花痴，也没注意问话的人，喜不自胜地回答：“当然了，池昌旭可是我男神，你不知道他演的电视剧有多帅，简直让人想爬上去舔屏。”

“电视剧可不都是演出来的，本人兴许差得多呢。”

追星的人都有一个不成文的规定，那就是不喜勿喷，大家都有自己喜欢的偶像，也有自己不喜欢的明星，但是你不喜欢不代表别人不喜欢，你可以不喜欢，但不能站在对立的角度黑别人的偶像。

“我喜欢池昌旭跟你有关系吗，你就随便喷我家男神。”丁子君愤愤不平地回头反击，在看到郑超那张脸后，她皱眉暗想，似乎又多了一个讨厌他的理由。

“追星多傻，你还不如踏踏实实在现实中找一个真正属于你的人。”郑超靠在椅背上，长腿伸得笔直，表情慵懒，丝毫不在意丁子君的抨击。

“你有病吧你？”和这种太现实的人基本谈不下去，丁子君把手机放进兜里，对于郑超随意抨击她男神的行为依旧耿耿于怀，当然，也就没有精力注意什么时候她身边的人由许辉换成了郑超。

等大家都坐好，准备点餐时，丁子君才后知后觉道：“哎？许辉呢？出去了吗？”

对面的人接茬：“他临时有点事，先回去了，一会儿我们去 KTV 的时候他再去，饭是不能一起吃了。”

难怪这个流氓坐在了她身边，原来是许辉离开了啊。她刚才忙着拍照，完全没有注意到郑超是什么时候坐过来的。

既来之则安之，这个时候她总不至于幼稚地和别人换座，反正又不是没和他近距离接触过，又死不了人。

饭菜上桌，丁子君叼着筷子环视了一下，发现桌上的菜都是偏清淡口味的，看着就是清汤寡水的。一旁负责点菜的学长美其名曰：“清淡点好，刮刮肠子里的油。”

丁子君偷偷翻了个白眼，暗想，在学校天天吃蔬菜都快吃成个兔子了，哪有什么油水可刮。

饭菜没有对自己胃口的，偏偏罩着自己的许辉还溜了，真是祸不单行。

大家纷纷动筷子，点菜的学长负责介绍：“这个香菇油菜是给月月的，你不最近减肥嘛。这个白斩鸡就给张小轩吧，她已经胖成那样了，估计也不在意了……”

吧啦吧啦一堆过后，丁子君才恍然大悟，看似清汤寡水的菜其实是照顾了每个人的口味，在场十多个人，几乎每个人都有一道自己喜欢的菜。

之所以没有她喜欢吃的，那是因为她压根就是来打酱油的，人家学长自然没有注意到她的口味。

这样一来，她更加尴尬了，本来就是个多余的，偏偏点菜还有歧视，还能不能愉快地吃饭了。

身边的人闹哄哄地说话，丁子君和他们没有共同语言，只能努力地降低自己的存在感。

“咦？这个菜是谁点的，看着就辣。”

某女生瞪着面前的麻辣鱼做惊讶状。丁子君从白米饭里抬起头，口水直流地瞅着对面这盘菜。

虽然不知道是谁点的，但是桌上的女生没有吃辣的，运气好的话她还可以沾点光。

“我点的，听说这家店的麻辣鱼不错，我想试试。”

说话的是郑超。丁子君唰地转过头，身边的人一脸的气定神闲，她暗自腹诽，这个家伙不是不吃辣的吗？难道他的口味是可以随意切换的？要是她具备这种技能的话就好了，起码不用对着一桌寡淡的饭菜泛酸水了。

“你不是从来不吃辣的吗？今天怎么转性了？”

对于对面刘雨欣的质疑，丁子君表示有同样的困惑。

当事人无所谓地说：“偶尔吃一点也可以。”

“骗谁呢，你什么时候能吃辣了，你吃酸辣粉都辣得直冒眼泪。”

桌上的人很配合地大笑，丁子君没敢跟着掺和，但还是忍不住脑补了一下郑超辣得冒眼泪的场景，莫名……有些萌啊。

“我勉强可以接受的，不像某些人，一旦遇到自己不喜欢吃的就连筷子都不动了。”

桌上的人自然听不出郑超话里的深意，只当他是调侃刘雨欣，大家嬉笑打闹一番后便也把这个话题撂过去了。

所谓说者无心，听者有意，在一旁一直啃白米饭的丁子君深刻地觉得郑超说的就是她，作为唯一一个没怎么动筷子夹菜的人，她倒是挺配得上郑超的嘲讽。

腹诽归腹诽，丁子君自然不会真的以为郑超说的就是她，于是继续欢快地啃着白米饭。

饭桌上大家都在打打闹闹地互相调侃，只有丁子君无比敬业地在啃白米饭，只是偶尔抬起头一脸哀怨地看看对面的那盘麻辣鱼。

她还打着小算盘想着，既然是郑超点的，那么他吃的时候，她可以借着地理优势蹭几口，哪料到，这个家伙从头到尾都没有要吃的意思。

眼看一碗白米饭就要见底，丁子君尴尬得不是一星半点，自己这副格格不入的模样实在太硌硬了，偏偏还得面对看得到吃不到的麻辣鱼。

她一手握着筷子扒米饭，一手开始搓刘海，眼见着尴尬得快爆棚了，身边的郑超突然开口了："你想吃那盘鱼吗？"

丁子君一听麻辣鱼，腾地回头，一脸警惕地审视了一下郑超的表情，此时他的笑容温暖，问的时候也很顾及她的面子，刻意压低了声音，整个状态都是无比绅士的。

受不了他这副模样的蛊惑，丁子君搓搓刘海，不好意思地点了点头，低声说："我比较喜欢吃辣的。"

"喜欢就自己夹啊，难不成你要我替你夹吗？"

郑超骤然抬高的语调吸引了所有人的目光。一桌人停止了谈话，目光齐刷刷地聚焦在丁子君身上，她还保持着偷偷摸摸的模样，一抬头，又看见了郑超那副熟悉的表情。

玩味的、好整以暇看热闹的表情。

原来，他是为了捉弄她才这么说的，亏她脑子抽筋了还以为他真的很绅士。

如果是其他情况，她是不会太在意的，因为不管是丢人还是尴尬，抑或是难堪，当事人都只有他们两个人，虽然丢人可她还接受得了。

可是现在，他这算什么？她明明已经够尴尬了，整张桌子的人，人家都互相认识，只有她是多余的，虽然很尴尬，吃得一点都不顺心，但她已经很努力地降低存在感了。

不让别人发现自己，不让自己更尴尬。

在他问自己是不是要吃的时候，她还是有那么点感动的，心想，自己是不是真的误会他了，其实他还是挺绅士的。

呵，没想到原来他设了这么大的套给她钻，把小透明的她狠狠地揪出来，把她的尴尬放大到极致。

她可以容忍他的戏弄，却受不了他的不尊重。

“怎么敢呢，这不是学长你点的鱼吗，别人怎么敢吃。”丁子君难以控制地红了眼眶，把筷子和碗往前一推，也不管礼貌不礼貌，推开椅子头也不回地跑出去。

一桌人瞬间茫然了，在他们聊天的时候到底发生了什么，刚才不还好好的吗，小学妹这是怎么了呢？

“郑超，你们俩怎么回事啊？”刘雨欣死死地盯着郑超眼底不自觉流泻出的懊恼，率先发问。

“没什么，大家吃饭吧。”郑超伸手把桌子转过来，把整条鱼夹进自己的碗里，埋头大吃。

桌上的人自然不会认为真没事，所有人都知道郑超不是个轻易变脸的人，今天这一定不是小事。

气氛骤然变得冷凝起来，一桌人也不敢没心没肺地开玩笑了，郑超一口气把整条鱼都吃完了之后，拎着外套，留下一句：“对不起，让你们扫兴了，你们继续。”

出门之后，郑超终于忍不住，直奔洗手间而去。就像刘雨欣说的那样，他是属于一丁点辣椒都沾不了的人，光是吃个酸辣粉，他都能辣得哭出来，现在倒好，赌气地吃了整条鱼，不仅是口腔，他觉得就连胃里都能喷出火来。

扒着洗手台不停地漱口，郑超吐着舌头懊恼地想，明知道她喜欢吃辣，明明在点菜的时候专门给她点了麻辣鱼，还为了照顾她的面子故意说是自己点的，心里想着只要自己把盘子转过来的时候，她也能夹得到，到时候他就只是装个样子就好了。

明明设想得很好，可情况为什么变成了现在这样？

他每次看到她脸红的时候都忍不住捉弄，今天依旧是没忍住，不曾想，一时冲动便满盘皆输。

本来还想着能让她对自己的印象有所改观，呵，现在倒好，弄巧成拙了。

出了餐厅，郑超颓丧地在阳台吹风，不期然就看到了楼下的丁子君，他的心脏狠狠地跳了一下，不可自抑地想要冲下去向她道歉。

她躲在一棵香樟树下，从他的角度只能看到她消瘦的背影，细细的一条，她的双手一直捂在脸前，时不时地擦一下。

她，哭了？

意识到这点时，郑超的心狠狠抽搐了一下，不知道是因为愧疚还是因为自责，抑或是其他说不清道不明的情绪，总之，他头一次体会到了一种叫心疼的感觉。

本来是想让她高兴的，却没想到让她哭了。

平生第一次，他把一个女生惹哭了。

几乎是遵循着本能的反应，郑超飞奔下楼，朝着楼下的人跑去。

Chapter 3

一步一步爱

P I N G S H E N G Y I N U O

躲在树下偷哭的丁子君一边哭一边忍不住自嘲，这下她可是出名了，估计那一桌的学长学姐都认识她了。那个挨千刀的郑超，她要是再相信他一次，她就诅咒自己一辈子吃不了麻辣鱼。

正哭着，手机就响了，丁子君抹了把泪，掏出手机一看，还真是祸不单行，许辉的电话。

“子君，你们吃得怎么样？有没有觉得不自在？刚才不好意思，学生会突然有点事，就只好先离开了。”

听到许辉温柔的声音，丁子君嘴一撇，眼泪差点又出来了，她擦擦眼角，努力装作若无其事地说：“吃得挺好的，就是从此以后不喜欢麻辣鱼了。”

许辉自然不知情，随口问：“麻辣鱼不好吃吗？”

“不好吃，被狗啃过了。”丁子君咬牙切齿地回答，恨不得把郑超当成那条狗，狠狠地踹上几脚。

“哈哈哈，你这是怎么了，麻辣鱼惹到你了？不好吃我们以后就不吃了，下次我带你吃更好吃的，重庆麻辣火锅，你就好这口。”

“许辉，还是你对我最好，我都快感动得哭了。”

郑超和许辉两相一对比，丁子君还真的有点想哭，许辉在任何时候都能考虑到她的感受，给足她面子，时时注意到她的喜好，从来没有让她有过一丝的不自在。

“好了，我一会儿就过去，麻辣鱼要是不好吃的话就去唱歌吧。”

这个就有点棘手了，一想到自己还得面对郑超，丁子君就有点气不打一处来，可是许辉已经开口了，她又不能拒绝，犹豫再三，她还是答应了。

“去哪家唱歌呢？要不我先过去吧？”

“我已经出校门了，你在酒店门口等我就行，我去接你。”

“好。”

和许辉约定好后，丁子君也不能提前回去了，只好靠在树上，百无聊赖地等他。

她的心情渐渐好转，然而，躲在树另一头的人的心情却是越来越糟。

眼看着她被许辉哄得破涕为笑，郑超无力地靠在树上，不知道该怎么形容自己的心情。

他费尽心思地想要接近她，每一次都毫无意外地把她推得更远，但许辉总是能轻而易举地得到她的笑容、她的信任以及她的依赖。

太不公平。

大家吃完饭之后续摊的地方是一家叫棒棒糖的 KTV，这家 KTV 的话筒音质格外好，包间也比别家的大，再加上学长有这家 KTV 的会员卡，相对也比其他家便宜点。

二十几个人自然不能开一个包间，领头的学长开了邻近的两个大包，并且提前放话：“这次我不给你们分配了，爱上哪儿上哪儿，别到时候俩女生对唱情歌时又怪是我给你们分配的。”

众人笑出声，刘雨欣上去捶了他一下，调侃道：“老大，我们女生可比男生多，计较下来的话，俩女生对唱可不稀罕啊。”

“真要那样的话，我左拥右抱行不行？”

“哈哈，你个流氓，这才是你的心声吧。”

一群人闹哄哄地进了包间，刘雨欣扫了一眼人群，诧异道：“少了人吧？郑超去哪儿了？”

“哟呵，这把郑超惦记的，我们可都没注意到啊。”

刘雨欣也不否认，挑眉反驳：“你能注意到什么，肩膀上担张嘴，就知道吃。”

大家早就领教过了刘雨欣的犀利，当下也没人敢撞枪口。

刘雨欣又说：“许辉、郑超、小学妹，少了三个人都没发现，你们心真大。”

“这么说还真是，我们等等他们。”

“没关系你们先去，我去接他们吧。”说完，刘雨欣挥了挥手机，转身出了 KTV。

门口，刘雨欣脸上的笑意慢慢地退散，她掏出手机给郑超打电话，等对方接起后，不等他说什么就冷冷地开口：“郑超你去哪儿了？你和丁子君在一起？”

“怎么了？你们现在去哪儿了？我马上过去。”对方漫不经心地回应着。

这样敷衍的态度瞬间激怒了刘雨欣：“郑超，你怎么回事？”

“怎么了？你怎么突然生气了？我一会儿就过去，你们先唱着。”

刘雨欣握着手机的手渐渐收紧，口不择言地吼：“郑超你知不知道你现在变成什么样子了，你是不是看上那个丁子君了？”

从他饭桌上的表现就看出来了，从始至终，他的视线都没离开过那个女生，如果是别人的话兴许能瞒过去，可她喜欢他那么久了，他的一举一动她怎么可能看不出来。

一口辣都吃不得的他愣是点了一盘麻辣鱼，点了之后一筷子都不动，眼神一直若有似无地缠在那个女生身上，她虽然不想承认，可是郑超的举动太过明显，她想骗自己都骗不过去。

他就是为了那个女生专门点的鱼，并且为了照顾她的面子非要说成是自己点的，最后丁子君生气离开后，他一脸落寞地吃光了整盘鱼。

刘雨欣咬牙，想起自己站在卫生间门口，听着他在里头辣得又是喘又是漱口的模样，心里就憋屈得不行。

什么时候对于女生献殷勤不屑一顾的郑超会为了一个人这么拼了。

思索间，那头的人就开口说话了，语气笃定轻松，没有一丝犹疑：“我想我还真是看上她了，不过可惜的是，她似乎很讨厌我。”

他话音刚落，刘雨欣就怒不可遏地挂了电话，抹了把眼泪后把高跟鞋踩得嗒嗒直响地走进门。

她就不信了，那个发育不全的小丫头能有什么吸引到郑超。

如果是别人，她还多少有点危机感，但如果是那个小丫头的话，她还真的一点都不怵。

丁子君是吧，呵，她跟自己比的话完全没有一点竞争力。

另一边正慢悠悠往 KTV 晃荡的郑超看着手机屏幕，勾唇笑了笑，刘雨欣还是一如既往的自信啊，真是个强势的女生。

倒是和许辉走在前头的女生比起刘雨欣，差得不是一点点，刚才还哭得梨花带雨的，见了许辉后，瞬间又跟个没事人一样，有说有笑的。

该说她没心没肺呢，还是该说她是舍不得让许辉担心呢？

啧啧，他宁愿是前者，如果是后者的话，他以后和许辉连兄弟都没法做了。

三人两前一后地进了包间，丁子君紧紧地跟在许辉身后，生怕跟丢了，郑超眯眼看着眼前相依相偎的两人，心里一阵不爽，转身进了另一间。

包间里头已经嗨成一片了，几乎成了群魔乱舞，丁子君跟着许辉坐在角落里，继续装小透明。

现在正放着情侣对唱的经典曲目，听着学长妖娆地、一声声地喊着“娘子”另一个学姐故作娇羞地应着“啊哈”。

丁子君忍不住偷笑出声，没想到学长看起来文质彬彬的，奔放起来还真是无边无际啊。

一群人唱得也算和谐，没有麦霸，也没有抢麦的，基本上是礼尚往来，一人一首，很快，风水就转到丁子君这头了。一群人开始起哄，刘雨欣故意打趣道：“许辉还不和妹妹唱一曲？”

许辉也不推辞，转头问丁子君：“你会唱什么？”

没有预料到又成了众人焦点的丁子君傻傻地说：“我不常唱歌，不太会。”

“没关系，有原唱。”

“那我试试。”

“这样吧，许辉和妹妹走一个《纤夫的爱》吧，多应景。”刘雨欣自作主张地点了歌，置顶，然后把话筒递给两人。

“来就来，不就是《纤夫的爱》嘛。”许辉利落地拿起话筒，踩着拍子张口就来，“妹妹你坐船头啊，哥哥我岸上走。”

他一开嗓，丁子君就笑得不行了，虽说许辉的声线很好听，可唱着这样违和的歌还是搞笑得很。

笑够了，也到了女声部分了，丁子君清了清嗓子接道：“小妹妹我坐船头，哥哥你在岸上走……恩恩爱爱纤绳上荡悠悠……”

等唱到高潮部分时，丁子君死活不肯唱了。一群人终于找到乐子，一窝蜂地起哄：“亲一个，亲一个。”

丁子君放下话筒，脸红得跟麻辣小龙虾似的，许辉倒是依旧淡定，面对大家的调侃也不着急反驳，只是淡淡地说：“刚才李琰和徐正南不也合唱了《大花轿》吗？也没见你们抱一个。”

“哎……”

一群人唏嘘出声，对于许辉转移目标的超强能力表示无可奈何。

终于，大家放弃了调侃许辉，继续嗨歌去了。

这时，丁子君才把脑袋钻出来，偷偷在许辉耳边说：“许辉你真行，一句话就掠过去了。”

“这群人是逮着点乐子就没完没了的主，一开始就不能纵容他们，不然今天晚上就要被烦死了。”

又唱了一会儿，丁子君跟许辉打了个招呼后起身去洗手间，明里是去厕所，实则是她的内衣扣开了。

因为她今天穿的是白色的雪纺上衣，所以为了保险起见，穿了件轻薄的内衣，只是没想到这玩意给她掉链子，大概是刚才笑得太凶猛了，一下子没控制住，把暗扣都崩开了。

一只手假装不经意地按住胸口，另一只手开门出去，丁子君站在走廊上瞄了一眼，看到了卫生间的标志后快步奔向目的地。

所谓祸不单行应该就是目前这种情况。

当她看到卫生间门口的郑超时，她恨不得一溜烟赶紧飞奔回去。

奈何整个内衣都快掉下来了，她实在没那个精力应付了。

垂头快步就要往里走，眼前突然一黑，郑超高大的身影瞬间就挡在了她面前，她向左挪了挪，他也挪过来，她往右挪，他继续跟过来。

丁子君索性埋头往里冲，还没等她回过神来，就已经被反压在墙壁上了。

脸颊右侧是郑超的手，身后是他结实的胸膛，她挣脱不开，恼羞成怒地低吼：“你到底要干什么？”

“我不干什么，就是想和你说几句话。”

郑超的声音低低的，低沉中带着些犹豫不决，丁子君无暇思索，不耐烦地说：“想说什么就快说。”

“那个……其实……”郑超吞吞吐吐地开口，想要解释，却不知道该如何解释，是该说吃饭的时候他不是故意的，还是说其实那条鱼是专门为她点的？好像哪个都可以，但无论哪个都是他难以启齿的，于是吞吞吐吐了半天，他也没说出个所以然来。

“郑超，你是不是有病，没话说就放开我。”

鼻尖是他身上特有的清爽味道，耳边是他均匀绵长的呼吸，身子稍微一动，就会不小心碰上他的胸口，这样暧昧的气氛让丁子君简直要崩溃了。

她把自己绷得像跟弦似的，笔直一条，努力控制自己不触碰到郑超的任何部位。

“吃饭时候的事……不是你想的那样。”

眼看着眼前的人越来越紧张，郑超只好硬着头皮解释了一下，虽然没有太委婉，好在也不莽撞。

原本以为表达得还算逻辑清晰，态度诚恳的郑超在看到丁子君突然暗沉下来的脸色后，结结实实地被吓了一跳，他只是解释了一下而已，她怎么又生气了？

“你就是想和我说这个？不是我想的那样，那是哪样？难不成那条鱼是你专门为我点的，但是碍于面子没有告诉我，故意卖了个关子？”

郑超心里一咯噔，对于她敏锐的洞察力感到惊诧，正当他准备就着这个台阶下时，丁子君又发话了。

“郑超，戏弄人也要有个分寸，平时我不愿意发火是因为我觉得如果自己连这么点小玩笑都开不起的话，那我未免太小心眼了，可我的容忍仅限于你没有恶意的戏弄，刚才的事件，我并不认为那是单纯的戏弄。如果你讨厌我，那我大可以远远地躲着你，也希望你能努力地学会尊重我。”

“丁子君，你怎么这么冥顽不灵啊？”合着说了这么半天，她是完全会错意了啊。他要是讨厌她，怎么会巴巴地希望见到她，迫不及待地希望她能改变对自己的印象，每天努力地制造各种和她在一起的机会。

如果他讨厌她，又怎么会这么努力地接近她呢？

“我知道，可能我刚才的话说得有点太重了，可是毫无疑问，我这是以其人之道还治其人之身。”

说罢，丁子君也不管郑超是以怎样的姿势暧昧圈着她了，简单粗暴地撞开他的臂弯就要往外走。

“等一下。”

就在丁子君刚想抬步往前走时，腰上突然多了一股蛮横的力量，扯着她的腰肢就把她揪了回去，还没等她喊出声，身子顺势一转，华丽丽地摔进了郑超的怀里。

“有人过来了。”郑超反手把她压在墙壁上，高大的身子把她挡得严严实实的。

丁子君自然不会傲骄地说：“放开我，放开我，我身正不怕影子斜。”她清楚得很，KTV 的卫生间旁边，昏暗的灯光下，孤男寡女总是能衍生出无限可能，看客们可不会管你身子正不正，只要有可能，无限激情全靠脑补。

如果被人看到他们两人在这里纠缠，郑超的话还好说，毕竟这家伙可是学校里红遍老学姐、小学妹的校草，要倒霉的可是她这个小透明。

想象着天天被郑超的粉丝们围追堵截的惨状，丁子君就胆战。

脚步声渐行渐远，卫生间的门口又归于寂静，刚才的紧张过后，新一波的紧张又来了，无论刚才的情况多么险恶，丁子君始终不会忘记。

她，此时，被郑超抱了个结实。

意识到这点后，大脑自动条件反射，丁子君没敢尖叫，但是利落地抬脚，一脚踹在了郑超的小腿骨上。

“啊，丁子君，你怎么恩将仇报啊？！”郑超惨叫一声，满面痛苦地抱着自己的腿。

紧紧贴在墙壁上的某人，红着脸嗫嚅：“谁让你对我耍流氓来着。”

“姑奶奶，我那是为了你好，你怎么就这么没眼力见儿呢。早知道刚才就不该管你，省得落不下一个好。”

小腿骨上一阵剧痛，郑超皱着眉痛苦地蹲在地上，对于眼前这个不开窍的女人简直没招了。

明明刚开始抱的时候还乖乖的，没有叫，也没有挣扎，并且很配合地把脑袋缩在了他的肩窝里，从她的举动可以看出，她绝对领会到了他的意思。

可是现在倒好，帮完她之后，她立马就翻脸不认人了，这只没病乱伸爪的猫崽子。

看着郑超痛苦得一直缓不过劲来，丁子君垂头搓了搓刘海，终于醒悟过来，自己可能有些过分了。

“咳咳,那个……对不起,我刚才可能是……条件反射吧,我不是故意的。”

她的脸通红，映着昏黄的灯光，红润得像是一颗桃子，一双大眼睛扑闪扑闪地眨巴着，眼神闪躲着不敢看向他。

是害羞了吗？所以又开始搓刘海了。

明明腿上依旧疼得厉害，郑超心里想的却是这次这一脚并没有白挨，他终于看到了她脸红的样子，不是因为尴尬，而是因为害羞。

心情一高兴，腿上的疼就自觉忽略了，郑超起身，眼尾挑起，饶有兴致地看着贴在墙上的那个丫头。

“踢得那么快准狠，还说不是故意的。”

他话说得直接，奈何语气轻佻，笑容有点太泛滥，丁子君从刘海缝隙间偷瞄一眼，很肯定地想，这个家伙并没有生气。

呼，还好还好。

“没什么事的话我先走了。”丁子君干站了一会儿，又有点小尴尬，打了个招呼后转身就想离开。

“哎，等一下。”

“又怎么了？”丁子君无奈地回头，“你就不能一次性把话说完吗？”

“那个……”郑超突然红了脸，眼神飘忽不定，始终不敢落在她身上。

他这副害羞的模样让丁子君很是感兴趣，从来都是他看自己害羞然后在边上幸灾乐祸的，没想到他也有今天。

一个高高大大的男生，长得清秀俊逸，穿得干净清爽，再搭配上这样一副害羞脸红的表情，丁子君不得不承认，他这个样子真的很好看。

这副纯良无害的感觉很容易让人产生戏弄的欲望，所谓风水轮流转，大约如此，让他天天戏弄自己，报应来了吧。

“你有话快说，不说我要走了。”丁子君一脸得意地瞅着脸越来越红的郑超，一种报复的快感油然而生，难怪他那么喜欢捉弄自己，没想到这种感觉还不是一般的爽。

“我……能说吗？”

“有什么不能说的，不过要说的话你就快点说。”丁子君双手抱臂，学他刚才的样子，一脸嘚瑟地瞅着他。

“你……内衣的暗扣……开了。”

对面的人说话声低沉并且吞吐，带着一点犹豫不决的羞涩，只是这样小清新的声音听在丁子君耳朵里却像是晴天霹雳一般，轰得她整个人都呆住了。

他怎么知道的？她穿的雪纺上衣，里头还穿了背心，按理说是看不出来的。

“你怎么知道的？”丁子君的脸又开始发红，声音不自觉地提高，以掩饰自己的尴尬。

“我……那个……就是刚才吧……嗯……就是刚才，不是有人过来吗……

然后，我就……碰到了。”

虽然郑超说得语无伦次的，可丁子君还是秒懂了他的意思。

也就是说刚才他抱她的时候，一只手揽着她的后背，然后顺理成章，自然而然地摸到了她的后背，并且发现她的暗扣开了。

除了害羞还是害羞，丁子君觉得自己不仅脸烫得像是刚蒸过似的，就连脑袋都能热得冒出火来。

为什么她总是摆脱不了这样的命运呢？如果说前几次是因为郑超的原因的话，那么，这次就完全是命运弄人了。

为什么她的内衣暗扣在这个时候开了？为什么她来卫生间的时候刚巧碰到郑超？为什么他俩说话的时候刚巧有人路过，然后郑超刚巧抱了她。

一切都是这么水到渠成，让她连喊流氓的机会都没有。

“你有病啊你！”

甩下这样一句话，丁子君扭头就跑，她的心脏不受控制地一直狂跳，即便隔着胸腔，一声声重击都听得格外清晰。

跑到包间附近时，丁子君压根没记住自己刚才是从哪个包间出来的，她愣愣地看着相邻的两个包间，纠结了半天，最后还是无语问天。

随便进一个好了，反正里头的人她都不认识。

推开右手边的门，丁子君鬼鬼祟祟地溜进去，因为光线太过昏暗，加之音响的声音实在震耳欲聋，众人并没有注意到她。

瞅准了自己离开前的位置，丁子君一屁股坐下去，她的动静终于引起了旁边人的注意：“郑超，你可算回来了，在厕所干吗了，这么长时间。”

郑超，这是郑超的位置，也就是说她果然进错包间了。

如果悄无声息地进来还好，可眼下的情况明显是不能继续装小透明了。

可她总不能说“对不起，你认错人了，我不是郑超”，更不能说“对不起，是我走错包间了”。

起身赶紧离开就更不现实了，刚才大家没有注意到她，完全是因为下意识地把她当作郑超了，现在她这样明目张胆地出去，岂不是直接暴露了。

一片漆黑里，丁子君简直如坐针毡，她的脑海中跟过电似的想了无数种对策，可没有一种能让她摆脱目前这种尴尬的境地。

吃饭的时候已经丢了一次人，现在再丢一次，估计再丢几次人，她都可以召唤神龙了。

就在丁子君快要撑不住的时候，包间门突然打开了，郑超高大的身影堵在门口，语气不耐烦地吼道：“不就是让你取一下手机吗，怎么这么慢，还是我自己来好了。”

丁子君身边问话的男生听见郑超的话后恍然大悟：“难怪呢，我说怎么进来个女生。”

郑超几步走到丁子君面前，缓慢地弯下腰，一只手插在裤兜里，另一只手撑在沙发上，俯身在丁子君耳边低语：“不想更尴尬的话就起来跟我走。”

沙发上的某人此时完全呆若木鸡，没有一点反应。郑超无奈，只能起身，顺势拉了她的手腕，半强制地把她拖出了包间。

“你想什么呢，半天杵着不动，再磨蹭一会儿我都要破功了。”

包间外，郑超斜倚在墙壁上，双手抱臂，对于丁子君莫名的呆滞表示极其不理解。

“啊？”

丁子君醒神后，后知后觉地呆问：“你刚才说什么了？”

“我说……”郑超微微弯腰，直视着丁子君，一字一顿道，“你刚才怎么那么呆，害我差点露馅了。”

哦，对，郑超刚才又替她解围了，她因为走错包间正尴尬着，郑超就进来了，借着找手机的名义把她拖了出去，其实他根本就没让她取过什么手机。

他问她，你刚才在发什么呆？丁子君回想了一下，突然有点脸红，她刚才发呆是因为他离自己太近了。

近到让她情不自禁地想到了刚才那个拥抱，脸颊紧贴在他的胸口，他身上清冽的气息扑面而来，他的胸膛宽厚，把她紧紧拥着，周身都是他的温度。

甚至，她都能感受到他肌肉的坚硬。

“丁子君，你是不是想到什么少儿不宜的东西了？脸怎么越来越红了？”

看着丁子君莫名变得通红的脸颊，郑超戏弄她的兴致又高涨起来，眼睛微微眯起，眼神玩味地扫向她。

“我没有。”

丁子君虽然承认她想的东西确实不是很纯洁，但是毫无疑问，绝对不是郑超想的那么猥琐，这一点，她可以以人格起誓。

“那你脸红个什么劲？”

“你管我，因为你刚才不小心牵我手了。”眼看着郑超的眼神越来越暧昧不清，急于澄清的丁子君口不择言地吼道。

等吼完她就后悔了，这样的事情由她自己说出来，根本就没有一点能澄清的意思，反而欲盖弥彰了。

苍天，她想死的心都有了。

“那个……我不小心的，又不是故意的。”

对面的人忽然转过脸，左手握拳抵在唇间，右手不自觉地摩挲着衣角，脸颊也开始泛红。

他一脸红，丁子君反而淡定了，好奇心胜过了害羞，她思维奔逸地开始猜想，这就是郑超本来的模样吗？

那个看起来痞痞的，总是喜欢捉弄人，并且风流倜傥到校草级别的郑超内里其实是个容易害羞的纯情少年？

开什么国际玩笑。

排除了这种可能后，丁子君点点头，暂且把他这种意味不明，突如其来的脸红定义成他脑袋短路了。

“无所谓了，总之，今天谢谢你了，两次替我解围，虽然之前的事让我很生气，可一码归一码，我还是很感谢你的。如果没什么事的话我就进去了。”

“别！”看到丁子君转身要走，郑超下意识地喊了一声，他只是单纯不想让她走，想要继续和她待在一起，只是冲动地挽留之后，他才意识到，他似乎没有要她留下的理由。

“嗯？还有什么事吗？”

丁子君回身，定定地看着一脸纠结的郑超。他表情困惑得很，带着一股绞尽脑汁的焦灼，究竟是遇到什么事了，能让他露出这么憋屈的表情？

憋了半天，郑超脑子一片混乱，完全不知道该编个什么理由挽留她，眼看着她就要回身往里走了，他条件反射地一把揪住她雪纺衫的后领，急切地喊：“你的内衣暗扣还没扣上。”

“……”

丁子君回身一脚踢在他的小腿骨上，恼羞成怒地吼：“我就不该相信你，你就是个彻头彻尾的流氓。”

“别，丁子君，你别进去。”郑超抱着二次受创的小腿骨，垂死挣扎地哀求。

“怎么，你还想挨一脚？”丁子君完全没理会郑超的话，怒气腾腾地开门冲进去，直到关上门后才听到郑超弱弱的呼唤声——

“你又走错包间了。”

总之，等丁子君神志不清地回了宿舍后，她才仰天长叹，总结了一下自己今天的表现，基本徘徊在丢人与被丢人之间，没有一点缓冲。

“你丫终于回来了，老娘让你帮个忙你不帮，你要是不说你今天去哪儿了、干吗了，我一定活剐了你。”

被李珊珊堵在宿舍门口，丁子君是极其不愿意的，但是碍于今天确实对不起这妮子，她也只得乖乖地报上行程：“我去吃饭了，又去唱歌了，跟许辉他们，还有一群不认识的学长学姐。”

为了讨好李珊珊，丁子君故意爆料：“哦，对了，还有郑超。”

果然不出所料，一听到郑超的名字，李珊珊激动得面膜都快要掉下来了：“真的吗？我男神今天帅不帅？穿的什么衣服，你有没有偷拍几张照片？”

丁子君把她嘴角掉下来的面膜又敷了上去，无奈道：“我又不是你，对他没什么兴趣，躲还来不及，还拍什么照，别让他以为我是暗恋他的偷拍狂。”

一边说着，丁子君一边往卫生间走。

李珊珊也屁颠屁颠地跟了进来，丁子君自然没那么矫情，也没多说什么，关了门之后就开始脱衣服。

因为她的内衣暗扣依旧没有扣上。

被郑超三番五次折腾，她已经完全没有余力计较这个了，所以，在KTV的整个过程，她的内衣一直是松的，那种感觉别提多酸爽了。

“哎？你这是怎么了？”

丁子君把雪纺衫挂在李珊珊的肩头，感觉她在触碰自己的后背时才解释：“哦，内衣暗扣开了，本来想去卫生间扣的，不小心遇见郑超了，我就没扣。”

丁子君以她的人格和学期期末成绩做担保，她只是长话短说了而已，只是言简意赅了而已，并且她的话真的没有一点点歧义。

只是这话听在李珊珊的耳朵里就完全不是一个味道了。

“你丫的，背着我和我男神干什么了。”

胸上突然多了一双魔爪，丁子君条件反射地双手环胸，并且尖叫：“李珊珊，你有病啊。赶紧把手拿开，你个流氓。”

“丁子君，你丫怎么可以背叛我？你明明知道他是我男神，你怎么能这么对我？”

李珊珊背后式握着自己胸的姿势搭配上她泫然欲泣的表情让丁子君很是不理解。她拍拍依旧牢牢握在自己胸口的手，悠悠地问：“你有话就不能好好说吗？能不能先别非礼我？小心我喊人啊。”

“你喊破喉咙都没人会来救你的。”

“……破喉咙，破喉咙……”

两人的冷笑话讲完后，李珊珊终于哆嗦着松开了手，她抬手把自己脸上的面膜重新贴好后，双手叉腰，开始推理：“丁子君，你一定要和我说实话。我男神是不是摸你胸了？”

丁子君扣好内衣暗扣，把雪纺衫从李珊珊肩上拿下来，脸上配合地露出惊讶的表情：“你吃错药了？我的胸除了被你摸过外，还没有第三个人摸过。”

“啊啊啊啊，我就说，我男神一定摸你了，你都说有两个人摸过了。”

“拜托，老大，第二个人是我自己好不好。”

“……哦，对啊。那还有一个疑问，为什么你要去扣内衣暗扣，但是见到我男神后就放弃扣了，是不是为了方便我男神？”

此时丁子君已经重新穿好了上衣，终于腾出手来，一巴掌拍在了李珊珊的脑袋上，恨铁不成钢地揉搓：“我说你个表里如一的黄种人，你的思想什么时候能健康一点。我的意思是说，我准备去的时候正好碰到了他，我当时有点尴尬，所以没好意思进去。”

“就这些？”

“就这些。”

“我男神真的没碰你吗？”

“郑超虽然是一个流氓，可也不是变态大叔好吗？蹲在厕所拐角摸小女生的猥琐事情是他干得出来的吗？口口声声说他是你男神，你对你男神最基本的信任呢？”

“哦，也对。”李珊珊终于释怀，拍着脸转身准备出去，正当丁子君松了口气时，她又转过身来，可怜巴巴地看着丁子君，“怎么办？连你这样的B罩杯都不能让我男神心动，那我这个A罩杯该怎么办？”

丁子君：“……”

时间一转眼就过去了，内衣暗扣事件的阴影退散了不少，丁子君重新精神焕发地迎接她期盼已久的运动会。

运动会一共开三天，第一天上午是开幕仪式，下午是趣味赛和八百米；第二天上午是众人瞩目的篮球赛，下午是足球；第三天上午则是一些零散的小比赛和男子短跑，直到下午才是女子短跑，晚上闭幕式。

对于这样的安排，丁子君深刻地感受到什么叫爹不疼娘不爱，训练场地寒酸就不说了，就连比赛时间都要受气，看完了帅哥美女打篮球、踢足球，谁还看她们一个个甩着膀子玩命狂奔啊。

想想那个处境，真是要多凄凉有多凄凉。

运动会开幕前两天，丁子君晚上照例下去跑几圈，教练说最近可以稍微休息一下，不要让肌肉太过疲劳，可她总觉得，歇几天说不定跑的时候会抽筋，还是热热身的好。

操场上虽然灯火通明，可是因为荒无人烟，也透着一股阴森诡异的气息，丁子君掏出耳机戴上，原地活动了一下后，便开始慢跑。

橡胶跑道带着特殊的绵软质感，丁子君调整呼吸缓慢跑着，经过操场边的小树林时，却突然听到一阵哭声。

隔着耳机都那么凄厉，丁子君被这诡异的哭声吓得差点魂飞魄散，她立刻止了步，扯下耳机，一脸警惕地环视着四周。

哭声是从小树林里传出来的，一声比一声凄惨，间或还带着咒骂声，丁子君自动脑补出了画面，为情所伤的女子自挂东南枝后，怨灵经久不散，呜呜咽咽地飘荡在她生前生活过的地方，一双空洞洞的眼呆滞地注视着那个伤害过她的人。

人的想象力在恐惧的情况下总是会无限爆发，丁子君感叹脑补能力的同时也被自己吓到了，她麻溜地收了耳机，哆哆嗦嗦地往回跑。

女子的哭声停顿了一下，一个低沉的男声传来：“你别哭了行不行。”

按丁子君刚才的逻辑推理的话，这个男子一定就是那个负心人了，因为某种报应也离开了人世，并且亲自向香消玉殒的女子赔罪道歉。

但丁子君之所以没有这么推理，是因为她发现了一个严重的问题，就是这个男声她熟悉得很，可不就是郑超的声音吗？

大晚上不回宿舍，和一个哭哭啼啼的女生躲在树林里，不知情的以为见了鬼，知情的一定会以为他把人家姑娘怎么着了吧。

月黑风高夜，偏僻小树林，还真是个作案的好地方。

最初的惊恐过后，此时的丁子君好奇心占了上风，她一遍遍地给自己暗示，没关系，我只是路过，并不是有意要窥探别人隐私的。

她从台阶上去，状似无意地从小树林边上往回走，眼珠滴溜溜地转着，循着说话声寻找目标。

“郑超，你要是不答应我，我就死给你看。”

“刘雨欣，你别无理取闹行不行？”

你无情，你无义，你无理取闹。

你不无情，你不无义，你不无理取闹。

我怎么无情，怎么无义，怎么无理取闹了？

自动脑补了琼瑶奶奶的经典台词，等丁子君回身时，郑超已经转身要走了，她吓了一跳，赶紧躲在树后头，只露个脑袋出来偷看。

“郑超，接受我有这么难吗？我哪里比不上她了，她不就是个小透明吗？我喜欢了你那么久，你的心就算是石头做的，也该有一点温度了。”

哇哦，这么精彩，丁子君手托下巴做沉思状，明眼人都看得出来刘雨欣对郑超的感情，她只是猜测刘雨欣是不是暗恋郑超，却没想到真相更加劲爆，刘雨欣竟然已经喜欢他那么久了。

对一个流氓这么喜欢也是不容易啊。

丁子君对于刘雨欣的遭遇深表同情。

“你喜欢我是你的事，我喜欢谁是我的事，如果你觉得只要付出就必须有回报的话，你的感情未免太廉价了。”

听着郑超的冰冷拒绝，丁子君心中咯噔一下，突然很同情刘雨欣。

想想许辉，丁子君突然觉得自己何其幸运，虽然她并没有向许辉说出自己的心意，可即便是这样朦胧的暗恋，许辉也从未让她伤心过。

许辉除了她以外，没有什么太过暧昧的异性朋友，平日里又总是把她照顾得妥妥帖帖的，能有这样一个温柔的暗恋对象，她比刘雨欣幸福太多。

小树林里的动静渐渐停止了，丁子君暗想，估计是郑超先走了，她撇了撇嘴，也准备偷摸溜走。

就在她猫着腰准备下台阶时，背后突然传来一声质问：“丁子君，你怎么在这里？”

某个被逮了个正着的人正弓着腰僵在原地，她其实想说“我是来跑步的”，可自己这副鬼鬼祟祟的模样实在是说不过去，两相矛盾下，她只好慢悠悠地回头，干笑道："哈哈哈，好巧。"

"你来这里干什么？"

呼，幸好郑超没有直接怀疑她是来偷窥的，还顺势给了她一个台阶，她赶紧就着这个台阶下去："我是来跑步的，你看，我穿的运动装、运动鞋，我还戴着耳机听歌呢，我以人格做担保。"

丁子君赶紧表明立场，为了体现自己话里的真实性，她高举右手做发誓状，一脸的大义凛然。

"我知道。你刚才听见了？"郑超关心的不是她干什么来了，而是她是不是听到了他和刘雨欣的对话。如果听到的话，事情就有点棘手了，她本来就是一个敏感的女生，他死皮赖脸地想要接近她，她都尽可能躲得远远的，现在倒好，再听说他有个追求者，她肯定躲得更远了。

"事情是这样的，本来吧，我是要跑步的，可是经过小树林的时候听到有人在哭，然后吧，我就有点害怕，往回走的时候不小心听到你们说话了，我真的不是故意偷听的。"

虽说她刚才的行为已经是偷听无疑了，可面对当事人时，还是习惯性选择了无条件为自己辩解。

"你是不是误会什么了？"郑超从台阶上走下来，微微俯视着她，希望从她眼底看出些异样的情绪。

"哈？绝对没有。我发誓。虽然我不小心听到了你们的谈话，可我并没有琢磨推敲，直接就左耳朵进右耳朵出了，晚上睡一觉保证什么都忘了。"

看着她着急想要澄清的模样，郑超眉头紧锁，反而有些不高兴。

一开始明明是害怕她听到的，害怕她误会他和刘雨欣有什么关系，可现在在看到她急切地想要撇清的样子，他又开始莫名地生气——对于他被表白，或者说他喜欢谁，谁喜欢他，她是没有一点兴趣的，她唯一在意的是怕他误会她偷听。

她可真是一点都不在意他，如果有那么一丁点在意的话，她问的不应该是他和刘雨欣到底是什么关系吗？

思及此，郑超的脸色更加阴沉，映衬在斑驳的树影间更显晦涩不明。

这家伙不会是生气了吧？意识到有这种可能性后，丁子君赶紧开口："你别生气，今天晚上发生的事情我绝对不会和别人说的，当然包括刘雨欣学姐。你放心，我嘴严实得很。"

说罢，她用食指和拇指在唇间比画了一个拉拉链的动作，形象生动地证明了她的口风之严。

"你可真是……"郑超怒极反笑，简直拿她没有任何办法，奈何现在他又不能多说什么，这样的感觉实在是太憋屈了。

"咳咳，郑超，学姐过来了，我先闪了，拜拜。"

刘雨欣大概是哭够了，萎靡不振地从小树林里钻出来，垂着脑袋往他们这头走来，丁子君眼见大事不妙，撒腿就想逃。

"别着急，要跑一起跑。"郑超一把揪住她的领子，慢条斯理地说。

"我为什么要和你一起？我是独立的个体，并且和这次的事件没有一毛钱关系，和你一起跑我就跳进黄河也洗不清了。"

领子虽然被揪住了，但丁子君还是努力地踮着脚，试图越过郑超高大的身子去观察刘雨欣的动态。

"如果不想和我一起跑的话，那就干脆别跑了，一会儿刘雨欣来了，你就实话和她说好了。"

开什么玩笑。刘雨欣刚被郑超拒绝，反手就看到郑超和一个小学妹拉拉扯扯、纠缠不清，这不是此地无银三百两嘛。她虽然和刘雨欣不熟，可是学姐犀利泼辣的性格可是传遍了大江南北，她可不想成为学姐的眼中钉。

"郑超，你这个小人。"

脑中唰唰地分析了利弊，丁子君被逼无奈地选择和郑超一起跑，她把手探到后颈处，伸出指甲狠狠地掐了一下郑超揪着她领口的手："能不能松开？"

"松开你可不就丢下我一个人跑了。"郑超秀挺的眉渐渐蹙起，就是死活不放手。

“我说老大，你是准备就这样揪着我一起跑吗？”丁子君艰难地扭过头来，衣服领口勒得她有点缺氧，她只能努力地踮起脚适应被擒拿的姿势。

“那我松开，你不许跑。”

“骗你是小狗。”

“好。”

看着丁子君信誓旦旦的表情，郑超放下心来，缓缓地松开手。

感觉到脖子上的禁锢消失后，丁子君才不管三七二十一，拔腿就跑。

只是刚一迈腿就差点被衣领勒得背过气去，再次被抓住的丁子君恼羞成怒地咆哮：“你不是松手了吗？！”

“显而易见，要不是我长了个心眼，丁小狗你就要背信弃义地逃跑了。”

“你才是小狗，你全家是小狗。”被抓住的丁子君也不管自己刚才信誓旦旦说的话，手脚并用地开始扑腾。

身后的人像是逮了只小鸡崽似的提着她的衣领，没有一点要松开的意思，丁子君挣扎的同时回头瞄了一眼刘雨欣的动态，见她离得越来越近时，一着急，也顾不上和郑超继续谈判，干脆利落地来了个金蝉脱壳。

等郑超回过神来时，手里就只留下一件轻薄的运动装了，刚才挥舞着胳膊扑腾的家伙已经飞奔到几米开外的地方。看着只穿了一件短袖拔足狂奔的傻丫头，郑超笑出声，放弃了继续逗弄她。

手里的运动装白净绵软，郑超下意识地拿起来凑到鼻尖底下闻了闻，衣服上是一股点心般的香甜味，他很好奇，不知道这是洗衣液的味道，还是她身体的味道。

如果是后者的话，那这样的味道就太让人脸红心跳了。

衣服的主人已经跑得不见了踪影，郑超愣怔了半天，还是决定先把衣服带回宿舍。

“哟呵，郑超，怎么把刘雨欣的外套都扒回来了？”郑超刚一进门，就被门口的李伟逮住逼问。

李伟的眼神迷离且猥琐，于是在决定回答之前，郑超先抬手给了他一巴掌：“你能不能别什么事都想得那么猥琐？”

“嘿嘿，不是我猥琐，主要是你的行为太过诡异，你不是说刘雨欣叫你出去吗，怎么回来还把人家外套拎回来了，你这样让别人想得单纯都很难。”

“在议论我诡异不诡异之前，你能不能先把你的爱情动作片关了，或者说你能不能戴上耳机，这么大的动静别人还以为你把女朋友领回来了。”

郑超淡定地瞥了一眼满屏少儿不宜的内容，对于李伟这种光天化日之下公然发情的行为表示极其头疼。

“说得你好像多禁欲似的，大家的女朋友都是右手，还有什么领不领的。”

“好了，你赢了。”成功地转移了话题后，郑超拎着运动装窝进椅子里，没再搭理李伟。

这样的小插曲在岛国爱情动作片进行到高潮时立刻就被李伟抛之脑后了，但是边上一直旁观着的许辉却在郑超坐定后若有所思地盯着他手里的那件运动装。

衣服很是眼熟，无论是款式还是尺寸，都和丁子君的那件特别像，虽然李伟调侃郑超说衣服是刘雨欣的，可是许辉并不这样认为，刘雨欣那样的御姐怎么会穿这么小女生的幼稚衣服。

既然衣服可能是丁子君的，那它是怎么到了郑超手上的呢？

许辉百思不得其解，但是转念一想，不管衣服是谁的，怎么到了郑超手上的，都不是他应该好奇的，便也没有继续深究。

晚上洗漱完毕，准备睡觉时，郑超才开始犯愁，丁子君的这件衣服他该怎么处置呢？

思前想后，郑超只好把衣服挂在床头，想着明天无论如何也要把这个碍事的东西送回去。

第二天一早，许辉照惯例早起准备跑步，等他换好运动装正准备走时，郑超已经回来了。

看着满头大汗、呼吸急促的郑超，许辉很是疑惑：“你今天起这么早啊？”

“有点睡不着了。对了，替我把这个捎给丁子君。”郑超把身上的外套脱了，快步走到自己床边，把床头上的运动装取下来，一脸嫌弃地扔给许辉。

看来自己猜对了，许辉明智地保持缄默，把衣服收好后，就转身出门了。

目送许辉离开后，郑超脱了衣服，反身进了浴室洗澡。

温热的水流兜头浇下来，郑超此时才稍微清醒过来，他双手撑在墙壁上，心中的躁动依旧难以平息。

他今天之所以会这么反常，完全是拜丁子君所赐，准确地说，他二十多年来第一次做春梦，是拜她那件运动服所赐。

梦里性感魅惑的人，原型不过是床头散发着香气的衣服，稀里糊涂地做了春梦一场，郑超再无睡意，心情烦躁地穿衣起床跑步。

之后回来就碰见了许辉，原本还想着亲自还给丁子君的，可是经过昨天晚上的春梦后，目前为止他最不想见到的就是她。

还好许辉没有多问，收了衣服就走了。

因为发生了这样隐晦而尴尬的事，今天一天郑超整个人都有点魂不守舍的，在学生会开会的时候，他好几次因为走神而打断了思路，发言结束后，一旁的刘雨欣忍不住低声问道：“你今天怎么了，感觉有点心不在焉的，是因为昨天晚上的事吗？”

“昨天晚上没休息好。”

“其实你不用为难的，我并不着急，我已经等了你这么久，不在乎继续等下去，我就是希望你能正视我的感情，不要再躲着我。”

“不是因为这个。”郑超漫不经心地敷衍道。

他话音刚落，刘雨欣的脸色就由红变白，眼里突然有了泪，也不管会议还在继续，直接愤然离席。

“刘雨欣又怎么了？”正在发言的学生会副主席停顿了一下，好奇地插了句八卦。

郑超扭头看了看刘雨欣离开的方向，冲台上的人挥了挥手：“没事，你继续说就行。”

开完会，郑超百无聊赖地往教学楼走，身后的许辉突然追上来，把手里的袋子扔给他，急匆匆地说："衣服你自己还吧，我今天有点事，腾不开手，没时间替你还了。"说完还眨了眨眼。

"哎，许辉，你！"还没等郑超说完话，许辉就一溜烟地跑了。

一种前所未有的纠结感涌上心头，郑超还是第一次产生了不想见到丁子君的念头。

若是放在平时，他巴不得有这样的机会接近她，可今天他实在不知道该用什么样的表情面对她。

他害怕自己一见到她就忍不住想起昨天晚上的那场梦，那样鲜活的人站在他面前，他怎么可能保持淡定。

现在丁子君好不容易对他有所改观，不再口口声声地叫他流氓，如果今天见她，再说了什么不该说的话，他可真就前功尽弃了。

思来想去，郑超还是决定先把衣服拎回去，等心情平复了之后再还她。

他特意选择了一条比较偏僻的小路回公寓楼，这条小路离教学楼和公寓楼都比较远，一般人是不会来这里的，应该不会碰到丁子君。

穿过梧桐树林，郑超矮着身子从篱笆里钻出来，身子还没站稳，就听见背后一声透着惊喜的呼唤："嘿，这不是郑超嘛，正好，快把我的运动服还我。"

郑超听到声音后浑身一僵，维持着弓着腰的姿势僵在原地。

还真是怕什么来什么。

"嘿，你还随身携带着？直接给我好了，省得我还要专门去找你。"说着，丁子君上前一步，伸手就要拿郑超手里的袋子，只是手还没伸过去，郑超就猛地转过了身。

"嚯，吓我一跳，好吧，你给我总行了吧。"丁子君后退一步，收回来的手直接抬起来，手心朝上伸向郑超。

她今天穿的还是昨天晚上的那件T恤，紧紧地包裹着她玲珑的身段，就算他不刻意去看，也无法忽略她起伏的曲线。

昨天晚上的梦突然涌上心头，让他根本把持不住，现在看看，好像她的身材并不比他梦中的差，兴许还要更好。

“郑超你到底还不还？我说了我保证不会说漏嘴的，你可以放心，完全不需要扣押我的衣服。”

某人一脸呆滞地望着她，完全没有要还衣服的意思。丁子君不解，不就是被表白了，怎么就这么大阵势了，她三番五次地解释不会泄密，他怎么就不相信呢？

昨天晚上的逃跑事件是特殊情况，一般情况下，她还是说话算话的。

“我不是那个意思。”听到她发问，郑超才醒过神来，意识到自己刚才竟然满脑子想的都是乱七八糟的场景，他尴尬到不行，赶紧扭转头，眼神闪躲着不敢看她。

“郑超，你的脸怎么又红了？你不会在想什么少儿不宜的事情吧？”

当然，丁子君绝对不是因为有读心术，她只是逮住机会报之前的仇。那天在 KTV，她不就是小小害羞了一下，他就一脸猥琐地说她在想少儿不宜的东西。今天好不容易逮住了机会，不管他在想什么，她都得把这个帽子扣在他头上。

小心眼吗？不，丁子君觉得这只是以其人之道还治其人之身的变相表达。

原本只是一句小小的玩笑话，哪知郑超一听，立刻爹了毛，直接把袋子里的运动服掏出来，一巴掌拍到丁子君的脑袋上，并且气冲冲地留了一句：“丁子君你是不是有病？”

丁子君手忙脚乱地把衣服从脑袋上扒拉下来，瞪着眼睛看着已经大踏步离开的郑超，无奈地感叹，这到底是谁有病。

啧啧啧，简直是不可理喻。

仔细检查了一下自己的运动装，确认衣服并不脏后，丁子君松了口气，嘿嘿，还好还好，省得她再洗一次了。

拿了衣服，丁子君正准备继续跑步，还没下台阶，就听见身后有脚步声传来，她好奇地回头，一转脑袋，就看见了气喘吁吁杵在她面前的郑超。

“你就不能好好地穿衣服吗？以后别穿这种衣服，乖乖地把你的运动装穿上。”

愣愣地由着郑超把运动装从她手上扯下来，然后胡乱一顿拉扯给她披在身上，整个过程，丁子君都处于茫然状态，直到郑超诡异的举动停下来后，她才开口：“郑超，你是不是有病？”

“你才有病，没病谁每天穿这么……这样的衣服出来。”郑超把到了嘴边的那句“这么紧的衣服”生生地咽了回去，结巴地赶紧换了一种表达方式。

“郑超，我是不是欠你的？我穿什么跟你有关系吗？更何况什么叫这样的衣服，我衣服怎么了，一不露背，二不露胸，三不透视的。”

比起大学其他女生各种风情万种、性感妖娆的装扮，她这样的装扮已经素得跟小白菜似的了，还能挑出哪门子毛病。

意识到自己说错话后，郑超卡了一下，暗自懊恼自己太过冲动，丁子君的衣服哪有什么毛病，忍不住想歪的可是他，要有病也是他自己，跟她哪有半点关系。

可是话已经说出口，他再解释岂不是更尴尬，因此，郑超只好硬着头皮和丁子君犟嘴：“现在的大学女生哪有穿得这么土的，打扮得跟个村姑似的。”

他可以质疑她的衣服，但是不可以质疑她的品位，质疑衣服只是说明她眼光不好，可如果是质疑品位的话，那就已经上升到了侮辱人格的层面。

丁子君岂容他这样平白无故地羞辱自己，冷笑一声，挑眉讽刺道：“那是自然，你看惯了大胸长腿，突然看到一个穿着保守的自然不适应，郑流氓同学。”

这下郑超是结结实实没话了，她的眼神十分认真，他知道，丁子君已经是有些生气了，他一着急，也不敢再乱说话，赶紧放软语气解释：“我不是那个意思。”

“停，我才不管你什么意思，我只有一个请求，请郑流氓同学以后尽量不要见丁村姑，小心长针眼。”

说着，丁子君伸出食指在自己右眼上戳了戳，最后一句话几乎是咬牙切齿从嘴里挤出来的。

放了狠话过后，丁子君也不管郑超有什么反应，拎着自己的衣服利落地下了台阶上了跑道，看来她和郑超还真是相生相克，两人心平气和的谈话绝对不会超过三句，每次谈话总要吵一架。

可能是八字不合，或者是郑超五行缺德，命里欠骂。

眼看着丁子君利索地跑开了，郑超扯着自己的头发一脸懊恼地蹲在地上，他怎么就学不会和她好好说话呢？为什么每次总要惹她生气，明明想要好好接近她的，可是每次总是毫无例外地把她推得更远。

想起她一脸厌恶的表情，郑超心里就憋屈得厉害，不知道是因为难过还是因为生气，总之，胸腔里闷闷的，郁闷得想要发火。

运动装事件过后，丁子君也没有闲暇时间在意郑超的话了，开始紧锣密鼓地准备开幕仪式。

当然，她只是一个打酱油的，确切职务是开场舞最不起眼的一个伴舞，学校里自然不缺会跳舞的人才，只是大部分专业人士都去参加正式比赛了，便没有时间准备开场舞。

思来想去，丁子君就被推上去了，一来她不嫌弃角色不起眼，二来她也算有点舞蹈底子。

对外的官方原因是这个，但是想想真实原因，丁子君就有点泪流满面，文艺部副部长找她的时候是这样说的：“丁子君，反正你参加的是短跑，所以过来排排开场舞吧。”

反正你参加的是短跑，项目不重要，学校不重视，也没多少参赛的，况且是在第三天才比，也没多少人看，所以你有的是时间，过来排开场舞吧。

自动脑补了副部长的潜台词，丁子君还是含泪答应了，其实当个伴舞也挺好的，还能在全校师生面前露露脸，比短跑还风光些。

舞蹈很简单，无非是扭腰摆臀，丁子君练了几天就记住了，开幕之前还彩排了一次，应该没有太大问题了。

Chapter 4

想你的笑

P I N G S H E N G Y I N U O

浩浩荡荡的运动会终于开幕了，丁子君一大早就开始忙活了，要试衣服、做头发，还要化妆。等她收拾好已经是七点半了，运动会八点开幕，吃饭肯定来不及了，她嘴里叼了一块面包就急匆匆地跑了出去。

化妆间和更衣室在文体中心，等丁子君跑上去后，大家已经准备好了，刘雨欣是领舞，正在做最后的舞蹈安排。丁子君默默地在边上听着，等她一声令下后，大家便一窝蜂地往会场冲。

可怜丁子君嘴里叼块面包，还什么都没听着就得继续屁颠屁颠地跑了。

进了会场，刘雨欣去后台做统筹，剩下的人该补妆的补妆，该整理仪容的整理仪容，只有丁子君腮帮子鼓鼓的，还在嚼面包片。

“丁子君，一会儿记得把妆补了，你的唇彩都脱了。”边上一个学姐特意提醒了一下，丁子君鼓着腮帮子赶紧点头。

过了大约十几分钟，开幕式准时开始。

另一边，郑超在调控室冲着音响师打了个手势，会场里应声响起慷慨激昂的音乐声。

“音响五组做准备，十秒钟后把音乐切过来，倒数开始十、九、八、七……三、二、一，好，放开场音乐，后台舞蹈队做准备，好，舞台调控准备开帷幕。”

一切有条不紊地按计划进行，节奏感强烈的音乐声在会场里回荡起来，帷幕拉开，一水儿的美女从帷幕后款款走出来。

负责统筹的一个男生一看到这阵势，忍不住大呼：“一开始就这么劲爆，看看那一条条的小蛮腰，让人看了肾上腺激素不激增才怪。”

“开运动会不就得这么个调调嘛，要是拉一段二胡，你看得下去才怪。”郑超拧开桌上的水喝了一口，见怪不怪地发表意见。

只有把现场气氛调动起来，一会儿比赛运动员们才能热情高涨，这和篮球赛的啦啦队是一个道理。

“这个小妹妹有点眼生啊，不是雨欣他们舞蹈队的吧？”那人指着监控屏幕上不断晃动的一个小人说道。

郑超好奇，放下手里的水，俯身看向监控屏幕。

监控的画质不是很清晰，加上女生们都化了妆，还经常变换队形，按理说，要想准确认出一个人还是有点困难的。可郑超偏偏就是不费吹灰之力，一眼就认出了人群中的丁子君。

他眉头紧皱，表情渐渐暗沉下来，刘雨欣给他开场舞名单的时候，他扫都没扫一眼，随手就给许辉去确认了，哪曾想，里面竟然有那丫头的名字。

“郑超，你仔细看，这个小妹妹看着小，可是该小的地方都不小，也不知道小妹妹有没有男朋友，她男朋友一定很性福。”

“是是是，性福得很。你给我滚去看后台。”郑超听着他越来越猥琐的话，气不打一处来，拎着矿泉水瓶子就往他脑袋上砸，边砸边骂，“我让你意淫，让你意淫。”

那人被活生生打跑，跑前还抱着脑袋一脸委屈地申冤：“我又怎么了，我就是说一说而已，哪有意淫。”

“你给我滚。”郑超气急败坏地把手里的瓶子砸向他。

那人赶紧抬脚溜走了。

开场舞大概表演了五分钟，这五分钟对于郑超来说简直难熬，他眼睛死死地盯着屏幕上清纯中不自觉带着点小性感的丁子君，心中暗想，这样一只穿着暴露的小绵羊在台上蹦跶，下头那群饿狼肯定瞅得眼睛都绿了。

想着那群猥琐的饿狼指不定意淫得多下流时，郑超整张脸都黑了，好不容易等开场舞结束了，他把统筹交给别人，迫不及待地冲出了调控室，一路跑到更衣室。

在文体门口，他碰见了正准备上楼的刘雨欣。

“郑超，刚才我们的表演你看了吗？怎么样？”

郑超哪有心情关心这个，眼神在人群中搜寻丁子君，随口敷衍：“挺好的，有你出马，哪有不成功的。”

“那是，为了今年的运动会，我专门请人编的舞，自然好看。”刘雨欣一脸得意。今天的成功是在她的预料之中的，她习惯了享受这样受人瞩目的时刻，便也欣然接受了郑超的夸奖。

“那你先忙，我走了。”人群中没有丁子君的身影，郑超不想浪费时间，甩下一句再见后就匆忙地跑了。

还沉浸在喜悦中的刘雨欣自然没有料到郑超竟然就这样走了，脸上的笑容渐渐冻结，最后愤愤地跺了跺脚，阴沉着脸上了楼。

郑超是在半路上截住丁子君的，准确地说，是截住了被衣服淹没了的丁子君。

“刘雨欣让你抱的？”郑超直截了当地开口，他深知刘雨欣看丁子君不顺眼，自然会想方设法地针对她，只是没想到这个丫头就这样傻傻地任人欺负。

和他吵架的时候不还伶牙俐齿的吗，一点亏都不肯吃，现在倒好，被刘雨欣使唤得跟个奴才似的。

听到问话声，丁子君艰难地从衣服的缝隙间看到了郑超的脑袋，她斟酌一下回答：“也不算是，其实是我主动请缨的，学姐她们本来要自己拿的，是我自告奋勇要帮忙来着。”

“丁子君，你脑子有病啊，自找罪受呢。”郑超嘴上恨铁不成钢地骂着，手却已经伸过去，准备把她面前那一大堆衣服接过来。

“哎，你别拿，我来就行。”

还没等郑超出手，丁子君就赶紧后退一步，牢牢地护住胸前的衣服，她从衣服间探出个脑袋，鬼鬼祟祟地说：“我拿衣服挡一下，这件衣服太暴露了，我感觉我像是在裸奔。”

“你还知道啊。”郑超干脆双手抱臂，挑眉看着她，语气里讽刺意味明显。

估计她这副模样在那群饿狼眼里，还不止裸奔那么简单。

“所以我才用衣服挡啊。”

“把衣服给我。”

说着，丁子君突然感觉肩上一暖，还没等她反应过来，胸前遮挡视线的衣服堆就被郑超接过去了。

她眨眨眼才反应过来，郑超把他的外套给她披上了。她脸一红，有点害羞，手指下意识地搓着刘海，不知道该作何反应。难不成还回去？

可转念一想，如果现在逞能把衣服脱下来还给他，难保他不会生气之下用那一堆衣服把她闷死。

既然这样，就只能是恭敬不如从命了。

乖乖地伸胳膊穿好衣服，丁子君忍不住感叹一句：“哇，你用的什么洗衣液，好香啊。和你身上一个味。”

说到这个，郑超条件反射地接了一句：“我倒是很好奇你用的什么香水，你衣服的味道很独特。”

“啊，我啊，我没有用香水，我妈说我大概是小时候吃奶吃多了，现在身上都是一股奶腥味。”

丁子君不觉得这个问题有多隐蔽私人，说的时候也大大方方的，并没有什么特殊的表情。

反倒是郑超，在听到她说出奶香时，瞬间涨红了脸。虽然她的表情单纯得一塌糊涂，话也说得自然，没有一丁点暧昧。可是这样的信息传达到他的脑海时，瞬间就转化成了让人面红耳赤的场景。

他把脸埋进衣服堆里，快步走在了丁子君前头，不让她看到自己脸上的表情。

两人就这样默默无语地走到了文体附近，快到文体楼下时，郑超把手里的衣服递给了她：“你自己抱上去吧，我不方便上去。”

一方面是因为衣服要送去女生更衣室；另一方面，他这样上去，刘雨欣一定会误会的。

丁子君了然，接过衣服后，把背转向他：“喂，你帮我脱吧。”

又是这样普通得不能再普通的一句话，郑超又开始脸红，他拍拍脑袋，深刻地怀疑自己是不是处于发情期了，怎么无论她说什么，他总能联想到一些限制级的东西。

衣服脱下后，郑超抬手穿上，顺手把颈间的工作证理了理。

正好被丁子君看见，她抻长脖子凑过来，死死盯着他胸前的工作证，然后眼睛越睁越大，嘴越张越大，最后干脆尖叫出声：“郑超，你竟然是学生会主席。”

“你才知道？我还以为我的知名度够高。”

“我以为许辉已经是大官了，没想到你还是大官的大官，你才是大Boss。”

这是郑超自从被逼当上学生会主席后，头一次发自内心地喜欢这个头衔，因为这个头衔，他第一次见到了她眼底不自觉倾泻而出的崇拜。

“如果你有什么需要我帮忙的就尽管开口，在我职责范围内的，我一定尽全力帮你。”

一听到这个，丁子君乐得跳起来，脑袋使劲从衣服堆里钻出来：“挂科可以找你吗？我高数估计要挂，提前预约你帮忙好不好？”

“我是说在我职责范围内，你还想让我帮你改成绩啊，想什么呢你。”郑超被她这副模样弄得哭笑不得，忍不住伸手弹了弹她的脑门。

被弹的某人愣了一下，手下意识地就要往上抬，等意识到根本腾不出手后，只好把脑袋埋进衣服里，借此掩饰自己脸颊的通红。

“虽然我不能帮你改成绩，但我可以帮你画画重点。”

“真的？”听到郑超的回答，丁子君一脸惊喜地从衣服里抬起头，眼睛闪着晶亮的光，扑闪扑闪地盯着郑超，“你要是帮我画了重点我就不用担心会挂科了。”

“我要是帮你的话，你准备怎么谢我？”眼见着她已经被套住，郑超乘胜追击，赶紧创造两人单独见面的机会。

“我请你吃饭好不好？”丁子君一脸的大义凛然，小脑瓜从衣服堆里钻出来，表情很是庄严肃穆。

一看就是被考试折磨过的主儿。

“好，我答应你，不过时间和地点要由我安排。”

既然决定接受他的帮忙，让他自由选择也是应该的，可是丁子君想了一下自己岌岌可危的钱包，还是忐忑地说：“那个，你能不能悠着点，就是尽量控制在两位数到三位数之间，我最近资金有些短缺。”

“我尽量。”郑超满口答应，他只不过是为了借此机会和她单独相处，怎么可能真的要她付钱。

“那就这么说定了。”丁子君放下心来，眉开眼笑地许诺，之后乐颠颠地跑了。

看着她抱着衣服小碎步地跑向文体，郑超脸上的笑容渐渐扩散，一想到自己像是约会一般和她单独相处，他就开心得不能自已。

有多长时间没有这样期待过了，期待和一个人相见，迫不及待地期盼和她独处的日子能快点到来，郑超微笑，这种期待的感觉还不错。

等运动会闭幕之后就找个时间约她吧，不过在那之前，他得找教丁子君他们高数的老师请教请教，他的高数其实已经忘得差不多了，不求助外援的话还真有点应付不来。

下午的趣味赛丁子君没去看，两人三足之类的小儿科比赛完全没有看的意义。

不过想想自己的百米短跑，还真是五十步笑一百步，估计到时候看的人更少。

她们宿舍剩下的三个人都参加了趣味赛，李珊珊报的是双人跳绳接力赛，那两人报的是两人三足，三个人乐颠乐颠地跑去比赛了，所以宿舍里只有丁子君这个孤家寡人。

她躺在床上迷迷糊糊地睡了过去，大概睡了一个多小时，就被咣咣的砸门声给吵醒了。

她眼神飘忽地爬下床开门，门一开，一个庞然大物就冲了进来，一把就把她按在了墙上。

“丁子君你丫的浑蛋,还说和我男神没关系,好样的,明修栈道,暗度陈仓,亏我还一直把我的少女心说给你听，你就这样狠心伤害我。”李珊珊泪眼汪汪的大眼睛死死瞅着她，唾沫星子差点喷进她嘴里。

丁子君摸了把脸，茫然地问：“怎么了你，进来就把我一通骂，我下午一直在床上躺着呢，怎么又惹到你了？”

李珊珊双手掐在丁子君脸颊上，跟揉面团似的可劲揉搓起来，嘴里恶狠狠地说：“今天下午我去跳绳，碰见我男神了，我男神上来就问你去哪儿了，为什么没来看比赛，是不是不舒服，你丫能体会我当时心里的感觉吗？老娘心里一汪一汪地喷血，可还得含羞带怯地跟我男神说，没关系，丁子君坐月子呢，不能受风。”

“李珊珊，你狗嘴里吐不出象牙，你才坐月子，你全家坐月子！”丁子君被揉搓得脸都变形了，但还是身残志坚地挣扎着含混不清地把话说完。

眼看着丁子君的脸颊都快被搓肿了，李珊珊终于放过她，愤愤地瞅着她：“你知道我男神和我说什么了吗？我男神说，你叫李珊珊是吧？”

“他怎么认识你？”丁子君揉着发疼的脸，很配合地发问。

“这个就是问题所在，你不知道我当时高兴得跟怀了头胎似的，小心脏扑腾扑腾地跳，哪知我男神接下来一句就让我小产了，他直接问我，你是丁子君的室友吧？”

“咳咳，这个还真有点尴尬。”丁子君不自在地搓搓刘海，虽然问题不在于她，可对于李珊珊的遭遇，她还是深表同情。

“所以说，你不知道刚才我一听到他那句话，第一个反应就是回来把你宰了。”李珊珊伸手在丁子君脖子上比画了一下，情绪依旧比较激动。

“好了，关于你男神的话题就到此为止吧。你今天比赛怎么样？得了第儿啊？”

“没戏，奔着倒数去的，我还以为这样的比赛没多少人参加呢，没想到还藏龙卧虎的，我直接被秒杀了。”

“那还真是可惜，娟儿她们呢？”

“她们两人三足摔了个狗吃屎，要多风光有多风光，别提多好看了。”

“嘿？怎么会呢，她俩不练得挺好的吗？”

“光练得好有什么用，你不知道娟儿紧张成什么样，我估计赶上她高考成绩单下来那个劲了，整个人都是哆嗦的。”李珊珊松开丁子君，边说边往自己的椅子跟前溜达，等她坐下喝了口水之后才继续说，“本来莉莉跑得还挺好的，被娟儿给绊了一下，这下可好，一个拉一个，咣咣地就往前摔，我看着都觉得疼。”

“……想想就疼。”丁子君配合地做了个哆嗦的动作，喃喃自语，“但愿我跑的时候别摔了。”

“那哪能，你是短跑，跟谁摔？”

“还没个万一啊，万一我自己重心不稳呢？”

“丁子君，你丫怎么就不盼自己点好？”

“……”

运动会第二天，就是万众瞩目的篮球赛和足球赛了，上午是男篮和女篮，下午是男子足球，女子足球因为参赛人数不达标，最后取消了。

这天一大早，丁子君还睡得天昏地暗呢，就被李珊珊一个巴掌给扇了起来，她睡眼惺忪地看了眼手机，忍不住惊呼：“李珊珊，你是不是有病啊。现在才六点，你这么早叫我干吗？”

“你赶紧起来，陪我去见我男神，既然我男神认识你，我就得通过你努力地接近我男神。等我彻底地摘了丁子君室友这顶帽子后，你就可以功成身退了。”

“我跟他不熟，我还是通过许辉认识他的，你干脆找许辉当你军师好了，比找我方便多了。”丁子君嘟囔一声，翻个身，卷着被子继续睡去了。

李珊珊看她一副消极应战的态度，知道这条路是行不通了，她眼珠滴溜溜地转，再次计上心来。

“对了，今天的篮球比赛许辉可是后卫，他们七点开始热身，你要是现在起来的话，还来得及给他加加油，鼓鼓劲，再迟人家可就没时间搭理你了。”

“李珊珊，你怎么不早说？”丁子君听完，腾地从床上坐起来，手忙脚乱地开始穿衣服。她怎么把这一茬忘了呢，她之前只是想着尽量不去有郑超在的场合，可怎么脑袋一热，忘了最关键的问题了。

许辉也是篮球队的啊。

匆忙地收拾好自己，丁子君拉着李珊珊一路狂奔到篮球场，等进到场馆内时，她四下扫视了一下，并没有发现许辉的身影。

“哎？许辉呢？热身快要开始了，怎么没看见他？”

“丁子君，你听我说，”李珊珊一把抱住她的胳膊，忐忑地说出了事情的真相，“其实吧，许辉是候补队员，正常情况下他是不需要出赛的，所以他负责后台调控，今天的主角是我男神。”

丁子君用了一分钟时间消化了这个消息，并且努力克制了自己想要一巴掌呼在李珊珊脸上的冲动：“所以说，你大早上把我从床上骗起来就是为了让我陪你看你男神？”

“你就不能可怜我一次吗？我一年到头见一次我男神容易吗？好不容易让我逮住个机会，你就不能配合一下吗？像我这样的糙娘们少女怀春一次容易吗？”

大约是李珊珊这样奋不顾身的自黑感动了丁子君，最后她还是一脸嫌弃地留了下来，陪她看郑超他们热身。

热身很简单，就是单纯的活动筋骨，防止韧带拉伤，并没有进行正式的比赛，丁子君看着一群男生排排站着抻胳膊抻腿，无聊得昏昏欲睡。

反倒是一旁的李珊珊，激动得跟打了鸡血似的，一个劲地在她耳边吵吵：“哎哎哎，你看我男神，我男神手指好长。这一溜男生中还是我男神最好看，完美的侧脸，太帅了。”

“嗯嗯，你和他相距超过了二十米，亏你还看得出他手指长。”丁子君用手掌托着下巴，困得一个劲地打哈欠。

“虽然看不见，可不有比例尺吗，按比例放大，我男神那手指老长了。”

“呵呵。”丁子君对于李珊珊无下限的花痴行为表示不理解，实在想不出合适的措辞表达自己心里的情绪，只能干笑两声，没有作答。

“哦，对了，把你手机给我一下，我给我男神拍张照。”李珊珊说着就把手伸了过来，在丁子君身上一通乱摸。

丁子君腰上怕痒得厉害，浑身蜷缩着，赶紧求饶：“呀呀呀，我怕了你了行不行。我帮你取，你别动我。”

手机取出来，李珊珊调好焦距，把手机对着郑超，摩拳擦掌地找最好的角度。

不知道是李珊珊的动作太过于明显，还是郑超不经意地看向了这头，总之，在李珊珊按下拍照时，郑超的眼神刚好扫过来。

那一刻，他眼底的迷离以及认真统统被收纳进了手机里，李珊珊看着堪称完美的抓拍，激动得不能自已。

“我的天，丁子君，我男神简直帅炸了，抓拍都这么好看，我不行了，心脏病要犯了。”

身边的人激动得翻来覆去的，丁子君也不好意思继续打盹，她象征性地接过手机看了一眼。

不得不承认，郑超果然有一副好皮囊，照片中的他骨架匀称，身材高瘦，眉眼深邃幽深，轮廓分明，长得比女生都精致。她细细地端详了一下，很惊讶地发现，如果光说外表的话，郑超真是没有一点缺点。

无论是五官、肤色，还是身材，简直是无可挑剔。

真是见了鬼了。

“天哪，作为一个男生，脸白得跟个煮鸡蛋似的，这家伙竟然不长痘痘？太人神共愤了。”

见丁子君一本正经地端详了这么长时间最后却得出这样一个结论时，李珊珊一脸的不满意：“你这可不就是羡慕嫉妒恨嘛，要不是长得这么完美，他能成为我男神吗？”

“也不是羡慕嫉妒恨，其实我的皮肤也还不错，我就是觉得吧，一个男生长得这么白白净净的，难保不是个受啊。”

当然，丁子君对天发誓，她真是不过脑子随口说了一句，被网络小说浸淫了许多年，她也算是半个腐女，这么说完全是大脑的条件反射，绝对没有恶意。

可是对于李珊珊来说，她的话已经是犯了大忌讳了。

因此，当李珊珊按住她一顿乱揍时，丁子君愣是没敢反抗一下。

“你丫的说谁是受呢，你才受，你全家都受。”

“是是是，我全家都瘦。”丁子君蜷着身子，努力地护住自己的头发，一边躲着，一边求饶，“老大，你就饶了我吧，毕竟是公共场合，你给我留点面子呗。”

“公众场合你妹，明知道他是我男神你还这么埋汰他，我给你留哪门子的面子。”李珊珊越说越火，双手直接上来揉搓丁子君的脸。

丁子君被她揉得口水都出来了，含混不清地赶紧投降：“好好好，你男神特帅，帅得无法无天的，简直帅瞎我了，所以你能不能松开手。”

“暂时饶了你。”

终于松手了。丁子君鼓着腮帮子揉自己的脸，抬手擦了擦嘴角的口水，一边的李珊珊恢复了正常，正对着照片美滋滋地犯着花痴。

“可以花痴，跪求不要舔屏。”眼看着李珊珊哈喇子都要流下来了，丁子君真担心她会扑上去啃自己的手机。

“照片先留着，晚上回了宿舍后传给我。”

“行，随便你，我肯定不敢删掉的。”

就在她们俩打闹的时候，场地里的篮球队员已经整装待发了，丁子君如释重负地扯着李珊珊起身：“赶紧起来，人家要走了。”

“哦，好嘞，马上就好。”

因为观众数目太过于庞大，篮球赛被安排在了室外的中心体育场，丁子君和李珊珊尾随在他们身后，亦步亦趋地跟去了体育场。

等到了体育场附近，丁子君才彻底惊呆了，能容纳三千人的观众席已经被围了个水泄不通，不仅座无虚席，就连观众席周围犄角旮旯的缝都被塞得满满的。

她拉着李珊珊的手，忍不住感叹：“帅哥的魅力真是无极限啊。我还是头一次看到我们学校的女生这么团结有爱。”

李珊珊明显没她这么乐观，声音惨兮兮的：“怎么会这样，还有半个小时比赛才开始，人怎么就这么多了呢。我连会场都接近不了，还看个毛啊。”

“不要这么消极，别忘了，我上头有人，没准还能给你捞个贵宾席呢。”

就目前的情势来看，只凭她们两个人的话别说看比赛了，估计连观众席都看不见，所以说，这个时候必须要开外挂了。

走出人群，找了个偏僻的角落，丁子君拨通了许辉的手机：“许辉，我和我舍友来看篮球赛，你能不能帮我找个好点的位置？”

那头的声音也嘈杂得厉害，估计是正在做统筹，丁子君只能大着嗓门又喊了一次，这次许辉终于听清楚了她说什么，立刻答应下来：“没问题，你们在入口处等着，我找人接你们。”

事情办妥后，丁子君领着李珊珊，两人乖乖地等在入口处。

没一会儿，一个小学弟就跑出来了，小心翼翼地问：“请问你是丁子君学姐吗？学长让我来接你们去观众席。”

“我们是，走吧。”丁子君拉着一脸愣怔的李珊珊跟着小学弟入场，前台挤得人山人海的，后台却是清静得很，不一会儿，小学弟就把她们领到了提前安排好的座位上。

这些座位是为学生会干事以及学校领导和老师准备的，因为席位相对富余，所以动用点关系也能空出一两个来。

她们两人坐的位置是篮球场正面的观众席，是视野最好的地方，李珊珊好久才回过神来，拉着丁子君的手喃喃地问："我们俩就坐这儿了？话说你上头是什么人，关系怎么这么硬，这么好的席位都能给空出来。"

"你认识的呀，就是许辉，他是总务处的，还是有点实权的。"

看着李珊珊眼底的崇拜，丁子君自豪不已，怎么说都是她喜欢的人，没点真本事怎么行。

"对了，总务处上头还有学生会主席吧？我很好奇学生会主席是谁，那个人一定更牛吧，那可是真正的大Boss。"

丁子君自然知道学生会主席是谁，可是她知道，如果她说出郑超这两个字，李珊珊一定会犯病的，保险起见，她还是极其不愿意看这丫头一惊一乍的。

况且，如果让李珊珊知道了她男神不仅颜值高，还手握重权，那个时候，许辉的人格魅力就会削减很多，潜意识里，她还是不想让郑超把许辉比下去的。

"管他是谁呢，能当上学生会主席的人一定是熬得快要掉渣渣的老学长了。"

"也有那个可能，还是我男神比较帅。不过你说为什么我男神不去当个官呢？凭我男神的能力，当个主席根本不是问题。"

丁子君干笑两声，敷衍道："大概是他想靠脸吃饭吧。"

正说着，比赛就正式开始了，双方队员入场，丁子君看了一下，是712和612对决，这两个班级是傲视群雄的篮球强班，这样的比赛实在是太有看点了。

双方队员互相握手示意，观众席上的女生扯着嗓子嘶吼，李珊珊也扑腾地尖叫，丁子君捂着耳朵揪了揪她的衣角，大嗓门地吼："你坐下，一会儿老师们要来了，你注意点影响。"

只是丁子君的提示几乎没有起任何作用，李珊珊完全没有注意她在说什么，整个人已经进入了癫狂模式。

丁子君无奈，只好放任李珊珊继续呐喊。她转头看着观众席上打出的各式各样加油的条幅，下意识地注意到了貌似为郑超加油的格外多，粗略一数，就有十多个条幅，当然，这还不算不打条幅的非组织的个人。

郑超的人气竟然如此之高，太不可思议了。

万众瞩目的比赛隆重地开始了，因为许辉没有上场，所以，一场比赛下来，丁子君唯一的感觉就是太吵了，尖叫声、呐喊声、鼓掌声不绝于耳，她都快要被吵聋了。

李珊珊一直激动地跟着人群呼喊，丁子君看着下头跑来跑去的人头，有点诧异，那些人是怎么认出来谁是谁的？在她看来，这跑来跑去的根本就没有分别啊。

好不容易熬到了比赛结束，丁子君揉着耳朵迫不及待地就往外跑，李珊珊意犹未尽地跟在她身后，沙哑地说：“你不知道我男神刚才有多帅，他们队有一半的分是他得的，简直帅得没边了。”

“我还真有点没看出来，整场比赛我的耳边都是你的咆哮声，下头的人跑来跑去也有人呐喊，传个球也有人呐喊，我确实有点理解不了你们这种狂热的心情。”

“嘁，你不理解是因为场上没有你在意的人，如果是许辉上场，你估计吼得比我都声大。”

“那倒也是。”对于李珊珊的分析，丁子君表示肯定。说实话，这场比赛确实是因为没有许辉在场才让她觉得非常无聊。

如果场上有许辉的话，她也一定会像李珊珊看郑超一样，目光紧紧地追随着他，在奔跑的人群中牢牢锁定他，他潇洒地进球呐喊，他利落地传球也呐喊，兴许就连他丢分，她也会呐喊。

这场比赛结束后，下一场两个班级的实力虽然不差，可是相比上两个就稍显逊色了，再加上这两个班级里并没有像郑超那样的灵魂人物，因此，许多观众已经开始离席。

那些队员一定很寒心吧，眼看着自己上场了，但是观众意兴阑珊地离席，斗志多多少少都会被打压的吧。

但是转念一想，就算有人离席，但是留下来的观众数目依旧可观，丁子君想起自己明天要面对的凄凉场景，深刻地意识到，她这个短跑运动员还真没资格可怜人家打篮球的。

从走廊往外走的时候，正好经过了后台，李珊珊眼尖地一眼就看见了正在休息室歇着的郑超，于是，不管丁子君怎么以死相逼，她还是硬生生地把丁子君拖进了休息室。

并且美其名曰，慰问运动员。

“嗨，学长你好。”李珊珊自来熟地径直走到郑超面前打招呼，顺带着把丁子君也拉了过去。

“你好。我知道你是丁子君的室友，叫李珊珊对吧？”郑超刚比完赛，身上还是汗津津的，发丝间都是微微的湿意，他仰头喝了口水后，很礼貌地说。

一旁的李珊珊此时已经完全顾不上丁子君了，一脸兴奋地冲到郑超面前做自我介绍：“是的学长，我是李珊珊，是丁子君的好闺蜜，和她是对床。”

“看出来了，你们俩的关系很好。”

“那可不是，我和她是好到穿一条裤子的关系，所以，如果学长你以后有需要丁子君帮忙的地方也可以叫上我，我保证鞠躬尽瘁死而后已。”

听着李珊珊的话，郑超情不自禁地笑出声，他扯了扯汗湿的领口，嘴角带着恰到好处的微笑，继续和李珊珊聊天：“也好，如果有需要的话，就麻烦你了。”

对于李珊珊这种见色忘义的行为，丁子君相对来说还是比较理解的，在李珊珊的世界观里，闺蜜不是用来直接讨好她男神的，就是用来出卖，间接讨好她男神的。

聊了两句后，李珊珊的胆子越来越大，干脆一屁股坐在郑超旁边，开始大发花痴：“学长，你不知道你刚才有多帅，那五个扣篮简直是帅炸了。”

“难为你还记得这么准确，我倒是没什么印象了。”郑超依旧保持着得体温暖的笑容适时地回应着李珊珊，说话既不高傲，也不敷衍，带着恰到好处的贴心，让人听着很是舒服。

在一旁默默旁观了很久的丁子君忍不住腹诽，郑超什么时候变得这么温文尔雅了，简直就是暖男一枚啊。

想想他和自己在一起时那个痞痞的流氓劲，丁子君就忍不住怀疑，是因为和她在一起所以他才变得那么不正经？

也就是说，归根结底，是她有把他变成流氓的潜质？

还真是怎一个呵呵了得。

这厢丁子君走神的时候，那两人已经越聊越火热了，火热到丁子君真害怕李珊珊一个把持不住就把郑超给扑倒了。

“你不知道你打球的时候多好看，我的小心脏啊，扑通扑通的，跟着你跳。”

面对李珊珊赤裸裸的爱慕之情，郑超表现出了一种习以为常的淡然，只是半开玩笑半认真地说：“估计是因为你专门注意我了，所以才觉得我打球比较利落干净，如果不注意的话，我和其他队员也是没有任何分别的。”

对于他的这句话，丁子君表示十分赞同，因为李珊珊口中说的那些郑超帅炸天的细节，她可是压根一点都没注意到，在她眼里，郑超和其他跑来跑去的人是没有分别的。并不是因为他不超群，只是因为她根本没有专门注意他。

由于郑超亲和温柔的态度，李珊珊慢慢地开始蹬鼻子上脸：“对了，学长，看你这么累，我请你喝冷饮吧。学校对面的茶物语还不错，要不要去尝尝？”

这个丫头是真的少女怀春吗？哪个少女怀春的时候就能这样赤裸裸地邀请自己的男神啊。不要说什么含羞带怯，打个招呼都要脸红好半天，李珊珊这厮压根就没把自己当个少女啊。

“我们一起吗？”郑超眯眼微笑，眼神看似随意，其实却是别有深意地扫向丁子君。自然，他嘴里的我们，就是指他、李珊珊，还有丁子君。

对于好不容易能近距离和自己男神亲密接触的李珊珊来说，丁子君无疑是个一千瓦的电灯泡，可是，话是男神说的，她总不能觍着脸说：“别，就我们俩去好了。”

因此，李珊珊把目标转向丁子君，一个劲地冲她挤眉弄眼。

和李珊珊同住一个宿舍，别的不说，李珊珊这副要多嫌弃有多嫌弃的表情，丁子君算是认得清清楚楚的，别说李珊珊不想让她去，她自己都恨不得现在就跑了。

她自觉地挥了挥手，表明态度：“我不去，我一会儿回宿舍还有事要做，你们两个去吧。”

看到她肯定的态度，李珊珊立刻眉开眼笑，乐不可支地说：“学长，那我们走吧，过一会儿人该多了，早点去可以占个好点的位置。”

本以为和郑超单独相处的大好机会就这样从天而降了，哪知郑超在听到丁子君的拒绝后，悠悠地接了一句：“就我们两个人去的话多没意思，人多一点才热闹。”

他这话是对李珊珊说的，眼神却牢牢地锁在丁子君身上。这样炽烈的目光让丁子君想装作看不见都不行，于是，她只能小心地抬头，回了郑超一个疑惑的表情。

对方冲她挤了挤眼，勾唇露出一抹痞痞的笑，丁子君伸出手指指了指自己，还了他一个白眼。

郑超面带微笑地点点头，用唇语说：“就是你。”

正当丁子君准备回敬他一句时，李珊珊突然回过头来，她吓了一跳，赶紧扭过头，转移了视线。

“你过来一下。”李珊珊自然注意到了丁子君和郑超两人之间的目光交流，她把丁子君拉到角落里，神神道道地问，“刚才我男神什么意思？是不是只有你去了他才会去？”

丁子君干笑两声，解释道：“不是那个意思，他大概是觉得就你们两个人去的话容易让别人误会。”

“那你就跟我们一起去吧。”

没有预料到李珊珊会这样大义凛然地让她去当电灯泡，丁子君有点受宠若惊：“其实你不用管我的，你们两个去就好了，实在不行，你再叫上一个学长。”

“夹在俩男生中间我多别扭啊，还不如带上你，你还能当我幕僚，给我出谋划策，之后找个合适的时机，你就说有事，要先行离开，这样不就只剩下我和我男神了吗，我一样能和他独处。”

丁子君都快被李珊珊这种为了异性把闺蜜出卖得一干二净的精神感动得泪流满面了，她掐了一把李珊珊腰间的肉，咬牙切齿道：“李珊珊，你还算是人吗？”

“好孩子，就当是为了你闺蜜我的幸福着想了，要是事成，我下次再补偿你不就行了。”

“算你识相，好了，就这样说定了。”

两人捣鼓半天终于回来了，郑超依旧是那副淡然的表情，好整以暇地看着面前的两人。

李珊珊开口：“学长，我们一起去吧，人多有意思一点。”

“走吧。”

三个人两前一后地走着，郑超和李珊珊在前头有说有笑，丁子君一脸尴尬地跟在后头，怎么想怎么憋屈，就她这副模样，还谈什么幕僚，根本就是一个小跟班嘛。

他们的目的地是校门口一家口碑不错的冷饮店，这家店的特色不在于冷饮，而是在于店内的装潢布置，无论从哪儿看都透着一股浓郁的小清新的气息，因此，这里就成了秀恩爱，或者搞暧昧的最佳场所。

三个人以不伦不类的组合进了店，穿着黑色制服的服务生热情地上来招呼：“你好，两位要喝点什么？”

还没等李珊珊出声，丁子君就一个箭步冲上来，恶狠狠地补充了一句：“是三个人好吧，我看着很多余吗？”

服务生看着眼前突然蹿过来的丁子君，愣了一下，才反应过来，赶紧道歉：“啊，不好意思，我还以为你是一个人过来的呢。那好，三位先入座，一会儿我帮你们点单。”

这还差不多，丁子君的心理稍微平衡了一点，正准备抬步往前走，就听见了前头有人嗤笑出声。

不出意外的话，笑声的主人是郑超，再不出意外的话，他应该是在笑她。

笑笑笑，笑你妹啊。要不是因为你，我能成这个德行吗？

怀揣着一腔怨气，丁子君阴沉着脸自觉地坐在了他们俩的对面，点单的时候，她毫不客气地指着店里的招牌冷饮一样来了一杯，之后一脸得意地看着李珊珊越来越黑的脸。

让你忽略我，让你把我当小跟班，我让你大放血，吓得你以后再不敢带着我出来。

虽然李珊珊心疼得仿佛在滴血，可是碍于男神就在她身边，她也不能冲丁子君撒泼，只能咬牙露出一抹比哭还难看的微笑："好了，学长，到你了。"

"我要一杯杧果汁就好。"

"真的？学长你不试试其他的吗？其他的冷饮也很好喝的，你可以尝尝。"

难得她请男神一次，怎么能让男神只喝杧果汁呢。

"没关系，我就喜欢喝杧果汁，要这个就好了。"

确认了郑超点的冷饮后，李珊珊狠狠地冲丁子君翻了个白眼，眼神里满满的潜台词，丁子君自动解读为，看看你这个败家娘们，像是一辈子没喝过冷饮似的可劲宰我，再看看我家男神，多温柔体贴，就是舍不得我花钱。

被李珊珊用眼神秒杀的丁子君丝毫没有在意，她关注的是其他事。

比如说，为什么郑超喜欢喝杧果汁了？上次她和许辉一起吃饭的时候，郑超明明点的是蓝莓味的啊，不过几天，他的口味就变了？

这种见异思迁的态度简直不能和她这种专注杧果汁二十年的人相比。

冷饮很快就上来了，丁子君面前大大小小摆了七八杯，她把杧果汁挑出来，其余的用纸盒小心地打包好，准备带回去喝。

对面一直死死注视着丁子君的李珊珊眼睛都要冒火了，奈何要在男神面前保持形象，不然的话，她一定会冲上去，把丁子君掐死在椅子里。

等丁子君乐不可支地打包好后，她终于安分下来，抱着杧果汁小心地喝起来，对面的郑超看她安静下来，才状似无意地开口："你原来喜欢杧果啊，我还以为你会喜欢蓝莓。"

郑超这简简单单的一句话却像是一石激起千层浪似的让丁子君和李珊珊两人同时心里咯噔了一下。

李珊珊想的是，她男神和丁子君已经熟悉到可以了解彼此饮食习惯的程度了吗？

而丁子君想的却是，这个郑超简直是只老狐狸，总是见缝插针地捉弄她，在李珊珊看来，这不过是一句表示熟悉程度的寒暄，只有她知道，郑超绝对没有这么善良。

不就是上次吃鸭血粉丝汤的时候不小心把他蓝莓味的果汁当成自己的杧果汁给喝了嘛，他都羞辱了她多少次了，怎么还这么念念不忘。

对面的郑超配合地扫过来一副你知我知的了然表情，兴致勃勃地看着丁子君一点点红起来的脸。

啧啧，她还真是不禁逗啊。

郑超目不转睛地盯着丁子君，被盯着的人现在才开始后悔，早知道就不要坐在他对面了，她就不信她坐在他旁边，他还能歪着脖子瞅她不成。

“咳咳，”丁子君搓搓刘海后，清清嗓子，目光转向李珊珊，迫不及待地找话题，“你之前不是说看到了一个和学长势均力敌的队员吗？他是哪个班的？”

一提刚才的篮球赛，李珊珊又激动了，也不管郑超和丁子君之间的诡异气氛，亢奋地开始给郑超解说：“说起那个人，他可是612的篮球精英，代表612打了好多比赛呢。听说是什么常胜将军来着，我还以为他实力多强呢，没想到也不过如此，还不是被你打得落花流水的。”

“也不是我一个人的功劳，是我们队比较团结而已。”

这两人又和谐地聊上了，丁子君松了口气，找了个他们说话的空当插了一嘴：“你们先聊着，我去下卫生间。”

“去吧去吧。”李珊珊眨巴着眼冲她使了个眼色。

丁子君白了她一眼，起身往卫生间走。

在卫生间洗了洗手，整理了一下衣服，估摸着时间差不多了，丁子君鬼鬼祟祟地从卫生间里探出脑袋，准备开溜。

从李珊珊他们的角度是看不到卫生间的方向的，因此丁子君如果想逃的话，郑超是绝对发现不了的。

瞅准时机，丁子君身子一矮，麻溜地溜出了卫生间。

“呵呵，好巧，又在厕所碰面了。”

丁子君知道，自己现在的表情一定很僵硬，绝对和人赃并获的倒霉样子有的一拼。

这个郑超真是有病，早不上晚不上，怎么她一上厕所，他就上呢。

“你想溜？”郑超双手插兜，一脸的优哉游哉表情，看着她鬼鬼祟祟的模样，满脸的玩味。

“哪有，我再去洗个手。”惹不起还躲不起吗，现在逃不了，一会儿再逃，人总得学会见机行事。

说着，丁子君利落地转身，刺溜一下又钻进了卫生间里。

冷饮店里的卫生间左边是男厕，右边是女厕，中间是公用的洗手台，当丁子君一脸哀怨地瞄着自己身边的郑超时，她无比后悔地想，早知道她就应该说，她再上一次厕所的。

水龙头的水哗哗直下，流得丁子君都有点心疼了，可是无奈郑超一直好整以暇地看着她，没有半点要走的意思。

“咳咳，我洗完了。”最后，还是丁子君妥协，关了水龙头，示意郑超先走。

“你和李珊珊关系不错。”

“那是，毕竟一个宿舍的。”

“关系好到什么都能说？”郑超的眼神突然变得锐利，丁子君分明看见他眼底一道精光闪过，她心中突然涌上不祥的预感，下意识地后退了一步。

估计是她这样防备的动作更刺激了郑超，他高大的身子直接压过来，双手撑在洗手台上，瞬间就把她包围得死死的。

身前是他近在咫尺的眉眼和熟悉的清爽味道，身后是坚硬的洗手台，丁子君浑身都紧绷了，往前也不是，往后也不是。

“那个，郑超，你有话好好说，别这样。”

她虽然不知道郑超又是哪根筋抽了，突然这么做，但她可以肯定的是，这样的动作实在是太暧昧了，他的双臂就撑在她身侧，他的脸距她不过十多厘米，她一抬头就是他深邃的眉眼，一低头，就是他秀挺的锁骨。

她像是被关在了笼子里的鸟，怎么挣扎都不对。

“说我像个受，嗯？”

郑超说话的时候，身子又刻意地前倾了一下，故意附在她耳边低语。他的气息喷薄在她耳边，他能明显感觉到她身子哆嗦了一下，小小的耳朵迅速变得粉嫩。

“那个……我不是故意的，我就是开玩笑而已……其实吧……你……你……你……”

说到后头，她的声音已经开始发颤了，哆哆嗦嗦的，像是个受欺负的小学生似的。

郑超抽空起身看了一下她的表情，因为距离太近，这一刻她的表情竟然让他的心跳开始慌乱。她长长的睫毛扑闪着，像是一双蝶翼，大眼睛里水汪汪的，看着既可怜又惹人怜爱，牙齿不自觉地咬着嘴唇的动作更是让人忍不住想要扑上去吮一口。

郑超努力地平复着自己的呼吸，故作威胁地在她耳边说：“还敢随便说我吗？”

丁子君吓得动都不敢动，一个劲地摇头，他又问：“那我像受吗？”

“不像，不像，你是攻。”丁子君紧张得语无伦次，只想着赶紧认错道歉，能让郑超早点放过自己。

“嗯？你是横竖不肯承认我喜欢女人是不是？”

郑超暧昧的尾音在丁子君耳边缠绕，她一个激灵才反应过来自己又说错话了，赶紧解释：“不是不是，你喜欢女人，你喜欢女人。”

“这还差不多。”看到她被吓得够呛，郑超意犹未尽地起身，总算是把她从禁锢中放了出来。

丁子君紧张地扯着自己的刘海，偷偷地看了他一眼后，才小心翼翼地问：“那个，我能出去了吗？”

“当然，不过，如果下次你还敢怀疑我不是个真正的男人的话……”说到这儿，郑超故意顿了一下，趁丁子君还没反应过来的时候，猛地俯身，紧紧地凑到她脸前，双眸盯着她的唇。

“不会，不会，我不敢了。”

眼看着她快要吓得哭出来，郑超也不再继续欺负她，起身潇洒地离开了卫生间，总算是放过了她。

目送郑超离开后，丁子君腿软得差点跪下，她捂着自己狂跳的胸口，努力地深呼吸来平复心跳。

刚才的郑超实在太可怕了，他的可怕不在于他能对她造成什么实质性的伤害，而是他浑身上下不自觉地散发出的成熟男人的野性气息让她忍不住害怕。如果说之前她认为郑超只是个有点痞的流氓的话，那么，今天，她算是认识到了一点，那就是他的本质更是一个浑身散发着男性荷尔蒙的性感男人。

刚才他的声音、他的动作，以及他身上散发出的野性气息，都让她的心跳不自觉地开始紊乱。

浑浑噩噩地出了卫生间，等呼吸到新鲜空气时，丁子君的脑袋才清醒过来，她拍拍自己的脸颊，后知后觉地想起，郑超怎么会知道自己那句无意识的吐槽呢？

毫无疑问，一定是李珊珊那个长舌妇，说什么不好，偏偏和郑超说这个，更何况她不过是随口一句吐槽而已，郑超怎么就这么认真。

想起刚才郑超在自己耳边低语的模样，她就忍不住脸红，之前她也有被他拥抱接近的时候，她也顶多会脸红害羞，不知所措而已，可今天她的反应却是反常得厉害。

不只是害羞，更是害怕，内心深处突然涌现出的陌生躁动让她很惶恐，她不知道这是一种什么样的感觉，也不知道该怎么疏解这种燥热，她唯一能做的，就是离郑超远点，再远点。

Chapter 5

开到荼蘼

P I N G S H E N G Y I N U O

到最后，丁子君还是先溜了，她一鼓作气地跑回宿舍，扑腾上床，把自己整个人卷进被子里，然后眨巴着眼睛开始思考人生。

这样僵直的状态持续了整个中午，直到李珊珊兴高采烈地回来才被打破。

“丁子君，今天多亏你了，虽然你走之后我男神也没和我单独相处多长时间，但是怎么说我也赚到了，毫不夸张地说，这全是你的功劳。说吧，想让我怎么报答你。”

“李珊珊，你丫给我过来。”听到李珊珊的声音，丁子君如同诈尸般腾地睁开眼，一个利落的鲤鱼打挺从床上翻起来，杀气腾腾地爬下来冲到李珊珊的面前咆哮。

“你怎么什么都和郑超说啊，你嘴上就不能安个把门的吗？”

“啥？我和我男神说什么了？”

“你还给我装，你是不是跟郑超说我吐槽他了？我说他长得像个受，你不知道他今天过来和我理论，差点把我吓死。”

“哦，”说到这儿，李珊珊才反应过来，“你说的是这个，因为和男神聊得太多了，所以一时间不能准确定位。”

“李珊珊你丫的还和他说什么了。”丁子君一个熊扑伸手掐上她的双颊，恶狠狠地吼，“你还嫌卖我卖得不彻底是不是？”

“就你刚才的事来说，我还真没和他说什么，我就和他说丁子君说你长得太白净了，像个受似的，一点都不男人。”

“李珊珊你个禽兽！”

难怪郑超会突然像变了个人似的在厕所外把她堵了个结实，原来源头都在这个死丫头这儿呢。

她就是觉得郑超的皮囊好得太人神共愤，如果仔细追究的话，她的话其实还是有一点褒义的，可是被这个丫头一转述，味道就完全变了。

估计那句话听在郑超耳朵里，就跟男生跟一个女生说，你连胸都没有，还算什么女人。

这已经不只是吐槽了，直接上升到了对他人格的侮辱。

所以郑超才会那样证明给她看，他的的确确是个男人。

“李珊珊，本人丁子君现在决定，和你绝交，以后你再敢以我的名字传播谣言，我就把你先煎后炸。”丁子君被气得不轻，松开手后，双手叉腰，呼哧呼哧地喘着粗气。

对面的李珊珊相当淡定，擦了擦嘴角被揉出来的口水后，一脸轻松的表情:“还好还好，我还以为你要先奸后杀，总算没有让我晚节不保。”

“你丫还有晚节吗？”

这厮的脸皮跟不脱丝的丝袜似的，怎么戳都戳不破，丁子君气得够呛，翻了个白眼后，回身坐到了椅子上。

这样的场景并不少见，李珊珊是个嘴上不带把门的，丁子君又是一个极其敏感的人，两个人时不时就会有点矛盾。

刚开始的时候两人吵过架，生过气，也冷战过，但是过了磨合期之后，彼此也适应了对方的性格，所以，现在她俩吵架，基本上已经吵不出什么花样了，只要李珊珊乖乖地让丁子君训上一顿，基本上就没什么大碍了。

“老大，消气了吗？我下去买饭，过桥米线和酸辣粉，要哪个？”琢磨着丁子君已经消气了，李珊珊适时地觍着脸上前询问。

“你说呢？”丁子君翻了个白眼，没有正面回答。

“过桥米线，小的收到了。”李珊珊点了点头，拎了钱包就要走。

刚到门口，身后的人又传来一声：“再来一屉包子。”

“一屉包子……”你吃得了吗？李珊珊硬生生地把后半句咽了下去，扯出一抹狗腿的微笑，“好嘞，马上就来。”

李珊珊走后，丁子君又处于放空状态。

等了大约十多分钟，李珊珊就风风火火地回来了，手里拎了一大堆吃的，殷勤地跑过来。

“路过超市就买了点你喜欢吃的零食，您老请笑纳。”

看着桌上一大堆好吃的，丁子君怒极反笑：“我们俩是这种靠买东西认错的关系吗？”

她虽然有点生气，可是归根结底也只是随便撒撒火，她怎么可能真的生李珊珊的气，怎么说，这也是她大学期间唯一一个可以推心置腹的好闺蜜。

“我就知道你会这样，所以我买的都是原味的，没有一袋有辣椒。”

“……李珊珊，你妹的。”

两人吃完饭之后，关于李珊珊出卖自己的事情就告一段落了，丁子君吃饱喝足，窝在椅子上看书，看着看着，她的心思却飘到了别处。

她看了李珊珊一眼，作为一个理论知识足够丰富的女流氓，她深刻地认为，自己的某些困惑，李珊珊一定能帮她解决。

“姗姗，我问你个事呗。”

“好，你说。”

“具体我也不知道怎么形容，就是我有时候觉得吧，身上有点燥热，呼吸急促，好像还有点出汗，可是身上很软，浑身像是过电似的，一阵一阵地麻，说难受吧，也不难受，可又不是什么太舒服的感觉，你说我这是怎么了呢？”

丁子君自然没敢说，她这样的反应是在郑超调戏她的时候产生的，为了能让李珊珊公平公正地判断，她绝对不能涉及郑超。

李珊珊在听完她倍详细的描述后，若有所思道：“这种感觉是不是和你看里番时候的感觉相似？身上燥热，饥渴难耐？”

“好像有点。”丁子君也不避讳，很诚恳地作答。

“那就对了，这种反应从科学角度解释，就是人体在感官上触及了某些容易让人兴奋的画面、声音、文字，或者说是别人的触碰时，因为神经高度敏感，而促使荷尔蒙增加，以及肾上腺激素上升，身体出现口干舌燥、肌肉紧绷、面红耳赤、燥热出汗、心跳加速等一系列生理反应。”

“嗯嗯，”对于李珊珊的分析，丁子君无比信服。她的反应就是这样，可不就是因为郑超那么突兀地接近她，故意在她耳边吹气、说话，然后她才出现那些反应的吗？

李珊珊应该是找对病灶了。

“然后呢？这是种什么反应呢？是属于正常的吗？我是不是有病啊？”

“那倒不是，要是没有这个反应那才是有病。那样的话做女人还有什么快乐可言。你这样的反应是每个处于成熟期的少女都有的正常反应，完全不必担心。”

“呼，那就好。”丁子君放下心来，暗想，既然是正常反应，那就应该和郑超今天的反常举动没什么太大的关系。

“那你说我为什么会这样呢？我该怎么避免？”

“这么说吧，”李珊珊搬着椅子坐到丁子君面前，语重心长地说，“妞儿，虽说你被我浸淫了这么久，可是归根结底，你还是一个良家妇女啊。对于我掌握的博大精深的两性文化，你还只是学到了一点皮毛。”

“怎么说？”

“其实吧，你这个反应是源自人的正常生理反应，”李珊珊顿了一下之后，才郑重其事地开口，“换句话说就是，你发情了。”

丁子君的脑袋在听到这样的结论后轰的一声炸开，半天反应不过来。

李珊珊还以为她害羞，很深明大义地开导她：“有什么关系，跟我不用见外，不只是男人会有欲望，我们女人也有啊。这是人的基本生理需要，有什么好害羞的。更何况跟我这样的色女相比，你简直纯得跟小白菜似的，完全不需要害羞。”

只是无论李珊珊怎么劝，丁子君是死活不愿意说下去了，她通红着一张脸把自己埋进被子里，一晚上都没有下来。

见开导无效，李珊珊只能放弃。

躺在床上的丁子君翻来覆去地折腾，虽然李珊珊开导了她很长时间，她依旧觉得羞耻得不行，她竟然对郑超产生了春心，并且仅仅是因为他在自己耳边说了几句话而已。

她什么时候变得这么不知羞了？

虽说人有生理欲望是可以理解的，可是为什么她产生冲动的对象会是郑超呢？那个被自己口口声声称作流氓的人。

一晚上丁子君都是在这样的纠结矛盾与羞耻害羞中辗转反侧，几乎没怎么睡着，所以第二天起来，理所当然地变得萎靡不振。

“丁子君，你今天还要比赛，你好歹悠着点，是不是一晚上没睡？”李珊珊叼着根牙刷，杵在门口看着在镜子跟前梳头发的丁子君。

这家伙眼底的黑眼圈都快掉到下巴上了，李珊珊很是不解，发春很丢人吗？她不觉得啊！如果没有这样的生理冲动，人类还怎么繁衍下去。

换句话说这是推动人类发展的第一生产力啊，要引以为傲，有什么可丢人的。

“对了，珊珊，你说女生容易在什么情况下那个……”丁子君脸红了一下，即便是对着李珊珊，她还是说不出那么赤裸的字眼。

“发春？”李珊珊了然，淡定地分析，“其实吧，依我分析，情况无非两种：第一，是你在看比较刺激的片子的时候，比如说里番；第二，就是你遇到了你喜欢的人，只要他轻轻撩拨你一下，你就会产生相应的冲动。”

照李珊珊这么讲的话，她应该属于第二种，可如果说郑超是她喜欢的人，是不是有点太荒谬了？

“不可以是其他人吗？非得是喜欢的人才能产生冲动吗？可是万一这个女生本质上很讨厌那个男生呢？”

“讨厌还怎么产生冲动，或许只是女生自己不知道她喜欢那个男生而已，所以说，女人的身体永远比心诚实。只有遇到了喜欢的人，你才会忍不住想要他的触碰、拥抱，或者是抚摸，基于喜欢的生理冲动才比较美好不是吗？”

这么说倒是也有道理，可是丁子君始终接受不了李珊珊口中自己喜欢郑超的定论，她垂死挣扎了一下："那要是女生被不喜欢的人撩拨了一下，然后也有反应了呢？"

"……那大约她是个比较风骚的人吧。"

"……"

两者比较来看，丁子君还是弱弱地觉得说她是因为喜欢郑超才产生冲动比较合适。

得到这个认知后，丁子君的心又突然乱了，她明明那么讨厌郑超的，可是生理反应又说明她喜欢郑超，两相矛盾下，她的心乱得简直不知道该如何是好。

"哎，妞儿，话说你一直强调的女生是不是你啊，你是不是对谁发情了？你家许辉？不是吧，你俩都叽叽歪歪了这么长时间，你才对他产生冲动？要是换作是我，早就把他生吞活剥了。"

"我哪有你那么生猛。"丁子君梳好头发，神情恍惚地出了卫生间，李珊珊挤进去刷牙，对于发情事件并没有继续追究。

上午的比赛丁子君依旧没有去看，她心乱如麻，整个脑袋都是蒙的，哪有心思看什么比赛。

听了李珊珊的话，丁子君决定亲自找许辉试试。许辉是她青梅竹马长大的哥哥，也是她喜欢的人，如果是他撩拨她的话，她一定会有反应的吧。

如果她对许辉也产生了反应，那么就当她风骚好了。

上午许辉没有去会场做调控，而是在活动室监督闭幕式的彩排，所以丁子君没跑什么路就找到了他。

既然已经决定了要做试验，丁子君也不含糊，直接把他从活动室拖出来，为了场景百分百还原，她把许辉拉到了洗手池旁。

"你这是要干什么啊，一声不吭的。"对于她杀气腾腾一鼓作气地把自己拖到了洗手间的行为，许辉表示相当不理解，这个丫头今天绝对有问题。

“许辉，你靠近点。”丁子君背靠洗手台站着，揪着许辉的袖子让他靠近自己，“顺便把手撑在这里。”她拍了拍洗手台的边沿，示意许辉把手放上来。

一脸茫然的许辉虽然不知道她想干什么，可是看她着急的样子，他暗想，估计她是遇上什么棘手的事了。

“这样可以吗？”许辉微微弯腰，双手撑在洗手台上，把丁子君整个人紧紧地环着，因为两人的脸距离太近，他稍微侧了侧头，无意识地在她耳边开口，“还要干吗？”

没有反应。

当丁子君意识到这点的时候，她整个世界都崩塌了，她竟然对自己喜欢的许辉产生不了任何反应。

明明是一样的姿势，明明一样很暧昧，她却没有丝毫反应，甚至连一点尴尬不适都没有。

一定是因为她和许辉太熟了，两个人从小一起长大，身体接触肯定少不了，所以现在已经免疫了。

一定是这样的。

“许辉，你站直了。”丁子君心乱地拍了拍许辉的胳膊，让他松手直起身。许辉依旧是乖乖地照做，还没等他站稳，她就一个猛子扎进了他的怀里，双手死死地搂住他的脖子。

依旧是没有反应，她鼻尖是独属于许辉的清新味道，耳边是他平稳的呼吸，胸前是他结实的胸膛，可她依旧是没有任何反应。

像是抱着哥哥或者是抱着爸爸的感觉，虽然会因为男女有别而略微显得不自在，但是这样的不自在绝对不是害羞或心动。

被郑超拥抱的时候都没有这个拥抱这么紧密，可她已经紧张得胸腔都要爆炸了，整个脑袋像是点了炮仗，咣咣咣一直在响，完全失去了思考的能力，就连肌肉都紧绷到近乎痉挛。

可是面对她喜欢的许辉时，她却没有丝毫这样的反应，反而觉得很是安逸。

丁子君傻傻地抱着许辉一个劲地胡思乱想，许辉也任由她抱着，直到门口传来一声呼唤声："许辉在吗？没事的话去查看一下舞台吧，组织部报回来说是……"

在看到卫生间的场景后，郑超的话戛然而止，洗手台旁，丁子君和许辉紧紧相拥，丁子君的表情带着他从未见过的柔软，就那样乖巧地任由许辉抱着。

原来，传言并不都是空穴来风。

他早就知道丁子君和许辉是青梅竹马了，当时他不以为意地觉得，并不是所有的青梅竹马都会变成情侣。

于是，他努力地接近丁子君，努力地让她接受自己，就是为了有一天，她能从青梅竹马的身边离开，能够心甘情愿地来到自己身边。

可现在呢？他还能怎么办？他所有的努力都是一场笑话而已，她并不是不接受自己，只是因为她提前遇到了对的人。

"没事，你不用去了，我自己过去吧。"愣怔了一下后，郑超头也不回地转身离开。

许辉这才反应过来，把丁子君从自己怀里揪出来，无奈地拍了拍她的脑袋："不管你这莫名其妙的举动是为了什么，现在我都必须要走了，不然得罪了主席，我可要吃不了兜着走了。"

"哦，你去吧，路上小心。"丁子君松开手，随口说了一句。

"我去舞台看看而已，又不是要上路，小心什么小心。倒是你，今天心不在焉的，应该多加小心了。好了，我先走了，有事电话联系。"

目送许辉离开后，丁子君才回过神来，她开了水龙头，接了冷水狠狠地扑在自己脸上。

她现在心里难受得厉害，说不上是什么感觉，就是觉得心里酸涩得很，眼眶生疼，有点想哭。

她一直以为自己是喜欢许辉的，他温柔体贴，总是无微不至地照顾着自己。她想着，他应该就是自己的理想型，温柔得像是冬日里暖融融的日光。

她就是这样自以为是地暗恋了他五年，和他相处，她觉得很舒服，他像是一杯温开水，不沸腾也不急躁，温温润润地滋润着她。

可直到现在她才后知后觉地发现，她自以为是喜欢的人，她对他，其实并没有心动。

让她心动紧张到不知所措的，竟然是一个第一眼就让她讨厌的人。

这样的落差她怎么能接受？

她喜欢的是温文尔雅、温柔得一塌糊涂的人，怎么可能是那种霸道不讲理、办事冲动不过脑子的人，怎么可能？

心理的落差和现实的打击让丁子君差点失控，她神情恍惚地出了卫生间，在经过活动室的拐角处时，恰好碰到了正在做统筹的郑超。

他几步走到丁子君面前，一脸紧张地问：“你怎么了？是不是不舒服，怎么哭了？我带你去医务室好不好，嗯？”

怎么会是这个人呢？她怎么会看上他？

“不麻烦你了，郑主席。”丁子君面无表情地躲开了郑超伸过来的手，越过他径直出了文体中心。

被晾在一边的郑超无奈地苦笑，想他郑超什么时候落到了这种田地，从前都只有他拒绝女生的份，对于她们所谓的喜欢他总是不屑一顾，并且理所当然地觉得她们所谓的感情很是廉价。

现在倒好，报应来了，他的心意在丁子君眼里一样是一文不值的，他亲眼看到了她和另一个人温柔相拥，他恨不得把她揪出来，狠狠地问她，你是不是喜欢许辉？

可他没有那个胆量，他害怕得到肯定的答案，于是他逃避了，躲在一旁装作若无其事，在看到她出来后，他的第一反应也不是质问，而是紧张她为什么哭了，害怕她不舒服，担心她是不是哪里难受。

看，先喜欢上的那个，已经输了。

他的紧张，他的在意，他的忍耐，她都不屑一顾。

她叫他郑主席，连名字也不叫了。难过吗？那是自然，可是，无计可施。

浑浑噩噩地过了一上午，到了中午丁子君也没什么胃口，随便扒了口饭就爬上床了，在下头看视频的李珊珊友情提示她：“你别忘了三点的比赛，你今天这状态真是绝了。不知情的人还以为你是紧张那个爹不疼，娘不爱的比赛呢。”

“珊珊，如果你发现你喜欢了五年的人其实并不是你真心喜欢的，只是由于心理暗示而喜欢的，你会怎么办？”丁子君从床上探出个脑袋，弱弱地问出口。这样的事情，她大概只能和李珊珊说了。

“那有什么，该喜欢谁就喜欢谁呗，遵从自己的内心就好，没有人强迫你非得喜欢谁。”

“可是……可是，如果她喜欢了很久很久，久到觉得自己已经找到了牵手一生的人，现在却突然发现，那个人连基本的心动都不能带给她，她该怎么办？”

“这个人不会是许辉吧？你不喜欢他？”

既然李珊珊已经猜到了，丁子君也不再隐瞒，直接坦白：“我一直以为自己是喜欢他的，可今天我才发现，即便我拥抱他，我都没有心动的感觉，心里平静得像是拥抱我爸爸一样，反而有种安心的感觉。”

“显而易见，你不喜欢他。喜欢这个东西，完全是凭感觉，你不能强行让自己喜欢谁，也不能强行让自己讨厌谁，如果你和许辉在一起连心动都没有的话，你还怎么说你喜欢他？”

“可我一直觉得我喜欢他来着，现在突然又发现自己其实不喜欢他，我觉得好矛盾。”

“有什么可矛盾的，你之所以会觉得你喜欢他，完全是下意识地给自己的心理暗示，在感情上你太拘束了，应该随心所欲一点，不要想太多。”

“可是……”

这次丁子君话还没有说完就被李珊珊打断了：“我说你丫哪那么多可是，要知道，喜欢一个人，意味着你很可能要和他处对象，处对象的话就可能和他接吻上床，你愿意和一个自己都不心动的人上床吗？”

“不想。”话糙理不糙，李珊珊的话虽然尺度有点大，却很是在理，丁子君搓搓刘海，有点脸红地想象了一下她和许辉赤裸相见的场面，真是要多尴尬有多尴尬。

但是反之一想，如果对方换成郑超呢？

已经成长为一个成熟男人的郑超。

“丁子君，你丫想什么呢？是不是想到滚床单了，脸红得跟猴屁股似的。”

“啊，没有。”丁子君被李珊珊吼得回了神，眼神飘忽地赶紧澄清，只是她搓刘海的动作和通红的脸颊完全骗不过李珊珊。

“没关系，偶尔幻想一下也是可以的，你完全不需要害羞。”李珊珊翻了个白眼讽刺，“这年头，像你这样表里如一的小白菜实在不多见了。”

“我之所以这个样子，只是因为之前没有接触过这些，如果我像你一样浸淫多年的话，没准现在也滚了。”

“滚床单？”

“嗯。”

“妞儿，滚床单的前提是你得先有个男朋友。”

“……”

经过李珊珊的一番开导，丁子君的心情舒畅了很多，相比上午的萎靡不振，现在精神了不少。

整理好心情后，丁子君换好比赛服，精神抖擞地奔赴场地。

女子短跑的比赛和训练场地在一个地方，反正也没有多少人看，也不用占其他地方，参赛选手也没多少，总体来说，是一场压力甚小的比赛。

到了跑道上，选手们已经差不多到齐了，丁子君稍微活动了一下，热了热身，深呼吸一口气，全身心地开始比赛了。

比赛一共分二十组，一组三人，丁子君是第十组，不前不后，还算合适。

等候上场的时候总是格外紧张，为了缓解这种紧张，丁子君先跑到跑道边的台阶上休息了一会儿，等快到她的时候再回来。

比赛到第五组的时候，丁子君就起身往跑道上走了，只是她刚要迈步，身后就传来一声呼唤。

“丁子君，你等一下。”

听到这个声音后，丁子君恨不得拔腿就跑，只是跑了又能怎么样，前面就是比赛的跑道，她总不能冲进去。

好不容易做好心理建设，等她一回头，心还是猛地咯噔了一下。

郑超浑身是汗地站在她面前，棱角分明的脸颊上有晶莹的汗珠滚下来，一点点地滑进他的锁骨窝里。丁子君不敢看他的眼睛，清了清嗓子，垂头问道：“有事吗？”

“没什么事，就是听说你要比赛，来给你加油，我刚从文体下来，还以为赶不上了。”

他听谁说的？许辉？可是许辉都没有来看她的比赛，他却这么匆忙地赶过来了。

她不知道自己现在是什么样的心情，并没有因为许辉没来而沮丧，也没有因为他特意赶来而受宠若惊。

像是理所当然的，他来是应该的。

简直太荒唐了。

“谢谢你。一会儿就要到我了，我先走了。”丁子君转身就走，走到半道忽然想到，好歹人家是专门过来给她加油的，她就这样走了是不是有点不合适？

出于礼貌，她又原地站住，回过身，想了一下，举起右手，握拳，做了个加油的手势：“加油。”

另一边的郑超被她这样呆萌的表情给震住了，愣了半天后，终于没忍住，大踏步走到她面前，张开手，环住她的肩，轻轻地拍了拍她的背：“加油。争取跑个第一。”

他原本以为她生气了，虽然他不知道原因，可是看到她突然变得陌生的眼神，他莫名地变得很惶恐。

他特意查了她参加的比赛项目，心不在焉地把手上的工作做完后就飞奔下来看她比赛。

原本想着，只要能远远地看她一眼就行了，等她消了气之后再找机会接近她。

却没想到她已经完全忘记了上午的事，依旧像以往一样，害羞地、可爱地、呆萌地重新接受了他的靠近。

看着她握着拳头，一脸严肃地对他说加油的时候，他忍了好久，还是没忍住，轻轻地揽了揽她，其实看到她那么可爱的模样，他是想要狠狠地吻她的，可是又害怕吓到她，只敢轻轻地揽她一下，努力地把自己的心动转化成一个朋友间的拥抱。

这样克制而压抑的感觉很辛苦，但他却格外满足，起码，她并没有排斥。

这样，就够了。

这个拥抱持续了不过三秒钟，郑超很适时地松开了她，学着许辉的样子拍了拍她的发顶："好了，去比赛吧，加油。"

"……哦。"丁子君傻傻地应了一声，机械地转了身，刚走了两步，就听见老师在喊："第九组比赛，第十组做准备。"

她赶紧小跑了两步，跑到备赛的跑道上站定。

明明还没有比赛，她的心跳却像是刚跑完一样，狂乱而猛烈，整个心脏剧烈地跳动，连带着胸腔都在振动。

脑袋里又像是点了炮仗似的，嗡嗡作响，她甚至听不见周围人的说话声，只能听见自己的心跳声和急促的呼吸声。

她知道，这样的反应来自于刚才那个拥抱，郑超只是轻轻地拥了她一下，不过是一个朋友之间互相加油的拥抱，但是因为这个拥抱，她轻松备战的心态完全被搅乱了。

她现在满脑子想的都是他结实的臂弯留在她肩膀上的温度，再想不到其他了。

"好，第十组开始比赛，十一组做准备。"

"嘿，同学，到我们了，要去赛道上了，你不要紧张，深呼吸，我看你都出汗了。”

被身边的同学叫了一声，丁子君才回过神来，她抬手摸了一下鬓角，果然已经被汗浸湿了。她自然不能说她这汗并不是因为紧张才出的：“我努力调整一下，谢谢。”

“不客气，大家一起加油。”

丁子君深呼吸一口气，在起跑线上做好起跑姿势，努力集中精神听着老师的口令。

“预备，跑。”

一声令下，三人都矮着身子冲了出去，丁子君跑在第一个，她努力地控制着自己的速度，在跑到五十米的地方时，眼角忽然瞟到了观众席上一抹白色的身影。

是郑超，他在看她比赛。

意识到这点时，丁子君的心莫名地慌乱起来，她的呼吸又开始紊乱，脑海中下意识地涌出一系列的疑问，她现在这个样子是不是很傻？跑的时候刘海会不会掀起来？这样撒丫子跑的样子会不会很蠢？

他会不会笑她？

心思纠结在其他地方，自然不能专注于比赛。

于是，意外就这样发生了。

准确地说，丁子君并不太清楚这个意外是怎么发生的，等她回神的时候，她已经以狗吃屎的姿势结结实实地摔在了赛道上。

另两个选手以及老师都往她这儿跑来，她的脑袋乱糟糟的，下意识想到的不是她为什么摔倒，或者身上哪里疼，第一反应竟然是很丢人。

郑超一定把她摔倒的全过程看在了眼里。

那两个女生跑过来之后就叽叽喳喳地嚷嚷：“啊，老师。这位同学摔得好严重，整个膝盖都破了，得赶紧送医务室。”

“嗯嗯，就是，血都蹭了一路了。”

听到她们嚷嚷，丁子君才屈起膝盖查看，一低头，眼前就是一片血红，右膝完全蹭破了，血肉模糊的一片，血都流到了脚踝，左膝还好，起码看得清擦痕。

这样缓冲了一会儿，她才恢复知觉，慢慢感觉到了膝盖上钻心的疼痛。

“这位同学，去附近找个男生来，把丁子君同学送去医务室。”

“好嘞，我马上去找。”

那个女生应了一声，还没转身，身后就传来一阵急促的脚步声，郑超气喘吁吁的声音紧接着传来：“我来吧，我是今天的场控。”

老师认出了郑超，松了一口气：“那就麻烦你了，把这个女同学送去医务室吧，老师暂时腾不开手。”

“行，没问题。”

说罢，郑超就弯下腰来一只手伸向丁子君的后背，另一只手伸向她的腿弯，准备把她打横抱起来。

哪知他手还没过去，这个丫头就赶紧摆手，无言地表示拒绝。

郑超阴沉了脸训她：“都这个时候了你还计较这个干什么，你给我找一个能搬得动你的女生来试试。”

她自然不知道郑超眼睁睁地看着她摔倒的时候有多紧张，他看着她整个人飞扑出去，右腿在粗糙的橡胶跑道上磨了一路，他从观众席上慌不择路地冲下来。

等看到她膝盖上的伤势时，他才发现，他远没有想象的那么淡定，他当时特别想冲上去狠狠拍她一巴掌，冷着脸教训她一顿，骂她怎么这么大的人了还不能好好照顾自己。还想紧紧地把她搂进怀里，柔声问她，疼得厉害吗？还抬得起腿吗？

两相矛盾下，他简直心乱如麻，可是这个时候她计较的却是不想让他触碰，对于他的接触，她还是下意识地表现出了排斥。

看他阴沉了脸，丁子君赶紧解释：“我不是那个意思，我是觉得你这么抱着我，我害怕别人说你闲话。”

“你的血都滴了一路，别人有什么好说的。”郑超烦躁地扯了扯领口，他真的不知道要把这个丫头怎么办，明明膝盖都破成那样了，她怎么还担心这个。

他倒是希望别人说闲话，然后慢慢地把她推向自己，省得他现在这么辛苦。

“要不，你背着我吧，也省点劲，我还挺重的。”看到郑超生气，丁子君不敢再磨叽，抬手扯了扯他的衣角，小声地提供了一个可行的方案。

看到她一脸小心翼翼的模样，还有揪着自己衣角的白净的小手，郑超满肚子的火都化成了心疼，背对她蹲下了身：“上来。”

旁边的两个女生帮着把丁子君扶到了郑超的背上，郑超轻轻松松地就把她背了起来，快步往医务室跑去。

为了转移她的注意力，不让她想着膝盖上的疼痛，郑超努力地寻找着话题：“你多重？背起来还挺沉的。”

“啊，是吗？”听到郑超说她沉后，丁子君心里咯噔了一下，小心翼翼地说，“我一米六五，四十八公斤，我还以为我不胖呢。”

“话说……”

“啊？什么？”

“这个时候女生不都应该哭哭啼啼的吗？”

这才应该是正常反应吧，郑超虽然没有处过女朋友，可追求者从来不在少数，不管是文静的、奔放的、妖娆的，还是小清新的，无一例外，她们内里都是娇弱的，希望被男生保护。

当然，有出于本心的，也有装出来的。

可丁子君的反应却是特别的，她既没有哭哭啼啼地想要得到他的关心保护，也没有刻意装出坚强的样子，只是最本能而真实的反应。

真实得让他忍不住心动。

“咳咳，都这个德行了，还怎么好意思哭？生怕别人不知道我在比赛的时候摔了一个狗吃屎吗？”

“死要面子活受罪。”

背上的人没有作声，抬手揽了揽郑超的脖子，脑袋埋进他的肩窝，小声嘟囔了一句："简直太丢人了。"

隔着衣服，郑超都能感觉到丁子君脸颊上软软的皮肤蹭着他的背，温热的，带着独属于她的清甜气息，他甚至有些不厚道地想着，要是医务室离得再远一点就好了，这样他就能继续背着她，继续感受着她熨帖的温度。

趴在郑超背上的丁子君此刻已经完全顾不上膝盖上的疼了，她现在的感官异常敏锐，可以清晰地感受到郑超结实的背部肌肉。

原来他也属于脱衣有肉，穿衣显瘦的类型，明明看起来高高瘦瘦的，但背上的肌肉结实紧绷，明显是经常健身的结果。

而且，这样一趴上来，她甚至可以看得清他颈部的汗毛，细细的、绒绒的，像是桃子上的毛，白白的一层，他的发丝干净清爽，散发着和他身上一样的清爽味道。

就连他穿着的白色短袖，都干净得像是刚从洗衣机里捞出来似的。

啧啧，他比自己这个女生还要爱干净啊。

在大学里很少见到像他这样干净清爽的男生了，想想自己平时见的那些乍一看拾掇得挺整齐的，实则身上处处藏污纳垢的男生，丁子君忍不住感叹，或许这也是郑超如此受欢迎的原因之一吧。

不知不觉两人就到了医务室门口，丁子君坚持要自己走，郑超自然不同意："都到门口了你还计较这个做什么。"

"可是里头有老师啊，会被看到的。"丁子君被郑超吼得吓了一跳，声音不自觉地弱下来。

"那你要是觉得背着不合适的话，那就下来。"郑超说完就直接把她从背上放下来，回身看着她，眼神清明一片。

"哦。"丁子君不知道郑超是什么意思，瘸着一条腿站在他面前，傻傻地等着他吩咐。

"背着不舒服的话，就换抱着。"郑超嘴角一勾，眼神突然变得戏谑，他俯身靠近丁子君，看着她慢慢变红的脸颊，故意沉声道，"怎么样，选一个？"

"背着。"丁子君赶紧举手选择了前者。

直到她重新回到郑超背上，她才后知后觉地反应过来，好像哪里不对。

两人磨磨叽叽地到了医务室，找到了正在值班的校医，校医是一个五十多岁的大妈，大妈瞥了一眼丁子君的膝盖，转身取来医药箱，顺口问道："怎么摔成这样了？"

丁子君配合地把右腿跷起来，揪了揪自己身上比赛穿的运动服，有点尴尬地解释："短跑时摔的。"

"这么大阵势，跨栏了？"大妈从医药箱里取出一瓶生理盐水，打开盖，准备给丁子君清洗伤口。

"没有，就是普通的短跑。"丁子君有些紧张地看着大妈手上的生理盐水，哆嗦地吞了吞口水，伤口上洒盐水和伤口上撒盐的效果应该差不多吧。

想想那种感觉就挺酸爽的。

果然，大妈刚倒了一点，丁子君就疼得忍不住尖叫一声，只是在意识到自己的声音有些尖锐后，她赶紧捂上嘴，把下一声尖叫生生地憋了回去。

一听她疼得叫出声，郑超眉头紧皱，犹豫了一下，对大妈说："医生，我来吧，我学过一点包扎，我替她处理吧。"

手里拿着倒了一半的生理盐水的大妈看看眼眶湿漉漉的丁子君，又看看一脸紧张的郑超，了然道："好，那小伙子就你来吧。东西都在箱子里，你自己找。"

郑超半跪在地上，把丁子君的右腿放在自己的膝盖上，抬头看着她："长痛不如短痛，你忍一忍，马上就好。"

"嗯。"

虽然丁子君知道，不管是谁来，在伤口上洒盐水的感觉都是一样的，痛苦指数是不会下降的，可她此时却是莫名地相信郑超。不知道是因为他眼神里的认真，还是因为他捧着她右腿时的温柔。

准备好后，郑超有条不紊地开始清理伤口、消毒、包扎，整个过程不过两分钟。等处理好后，郑超松了口气，把丁子君的右腿拿了下去，下意识地抬头看她。

他本来是想说，好了，伤口包扎好了，可是在看到她紧咬着双唇，双眼含泪的可怜模样后，话忽然卡在喉咙里说不出来了。

他有点不适应地下移目光，眼神不自觉地直视前方，但眼前偏偏是她白嫩修长的双腿，以如此近的距离在他面前伸展，他眼神一滞，心里突然变得慌乱，条件反射地从地上蹦起来，吞吞吐吐地说："那个……好了，起来吧。"

身后的人窸窸窣窣地活动双腿，郑超用拳头抵着唇，努力控制自己心底涌上来的冲动，脑海中依旧是她笔直修长的两条长腿，他有些懊恼，这已经是第几次了，为什么只要面对她，他总是很轻易地起邪念？

追求他的美女很多，比丁子君性感妖娆的也很多，他见多了也习惯了，以为自己对于这种不经意的风情万种已经免疫了，只是没想到，在遇到她后，他自以为是的自制力总是轻易就全线崩塌了。

"你还专门学过包扎吗？我看你包扎得好熟练。"丁子君轻轻地活动了一下右腿后，由衷地想要表扬一下郑超，只是对方半天没有回应，她有些尴尬地搓搓刘海，赶紧换下一个话题，"要不麻烦你再帮我包扎一下左腿吧，虽然左腿伤得不严重，可还是冒血了，包扎一下是不是比较好？"

好不容易平复了心情的郑超回头再次看到她的双腿后，立刻果断拒绝："既然左腿不严重，你就自己来好了，步骤和我刚才的一样。"

"……好吧，你要是有事的话就先走吧，我找李珊珊来背我。"

虽然郑超有些喜怒无常，可毕竟他对自己有恩，丁子君也不计较，重新坐下，伸出左腿，哆嗦地拿起旁边的生理盐水。

别人往自己伤口上洒盐是一回事，自己给自己洒就是另一回事，想着刚才那钻心的疼痛，丁子君握着盐水瓶，死活下不去手。

咬牙咬了半天，丁子君还是决定妥协，弱弱地向郑超求助："那个，我能不能再麻烦你一下，你帮我浇一下盐水吧。我自己真心下不去手，你帮我清洗伤口，剩下的我自己就可以做了。"

"就你麻烦，这么点伤口还怕什么。"嘴上虽然在责怪，可郑超还是乖乖地蹲到她面前，接过了她手里的生理盐水。

“谢谢。”

“这样疼吗？”郑超一股盐水浇下去，有点泄愤的意思，让你露大腿，让你诱惑我，差点让我把持不住。

“不……疼。”丁子君咬着嘴唇，努力控制声线，不让自己尖叫出声，眼睛愣是疼得水汪汪的。

一看她这副可怜模样，郑超又后悔了，小心地给她清洗伤口。伤口洗干净后，郑超反手去找碘酒和棉签，丁子君赶紧自觉地想要接过去：“谢谢，剩下的我自己就可以了，不用麻烦你了。”

“要是不想麻烦我，那就不要让我背你过来，不要让我替你包扎。”那就不要摔倒，不要让我这么担心你，其实，郑超最想说的是后半句，可看着她澄澈得没有一丝杂质的眼神，他始终说不出口，毕竟，现在还不是时候。

“……”看着郑超严肃的表情，丁子君摸摸鼻尖，没敢作声，她心想，要不是你突然跑到观众席上看我比赛，我也不会因为紧张而摔倒，归根结底，是因为你，我才受伤的，我不麻烦你麻烦谁。

伤口包扎好后，郑超把医药箱还给校医大妈，大妈乐呵呵地放下手里正织着的毛衣，一脸八卦地问：“小伙子，那闺女是你女朋友？”

郑超愣了一下，看了看身后乖乖等着他的丁子君，回过头：“您是怎么看出来的？”

“我看过多少人，是不是情侣我一眼就看得出来，那个小姑娘看你的眼神够黏糊的，不是女朋友是什么。”

听到这个答案，郑超情不自禁地嘴角上扬，放下箱子后，顺水推舟道：“这都被您看出来了，我们本来还瞒着别人呢。”

“这都大学了，有什么可瞒的，又不是高中，怕早恋耽误学习。”

“也是。”

告别了大妈出来，丁子君一瘸一拐地走在郑超身边，好奇地问：“你刚才和校医说什么了？”

“没说什么啊，怎么了？”

“就是刚才大妈看我的眼神怪怪的，看得我有点毛骨悚然。”丁子君回想起大妈的眼神，浑身都起鸡皮疙瘩。

“大妈就问我，看着挺机灵的女孩，怎么说摔就摔了，也挺不容易的。”

丁子君自然听出了郑超话里调侃的意思，她默默翻了个白眼，没有搭理他。

回去的路上，丁子君坚持要自己走，并且斩钉截铁地拒绝了郑超继续背她的好意：“你走吧，我现在包扎好了，不用麻烦你了。”

“没关系，好人做到底，我把你送回去得了。”更何况，守护你、关心你，怎么会是麻烦，我害怕的不是你麻烦我，而是你不愿意麻烦我。

“没事，我让别人来接我，这里离我宿舍不远，很快就到的。”

没有想到丁子君竟然如此执着，郑超虽然心有不甘，可又没有办法，只好妥协：“回去尽量不要活动右腿，不要洗澡，明天过来换药，最近多喝水，小心感染。”

“好好好，我知道了，你赶紧忙去吧，我打电话找人接我。”

丁子君拨通了一个号码，等待对方接听的时候抽空冲郑超挥了挥手，郑超只能心不甘情不愿地转身准备离开。

只是刚一转身，身后就传来丁子君清脆的声音：“许辉，我在医务室呢，刚才跑步的时候摔了一跤，差点摔残了，疼死我了，你快来接我，把我背回宿舍。”

那头的人很快答应下来，丁子君松了口气，暗想，还是许辉来背她合适，在许辉身边，她能心平气和地做自己，而在郑超面前，她总是莫名紧张到手足无措。

那种接近窒息的感觉让她几乎失控，她实在受不了。

而还未走远的郑超在听到后，阴沉着脸站在原地，自嘲地想，果然在她受伤后，无助的时候，首先想到的就是许辉。

在他面前，她总是坚强的，受了伤也不哭，不喊疼，他以为，她原本就是这么坚韧，却没想到她只是不愿意在他面前透露她的脆弱。

她跟许辉撒娇，说她好疼，让许辉来背她，可他呢，她总是唯恐避之不及，想方设法地远离他。

他承认，在时间上他比不上许辉，但他可以肯定，在心意上，他比许辉更在乎她。

双拳渐渐收紧，郑超心里的火越来越大，面对许辉这样强劲的敌人，他会主动认输吗？

呵，怎么可能。

在他郑超的三观里，从来就没有把自己在意的人拱手让人的道理。

身后的人已经挂了电话乖乖等着了，郑超回身，几步走到丁子君面前，直截了当地开口："我送你回去。"

丁子君愣了一下，不知道这人为什么走了又回来，赶紧拒绝："没事，我已经找到人来接我了，一会儿就来。"

"许辉？"

既然他已经猜到了，丁子君也不使用人称代词了："许辉来接我。"

"为什么他可以，我不可以？"说话的时候郑超和丁子君保持了一定的距离，双手揣进裤兜里，看着随性自然，表情也没有太大的波动。

因此丁子君猜测，他大约真的只是问一问。

"也没什么，就是我和他比较熟而已，我有事总是习惯性地找他，我找他帮忙也不会尴尬。"

"照这个意思，你找我帮忙就会尴尬了？"郑超慢条斯理地发问，表情依旧很淡然。

丁子君这下有点拿不准了，郑超的表情看起来虽然没有太大的变化，可话里明显已经有发怒的意思了。

"咳咳，也不是这个意思，今天你已经帮我很多了，我不好意思再麻烦你了。"

丁子君话音刚落，郑超就上前一步，脚尖紧紧顶着她的脚尖，俯身看着她，眼神忽地变得锐利："那如果我希望你麻烦我呢？"

因为这突如其来的压迫感，丁子君条件反射地后退，只是她后退一步，郑超就往前迈一步，步步紧逼，一直把她逼到了墙角。

背后接触到冰凉坚硬的墙壁，丁子君紧张地吞了吞唾沫，意识到自己这下真是无路可退了。

“那个，你好好说话，不用靠得这么近的。”丁子君紧张地摆了摆手，示意郑超往后退一点，他的胸膛离她太近了，近到那些让她或尴尬或害羞的记忆又汹涌澎湃地涌现在她脑海里，让她又开始手足无措了。

“不离得这么近，你怎么能好好听话。”郑超勾勾嘴角，看到她再次露出惊恐的表情后，戏谑的笑容涌上眉间，他抬起一只手臂撑在她脑袋右侧，整个身子俯下，几乎紧紧贴在她身上。

他能感觉到她因为突然变得紧张而紧绷的身体，以及她急促得无法控制的呼吸。

看，只有这样，她才是被动的，可以任由他摆布。

“能不能好好听我说话了？”郑超故意在她耳边低语，虽然没有刻意吐息，可说话间喷薄的气息已经萦绕在了她耳边。

身前的人整个身子绷得紧紧的，捣蒜似的赶紧点头：“我听，我听，你说。”

“找我帮忙麻烦吗？”

“麻烦。”丁子君现在脑子一片空白，根本做不出正常的反应，她能做的就是努力地绷紧身子，不让自己触碰到他的胸膛。

“嗯？”

郑超明显上扬的尾音表示了质疑，丁子君条件反射地改口：“不麻烦，不麻烦。”

“好，既然这样，我送你回宿舍，就当好人做到底了，可以吗？”

他的话语虽然是委婉的，语气里却透着不容拒绝的霸道，丁子君已经呆住了，愣了半天，又傻傻地道：“啊？”

“我说，我送你回去，不要让许辉来了。”

“嗯嗯，行行行，不让他来，你送我。”

“给他打电话。”

“嗯，打电话。”丁子君垂着头，手忙脚乱地翻手机，可越着急越找不到。

“别动。”

面前的人在她耳边低语，丁子君赶紧停了手，保持当下的姿势僵在原地，她能感觉到郑超的左手慢慢从她腰间环过去，一点点向后延伸。

她的心跳像是擂鼓一般猛烈，感官变得异常敏锐，他的轻微触碰都能让她浑身汗毛直竖，直到他的手慢慢摸向她的臀部时，她才反应过来，哆哆嗦嗦地按住了他的手：“我自己……自己找吧。”

“已经找到了。”说罢，郑超的手已经从她腰间撤了回来，修长的手指间夹着她的手机。

“你以为我要干什么？”

郑超故意把话说得暧昧，语气故作轻佻，一脸戏谑地看着她慢慢变红的脸颊，莫名地开心。

看她因为自己而害羞脸红，果然是最让他有成就感的事情。

从郑超手里接过手机，丁子君埋头找到了许辉的号，拨了过去。

电话很快接通，许辉直接开口：“你稍微等我一下，我一会儿就过去。”

“那个，你不用过来了，有……有人来接我了。”

她话音刚落，郑超就又俯身过来，伸出食指点在她唇上，低语道：“说我的名字，不然……”说着，他暧昧地抚摸了一下她娇嫩的下唇。

“是郑超，他过来接我，你不用过来了。”

那头的许辉被丁子君突然拔高的嗓门吓了一跳：“郑超就郑超吧，你这么大声干吗？好了，既然他去接你，我就不去了，晚上我再找你吧。”

“就这样。”说完，丁子君迫不及待地挂了电话，然后哆嗦地看着郑超，声音颤颤巍巍的，“这下可以了吗？你稍微往后站一站吧，我有点喘不过气。”

“还不可以。”

“还不可以？”丁子君忍不住再次拔高了声音，都说到这个地步了怎么还不可以？她已经缺氧缺得厉害，再这样下去，她都快晕厥了。

“怎么，有意见？”郑超故意暧昧地盯着丁子君的下唇。

丁子君抬手捂住嘴，赶紧摇头。

“好，那我问你，要抱着还是背着？”

怎么可能抱着，这里到公寓楼没有什么偏僻的小路，都是康庄大道，一路上都是来来往往的学生，运气好点还有老师经过，在这种情况下她让学生会主席抱着到楼下，她脑子又不是进水了。

相比现在的压迫感，到时候那些路人的压迫感会更让她生不如死的。

权衡利弊后，丁子君松开手，斩钉截铁地回答：“背着，绝对不能抱着，就算你压扁我，这次我也不会妥协的。”

看着她一副英勇就义的表情，郑超忍不住笑出声：“我压扁你干什么，我有的是办法让你妥协。”

你能有什么办法，大庭广众之下，你又不能把我扒了，要是威逼利诱，那我是根本不怵的。给自己做好心理建设后，丁子君深呼吸一口气，表情刚毅地看着郑超：“要背的，不要抱的，绝对没商量。”

“是吗？”

听到他唇间倾泻出来的笑意，丁子君就有一丝不祥的预感，只是还没等她反应过来时，郑超就已经俯身上来。

像是电影里的慢动作一般，他轻柔的发丝扫在她额前，有一点点的痒，他俊挺的脸逐渐靠过来，她甚至能看得清他比女生都要长而浓密的睫毛，像蝶翼一般轻轻扑闪着。

离得如此之近，她才发现，原来，他的瞳孔竟然是泛着琥珀色的，像是一块积淀了万年的化石，在日光照耀下泛出最本质的颜色。

美好得让人窒息。

接着他轻薄的唇就吻了上来，薄薄的两片唇瓣，没有凉薄的感觉，有些粗糙温热。

丁子君的脑袋有些缺氧，神志都有点跟不上来，所以，对于被亲吻，她唯一的感觉竟然是，为什么郑超的唇会这么粗糙呢？看着明明温润柔软得很啊。

“你倒是喘气啊。”

一个让丁子君神志恍惚的吻终于结束了，她听话地开始大口大口地喘气，整张脸都憋红了，脑袋中的疑问下意识地涌出来：“你的唇好粗糙啊。”

“哈哈哈哈……”听完她的话，郑超突然大笑出声，他爽朗的笑声让丁子君羞愧得无地自容，她脸红得像是被点燃了似的，捂着脸讷讷地反驳：“明明就是。”

“你是不是傻，你吻的是我的手背。”

为了还原刚才的场景，郑超重新示范了一下，他弯腰，把手盖在她唇上，对准她嘴唇的位置在自己手背上轻轻吻了一下。

“看明白了吗？”

怎么看不明白，她是脑子发洪水了才会以为郑超吻了她，手掌的触感都感觉不出来了吗？嘴唇的温度感觉不出来吗，那能一样吗？

一定是刚才被郑超撩拨得烧坏脑子了。

神志回笼后，丁子君恨不得羞愤而死，如果现在地上有个洞的话，她一定会把自己结结实实地活埋了。

现在的心情简直不能用尴尬来形容，丁子君搓着刘海，双眼死死盯着自己的脚尖，她努力地阿Q般地安慰自己，没关系，反正又不是第一次丢人了。

“怎么回去？背还是抱？”

“嗯？”丁子君茫然地抬起头，等反应过来郑超问的是什么后才傻傻地回答，“背着。”

“还背。”郑超恨铁不成钢地又冲到她面前，抬手捏住她的下巴，威胁道，“再说背信不信我真的亲你。”

看他现在这个架势，丁子君怎么敢不信，吓得一个哆嗦，连连应承道：“抱，抱，抱。”

“嗯。”郑超目的达成，嘴角不自觉地上扬，心满意足地勾唇微笑。

说是抱到公寓楼下，实际上在穿过小树林的时候郑超就把丁子君放下来了，他也知道，众口铄金的厉害，流言蜚语对于丁子君的伤害远比对他的大。

从郑超怀里重新回到了陆地上，丁子君眩晕的感觉才稍微缓解，她腰酸背痛地活动了下筋骨，在郑超怀里的时候她几乎是浑身僵直地维持着一个姿势不动，不过短短的几分钟，她就觉得身上快要散架了，还不如走路舒服。

从小树林到公寓楼，郑超一路扶着丁子君过去，路上行人不时投来诧异的目光，丁子君羞得满面通红，眼神尴尬得不知道该往哪儿瞟。

反观郑超，他的表情就淡定得多，甚至在遇到熟人后，还要特意停下来打声招呼。

这样如芒在背，好不容易挪到了公寓楼下，丁子君已经出了一身虚汗，她望着楼门，头一次觉得这扇破门如此亲切温暖。

“好了，我上去了，你回去吧。”

这次郑超没有再纠缠，点点头之后就转身走了，目送他离开后，丁子君一屁股坐在台阶上，整个人都虚脱了。

和郑超在一起，心简直太累了，再这样待下去她指定要心律失常了。

挣扎着回了宿舍，屋子里只有李珊珊一个人，她正猫在椅子里看视频，笑得惊天动地的，完全没注意到负伤回来的丁子君。

被忽略的某人也不在意，小碎步地挪到自己的椅子上，赶紧坐下来，终于有时间好好放松一下。

大约过了五六分钟，李珊珊看到了尿点部分的时候才终于注意到了边上的丁子君。

“比完了？结果怎么样？跑了第几？”

“我都浴血奋战了，还第几。”

“天哪，你来大姨妈啦。”李珊珊把手里的苹果咬得嘎嘣脆，对于丁子君“大姨妈”的突然造访深表同情。

“老大，你眼睛是用来出气的吗？没看到我膝盖上这么大一块纱布吗？”

“哦，不是大姨妈啊。我看到了，还以为是你的护膝来着。”

“……李珊珊，你这样灭绝人性合适吗，你好好安慰安慰我能死啊。”

“……节哀顺变。”

“你妹。”

虽然李珊珊嘴上没有表示什么，但实际行动还是值得表扬的，丁子君瘸着腿窝在椅子里，李珊珊帮她打饭，替她洗碗，最后还替她打了洗脚水。

丁子君感动得很，在李珊珊蹲下身放水盆的时候忍不住拍了拍她的脑袋：“真乖。”

被表扬的某人抬起头，面带微笑地说道：“来，妈妈，洗脚。”

“……”

Chapter 6

这就是爱

P I N G S H E N G Y I N U O

等丁子君膝盖完全恢复已经是一周之后的事情了，这期间她因为行动不便，极尽所能地减少了活动量，能不下床就绝不去椅子上，能不上课就绝不起床。

在这样狠睡了一周后，她终于重新活过来了。

她在床上养病的时间内，所有关于郑超的消息都是从李珊珊口中得知的。

比如说：“我的天，我男神今天作为学生代表在全校讲话了。”

“我的天，我男神今天又去做讲座了。”

“我的天，我男神可能要保送国外名校的研究生了。”

“……”

诸如此类，每当听到李珊珊眉飞色舞地跟她夸奖郑超时，丁子君总是忍不住偷偷高兴，虽然她不知道自己在高兴什么，可在知道他那么优秀后，她还是开心到不行。

毕竟，那样优秀的人却愿意接近她这样的小透明。

“丁子君，你丫是不是又意淫我男神了？脸红得跟猴屁股似的。”

“啊？没有。”丁子君把脑袋从饭盒里抬起来，表情严肃地澄清，“绝对没有，我发誓。”

“但愿如此，不然小心我阉了你。”

“……”

身体恢复正常后，丁子君重新做起了乖学生，开始了正常的学习生活。

就在她刚上课的第一天，讲财会的老头继续乐此不疲地催眠时，她的手机突然铃声大作，吓得她一个哆嗦，抓起手机就往外飞奔。

真是休假后遗症，手机忘调振动了。

一路狂奔出教室，丁子君这才有空看手机上显示的号码，她犹豫了一下，还是接了起来："喂，你好，我是丁子君。"

对方先是低笑一声，之后才郑重其事地开口："你好，我是郑超。"

丁子君一时间不知该说什么，郑超的声音带着微微的磁性，性感得很。磕巴了半天，她才完整地问了第一个问题："你找我有事吗？"

"有事，关于补高数的事情，我可不可以预支一下我的报酬？"

"什么意思？"

"我想先让你请我吃饭，然后我再帮你补习。"

自然，像郑超这样的人怎么会为了一顿饭故意逗她，想必一定有他的原因。

"好，我无所谓的，由你定吧。"

"行，你现在有空吗？我在梧桐林等你，电话里说太没意思了，我都看不到你的表情。"

因为他后一句话，丁子君很不争气地红了脸，按在刘海上的手下意识地搓了搓，在意识到他根本看不到她脸红后，她才松了口气，把手收了回来。

"我有时间，现在就过去。"

莫名地，她竟然很期待，期待和郑超见面，和他聊天，即便是被捉弄也无所谓，无论怎样，只要能见到他就好。

到了梧桐林，丁子君一眼就看到了在大树下倚着的郑超，梧桐林很大，人也很多，可她偏偏一眼就看到了他。

因为他太过耀眼。

小跑到他面前，丁子君气喘吁吁地问："找我什么事啊？还不能在电话里说？"

看到她过来，郑超站定，眼神下意识地瞟向她的右腿，答非所问道："腿好彻底了吗？”

循着他的目光，丁子君看了看自己活动自如的右腿：“没事了，已经彻底好了。”

确认她的右膝没事后，郑超才抬头：“陪我去郊游吧。”

“不是吃饭吗？”丁子君诧异。郊游和吃饭的花费根本就不是一个概念好吗，吃饭最多花几百块钱就可以，可郊游得花多少钱啊。

要吃，要住，还要准备日用品，并且所有的花费都是两人份的，她囊中羞涩得厉害啊。

况且现在是月末，这个月的生活费已经快没了，下个月的还没来，这青黄不接的时候，他宰得有点太狠了吧。

当然，这样的话是万万不能说的，毕竟欠人情的可是她，于是丁子君选择了一个比较委婉的方式解释：“其实吧，我的生活费不够我们俩去郊游，可不可以就吃顿饭，我也不要求包过的，只要你稍微给我提点一下就可以，达到指点迷津的效果就行。”

呃，好像也没多委婉。

听完她的话，郑超愣了一下，半天没说话。

丁子君以为他生气了，赶紧打圆场：“我不是说你的心意就值一顿饭的意思，主要是我最近财政有点亏空，你缓我几天，等我妈给我打来救命钱，我就请你去郊游。”

“你以为我要你请我去郊游？”郑超反问一句，语气中是满满的诧异。

“不是吗？”

“你可真是……”郑超无奈地拍了拍她的脑袋，“我的意思是，学生会组织了一次郊游，我想让你陪我去。”

“为什么啊？”原来不是自费，是公费啊。可为什么要她陪呢，一来她和他不熟，二来她也不是学生会的成员，这样赤裸裸地蹭玩，是不是不太合适？

“咳咳，”郑超清了清嗓子，眼神飘忽地解释，“没有为什么，就是有个人不去，空出一个名额，许辉就把你报上去了，我过来通知你一下。”

“咦？为什么许辉不亲自和我说呢？还要你来和我说，更何况，少一个人不就少花点钱吗？为什么要生凑？我一个外人凑什么热闹啊。”

看着她满是疑问的脸和写满认真的大眼睛，郑超憋了半天也没想出什么好理由，干脆抬手冲她脑门拍了一巴掌：“你哪那么多为什么，天上掉馅饼的事你还这么计较干吗？别人求都求不来。总之，话我带到了，你爱去不去。”

说完，为了掩饰尴尬，郑超转身就走。他现在真是懊恼到不行，万一丁子君不去怎么办，她本来就是一个不太擅长和陌生人相处的女生，现在要和一群陌生人出去吃住，她一定会果断拒绝的。

可惜话已经说出口了，他没办法挽回了。郑超紧锁着眉，恨不得扇自己一巴掌。

眼瞅着自己走了很远丁子君依旧没有要追上来的意思，郑超的心一下就凉了，心想，完了，丁子君肯定不去了，他精心计划了这么久，不惜折腾了一群人去郊游，为的不过是有个冠冕堂皇的理由和她相处。

现在倒好，她不去了，他和那一堆人有什么好乐的。

越想越不甘，郑超停下脚步，掉头往回走，丁子君还若有所思地呆站在原地，他几步走到她面前，直截了当地问：“想好了吗？到底去不去？”

去，那他就欢欣鼓舞地准备好一切，好好珍惜这次出游的机会。

不去，那他就想尽办法逼着她去。

丁子君沉思了一会儿，一脸纠结地问：“许辉去吗？”

又是许辉。为什么不管做什么事情她首先想到的都是许辉呢？为什么他不可以，他一样也可以陪她，照顾她？为什么她总是那么依赖许辉，却从来不肯有一丁点信任他？

“我问你去不去，关许辉什么事？”郑超有些生气，并且丝毫不加掩饰自己的怒意。

丁子君嗫嚅了一下，小声地解释：“他去了，我才敢去。”

“他不去难道就会有人把你卖了吗？”

眼见着郑超越来越生气，丁子君垂了头，搓搓刘海，只好说实话：“上次吃饭的时候在那么多人面前丢脸，这次再让我一个外人生凑进去，总觉得很尴尬。”

她这么一说，郑超瞬间就想起了上次吃饭的事情，那次麻辣鱼事件，许辉不在，她在一堆学生会成员中本来就是异类，她那样小心翼翼地在一群陌生人中间应付着，然而，本该保护他的人却生生地让她在众人面前丢了脸。

他记得，那次她哭了。

当时的他还不懂得自己对她到底是怎么样的心情，说不上喜欢，但很感兴趣，于是想方设法地戏弄她，就只是为了满足自己的好奇心。

这件事他早就抛诸脑后了，没想到她一直耿耿于怀。

那样尴尬的经历，恐怕任谁都不想再体验第二次了吧。

思及此，郑超脸上的表情柔和下来，眼底不自觉地涌上愧疚。他抬手揉揉丁子君的脑袋，柔声道：“对不起，这次我不会那样了，我希望你相信我。”

“啊，倒不是这个问题，我不是在埋怨你的意思，我就是觉得许辉不在，我一个人和他们格格不入的，很尴尬，倒不是害怕别的。”

“他不在，我在啊。”郑超顿了一下，黯然道，“我……不可以吗？”我会陪着你，努力地照顾你，绝对不会再让你尴尬了，即便这样，我依旧无法给你安全感吗？即便我这么努力，依旧比不上许辉，是吗？

“那个，怎么说呢？”丁子君有些为难，不知道该怎么解释，他给自己的感觉和许辉是完全不同的，一个让她慌乱紧张，一个让她安心放松，她不太喜欢那种心跳加速的慌乱感。

所以，她本能地偏向许辉。

并不是郑超比不上许辉，更不是因为郑超给不了她安全感，只是因为她在害怕，害怕那种控制不了心动的情绪，面对郑超时，她连怎么做自己都忘了。

那种未知的情绪让她惶恐，更让她下意识地躲避。

她静默了一阵，才选择了一种相对比较适宜的说法：“可能是我比较适合做一个安静的美少女吧。”

郑超怒极反笑：“我等你半天，你就给我来这句？你这算是什么解释，太敷衍了吧。更何况做一个安静的美少女的前提是你得是个美少女。”

“嘿嘿，那我就做一个安静的丑女人吧。”看他脸上的阴霾稍稍褪了下去，总算露出了笑容，丁子君松了口气，也没计较他的讽刺。

“那……许辉到底去不去呢？”跑题了一会儿，丁子君重新回到正题，如果许辉不去的话，她也就不去了，虽然这是天上掉馅饼的好事，可饼里不是她喜欢的馅，吃起来也不是滋味。

“他……不去。”是许辉自己放弃出游的，说是家里有事。让郑超放弃劝说的原因，是许辉给他使的诡异眼神，仿佛一切尽在许辉的洞察之中。

“那个……真的不好意思，我也不能去了，不行的话，你找别人吧，然后骗他说自费，还能捞一笔呢，哈哈哈！”

丁子君的冷笑话一点也没有缓和郑超脸上的失落，她摸摸鼻尖，有些诧异，他这副表情是因为自己不去吗？

……不可能的吧，她哪有那么重要。

“要是你不去的话，别人去还有什么意思。”

丁子君已经回身准备往回走了，听到他的话后生生地顿在了原地，她眨巴眨巴眼睛，有些不可思议地想着，郑超刚才话里的意思，是说自己于他来说很重要吗？

耳边风声呼啸而过，丁子君撩了撩拂在脸颊的发丝，倾听着胸腔传来的巨大的轰鸣声，这样熟悉而温暖的感觉，她清楚得很，是心动。

因为他这句失落的话，她不可自抑地心动了。

可单单这样一句话，她不敢确定什么，这句话的意思有好多种可能，比如说没了她，再换一个陌生人多没意思，毕竟，她也算是郑超的熟人。

再或者，她不在，他没了捉弄对象，多没意思。

他这句模棱两可的话有很多释义，并不一定是让她心动的那个。

如果她自作多情了，到最后势必要丢人的。

深吸一口气，丁子君平复了呼吸后，犹豫了一下，还是抬步往前走了。

既然不能确定，那就不要暧昧，郑超是个多么优秀的人，她清楚得很，而她，是个多么普通的人，她也清楚得很。

心动止于自知。

她有自知之明。

抬步往前走，身后的人也没什么动静，丁子君不得不承认，她有些失落，可也只是一点，因为她早已做好了足够的心理准备。

走了大概十多米的样子，身后突然传来一阵急促的脚步声，丁子君心里咯噔一下，情不自禁地放慢了脚步。

“等一下。”郑超追上来后一把扯住了她的手腕，停顿了一下后，无比认真地说，“我想让你去，没有许辉，只有我陪着你、照顾你，这样可以吗？”

他掌心的温度沿着她的手腕一点点地传上来，灼烧得她的胸腔都有些发烫。丁子君红了脸，不用抬头也知道，此刻他琥珀色的瞳孔里一定是最迷人的神色，让她无法自拔的神色。

“那我去。”

毫无疑问，她无法拒绝，她骗不了自己的内心，当然，她也不想欺骗，胸腔里暖暖的感觉告诉她，她舍不得不去。

“呼，太好了，那剩下的事情就由我来准备吧，你只需要准备洗漱用品和换洗的衣物就行，其他都不用带。”

丁子君不留痕迹地把自己的手腕从他手里挣脱出来，不确定地问：“换洗衣物？我们要去外面住吗？”

“我们白天去爬山、踏青、野餐，晚上泡山顶的温泉，第二天去逛逛当地的商业街，买点纪念品，第三天再一起回来。”

郑超越说到最后，丁子君的嘴张得越大，等他说完，她整个人已经呈惊恐状了：“我们要在外面住三天两夜是吗？还要去外地？”

看着她的表情，郑超就吓得不行，生怕她说“不行，我妈妈不让我在外头过夜”，或者说“我不想去那么远”云云，因此，他先下手为强道：“我们每年都去一次，这次郊游不太远，我们包了大巴去的，绝对安全，你放心。”

“我长这么大还没泡过温泉呢，温泉是混浴的吗？”

她完全没有理会自己的解释，话题转移之快，让郑超有些措手不及：“也不全是，可以混浴，也有单独的温泉池。”

“哇，好棒。我只在看动漫时看到过温泉，自己能体验一次好棒。”

随着她说话声调越来越高，眼睛也越来越亮，就快闪闪发光了。

见她如此期待，郑超心满意足地叹口气，总算没有白折腾这一场。

“好了，既然你要去，我们就定下来了哦。你不许反悔，到时候我会通知你的。”

“什么时候？我该拿什么东西？穿什么衣服？在哪儿找你？带多少钱？”丁子君满脸的兴奋，说话跟蹦豆子似的，郑超按住她的脑袋，无奈地说：“一切都不需要你操心，就刚才说的，只带洗漱用品和换洗衣物就可以，其他的我来准备。”

“不用带钱吗？”

“不用，这次都是公费。”

“可我要买纪念品，那个不能公费吧，我得给我家人带，许辉去不了，我得给他带，还得给许辉妈妈带，吴阿姨也没怎么出去玩过呢……”

“那你自费吧。”

好不容易才缓和下来的气氛，她就不能别提许辉吗，干什么都想到许辉，连许辉他妈都想到了。真是要把他气死了，她什么时候能稍微有那么一丁点在乎在乎他。

“哦，对了，还得给你买啊。要不是你邀请我，我怎么可能免费泡温泉，还有李珊珊那个丫头，我的天，这么一算，我还得带很多钱才够。”

她扳着手指头算账，郑超又高兴起来，笑眯眯地说道：“没关系，你送我什么我都喜欢，不用专门买的。”当然，最让我称心的礼物就是你，什么时候把你自己送给我就好了。

“那怎么行，这种事情要一视同仁，大家都一样的。”

“好了，你不用紧张，那里的纪念品不贵的，我们经常去那儿，他们不会宰我们的，你大可以放心。”

“那好，总之，我把钱带得够够的，万一碰到喜欢的东西但没钱买的话就太可惜了，我下次去还不知道是什么时候呢。”

“我算是知道你为什么月底会穷得弹尽粮绝了。”

“……”

到了郊游这天，丁子君大早上五点就起来了，一个人点着台灯窸窸窣窣跟个耗子似的在下头收拾东西。

被清晨第一泡尿给憋醒的李珊珊睡眼蒙眬地瞅着她:“丁子君你丫有病啊。大假期的起这么早，你不知道睡懒觉是对假期最起码的尊重吗？”

丁子君用手指抵着嘴唇嘘了一下：“你丫才小点声，大早上吵什么吵。我要去郊游，七点集合，我起来收拾一下。”

她这么一说，李珊珊瞬间清醒了，一脸八卦地追问：“和谁？许辉？”

丁子君赶紧点头，她要是说和郑超一起去，这个丫头保不齐就直接冲上来把她毁尸灭迹了。

“记得做好安全措施，不然回来喜当妈了多不合适。”

丁子君无比佩服李珊珊在这样不清醒的状态下还能保持一如既往的猥琐：“你脑袋里除了这个就不能装点别的吗？”

“我就是提醒你一下，万一许辉把持不住了，你还能顺水推舟呗。”

“李珊珊你好样的。”

收拾好了东西，吃了饭，又到处溜达消磨了一会儿时间，丁子君看了看手机，时间差不多了，她背着包，兴冲冲地赶往集合地点。

集合地点在校门口，等丁子君到的时候，只有郑超一个人。

今天他穿得格外清爽，白衬衫、牛仔裤、板鞋，浑身上下没有一丝多余的装饰，可就是俊逸得让人移不开眼。

丁子君背着包跑过去，随口说了句：“哇，你来得好早。”

“你不也是吗？大巴一会儿就到，我们等等他们。”

“嗯。”

两个人独处的时候丁子君总是不知道该说什么，像是尴尬又像是紧张，总之整个人都有些手足无措，反观郑超，倒是淡然得很，安静美好得像是一幅画。

从丁子君的角度看，郑超处于背光面，身体的轮廓染上了一层昏黄的晨曦，轮廓分明的脸颊显得晦暗不明，唯独那双眼睛，依旧深邃幽深，让人移不开眼。

果然是越看越帅啊。

"怎么了？我脸上有脏东西吗？"察觉到她赤裸裸的目光后，郑超下意识地摸了摸自己的脸。他本身是干净到有洁癖的，一般情况来说是不会在细节上出问题的，更何况今天可是要和她在一起，他更是小心了又小心，确保万无一失之后才出来的。

"啊，没有，挺干净的。"丁子君下意识地搓刘海，赶紧移开目光，真是太丢人了，她什么时候也变得这么花痴了，盯着人家使劲地瞅。

又等了大约十多分钟，大部队就基本到齐了。丁子君扫了一眼，人还是上次吃饭的那些，并没有新成员，倒是还少了几个，其中就有刘雨欣。

"刘雨欣学姐没来吗？"丁子君凑到郑超跟前，八卦地问了一句。明眼人都看得出来刘雨欣对郑超有意思，放着这样大好的机会不来，一定有什么特殊的原因。

"刘雨欣啊，我没让她来，我们班过几天有个晚会，让她排练去了。"

原来如此，她就说嘛，如果没有特殊情况，刘雨欣怎么可能不来。

人到齐了，大家便开始上车，丁子君没敢乱跑，乖乖地跟在郑超身后。上了车后，座位几乎坐满了，丁子君扫视了一下，还有几个单独的座。

"我就坐这里吧。"丁子君瞄准一个比较靠前的单独位置，摘了包就准备坐下来。

只是她刚弯腰，屁股还没挨到座位，就被郑超一把扯了起来："走，去后头坐。"

于是，她就一手扯着包，一手被郑超扯着，一路跌跌撞撞地到了车厢后头，郑超对着最后一排的一个男生说了句："你过去和李雪坐吧。"

那人还来不及反应就被郑超拉起来了，他懵懵懂懂地跑到了第一排，在那个原本属于丁子君的位置上坐下。

“你这样不太好吧？我坐那里可以啊，女生和女生坐也方便一点。”

郑超完全没理会她，把她直接推了进去，之后自己跟着坐下，这才回过头编瞎话：“他对李雪有意思，我这是成人之美。懂吗？你觉得你杵那儿合适吗？”

“哦。”丁子君惊讶地捂住了嘴，抻着脖子看了看前头完全没有互动的两人，悄声说，“绝对不合适。”

看着她呆萌的表情，郑超偷偷扬起嘴角，心满意足地靠在椅背上，顺手把她的小脑袋按了下去：“好了，别看了，乖乖坐着。”

安顿好后，大巴启动了，丁子君打开自己的背包，翻腾着找东西。

一旁的郑超一直盯着她看，看她手忙脚乱找不到东西后才开口：“你找什么呢？”

“晕车药，我晕车。走的时候明明带了的，现在找不到了。”丁子君可怜巴巴地抬起头，“我觉得我可能会吐在车上，一会儿你离我远点。”

“你脑子是不是缺根筋，晕车药不都是提前吃吗，现在吃怎么管用。”

“那个……不是走得太着急忘了嘛。”其实根本不是着急，是她一直太兴奋，于是把吃药的事彻底忘了。

“你活该，乖乖晕着吧。”郑超气得不想看她，脑袋一扭，转过头闭目养神去了。

剩下丁子君一个人呆呆地坐着，暗自思考，自己一会儿要是真吐了该怎么办，还好塑料袋和纸都带了，实在忍不住就让郑超走开点好了。

车子驶上高速前有一段比较颠簸的路，车子一路摇骰子似的晃荡，丁子君越来越不舒服，连睁开眼的力气都没有了。

要不是今天太兴奋，她怎么能把吃晕车药这种比命还重要的事给忘了，现在晕得她简直想死的心都有了。

再加上车尾颠簸得更厉害，丁子君暗想，是时候叫郑超回避一下了。

就在丁子君以为自己快坚持不住的时候，车却突然停下来了，之后车上的人就开始陆陆续续地往下走，她一见这情况，跟回光返照似的，腾地就坐起来，准备往外冲。

就在她跌跌撞撞地往下走时，从司机那儿回来的郑超一把按住她的脑袋，直接把她推回了座位上："乖乖坐着，别动。"

"我下去买药，这里应该有药店吧，不然我真要吐了。"

"我知道。"郑超强行把她按倒在座位上，自己转身下了车。

不一会儿，他就上来了，手里拿着晕车药和矿泉水。

"把药吃了。"

此时看见晕车药的丁子君就跟看见了组织的老兵似的，差点就泪流满面了，她一把抢过药，水都没拧开，直接生吞了。

虽然苦得厉害，可总算有救了。

"你是不是傻，喝水啊！"

被郑超敲了一下脑袋，丁子君才回过神来。郑超把一瓶打开的水递给她，修长的手指包裹着透明的瓶身，干净好看，她愣了一下，含混不清地说了句"谢谢"之后，咕咚咕咚开始灌水。

等了将近半个小时，大巴才重新启动，晕车药已经发挥了药效，丁子君又生龙活虎了。

前座的人疑惑地嘟囔着什么，她赶紧凑上去听。

"其实现在根本用不着休息啊，开车还没半个小时呢。"

"听说是主席怕我们出门太着急，没吃饭，所以下车买点吃的上来。"

"不过我刚才看见主席去药店了，估计是不舒服吧。"

"那他直接说不舒服买药不就行了，干吗说买吃的？"

"……我怎么知道，你去问他啊，你十万个为什么啊。"

听到这里，丁子君突然瞪大眼睛，转头看向郑超，脱口而出："你是为了买药特意让司机停车的啊？"

她话刚说完，郑超突然红了脸，神色不自然地别过了头，习惯性地用拳头抵着唇，只留了个后脑勺给她。

然后，她就反应过来了，药可不就是买给她的嘛。

也就是说，他看到她晕车难受，大动干戈地停了车，让全车人等了她半个小时，就是为了让她吃晕车药。

应该是这样吧。

意识到这种可能性是百分之百后，丁子君小心翼翼地从前座的靠背上溜下来，乖乖地坐回自己的位子上，顺时针扭了头，看向窗外。

她的心脏又不受控地开始狂跳，这次的心动是毫无疑问、确定以及肯定的，她对郑超来说，应该是重要的。

胸腔里的轰鸣声越来越大，连带着呼吸也有些急促，丁子君把手放在胸口，努力地深呼吸，让自己的心跳平复。

她这样的小动作很快就被郑超发现了，他关切地开口问她："吃了药还不舒服吗？你要不躺下睡一会儿，会不会好点？"

他温柔的、满是关切的声音一丝不落地钻进丁子君的耳朵里，这样的他，就像她理想的恋人那样，温柔得像棉花糖似的，软软的、甜甜的，填满了她整个心房。

因为这蛊惑人心的声音，丁子君好不容易平复下来的心跳跳得更快了，她不敢回头，只能继续捂着胸口深呼吸。

身后的郑超看她这个样子，瞬间紧张起来，直接一把扳过她的肩膀，急切地说："是不是难受得很厉害？"

两个人的视线对上，那一刻，时间像是静止了一般，丁子君的眼中，是郑超满是紧张的眉眼，深邃的瞳仁里涌上层层涟漪，他的眉头紧皱，是发自内心地紧张她。

而郑超的眼中，则是丁子君猝不及防的眼神和脸颊泛起的红晕，她大大的眼睛里泛着水光，漆黑的眼仁里倒映着他的影子，可爱得紧。

气氛越来越暧昧，郑超脸上的紧张终于散去，他神色不自然地松开手，吞吞吐吐道："你……没事……就好。"

“嗯。”丁子君赶紧垂了头，抬手搓着刘海，又慢吞吞地把身子转了回去，目不转睛地盯着窗外的风景。

高速路旁种满了高大的香樟树，金黄的叶片连成一片温暖的海洋，在这暖人的颜色里，丁子君情不自禁地勾起嘴角，扬起一抹微笑。

而她身后的郑超在她没有察觉到的情况下也扬起了嘴角，努力地控制着不让自己笑出声。

暧昧的气氛渐渐退散，但这种幸福得快要冒泡的心情却一直延续着，直到丁子君抵不过晕车药的药效，开始昏昏欲睡。

她的身子终于转了回来，只是脑袋像是捣蒜似的一直在点，郑超眯眼看了一下，靠背太硬，她又扎着马尾，硌得不好受，所以她宁愿垂着脑袋也不愿意靠上去。

犹豫了一下，郑超还是侧着身子，一手托着她的脑门，另一只手探到她脑后，准备解开她的发绳，这样兴许她能好受点。

她乖乖的，脑袋抵着他的手一动不动。郑超松了口气，轻轻地把手伸向她的马尾。

发绳不太紧，如果小心点的话应该可以不惊动她就扯下来，只是就在郑超小心翼翼地往下蹭发绳的时候，身前的家伙却不听话了。

她直接一把搂住他的胳膊，蹭了蹭之后，顺着他的手臂找到了他的肩膀，之后心满意足地靠了上去。

郑超整个人都僵住了，吓得一动也不敢动，生怕惊醒了她。他偷偷地靠回椅背上，她顺势蹭过来，搂着他的手臂又睡了过去。

她身上香香的、软软的，小小的一只，就这样窝在他身边。郑超回头看她，她睡觉的时候下意识地嘟着嘴，乖乖的，像是一只小猫崽。

那一刻，他清晰地听见了自己的心跳声，那样剧烈而深沉，重到他甚至害怕会吵醒丁子君。

此时，他终于承认，他是喜欢她的，虽然他不能明确地说出喜欢她什么，是什么时候喜欢上她的，更说不出那些浪漫暧昧的情话。

可此刻，他唯一想到的就是，他想要这样一直守护着她，让她全身心地信任他，就这样毫不设防地在他身边熟睡。

他的喜欢，大约就是这么简单。

车子平稳地前进，车厢里不时传来大家的谈话声和笑声，郑超现在满心满眼地高兴着，根本注意不到外界的干扰。

身边这个小人睡得正香，整个人几乎挂在了他身上，他就维持这个姿势维持了整整一个小时，痛并快乐着。

这样简单的小幸福是被她突然蹭了一下给打破的，估计是长久保持一个姿势睡得不舒服，她直起身子把他整个上臂抱进了怀里，脑袋靠在了他的肩窝里。

这样的姿势把郑超结结实实给惊到了，他紧张得不知道该如何是好，当然，他紧张并不是因为她靠得更紧了，而是因为她把他的手臂紧紧地压在了她的胸前。

虽然她是无意识的，可这样的动作对他来说简直是酷刑。

汗一点点地从额前滑下，他的肌肉紧绷到了极致，口干舌燥得一个劲吞口水，他现在迫切地希望能赶紧到达目的地，否则这样的折磨实在是太煎熬了。

压垮郑超的最后一根稻草是丁子君的一声嘤咛，虽然这只是她在睡梦中无意识地嘟囔，可这个声音听在郑超耳朵里却足够让他失控。

于是，郑超果断扯出手臂，顺手把丁子君的脑袋推了回去。

这样一折腾，她也醒了，睡眼惺忪地看着郑超，声音软软的："到了吗？是不是可以下车了？"

因为刚睡醒，她的声音格外软糯，加上她呆萌的表情，让人真想上去咬一口。

郑超彻底崩溃了，没好气地吼了一声："到什么到，乖乖睡你的。"

丁子君一脸茫然，眨巴眨巴眼，下意识地抹了抹自己的嘴角："我把口水流到你身上了吗？"

"是，你睡着了跟头猪似的。"

“我是不是还打呼了？”丁子君惊恐地扯了扯郑超的袖子，渴望得到一个否定的答案，要是她再打呼了，还有什么颜面继续待在这里。

“没有，看你有打呼的趋势，我就把你推醒了。”

“这样啊，谢谢你，真是吓死我了。”丁子君松了口气，重新坐好。

看她已经彻底清醒过来了，郑超皱眉训斥：“你出门就不能多提防着点吗，好歹你是个女孩子，睡得死沉死沉的，就不怕被别人占便宜吗？”

“嘿嘿，”丁子君觍着脸傻笑，“反正你又不会占我便宜，我干吗那么劳心地提防。”

郑超被噎了一下，赶紧转过了头，不让她看见自己眼神里的慌乱。

丁子君，你这个笨蛋，其实最想占你便宜的就是我啊。

就这样胡思乱想了一阵，车已经到了目的地，是郊区一座不算太高，但风景宜人的小山，车停在山脚下，大家陆陆续续地下车背行李，郑超最后才磨蹭着下车。

下了车，丁子君已经把他的包拎出来了，并且喜滋滋地炫耀：“上次你背过，我一下就认出来了。”

“哦。”郑超无精打采地接过包，跟在大部队后头往前走。

丁子君追上他，一脸关切地问：“你怎么了，怎么突然不高兴了？是因为我把口水弄在你身上了是吗？”

“不是。”

“那是为什么？”

“你哪那么多为什么，你十万个为什么啊？”郑超忍不住吼出声。

一旁的丁子君愣了一下，眨眨眼，不知道该说什么，搓了搓刘海说了声“对不起”，就拔腿跑了。

看着她小小的身影跑开，郑超懊恼得恨不得捶自己一拳，他怎么这么容易冲动呢？这明明是他自己的错，从始至终，丁子君都是无辜的，他怎么就这么轻易迁怒于她，那可是他心心念念喜欢着的人。

Chapter 7

我要我们在一起

P I N G S H E N G Y I N U O

中午野餐的地点是半山坡的一块干净草地，是他们历年来野餐的固定地点，前面可以看见潺潺小溪，身后是绿油油的树林，空气中飘来淡淡的花香，要多惬意有多惬意。

到地方后，大家有条不紊地准备野餐，丁子君颠颠地拎着东西帮忙跑腿，因为郑超嘱咐她只带洗漱用品和换洗衣物，于是，她就把野餐要带的食物给忘了。

因此，她现在除了帮忙跑腿外，完全出不了实质性的力。

很快，郑超就上来了，他把他硕大的包递给她，扬声道："丁子君，快把你的东西拿出来，重死了。"

一旁的人听到后忍不住调侃："老大，替女生背东西可是我们的义务，那必须不能喊累啊。"

大家笑笑闹闹地调侃，只有丁子君知道郑超这样做的真正目的，她明明什么都没有准备，他全替她准备好了，为了不让她尴尬，才故意在众人面前这么说的。

她感动得很，偷偷地溜过去，小声说了句："谢谢。"

借着这个机会，郑超赶紧道歉："刚才对不起，我不是故意要吼你的，你不要生气。"

丁子君一脸无所谓地摆摆手："被别人在身上弄了口水，谁都不会高兴，你不要生气才是。"

看着她眯起眼睛冲着他摆手，郑超心中软软的，抬手按住她的脑袋揉了揉，柔声道：“丁子君，你是不是傻？”

“好了好了，我被你嘲笑又不是一天两天了，快点去帮忙吧，就我们俩闲着呢。”

说罢，丁子君全然不顾郑超努力营造的温馨氛围，拔腿就走，留下郑超一个人哭笑不得。

中午的野餐异常丰富，有水果、熟食、饮料还有烧烤，作为一群人的老大，郑超理所应当地承担起了烧烤的任务。

大家围坐在一起吃吃喝喝，郑超把烤好的东西装盘端过来，等吃完了再收盘，再装烤好的东西盛过来。

一群人已经习惯了依赖老大，觉得没什么，丁子君就有点看不过去了，一群人吃着，就只有他一个人在忙碌，太可怜了。

可她又不敢明目张胆地拿东西给郑超吃，犹豫半天，又一轮东西烤好了，郑超照例把撒了辣椒的那份递给丁子君。

就在他弯腰放盘子的时候，说时迟那时快，丁子君一把揪住他的袖子，从盘子里拿了根鸡翅递给他：“你也吃点吧，大家都在吃，只有你在忙，多可怜。”

“没关系，我不饿，一会儿吃点水果就可以了。”郑超眉开眼笑，所谓有情饮水饱大概就是这个意思吧，吃不吃东西无所谓，只要知道她在意他就够了。

“对，你不吃辣的。”丁子君反应了一会儿才想起来，赶紧放下手里的鸡翅，但是自己盘子里没有不辣的。

她眨眨眼，无奈道：“没有不辣的。”

“没关系，你先吃。”说完，郑超又兢兢业业地去烧烤了，丁子君的目光一直追随着他。

果然只要人长得帅，哪怕烟熏火燎也是帅得一塌糊涂，要是长得丑，做满汉全席都好看不到哪儿去。

又一轮烧烤送来后，丁子君偷偷地把一条看起来没放多少辣椒的烤鱼留了下来，等大家吆五喝六地开吃后，她才拎着那条烤鱼起身走向郑超。

烧烤架在坡上的一片空地上，从大家的角度不注意的话是看不到这里的，因此，丁子君小跑着过去，把手里的鱼递给郑超："给你吃吧，你一直没吃东西呢。"

郑超微笑，抬起头看她："辣吗？辣的话我不吃。"

他的眉眼在烟雾缭绕中更加精致好看，加上那抹融化人心的微笑，丁子君瞬间被蛊惑，脑子不过电地张口在鱼肚子上咬了一口，嚼了嚼后肯定地说："这条不辣。"

等她回过神来看到郑超脸上意味不明的笑意后才突然涨红了脸："那个……我重新拿一条吧。你……等一会儿。"

就在她准备转身时，手腕突然被扯住，郑超含笑的声音响起："没事，我不嫌弃你。"

丁子君只能慢悠悠地转过身，搓了搓刘海，尴尬道："我咬过的那块你不要吃就好了。喏，给你。"

她把鱼递给郑超，半天都没人接，她抬起头，正对上郑超戏谑的笑容。

"我腾不开手，你喂我好了。"

"那你一会儿再吃吧。"

"我现在就饿了，你光让我看不给我吃，是不是有点残忍。"

看着丁子君脸上的表情越来越纠结，最后却还是妥协了，把鱼举到了他嘴边。郑超勾唇微笑，很肯定地承认，这大约是他人生中吃过的最好吃的鱼。

两人就以这样暧昧到极点的姿势坚持到了郑超快吃完一整条鱼，眼看着他要吃到自己咬过的地方了，丁子君赶紧收回手，准备开溜："好了，这点不要吃了。"

"不要浪费。"郑超再次扯住她的手腕，坚持把所有的鱼肉都吃光。丁子君一直歪着脑袋，直到他吃完了，扔下竹签，头也不回地撒丫子就跑。

“别跑，把东西带上，不然你回去怎么解释。”

听到郑超的呼唤声，丁子君才反应过来，她要是这样跑回去，果真是有点说不清，毕竟她可是喂郑超吃完了整条鱼啊。

于是，跑了的某人又颠颠地跑回来，端了盘子转身又要跑，郑超失笑道：“还没放调料呢。”

她又颠颠地回去，等他撒了调料继续转身要跑。

“还有孜然。”

丁子君终于怒了：“你有完没完，就不能一次性把话说完吗？”

“我没完。”郑超笑眯眯地开口，语气里带了点玩世不恭和丁子君察觉不到的宠溺。丁子君妥协，看他撒好了孜然后才小心翼翼地端起盘子。

她走了几步，顿住，回头看看他，确认他没什么事后再继续走，再停住，再回头。郑超忍不住笑出声，抬手冲她挥了挥，她如蒙大赦，一溜烟地跑了。

回到人群中，大家看到她手里的食物，自动默认为她帮郑超烧烤去了，没有一个人八卦她刚才消失的那几分钟里发生了什么事。

丁子君盘腿坐下，松了口气，还是郑超想得周到。

吃到一半，一个看起来比较面生的女生端起自己的盘子起身要走，一旁一个男生好奇地问：“你干吗去？”

“我给郑超送点吃的，他一直没吃东西。”

那个男生一听，了然道：“别送了，郑超不吃别人盘子里的东西。”

“我没吃过，这盘东西我碰都没碰。”

“郑超有洁癖是众人皆知的事实，他绝不吃别人的东西，哪怕只是接触了别人的盘子都不行，而且他也拒绝别人接触他的东西，只要别人碰了他就扔了，就算不扔，也会很生气。上次吃饭你没去，他可是一口菜都没吃，只吃了自己那碗米饭。”

这个男生一说话，大家立刻七嘴八舌地响应。

“是，郑主席人很好的，但是如果碰了他这个禁忌的话，他就会很生气，所以我们绝对不会把自己吃的给他，虽然看起来像是不懂得照顾他，可主席知道，这样才是尊重他。”

“上次我去他宿舍借东西，看他桌上的水杯里有水，就拿起来喝了一口，他当时没说话，但直接把水杯扔了，吓我一跳，从那以后再没敢碰他东西。”

大家你一言我一语地发表评论，现场瞬间成了郑超的吐槽大会，唯独丁子君在一旁听得心惊肉跳的，且不说她把自己的东西给了郑超，并且她还咬了一口。

她简直就是犯了不可饶恕的大忌讳啊。郑超当时没有发脾气估计是为了给她面子吧，毕竟他有负责照顾她的责任。

可如果是这样的话，他大可以不吃她咬的那块啊。

简直太矛盾了。

烧烤吃够后，大家自觉地腾开地方，分散收拾东西，把场地空给郑超吃饭。

丁子君也自觉地清理器具，途中正好碰见郑超，他抻了抻脖子，问她：“怎么样，吃好了吗？”

“吃好了，你赶快去吃吧，一会儿该凉了。”

说完丁子君就要走，只是刚一迈步就看见郑超衣服上沾了一点碎屑，看着像是木炭渣渣，她条件反射地抬起手准备帮他拍掉，但众人刚才的话突然涌上心头。

尊重他的洁癖才是尊重他，她不能让他讨厌自己。

于是伸到半空中的手就这样尴尬地又收了回来，丁子君顺势撩了撩头发：“那个，我先走了。”

郑超不明所以，但还是揪了一下她的手腕，编了个生硬的理由：“你陪我吃吧，那么多吃的，我吃不了。”

如果是放在之前，丁子君一定会屁颠屁颠过去蹭吃蹭喝，可现在不同了，明知道他有洁癖，她怎么可能再去。

错误犯一次就够了，要吃一堑长一智。

“不了，你自己吃吧，我去帮忙洗碗。”

她拔腿就跑，留下郑超一个人杵在原地，有点不明白她这突如其来的疏离。

收拾完东西之后，大家就背着大包小包出发了，他们的目的地是山顶的温泉旅馆，一群人斗志昂扬地哼哧哼哧往上爬。

丁子君自然也不甘落后，追着他们往上爬，郑超一直保持着不远不近的距离跟在她身后，慢悠悠地看着她爬。

她大概从来没有爬过山，虽然兴致勃勃的，但有点不得要领，从他的角度看，像是一只张牙舞爪的小乌龟。

终于，他憋笑得有些看不下去，开口指点："你爬的时候重心往前放一放，不要把身子仰得这么靠后。"

前头的人愣了一下，悠悠地回头："怎么才能把重心放在前头？"

"来，我教你。"说完，郑超赶上来走到她身边，开始言传身教。

他一手按住她的后背轻轻施力，一手揽在她腰前防止她摔倒："你把身子稍微前倾，感觉有点要往前倒的意思，这样就会省力很多，你可以试试。"

丁子君早就迫不及待地想要试一试了，他再示范下去，她就要崩溃了，他手掌的温度灼烧着她，一点点地渗进她的皮肤里，她下意识地想要躲开，可偏偏腰间还有他另一只手，简直是煎熬。

"好了，我自己来吧。"嘴上说着自己试，可丁子君还是一动不敢动，她想着要揪他的袖子，可野餐时大家的话又涌上心头，她又怕轻易触碰了让他不高兴，所以只能示意他自己把手拿开。

从什么时候开始，她这么注意他的想法了呢？

明明之前是极其讨厌他的，恨不得他们处在两个世界里，一辈子都没有往来。

可现在的心情却变成了不想让他讨厌自己，想要努力地把最好的一面展现给他，想要努力地了解他。

这种心情太奇怪，也太可怕了，丁子君安慰了一下自己，估计是因为他没有再捉弄她，所以她也礼尚往来不想讨厌他了。

一定是这样。

腰间和背上的手拿开了，郑超已经抬腿准备走了，看到她一脸呆滞后，忍不住提醒了一句："发什么呆呢，快点走吧，一会儿要赶不上了。"

"啊，好，马上来。"丁子君一个激灵回过神来，撒丫子往上追。

这座山并不是太高，地势也相对较平坦，因此爬起来还是很容易的，大部队用了三个多小时就全部到达了，领头的郑超稍作休息后就去开房间。

房间是已经在网上预订好了的，来了只要输个激活码就可以，但钱是需要现在交的。

郑超随手把包递给身后的丁子君："帮我拿着，我去开房。"

丁子君愣了一下，开始纠结，如果是在这种情况下，她碰了他的私人物品，应该不算是不尊重他的个人习惯吧？毕竟是他要递给她的，况且之前她还替他拎过一下包呢，应该没事。

斟酌好后，丁子君小碎步上前，虔诚地把包接过来。看她这副呆呆傻傻的表情，郑超差点忍不住上去揉揉她的脑袋，但碍于闲杂人等太多，他最后只是随口问了一句："你吃饭吃傻了吧，一路上呆呆的，每次我说话你都要反应好长时间。"

他话音刚落，丁子君就奓了毛，直接冲上来咬牙切齿地说："不是说要照顾我的吗？大庭广众之下这么说我合适吗？"

她突然凑上来的身体让郑超有点猝不及防，他偏转了目光，不自然地道："我知道了，你回去，别靠这么近。"

现在的他，自制力差到无法想象，为了预防自己再产生什么不该有的非分之想，他能做的，就是尽量和她保持一定的安全距离。

"哦。"丁子君后退一步，开始总结，他可能不太喜欢别人靠得太近和他说话，记住了，下次她一定注意。

看她后退了，郑超犹豫了一下，还是没忍住，自己往前追了一步，在她呆愣的眼神注视下，抬手揉了揉她的发顶。

好软。

心满意足的某人终于抬步往旅馆里走了，只留下丁子君一个人搞不清状况，她抬手摸摸自己的发顶，有点不敢下结论了，他到底是允许别人靠近呢，还是不允许别人靠近呢？

进了旅馆内，郑超把手机掏出来给老板看，顺带解释了一下："昨天订的房间，五间双标，两间单标。"

因为他们一行人是五女七男十二个人，两两配对下来的话，就会有一男一女被剩下来，这两人自然不能睡一个房间，所以只能另开两间房。

郑超以为自己已经计划得很好了，却没想到计划赶不上变化，老板在查看了一下他的订房信息后，悠悠地来了一句："小伙子，单标没有了，刚被订走了，双标倒是还有，你要不要改成双标？"

"老板，我昨天订好的房间怎么今天被订出去了呢？已经预约好的房间也可以再给出去吗？"郑超有些无语，这个老板办事怎么不按常理出牌啊。

"以前没有这个先例的，主要这次的客人给的钱比较多，执意要一个单标，所以我就失信了一次，把房间转出去了。"

面对诚实得让人泪流满面的老板，郑超一口闷气卡在喉咙里，上不去下不来，憋了半天也只能妥协："好吧，双标就双标吧。"

"好，小伙子，这次的事是我理亏，我给你打八折，你不要投诉我。"

"……"

开好了房，郑超拎着房卡出来，把情况和大家说了一声。一群人在听到这个消息后瞬间炸开了锅，男生一个比一个兴奋，都猥琐地想着，自己有没有那个好命和妹子住个双标。

女生则都是一脸嫌弃，并且暗自祈祷，但愿自己不是那个倒霉鬼。

遇到这种事情，郑超头都要大了，偏偏他们一群人中连一对情侣都没有，把平白无故的一对男女安排在一个房间，怎么想都不合适。

正纠结着，丁子君就偷偷走过来了，给他出谋划策："你不是说那个男生喜欢李雪吗？你可以把他们俩安排在一起，如果事成了，他一定会对你感恩戴德的。"

看着她眼睛里闪着的精光，郑超抬手敲了一下她的脑门，没好气地说："那是我骗你的，你还真信。如果我真把他们俩安排在一起，李雪会第一个把我杀了。”

“咦……”听完他的话，丁子君全然没有去想他为什么故意骗自己，而是一脸鄙视地瞅着他，“这种事情你都敢随便说，我就说嘛，他俩一路上半句话都没说，哪有什么暧昧的火花，果然是在骗我。”

一群人闹哄哄的，没有哪个女生愿意主动站出来住那个双标，郑超头疼，所以说，他最烦这些个女生了。

看那四个女生都一脸的不情愿，丁子君暗想，她总算有了用武之地，她是这里唯一的陌生人，自然得有点眼力见儿，不能什么都得别人照顾她，人家又没那个责任。

于是，她颤颤巍巍地举起了手：“要不，我去住吧，我无所谓的。”

她话音一落，响应声此起彼伏的，几乎所有男生都开始跃跃欲试，一个个色眯眯的眼睛放着蓝盈盈的光，眼底的猥琐都要呼之欲出了。

这个傻瓜，她倒是无所谓，有所谓的可是他。他碰一下都觉得可能会侵犯了的人怎么能舍得放进狼窝里。

郑超几乎是条件反射地开口：“那我和丁子君住一个房间吧，剩下的人，你们自由分配就好，房卡在这里。”

旁边一个男生贱贱地开口：“超，我也想和小学妹住。”

郑超狠狠剜了他一眼，杀气腾腾地说：“她是许辉的妹妹，许辉来不了，自然要我来照顾她，要是被许辉知道我把他妹妹照顾进了狼窝里，在许辉杀我之前我一定先把你活剐了。”

被郑超半开玩笑半认真的话吓了一跳，剩下的男生也不敢再有非分之想，大家无比满意这个结果，都高高兴兴地领上房卡找房间去了。

唯一不高兴的人就是丁子君。

其实，一开始她之所以自告奋勇，是因为她压根没想到另一个人会是郑超。

她当时想着，如果是其他人的话也无所谓的，反正都不认识，顶多有点尴尬，至于其他限制级的事情应该是不会发生的。

抱着这样单纯的想法她才弱弱地举起手，可谁能告诉她，为什么最后她却要和郑超一起住？

她光是靠近他就已经呼吸困难了，想象一下，两个人要在一个房间里洗澡、睡觉，她觉得自己整个人都要烧起来了。

“那个……我可不可以申请换一个人啊？”在众人都走了后，丁子君小心翼翼地开口，希望能得到他的宽赦。

哪知，郑超一听，立刻就火了，直接冲到她面前怒吼：“换人？换谁？你宁愿和那些常年欲求不满的狼住一起也不愿意和我住？”

只要想象到他们猥琐的目光在你身上上上下下地扫描，我就恨不得戳瞎他们的眼睛，更不用说要把你和他们其中一个人关在一个房间里。

他皱起的眉和抿紧的唇把丁子君吓了一跳，这好像是她第一次看到他这么生气，她嗫嚅了一下，弱弱地说：“没什么关系的，毕竟大家都认识，也不是所有男生都像你想的那么猥琐，不就是住一个晚上嘛，出不了什么事的。”

“到底要我怎么说你才能明白。”郑超突然扬声吼了一句。

丁子君吓得哆嗦了一下，战战兢兢地抬头看他，表情有点茫然：“什么？”

“这么说行吗？我不想让你和别人住，我就想让你和我住，所以，不管他们有没有非分之想，我就是不愿意让你和他们任何一个人住，我心里不爽，这样够明白了吗？”

他话刚说完，丁子君的脸就以迅雷不及掩耳之势泛红，并且越演越烈，最后她的整张脸都要烧起来了，她努力控制着已经心律失常的心脏，吞吞吐吐道：“那个……我知道了。”

说完，她也不看郑超的表情，侧过身子，拔腿就跑，像只兔子似的，一瞬间就跑远了。

她一跑，郑超也回神了，他摸了摸自己渐渐泛红的脸，有些害羞地蹲下身，懊恼地想，她一定以为自己是流氓了，哪有男生直接和女生说我想和你住的。

可他的本意不是这样的。

“真的不是这样的，我真不是流氓。”郑超小声地嘟囔了一句，一脸失落地往旅馆里走。

害羞二人组在房间门口相遇了，郑超不敢直视丁子君的眼睛，只管埋头开门，门开后，他大体扫视了一下房间的布置。

房间很大，还是套间，外头是客厅，里头是卧室，卧室里有独立卫生间，郑超走进卧室查看了一下，两张双人床中间隔了有两米左右的距离，并且中间还有一条帘子，不知道为什么，在看到这条帘子后，他竟然松了口气。

总算不用太煎熬了，要是让他一晚上看她窝在被窝里的模样，他确定以及肯定，自己一定会把持不住的。

还好还好，房间的设计还是很人性化的。

没一会儿，丁子君也进来了，她一眼就看见了那条帘子，并且也偷偷松了口气，两个人看了看帘子，又看了看对方，不约而同地红了脸。

看来，他俩想的是一样的。丁子君害羞地搓搓刘海，赶紧转移话题："房间看好了，我们出去吧，到吃晚饭的时间了。"

两人一前一后逃也似的跑出房间，众人已经在旅馆后头的小餐厅开始吃饭了，郑超环视了一下餐厅的空位，拉着丁子君坐到了靠窗的位置。

这里的餐桌都是小小的两人座，所以此时这桌上除了他们两人外，不可能再有第三个人。

这是他们两人第一次单独吃饭，丁子君瞬间就紧张了，眼神都不敢往前面瞟，只是死死地盯着自己身前的一小块地方，一个劲地数桌上的纹理。

"你喜欢吃什么，你看着点吧？"郑超把菜单推过来。

丁子君的视野里慢慢出现了他修长而骨节分明的手指，然后是他洁白挺阔的衬衫袖口，最后她的注意力才回到菜单上。

她钩过菜单，杵着脑袋开始翻，最后点了两个菜："麻辣小龙虾和剁椒鱼头。"

"啧啧啧，听着就辣到不行。"郑超接过菜单，又点了一盘清炒莴笋和鸡蛋卷，之后就把菜单还给服务员了。

想象着他点的菜的味道，丁子君嘴里就寡淡得不行，那样接近白水煮菜的东西能好吃吗？

或许，他就是因为常年吃得清淡，皮肤才能那么水嫩。

菜很快就上来了，丁子君松口气，总算有了转移注意力的东西了。郑超把她的两盘菜推过来，她戴上一次性手套，摩拳擦掌地开始啃小龙虾。

她啃得专注，一来是为了不让自己紧张，二来是这里的小龙虾也确实美味，于是，她立刻就吃得进入了忘我的境界。

对面的人却是一直盯着她看，看着她嘟着嘴一脸严肃地啃小龙虾，表情比考试的时候都认真，小嘴辣得通红通红的，像是朵盛开的花一样娇艳。

她的眼睛水汪汪的，晶亮一片，眉头不自觉地紧皱，整个表情都让郑超觉得可爱得紧，与现在一些为了减肥吃饭跟喂猫崽子似的女生相比，她这副专心致志的模样更惹人爱。

大约是他的眼神太过炽烈，丁子君终于意识到了，手上还抓了一只虾仁就抬起头看他："你要尝尝吗？很好吃。"

她辣得偷偷地吐了一下舌头，郑超被她这个动作彻底打败，红着脸转过头，不自然地说："你帮我涮一下，我不太能吃辣。"

"好。"丁子君领命在自己的小碗里倒了半碗水，顺手把剥好的虾仁扔了进去，看着它红彤彤的身体渐渐泡得发了白，她忍不住感叹，"你们这些不能吃辣的人太可怜了，错失了多少人间美味啊。"

在丁子君认为虾仁已经褪辣成功后，她便伸爪子把它捞了出来，很自觉地举到郑超嘴边。

等看到对面的人愣了一下后，她才电光石火地想到，她怎么又把郑超的忌讳给忘了呢？她爪子捣鼓了半天的东西就往人家嘴里喂，这不是纯粹找死吗？

还好亡羊补牢，为时未晚，说时迟那时快，丁子君在郑超张口之前迅速把手撤回来，抓着那只惨白的虾仁就往自己嘴里送。

只是虾仁还没碰到嘴唇，她的手腕就被郑超掐住了，他一脸不满地看着她："不是要给我吃的吗？怎么又放你嘴里了？"

我当然是要给你吃啊，可前提是要尊重你啊。这虾仁都被我折腾成什么模样了，再往你嘴里送合适吗？

看着他脸上的不乐意，丁子君明白，自己要是再不解释清楚，黑锅是背定了。

于是她组织了一下语言，表达自己的中心思想：“我不是故意不给你吃的，就是今天中午听他们说你有洁癖，我现在正在努力地学会尊重你。之前的事，不知者无罪，可现在既然已经知道了，就得尊重你。”

郑超反应了一下，前因后果总算理清楚了，难怪洗碗的时候她撒丫子就跑，爬山的时候也离他远远的，原来原因在这里。

她是为了尊重他的个人习惯。

看着她一脸的严肃认真，郑超忍不住高兴，胸腔里又涌上幸福的泡泡，咕嘟咕嘟的，满满的，暖暖的。

“没关系，我不嫌弃你。”说完，郑超把她的手腕扯过来，张口就把那只虾仁含进了嘴里。

整个过程，丁子君都处于呆滞状态，她的脑子里一直回响着他那句“没关系，我不嫌弃你”，这句话的意思就是说，他承认了自己有洁癖，并且也肯定了那些人话里的真实性，但他并不嫌弃自己。

他明明受不了别人的触碰，却可以做到吃她吃过的东西，吃她用爪子倒腾过的东西，他说他不嫌弃。

只有她，可以让他放下自己的个人习惯。

胸腔又传来熟悉的轰鸣声，丁子君的脸慢慢地变得比小龙虾都红，她大胆地揣测了一下，其实，她对他来说是特别的吧？可以让他放下洁癖，她应该是独一无二的吧。

好高兴，胸腔里像是塞满了毛茸茸的棉花，又软又暖，整个人都变得柔软起来，就因为他那句，没关系，我不嫌弃你。

独自傻笑了半天，郑超的咳嗽声终于让她回过神，她刚一抬头，就看见郑超咳得满脸通红，表情痛苦地狂灌水。

一只就快泡发了的虾仁而已，不至于吧。

还真是结结实实的不能吃辣啊。

“别光喝水，喝点醋中和一下。”丁子君顺手把桌上的醋倒进了他的碗里，赶紧把碗递给他。

郑超也不管有用没用，端起来就一饮而尽，丁子君看着他咕咚咕咚地把醋喝了之后才小心翼翼地开口：“怎么样，好点没？”

被辣得快哭出来的某人委屈地摇摇头：“还很辣，舌头要掉了。”

看到他这个样子，丁子君的第一反应就是开始狂笑，虽然她极力控制着自己的笑声，但收效甚微。

他这个样子，实在是太可爱了，像个小孩子似的。

因为丁子君这惊天动地的爆发式笑声，餐厅里的其他人齐刷刷地回过头来看着他们，她心里咯噔一下，暗想，要是被别人看到郑超这副模样，她就死定了。

于是她灵机一动，故意干笑两声说：“哈哈哈，郑超你这个笑话简直太冷了。”

果然她这两声惊世骇俗的干笑终于让别人收回了目光，顺带还给了她一个不可理喻的眼神，丁子君松口气，不管怎样，她的目的算是达到了，总算没让郑超丢人。

餐厅的氛围重新回归正常，丁子君这才关切地问对面的郑超：“怎么样？”

“现在好点了。”郑超呼了一口气，嘴里还是麻麻的，但没有刚才那种火烧火燎的感觉了。

“喏，擦擦汗。”丁子君扯了张纸巾递给他，不就是吃了个泡发了的虾仁嘛，竟然辣出了一层汗。

看着他如释重负地擦汗，丁子君又开始乐，忍不住眯起眼睛调侃郑超：“只不过吃了一只泡得寡淡到不行的虾仁你就辣成这样，跟你相比，我就是殿堂级人物。”

对面的人勾勾唇，淡然地回了句：“在我心中，唯一的殿堂级人物就是苍老师，你算哪个级别的殿堂级？”

苍老师……丁子君虽然不常浸淫岛国爱情动作片界，但也不纯是个小白，像苍老师这种真正殿堂级的人物她也是知道的。

好端端的一句玩笑话被他讲成了荤段子，丁子君唰地红了脸，赶紧把脑袋戳进盘子里，继续啃自己的小龙虾去了。

对面的郑超看到她又泛红的脸颊，心满意足地勾起嘴角，跟他斗，她还嫩着呢。

两人的这顿晚饭吃了将近一个小时，等从餐厅出来后，郑超忍不住感叹："你这么瘦，怎么这么能吃？"

一盘小龙虾、一盘剁椒鱼头，还有一大碗米饭，比他饭量都大。

"吃得多和瘦没有必然联系，这是体质问题，我先天条件比较好。倒是你，吃那么一点怎么长得这么高的？"

"长得高和我现在吃得少没有必然联系，我在生长发育期吃得多就长得这么高了。"

"我也是，从初中开始就猛吃了，然后个子一下子就蹿高了，之后就再没长过，但还是吃得很多。"

听了她的话，郑超下意识地扫了她一眼，在看到她曼妙的曲线后，他赶紧把目光偏转，暗想，这是因为你的肉长到该长的地方去了。

等他俩吃完的时候，大部队已经回旅馆了，看着渐渐沉下来的夜色，丁子君回头问身边的郑超："接下来我们要干吗呢？"

"回去洗澡，然后泡温泉。"

"哦。"也就是说，她要和郑超一起回那一个房间，然后轮流洗澡？

还好天色渐晚，丁子君的满脸通红得到了很好的掩饰，最起码，郑超没有发现。

回了房间后，郑超才意识到这个问题，他看着卧室里唯一的一间卫生间，不自然地偏转了目光，磕磕巴巴地说："那个……你先洗吧，我去其他房间洗。"

一旁杵着脑袋的丁子君也是尴尬到不行，她暗想，其他男生的房间里也有两个人，现在这个时间段，大家应该都在洗澡，他去了也只能是等，与其尴尬地在别人房间里等，还不如在他们自己房间里等。

他可以去客厅看电视，反正这房间隔音效果好得很，等她洗好了再叫他进来不就可以了。

“没事，你不用出去了，我们俩一起洗吧。”

丁子君发誓，她绝对是因为想把话说得言简意赅才有了这个歧义的，她的意思是，我们俩就在这个房间里洗，反正她洗得也快。

可说出去的话泼出去的水，现在再解释反而更尴尬，丁子君恨不得把自己的舌头咬下来给吞了，她是脑残了吗，说话不过脑子，东西可以乱吃，话可以乱说吗？

她的脸越涨越红，整个人尴尬得恨不得钻到地缝里，一旁的郑超听了她的话，生生地被呛了一下，他不自然地咳了几声：“你还真是什么都敢说。”

丁子君一个激灵抬起头，也顾不上害羞了，赶紧解释：“我不是那个意思，刚才真的是口误，我的意思是……”

还没等她说完，就被郑超按着脑袋强行推进了卧室里，他敷衍地回答：“好了好了，我知道你什么意思，赶紧去洗吧。”

“呜呜呜，你明明就不知道，你刚才一定是误会了。”

“……我才没有。”

丁子君进去洗澡的时候，郑超关上门，窝进沙发里，打开电视机，电视里放的是一档台湾的综艺节目，主持人很是放荡不羁，节操甩了几条街，嘉宾也配合，一群人聊得火热，笑点与槽点齐飞。

按理说，这样聒噪的节目应该是很能吸引人的，但郑超偏偏看不进去，他的眼睛死死盯着电视屏幕，耳朵里却时不时地钻进一丝哗哗的水声。

他懊恼地低咒一声，不是说这个房间隔音很好的吗？

最后实在受不了了，只能起身去阳台上吹风，借着清凉的晚风，他开始反省自己，其实根本就不是房间隔音不好，而是他本能地搜索那个让他面红耳赤的声音。

在阳台外纠结了半天，郑超反身回了客厅，刚一进去，眼前的一幕就差点让他心跳暂停。

丁子君正穿着白色的卫衣和短裤窝在沙发上擦头发，因为刚洗完澡的缘故，她浑身上下都透着一种鲜嫩的粉红色，像从是树上刚摘的水蜜桃，粉嘟嘟的，水嫩嫩的。

她的湿发散在肩头，两只手捧着大毛巾有一下没一下地擦着头发，发丝上的水珠一颗颗地滚进她的领子里，消失在她美好的锁骨窝里。

她的长腿交叠靠在胸前，雪白修长，不自觉地透着一股魅惑。

郑超的心跳暂停了许久，直到擦头发的某人看到他后，给了他一个灿烂的微笑，他的心跳才重新恢复，却是变得更加狂乱。

她的眼神在灯光的映衬下更显得晶莹璀璨，对于她这种眼神，郑超根本没有一点抵抗力，他努力平复了一下自己的呼吸，几步走过去，抬手把她手里的毛巾扯下来，兜头把她结实地包裹住。

“……咦？”丁子君也没反抗，乖乖地躲在毛巾下面，暗自思忖郑超刚才杀气腾腾的眼神，有点害怕，他这又是怎么了？

等了半天也不见郑超松手，丁子君隔着毛巾戳了戳他的手，小声地问：“郑超，你怎么了？干吗把我罩住，我能不能伸出脑袋喘口气，我有点闷。”

“你别动，一会儿就好。”

头顶上的声音闷闷的，像是在努力压抑着什么似的，丁子君在半黑暗的毛巾下眨巴眨巴眼，思考了半天，依旧很茫然，于是她傻傻地问出口：“你怎么了？是不是不舒服啊？我听你的声音怪怪的。”

郑超终于发火，低吼了一声：“你能不能乖乖的，别说话。”

“……哦。”

过了大概两三分钟，郑超的手终于松开了，之后丁子君就听到他急促的脚步声，等他进了卧室之后，她才小心翼翼地把头上的毛巾扯下来，重重地喘了口气。

真是差点憋死她了。

重见天日后，丁子君完全没有去想郑超刚才莫名其妙的举动，乐颠颠地开始看电视。

她调到音乐频道，开始欣赏民歌，伴着悠扬的《小白杨》，郑超也洗好出来了，丁子君一回头，一口水直接喷了出来。

她一把抓起沙发上的大毛巾，兜头把自己捂了个结实，顺带吼了一声："郑超你是不是有病，你暴露狂啊，就不能把衣服穿上再出来吗？"

看着沙发上裹成一团的人，郑超不自然地抿了抿唇，憋了半天才蹦出一句："你以为我乐意啊。"

要不是他刚才有点太激动，完全没有注意到替换的新背心已经被遗弃在了路上，他能这样半裸着出来吗？

从地上捡起背心套上，又穿好衬衫，检查好自己穿戴整齐后，郑超大步走向沙发，站在丁子君旁边，一言不发地盯着她。

大毛巾下的某人自然意识到他杵这儿了，小心地问了句："你穿好了吗？我能出来了吗？有点闷。"

"……等一下，我还没穿好。"犹豫了一下，郑超还是撒了谎，看着她缩成小小的一团，白嫩的小脚丫露在外面，不自觉地抠着沙发的边沿，郑超心念一动，又往前走了一步。

弯腰，俯身，伸手把她连带着大毛巾抱进怀里。

意料中的，软软的，香香的。她乖乖地蜷缩在他怀里，郑超闭上眼睛感叹，如果可以一直这样抱着她就好了，可以没有任何借口，没有任何羁绊，想抱就能把她拥进怀里。

什么时候，他的这个梦可以实现。

毛巾下的某人吓得大气不敢喘一口，她自然知道这个动作代表什么，虽然隔着毛巾，可毫无疑问，她依旧是被郑超紧紧地抱进怀里了，就这样毫无征兆地，被他拥抱了。

她的心跳开始加速，心脏咣当咣当地狂跳，她动也不敢动，即便这样，她也知道，自己的脸一定又烧起来了。

这样暧昧的气氛到底是要闹哪样啊，她本来就缺氧，再这样下去窒息了也说不定啊。

眼见着心律失常的征兆又出来了，丁子君终于忍不住了，隔着毛巾戳了戳郑超的胳膊："那个……你干吗呢？要不放开我吧，我真有点闷，这里头憋死了。"

"我擦一擦身上的水啊，大毛巾只有这一条。好了，你再等我一下，我穿衣服。"

说话间，郑超已经松了手，丁子君能感觉到禁锢着自己的压力渐渐退散，她在松了口气的同时竟然莫名有一丝失落，她拍拍自己发烧的脸颊，暗想，她估计是被郑超传染了，也变成一个流氓了。

还是个女流氓。

外头根本没有任何穿衣服的窸窸窣窣的声音，丁子君咬唇思索了一下，刚才郑超抱她的时候，她清清楚楚地可以感觉得到他衬衫的挺阔质感，怎么可能没有穿衣服。

一看就是骗人的。

既然是骗人的，那么他真正的目的是什么呢？丁子君咬唇继续思考，然后越想脸越红，随后继续缺氧。

也就是说，他就是为了抱她故意编瞎话的。

应该是这样的吧？不会是她在自作多情吧？

不行，太缺氧了。呼吸困难的丁某人终于挣扎着从毛巾里钻出来，重见天日后一眼就看见了面前的郑超，他的眼神一直锁着她，眼神深邃得像是阴天里的夜空，深不见底。

在意识到她的眼神后，他才收回那束目光，微微转头："咳咳，我穿好了。"

丁子君脸一红，捣鼓了一下自己的头发后，没敢拆穿他的谎言，磕磕巴巴地说："……我也穿好了。"

"你不早穿好了吗，干吗学我说话？"郑超挑眉戏谑出声，"好了，收拾好就赶紧走，不然一会儿好池子都要被他们占完了。"

我这还不是为了顾全你的面子，你倒是个忘恩负义的家伙。早知道，刚才就应该拆穿你，问你干吗明明穿好衣服了还骗我说没穿。

“怎么不走，一副要吃了我的样子。”郑超走到门口，一回头就迎上丁子君杀气腾腾的眼神，他忍不住调侃。

“没什么，就是觉得好心没好报。”丁子君气呼呼地从沙发上爬下来，穿好鞋，嗒嗒嗒地走到门口，经过郑超身边时，狠狠地送了他一个白眼。

被瞪的某人抬手拍了拍她的脑袋，失笑道：“就你毛病多。”

“滚蛋，你个小人。”

“我怎么就小人了？”

“反正你就是小人，你个流氓。”

“怎么又流氓了？”

“洗完澡不穿衣服。”

“……我明明有穿裤子。”

“没穿上衣也是流氓。”

“……”

Chapter 8

明天过后

P I N G S H E N G Y I N U O

两人一路绊着嘴到了温泉池旁边，附近设有专门的更衣室和淋浴间，丁子君看到这古色古香的建筑，一下来了精神，也顾不上和郑超吵架了，一脸兴奋地问：“我该去哪个池子呢？你帮我推荐一下呗。”

“刚骂完我，现在又来求我，你才是小人。”

丁子君回头，一脸的不可思议：“你怎么这么小心眼。算了，我才不要问你呢，谁知道你会不会公报私仇，我找别人问去，嘁！”

丁子君撇撇嘴，准备自力更生，只是脚还没迈出去，脖子一紧。

“郑超，你松开。”丁子君伸手抠着领子，张牙舞爪地挣扎。

身后的人好整以暇地来了一句：“回来，我讲给你听。”

见丁子君停止了挣扎，郑超才松开手。

丁子君回头就给了他一个白眼：“你有病啊，不讲的是你，讲的也是你，你人格分裂啊。”

“以前我觉得你还挺乖的，现在才发现，你可一点都不乖。”

“我凭什么要对你乖，我爱怎么样我乐意。”丁子君继续翻白眼，继续炮轰郑超。

被她这奓毛的态度弄得无语的郑超忍了半天还是没忍住，抬手扳着她的肩膀，一个用力就把她按到更衣室的外墙上，他整个人顺势压了上去。

“啊！”丁子君惊叫一声，跟放了气的气球似的，刚才的嚣张气焰瞬间就泄没了，她哆哆嗦嗦地贴在墙壁上，小声说，“你这是干吗？”

“为什么我好好和你说话你不听，非得我这么做你才肯听话是吗？”

郑超俯身看着她哆嗦的可怜模样，抬手揪了揪她的刘海，沉声问道：“怎么样，以后还乖吗？”

某人抬手把自己的刘海捋顺，点头跟捣蒜似的：“乖，一定乖。”

“还听话吗？”

“听，一定听。”

“还敢跟我顶嘴吗？”

“敢。”

“嗯？”

“啊，不敢不敢。”

“这还差不多。”得到满意的答案，郑超才起身，把身前的丫头放出来，微笑道，“能好好听我说了吗？”

“能，你说吧，我一定洗耳恭听。”丁子君眼神坚毅，就差在脑门上刻几个大字了，上书“一辈子跟着组织走”。

“这个池子是药池，泡这个可以缓解疲乏，据说还有美容养颜的功能，不过我觉得解乏还行，美容有点夸张。”

丁子君盯着地图上郑超指着的那个小池子，有些心动：“我去泡这个，我最近压力有点大。”

“还有这个，池子相对较大，可以品茶、赏景，视野开阔。”

从山顶上看夜景似乎也不错。

“那我要不泡这个吧，我喜欢看夜景，在学校根本看不到星星。”

“……”

郑超无视了她的话，继续解说：“这个池子是可以多人一起泡的，里头装饰得比较现代化，可以喝酒，还有 DJ。”

“哇，这个好帅。我想试一试这个。”丁子君的眼睛开始闪光，这么高大上的地方她可听都没听过，好想去试一试。

“丁子君，你能不能别这么见异思迁。”郑超被她彻底打败，这丫头见一个爱一个怎么行。

“可这里的每个池子都很好，对于我这种没见过世面的人来说都好想试一试啊。”

“听我说，最后一个是混浴，可以容纳五到十人一起泡，池子很开阔，也可以看夜景、品酒，有轻音乐，听说我们的人就有一半去泡混浴了。”

“可我还是喜欢那些个小池子，混浴多不好，还有男生，我想看夜景，想喝酒。”

“丁子君，你听不听话？”郑超突然扬高了声音。

丁子君吓一跳，弱弱地说：“我听你说话了，你不是给我介绍了这几种吗？我就选那个有DJ的。”

“我让你选混浴的。”

“为什么？”丁子君有些不高兴，他怎么总是要按他的想法来替她安排呢，她根本就不想去混浴好吗！

一大群男男女女的泡在一起，那样合适吗？

“不是你问我这里有没有混浴的吗？”

“……”丁子君呆滞了一下，忽然想起，自己似乎说过这句话，就是郑超拜托自己陪他去郊游的时候说的。可她当时是好奇这种混浴池子存在的真实性，并不是她想要去泡啊。

“我就是那么一问，也没说我就要去啊。”

大实话一说出口，丁子君就后悔了，因为同时她就看见了郑超阴沉下来的脸色。他一言不发转身就走，既没有像刚才那样胁迫她，也没有骂她不知好歹，只是一身阴沉地离开了。

这下他是真的生气了。

废话，能不生气吗？丁子君捶了一下自己的脑壳，暗想，郑超听说她没来过温泉，特意带她来，来了之后还记得她无意间说过的话，并且特意想要带她去体验一下，然后她说了句什么，她说我只是说说而已。

真是呵呵。

幸好对方是郑超，要是换作别人，估计掐死她的心都有了。

思及此，丁子君爬起来就追过去，追到郑超后，她抬手扯住他的衣摆，气喘吁吁地说："刚才对不起，是我的错。我听你的就是，去混浴池子，你别生气。"

前头的人顿住了脚步，并没有回头，声音依旧闷闷的："你不是说你就是那么一问吗，干吗委屈自己迁就我。"

"没有迁就，没有迁就。"听出他话里的嘲讽，丁子君一脸谄媚地解释，"是你迁就我，哪有我迁就你。"

"你确定要去？这次我可没逼你。"

那可不是，你倒是没逼我，你这个样子可比直接胁迫我好用多了，再给我几个胆我也不敢惹你生气啊。

"确定、一定以及肯定。"

"好，那你去那头的更衣室换衣服吧，一会儿在门口碰头。"

郑超依旧没有回头，等到丁子君麻溜地跑开后他才回身看她渐渐变小的身影。

之所以不敢回头，就是害怕她看到自己脸上逐渐蔓延开的笑意，其实在她扯着他衣角的时候他就已经忍不住勾起嘴角了，但为了让她长长记性，他克制了好久，才可以保持心平气和说完那些话。

她，果然可爱得厉害啊。不管是捉弄她，还是看她紧张他，都让他无比心满意足。这大约就是喜欢吧，因为喜欢，所以觉得她每个表情都可爱得很。

丁子君听了郑超的话去了混浴的更衣室，这里很宽敞，她进了女更衣室，眯着眼睛扫视着周围人的举动。

等打量好了之后，她才照猫画虎地换好衣服，然后脑袋上顶了块毛巾往池子的方向走。

她垂头看了看自己身上扎的这条大浴巾和露在外头白花花的肉，暗想，就这样的打扮一大帮男男女女一起泡在池子里？

这也太少儿不宜了吧。

怀着忐忑的心情一路到了更衣室通往池子边的门口，丁子君纠结地等着郑超出来，心里越来越不安，果真是这样的吗？看别人也是这样穿的啊，应该没有问题，可这样几乎裸着和一群男生泡温泉，想想就尴尬到不行。

等了大约几分钟，郑超就出来了，他一看到她这副模样，整个人都愣在了原地，之后满脸通红地几步冲过来，一把将她拽到墙角，整个人覆在她身上，咬牙切齿地在她耳边低语：“你就穿成这样到处乱跑？”

她的样子简直魅惑到不行，白皙柔嫩的大片肌肤都暴露在空气中，胸前的起伏被浴巾包裹得更加曲线动人，两条笔直雪白的长腿直接露在外面，偏偏一副浑然不自知的呆萌表情。

这样的她，哪个男人把持得住。

身前的人又开始哆嗦，声音弱弱的：“没有乱跑，我刚从更衣室出来，我见别人也是这样穿的，我就这么穿了。”

“你还有理了。”郑超脱下自己的浴袍披在她身上，生气地呵斥，“你看到哪个女孩子像你这样穿了。穿成那样的是完全不在意被别人看的中年大妈。你和她们能一样吗？更何况柜子里明明放着浴袍，你都不看的吗？”

浴袍，呃……其实她看到了，不过她以为那是泡完之后才穿的，于是又叠好重新放回去了。

“你别动不动就吼我，你好好解释不就行了吗？我第一次来，又不知道这里的规矩，更何况这里没其他人，除了你就是一群大妈，谁会看我。”

“你还嘴硬。”郑超扬起巴掌，丁子君下意识地闭着眼睛躲了一下，等她睁开眼睛时，却发现郑超就只是揪了揪她的刘海。

“啊？”

“啊什么啊。”郑超弹了弹她的脑门，无奈地笑了，“就算没有别人，就算是我也不行，你的身体你自己看就好了，别随便露。”

“呵呵，说得我好像跟你似的。”丁子君翻个白眼，以为人人都跟他一样啊，天生的暴露狂，比如说现在。

郑超低头看了看自己腰间围着的一条浴巾，又看了看她通红的脸和闪躲的目光，失笑道："我暴露还不是被你逼的，快点进去吧。"

"谢谢你的浴袍，一会儿我还给你。"丁子君蹲下身，从郑超的胳膊底下钻出来，往前走了几步后，还是有点嘴欠地补了一句，"你就那样进去吧，反正没人稀罕看你。"

话是这么说没错，可说实话，郑超的身材还是很有料的，据她不下一次的目击来看，他的肌肉绝对是长期坚持健身才能有的匀称模样，绝非是一天就能练到八块腹肌的。

啧啧啧，她现在已经很淡定了，要是被李珊珊看到，保准一个激动直接把他给扑倒了。

吐槽完之后，郑超也没什么反应，依旧是一脸意味不明的笑容，丁子君摸摸鼻尖，觉得自己刚才似乎有点缺德，再次道谢："谢谢你，我先进去了。"

斟酌了一下，她还是回过头，抬步准备往里走，只是脚还没抬起来，腰间突然一松，她的浴袍前襟就突然敞开了，等她意识到自己浴袍的后摆被郑超扯住的时候，他已经走到她身后了。

她吓得一动不敢动，也不敢玩什么金蝉脱壳，郑超手里揪着的不只是浴袍，还有她的浴巾啊。

谁知道金蝉脱的是壳还是光啊。

身后的人半天没有动静，慢悠悠地在她身后站定，双手放在她的后腰处，一点点摩挲过来。

隔着两层布，丁子君还是能清楚地感觉到郑超掌间的温度，他厚实的手掌在她腰间摸摸索索，从后腰处一点点环过来，最后环到小腹处，把她从背后环抱进怀里。

背后式拥抱？

丁子君的脸腾地红起来，像是被蒸过似的，她浑身肌肉紧绷，唯独双腿软得几乎撑不起身体。她努力控制呼吸，头脑一片空白，腰间是郑超温热的手，耳边是他均匀绵长的呼吸，周身都是他的味道，她又处于死机状态，直到郑超沉声在她耳边说了句：“你个不知好歹的家伙。”

是骂她的吗？鬼才信。明明就是赤裸裸地调情，哪有背后抱着人家，语气动作这么暧昧地骂人呢。

只是这样骂她反而让她更加难受。丁子君握了握拳，感受了一下自己手掌的存在，还好，身体还有知觉。

大约过了几分钟，郑超终于收回了手，丁子君也终于重新活了过来，她偷偷伸手拍了拍脸颊，犹豫着要不要开口，问问他为什么突然抱自己，是不是跟在房间似的，又找一个根本站不住脚的理由？

“怎么还不走，还要再来吗？”见她傻愣在原地，郑超忍不住调笑着开口。

听到他戏谑的声音，丁子君一阵羞愤，恼羞成怒地吼：“明明是你突然抱我的，关我什么事。”

“我哪有抱你，我只是帮你系了一下浴袍的带子而已。”

郑超双手抱臂，眼睛眯起，眼神很是慵懒，他抬手指了指她腰间的带子，表示自己很无辜。

丁子君一低头，看见自己腰间的蝴蝶结后才恍然大悟，原来刚才他真的是在帮她系带子，难怪她觉得他的手总是在她腰间动来动去的，只可惜，她当时脑子一片空白，根本没有正常的分辨能力。

现在倒好，又丢人了。

自作多情得厉害啊。

眼看他眼中越来越浓的笑意，深幽的眼底满满都是戏谑，他摆明了就是看她笑话的，故意做得那么暧昧，其实就是为了看她丢人。

可怜她的小心脏还怦怦狂跳，他就这样生生地把她的心动给打破了。

她可以忍受他的任何玩笑，可是把她的心意当笑话一样随便糟蹋就很过分了。

她刚才……明明那么心动。

意识到这点，丁子君有些难过，一路上的心动突然涌上心头，她暗想，或许，他所有的接近或者触碰都是在享受戏弄她的乐趣，看着自己脸红心跳任由他摆布的模样一定很有成就感。

没准他还在想，呵，这个傻妞，不过因为我抱了她一下就开始自作多情了，真是没有自知之明云云。

心情突然变得低落，丁子君脸色慢慢变暗，眼神里的涟漪也变得死寂。她沉着脸，不发一言地埋头解开腰间的活结，脱下身上的浴袍，叠好，走到他面前，伸手递给他。

“谢谢你的浴袍。”

看到她这个样子，郑超一下慌了神，手足无措道：“你不要生气，我就是开个玩笑，我不是故意的。”

“没关系，我知道你是在开玩笑，也谢谢你的玩笑。”让我在这一刻脑袋才清晰过来，才能明白自己到底在做着什么样的白日梦，还在春心萌动地以为你喜欢我。

开什么玩笑，你是什么人，而我，又是什么人，怎么配得上你？

手里的浴袍半天没人接，丁子君无奈，把浴袍的衣摆部分翻过来，小心翼翼地放在了一块看着还算干净的石头上，之后抬头，露出一抹微笑：“这里没什么人的，我很快就跑过去了，不穿也可以。”

她看着并没有生气，也没有冲他发火，依旧是有礼貌得很，表情也很可爱，可眼底的神色却已经变得暗沉。

不再闪闪发光，没有他熟悉的害羞的涟漪，陌生得让他害怕。

“丁子君，我刚才真是开玩笑的，我不是故意的，你别这样。”郑超伸手想要扯她的手腕。

丁子君不露痕迹地躲开他的触碰：“没关系，我不介意。”说完，她也不看他眼底的失落和紧张，转身埋头往温泉池跑了。

只留下郑超一个人站在原地，心瞬间变得冰凉一片。

明明是想让她开心的，已经下定决心要趁着这次机会好好接近她，让她尝试着接受他的，开始都是好好的，她没再讨厌他，对他的印象也有所改观，他还松了口气，想着要再接再厉。

没想到功亏一篑，怎么偏偏在这个时候出了岔子。

他懊恼地坐在地上，手里捏着那件浴袍，死活想不明白为什么丁子君会突然变得那么冷漠，是因为他的话吗？

因为他的口是心非，他其实只是单纯地想要抱她，可又怕她讨厌自己，所以只好借着给她绑腰带偷偷抱了抱她。

因为他没有说实话所以伤了她的心吗？

应该不是啊，在客厅的时候他不也没说实话吗，那个时候她不也什么都没说吗？

到底是哪里出了问题？

心情不爽得厉害，郑超哪还有泡温泉的心情，一个人失落地坐在过道里，准备等丁子君出来的时候再好好和她解释一下。

进了温泉池的丁子君心情也好不起来，她也没去什么混浴的池子，随便找了个人少的池子进去泡了泡就出来了，完全没有享受到泡温泉的乐趣，白瞎了这次珍贵的机会。

出了池子，准备回去的时候，正好碰见了剩下的那几个女生，丁子君乖乖地打招呼，叫了声学姐好，大家便一起往外走了。

一出门，一群人就看见了在墙上靠着的郑超，他眼神暗沉，嘴唇紧抿，一脸的不高兴。几个人关切地上去询问："超，怎么了？"

看到一群女生过来，郑超的目光下意识地搜寻丁子君的身影，很快，他就在人群的最后发现了她。

她垂着头，很显然早就看见了他，可就是不愿意抬起头来和他对视。

郑超起身，正准备走向丁子君时，她却突然小声地和周围的女生说了句话，之后就埋头跑了。

他自然不能直接追上去，只能眼睁睁地看着她跑开，其余几个女生见他半天不出声，以为他是有什么比较隐私的事情，也不好意思再追问，道别之后就抬步离开了。

丁子君回了房间后就去了卫生间，换了睡衣准备睡觉。她的睡衣是一套小熊的连身衣，虽然这个季节穿有点热，可山上夜里比较凉，加上这件睡衣绝对防走光，所以她还是果断地套在了身上。

收拾好后，她把两人床中间的帘子拉起来，躺在床上给李珊珊打电话，跟这个丫头聊了半天后，中间突然插进来一个电话，她一看，是许辉打来的。

在李珊珊的骂骂咧咧声中，丁子君接起了许辉的电话，听那头的人说话跟如沐春风似的，瞬间就把她治愈了。

“玩得怎么样？爬山累不累？你长这么大还没怎么爬过山，第一次爬不适应吧？”

“嗯……还好，不算很累，山不是太高，走走歇歇，不一会儿就上来了。”

“是吗？表现挺好的，我还记得你小时候非要我领着你去爬山，还没上山就开始哭，哭得我几乎是一路把你背上去的，下来的时候倒好，一个人就冲下来了。”

“你能不能别提当年的事啊？”丁子君笑出声，刚才的阴霾一扫而空，“你不知道下山容易上山难啊，下山势能转化成动能，那多省力啊。”

那头的人被她逗乐：“你还懂势能转化成动能。”

两人正聊得高兴，外头突然传来了乒乒乓乓的动静，丁子君抓着手机跑出卧室，一出去，就看见郑超整个人摔倒在地上。

准确地说，像是在沙发上睡着了，然后一不小心滚下来的，并且他自己浑然不自知，在地毯上依旧呼呼大睡。

他什么时候回来的？并且还在沙发上睡着了？她竟然完全不知情。

丁子君看了眼手机，已经晚上十二点了，难怪呢，估计是她电话打得太嗨了。

“子君，你在听吗？”那头的许辉突然开口。

丁子君吓了一跳，赶紧说：“今天挺晚了，我要去睡了，明天再聊吧。”

“行，去睡吧，晚上盖好被子，山上挺凉的。”

挂了电话之后，丁子君蹑手蹑脚地走到郑超身边，一手托着下巴，若有所思地看着他。

到底是扶呢还是不扶呢？这真是个问题。

他这么大个人，长手长脚的，睡在沙发里多憋屈啊。更何况客厅比卧室要凉得多，这么睡不感冒才怪。

可她该怎么叫呢？明明刚才两个人还在冷战，现在把他叫起来，然后说，起来，回屋睡吧。

这叫什么事。

纠结了半天，丁子君始终想不出一个合适的方法，她揪揪自己衣服上的熊耳朵，一脸的苦恼，最后纠结了半天，还是决定不叫了。

反正是他自己要睡外面的，她又没强迫他。

回了卧室，丁子君取了被子，出去给他盖上，碍于她实在搬不动他这么个庞然大物，也只能委屈他睡地上了。

给外头的人收拾好后，丁子君回了卧室，躺回自己的床上准备睡觉。

不知道是不是因为罪恶感作祟，她始终睡不踏实，像个山东大煎饼似的在床上翻来覆去的，可就是睡不着。

唉，人的正义感太强了实在不好啊。

最后，睁着两只亮晶晶的眼睛晃出了卧室，丁子君发誓，一定要直接把他踹醒，顺手指指卧室的门，剩下的就听天由命吧。他要是不回去睡，就不能怪她了。

只是一出门，地上的人不见了，被子却还在，整整齐齐地叠着，放在沙发上，丁子君揪揪熊耳朵，很是诧异，这家伙不会是离家出走了吧。

大晚上的能上哪儿去？

“怎么还不睡？”听到她的动静，郑超从阳台上回来，看着她，轻声问出口。

丁子君吓一跳，拍着胸脯缓了半天才说：“我睡不着，刚才看你在外头睡着了，想着叫你去床上睡。”

郑超的眼睛深邃清亮，没有一丝玩笑和戏谑，眼底甚至有一丝不易察觉的失落，好看得让人情不自禁地想要沦陷。

他拢了拢身上的外套，勾唇微笑，表情异常认真地说：“晚上的事对不起，我不是故意的。”

还说这个事，她好不容易才安慰好自己的，他怎么又提。

“我说了没关系，小事而已，你不用在意。”

这种事情丁子君也不好直说，说是我自作多情了，你不用道歉，他的表情认真得让她生气不起来。

“我想抱抱你，但害怕你躲着我，所以撒谎了。”

像是在说我今天吃饭了，喝水了一样，这样的话很自然地从郑超的嘴里说出来，配上他认真的表情，丁子君这下可以确定，这次，他绝对不是在捉弄她了。

她不知该如何回应，揪了揪刘海后，嗫嚅道:“那个，没关系的，你去睡吧。”

她也不晓得要如何形容自己的心情，像是一件珍宝失而复得了，那种激动得不能自已的心情根本压抑不住，一晚上的失落和颓丧突然被满满的惊喜充满，让她激动得不知道该如何是好。

“你还生气吗？能不能再和我好好说话？你刚才那个样子我很害怕，总觉得你又离我很远很远了。”

郑超低沉失落的声音一点点在清冷的客厅里蔓延开来，带着男生嗓音特有的磁性涌进丁子君的耳朵里。

明明是这样清冷的氛围，她的心却突然烧起来，浑身发热，这样的热度蹿上她的脸颊，毫无疑问，她的脸又红得不像样了。

她又是高兴又是害羞，又找不到合适的语言来表达，就只能搓着自己的刘海杵在原地。

“那个……”丁子君深呼吸一口气，紧张得手足无措，不知道该如何组织语言，难道要说没关系，我没有生气，你想抱就抱吧。呃，挺不合适的。但也不能说我刚才确实生气了，但不是生你的气，是生我自己的气。

纠结了半天，丁子君还是觉得此时无声胜有声，这种事情只可意会不可言传比较好。

“你不生气就好。”

郑超的话语含笑，丁子君一抬头，就直接闯进他眼底的笑涡里，那么璀璨，那么夺目，让人宁愿深陷也不愿意移开视线，像是暗夜里突然绽开的烟花，炫美到惊心动魄。

那一刻，她的心脏里似乎也燃放了一朵烟花，砰的一声绽开，叫作心动的火焰燃遍了整个胸膛。

她一定是……喜欢上他了。

即使她一直在否认，一直在逃避，可这一次次接触，一次次心跳加速，一次次为他高兴、为他伤心，他的一举一动都牵动着她的情绪，这些美好都不可逆转地向她不愿承认的方向而去了。

那种名叫喜欢的种子其实早就种下了，一点点发芽，一点点长大，在今天被他的笑容彻底催生，终于缓缓绽开了。

时至今日，她已经不愿再逃避了，不舍得，也不值得。

不管他喜不喜欢自己，喜欢上他这么优秀的人都是一种幸福，即使无法携手，起码能证明她的青春如烟花般绚烂过。

于是，在激增的肾上腺素的驱使下，丁子君抬脚走到郑超身前，张开穿着熊宝宝睡衣的双臂，坚定地环上了他的腰，乖巧地把脑袋埋在他的胸口。

他太高了，偏偏她现在只穿了拖鞋，预想中可以靠在他肩膀上的温馨感觉，根本体会不到，她只能努力地踮着脚，尝试着往上蹭。

她的脸颊紧紧地贴着他的胸膛，所以她可以清晰地听见他的心跳声，越来越快，最后逐渐失控，厚重急促得像是鼓点似的，好像随时要冲破胸膛跳出来一般。

“郑超……你是不是有心脏病？”她傻笑地抬头，在看到他的表情后，脸上的笑容慢慢退散，换成了一脸呆滞。

他脸红了。

不像是之前看到的那几次比较罕见的害羞，而是真正像是因为激动而变得通红的样子。他的目光呆呆的，丝毫没有刚才的璀璨模样，薄唇微张，小口小口地急促呼吸着。

丁子君瞬间慌神，这个样子的郑超她还是头一次见，她不确定他这样的表情代表了什么意思，是因为高兴吗？

因为他表情的变化，丁子君的脑子也渐渐清醒过来，她死死地抠着胸前的熊耳朵，紧张到不行，她竟然傻乎乎地主动拥抱郑超了，在还不确定他的心意之前，她竟然主动出击了。

她什么时候狂放不羁到这个程度了？更何况，这月黑风高，孤男寡女的，她这么主动出击会不会让他误会？要是他觉得她是个比较轻浮的女生怎么办？到时候她就是跳进黄河都洗不清了。

三十六计走为上计，丁子君把背后的帽子揪起来，结结实实地捂着涨红的脸，眼睛死死地盯着地板，然后原地旋转一百八十度，看着卧室的方向，拔腿就要跑。

依旧是没有开跑就被逮住了。不过这次郑超揪的不是她的领子，而是她的帽子，她下意识地回头，还没等看清发生了什么，已经又到了郑超的怀里了。

他扯下她的帽子，顺势拉住她的左胳膊，一使劲，就把她整个人扯了回来，她因为惯性往前冲了一下，他微微俯身，正好迎上她的怀抱。

他的脑袋顶在她的肩窝里，一只手轻轻地放在她的背上，另一只手按着她的后脑勺。

丁子君的脑子又开始紊乱了，一通胡思乱想。

比如说，他的手好大，一只手掌就把她整个后脑勺都给罩住了；他好重，压得她肩膀要垮了；他真的很高，需要弯下腰才能够到她的肩膀……她甚至想着，要不要踮起脚来，那样的话他是不是不会这么累啊。

“丁子君，谢谢你。”谢谢你，给了我勇气，谢谢你，让我终于能正视自己的心意，原来，我是那么喜欢你。

刚才她突然抱上来的时候，他整个人都蒙了，他只能感受到她软软的身子扑了过来，撞在他坚硬的肌肉上，很软很Q，接着她的小手轻轻地环上了他的腰，吓得他一动不敢动。

他以为，那种熟悉的冲动会再次涌上来，毕竟，她香软的身子就这样乖巧地窝在他怀里，他以为，自己的自制力会全线崩溃。

却没有。

他完全没有一丝不该有的邪念，满心满眼都是高兴，像是小时候过生日的时候父母送了他期待已久的生日礼物一样，高兴得无以复加。

他能感觉到心跳得越来越快，胸腔里一种叫高兴的情绪一点点喷涌出来，把他整个胸腹都填满了，让他的呼吸都变得困难。

如果说之前他还在怀疑的话，那么现在，因为她的这个拥抱，他终于可以确认自己的心意，他是多么喜欢她，不只是会对她产生羞于启齿的冲动，也会因为她而产生孩童般的满足感。

原来，他这么喜欢她。

怀里的人傻傻地眨眨眼，有些反应不过来，最后不明所以地回了句："不客气。"

看她呆呆傻傻的模样，郑超害怕吓到她，起身，拍了拍她的脑袋，微笑道："去睡觉吧，不早了。"

"你也早点睡。"丁子君机械地往回走，还顺势冲他摆摆手，等走到门口时，她才突然想到了什么，又回过头，摸摸鼻尖，指了指卧室，磕磕巴巴地说，"你也进去睡吧，外头冷。"

她可爱的模样让郑超想要再次冲上去狠狠拥抱她，那种想要把她拥入怀中的强烈冲动在他胸前熊熊燃烧起来，灼烧得他坐立难安，这种情况下，他还怎么睡得着，还怎么敢和她睡在同一个房间。

他害怕自己控制不住，不小心伤害了她，他那么珍惜的人，他不敢，也不舍得。

"没关系，我就在外头睡，你赶紧睡吧，明天还要去买纪念品，小心起不来。"

见他执意要在外面睡，丁子君揪揪熊耳朵，只能说："那我进去了，晚安。"

一路小碎步地进了卧室，关上门后，丁子君摸着把手下方的锁，犹豫了一下，还是没有上锁。

她相信郑超，另一方面，如果是郑超的话，她似乎也能接受。

意识到这点，丁子君红着脸戳了戳脑门，低声骂自己：“丁子君，你个女流氓。”

躺在床上也还是睡不着，丁子君捂着嘴偷笑了一阵，始终觉得憋得慌，最后只好躲进卫生间，看着镜子里自己那副傻样，忍不住笑出声。

虽然还没有恋爱，可她已经能体会到这种幸福满溢的感觉了。

重复着躺在床上胡思乱想，又跑到卫生间一个人傻笑无限循环的模式，丁子君愣是到了凌晨三点，还是没有一点睡意。

最后她强迫自己闭上眼睛，躺在床上做诈尸状，心中默念，一只郑超跳过去，两只郑超跳过去，三只郑超跳过去……

数到第一百三十二只郑超时，真的郑超进来了。

门咔哒一声打开了，丁子君噔地就清醒过来，她一动不动地直挺挺地躺在床上，装作一副已经熟睡的模样。

眼睛闭上了，其他感官反而更加敏锐，离得那么远，她就可以闻到他身上清冽的香味，好像和他平时的味道不太一样，似乎是旅馆里沐浴露的味道。

紧接着，他轻手轻脚地关上门，脚步声慢慢地靠近她。

丁子君越来越紧张，几乎下意识地屏住了呼吸，她的手死死地揪着裤腿，努力控制着不让自己颤抖。

她脑袋跑马似的乱想，如果郑超吻她的话，她该怎么办，是要继续装睡？还是伸个懒腰，巧妙地躲开？

如果不是吻，而是更加限制级的动作呢？那她怎么办，总不能喊抓流氓吧？

她躺在床上把郑超所有可能做出的举动都过了一遍，又把应对方式想了一遍，之后忐忑地等待着他实施。

她身侧的床垫晃了一下，深深地陷下了一个窝。丁子君努力保持着身体的平衡，不让自己朝着那个窝滚过去。

郑超的呼吸越来越近，紧接着她枕边的床垫又陷了一个窝，不用看也知道，郑超此时正坐在床边，侧着身子，一只手撑在她枕侧，上半身慢慢往下俯。

丁子君紧张得浑身都僵直了，她连喘气都不敢，只能死死地咬着牙，拼尽全力地控制着呼吸。

郑超的呼吸近在咫尺，近到丁子君甚至可以听出他逐渐加重的喘息声，沉闷沙哑，虽然听着很性感，可同样，也很危险。

就在丁子君处在濒临崩溃的边缘时，身上的压力却突然消失了，枕边的床垫重新弹起来，但身侧的床垫还陷着。

他坐起来了？

丁子君诧异他这个行为的目的，额上突然被轻触了一下，紧接着他修长的手指从她额角扫过，最后在她脸颊边停顿了一下，很快就拿开了。

身侧的床垫弹起来了，脚步声渐渐远去，随着关门声响起，丁子君如同濒死的人似的窝在床上大口大口地喘气。

等身体缺氧的症状稍微缓解后，大脑也重新灵光起来，她腾地从床上坐起，抬手摸了摸脑门，发现鬓角的头发被别到了耳后。

她反应了一下，歪头想着，也就是说郑超只是进来帮她把刘海撩到了耳朵后面？

就这么简单？

她心中思绪万千，一头倒在床上，满床打滚，他大半夜偷偷潜进房间，坐在她床边，就只是摸了摸她的刘海？

哇哦，太不可思议了。

翻滚到五点，丁子君彻底放弃睡觉了，一骨碌爬起来，叼着牙刷去刷牙。

看着镜子中自己快拉到脸蛋上的黑眼圈，丁子君撇撇嘴，让她这样一个作息规律、从来不熬夜、根正苗红的好少年一晚上失眠也挺不容易的。

收拾好后，换了身轻便的衣服，丁子君精神焕发地出了卧室，客厅里空无一人，被子叠得好好地放在沙发上，郑超却不见了。

她瞄了阳台一眼，也没人，一边诧异，一边把被子收回卧室，就在她锁了门晃荡着找食物的时候，他回来了。

他穿着一身运动装，脖子上套着一个黑色的耳机，气喘吁吁地从山后边上来了，看着他满头大汗的样子，她很是好奇：“在山上你是怎么晨练的？”

“我抄小路下了趟山。”

抄小路下山，来回也得折腾至少三个小时，现在不到六点，也就是说他从自己床边离开后就下山去了？一晚上没睡？

和她一样，都有病。

“我去洗澡，你先去餐厅吃早餐。”

“哦。”

两人分头行动，丁子君晃悠到餐厅的时候，除了老板娘以外还没有客人，和蔼可亲的老板娘看到她后，一个劲夸她：“现在的小姑娘作息太不规律了，晚上不睡，早上不起，像你这样能早起的实在不多。”

丁子君点头微笑，没说什么，实际上却偷偷腹诽着，阿姨您以为我想起这么早啊，是事出有因，一言难尽啊。

享受了一个人的早餐后，丁子君正准备回房，郑超就迎面走过来了，他又换上了白衬衫和牛仔裤，清清爽爽的，干净得纤尘不染。

不知道为什么，在经过昨天晚上的事后，丁子君现在有点害怕和他独处，可能是因为她终于确认了自己的心意所以有点紧张，也可能是因为不确定他的心意而有点忐忑。

总之，一见到他走过来，她瞅准方向，拔腿就跑，还没等郑超反应过来，她就已经跑没影了，只留下他一个人站在原地，一脸的茫然。

这丫头又怎么了，昨天晚上不还好好的吗？

说起昨天晚上，他差点纠结死，他潜进她房间，想偷偷看看她的睡颜，哪知，不过看了一眼，他就差点忍不住。

她粉嘟嘟的嘴唇，让他想起了粉色的布丁，他想着，口感应该差不多，软软的、香甜的、QQ的，兴许比布丁还要好吃，他忍不住凑上去，想要尝一尝。

她的呼吸轻薄均匀，嘴唇轻轻地颤动着，像是在他胸腔里插进了一根羽毛，一点点地撩拨着，让他心痒难耐。

黑夜是催生负面情绪的最好温床，所以，很多见不得光的事情都是在黑夜进行的。郑超暗想，他接下来要做的事情也够见不得光的。

他想吻她。

心中的冲动越来越凶猛，他根本难以自持，他安慰自己，反正她已经睡着了，他只是轻轻地吻一下，绝对不会再进一步，真的就只是碰碰她的唇。

等到真正实施的时候，他却又犹豫了，这是他的初吻，并且一定也是她的初吻，真的要悄无声息地进行吗？

看不清她眼里的娇怯，感受不到她暖暖的拥抱，就这样像贼一样偷偷摸摸的吗？

这是他珍惜的人，是他想要分分秒秒都在一起的，他喜欢的人，他们的初吻要建立在互相喜欢的基础上，情到浓时，水到渠成。

而不是屈从于欲望的偷香。

于是，他忍了又忍，终于强迫自己离开，并且一路跑下山狠狠地发泄了一番。

原地发了一会儿呆，郑超自我安慰，兴许是昨天晚上的那个拥抱让她害羞了吧。

Chapter 9

破晓

P I N G S H E N G Y I N U O

吃过早饭，大家哼哧哼哧地抄小路下山，来到了附近的一条商业街选购纪念品。

一群人走走停停，在各种小摊上都要扫一眼，尤其是丁子君，看见什么都新奇得不行，每个小摊她都要上去瞅瞅，并且每次都禁不住诱惑买点东西。

小葫芦、泥人、团扇、手机链、发带，没一会儿就买了一堆小女生喜欢的没什么用的小玩意。

见她抱着一捧东西还要蹿来蹿去继续逛，郑超简直无语，一把揪住她的领子："把东西给我，我替你抱着。"

"好的，谢谢。"丁子君也不客气，把怀里的东西一股脑地塞给郑超，然后一溜烟地跑了，只留下满头黑线的郑超愣在原地，怀里抱着一堆女孩子的玩意，一身难掩的违和感。

看着她的身影迅速消失在人海里，郑超放弃了继续追她，找了张休息的椅子坐下，优哉游哉地等着她。

无聊之际，他随手翻看着手上抱着的一捧东西，他揪着一串小葫芦出神，他记得，那天他请丁子君陪他郊游的时候，她曾经说过，要给他买礼物。

当然，他顺口就推辞了，可心底还是暗暗期待着的，暗自思忖着她到底会给他买个什么样的礼物，看她买的这些东西，好像水平也不怎么样。

郑超把手里的这串葫芦拿起来在阳光底下仔细瞅着，心中猜测，要是丁子君把这个家伙送给他，那他该怎么办？

该不该给她一巴掌？还是直接甩她个白眼，再附一句：“你看看你什么品位，选的都是些什么丑东西。”

啧啧啧，不管哪种情况，她一定会当场生气的，别说礼物了，连好脸色都不会再给他。

以前只是因为单纯对她感兴趣，所以能毫无顾忌地戏弄她，开她的玩笑，不管她生不生气，自己开心了就好。可现在不同了，况且有了昨晚的教训，他还哪敢不过脑子地乱说话。

要是成心作践她的心意，她铁定会离他远远的了。

那就这样吧，不管她送自己什么东西，他都要表现出很高兴的样子，坚决不对礼物做任何欠揍的评价。

确定了方案后，郑超把手上的礼物一件件地仔细翻看了一下，最后竟然觉得这些小玩意看着还挺可爱的，虽然太过于小女生，可如果是她送的话，似乎还能接受。

一个大男生抱着一堆女孩子的玩意坐在长椅上，尤其还是个长得比阳光还璀璨的大帅哥，自然是很吸引人目光的。

“你好，请问你旁边有人吗？”一个长相清秀的女生指了指他长椅旁的空位，看意思是想要在他旁边休息。

“没人，你坐吧。”郑超冲她礼貌地微笑了一下，顺手扯了张纸巾递给她，看她茫然的眼神，只好补了一句，“椅子上有点脏。”

女生看了眼自己白色的裙子，突然反应过来，一张小脸瞬间变得通红，她娇声道谢后，小心翼翼地坐下。

看她同样脸红的表情，郑超好奇地打量了一下，这个女生长得虽然没有丁子君好看，可也算清秀，只是同样都是脸红，她却没有一点丁子君那样的味道。

没有那种由内自外的羞涩感，那种发自内心的害羞，反而像是故意做出来的，让人看着不是很舒服。

果然，还是丁子君最好。

“你在等人吗？”

女生主动搭话，郑超不好给人家一个冷脸，只能转头回答：“在等人。”

那女生看了看他手上的东西，试探性地又问：“是女朋友吗？”

女朋友？

这几个字眼轰地钻进郑超的耳朵里，一路奔涌进他的心脏，在他胸腔里翻天覆地地搅动起来，他的心跳不受控地加速。

他发誓，这是他这辈子听过的最让他感到温暖的字眼。

什么时候他才能正大光明地对别人说“丁子君是我女朋友”，那种把她作为自己专属物的感觉实在太过美好，让他光是想象一下就觉得甜蜜到不行。

“……她去买东西了，我在等她。”郑超犹豫了一下，还是下意识地撒了谎，虽然她还不是自己的女朋友，甚至她连自己喜欢她都不知道，他不过是她的一个学长而已，或者说最多是个和她有点暧昧的学长。

可他依旧幻想着能让她哪怕有这么一瞬间，是属于自己的，虽然是在一个陌生人面前。

“……哦，这样啊，你女朋友一定很幸福。”

看着他脸上不自觉流露出的发自内心的幸福微笑，女生脸上的失落显而易见，即便一见钟情是多么不靠谱，她依旧觉得可惜。

到底是哪个女生能如此有幸，得到了这样优秀的人的专属权。

两人沉默地坐着，没一会儿丁子君就从街道另一头回来了，郑超抱着她那一堆大大小小的玩意，很自然地起身迎接她，一脸笑意地看着她向着自己跑过来。

那个女生看了一眼跑来的丁子君，终于明白为什么如此优秀的男生会愿意守在她身边。

她很可爱，不是那种装出来的可爱，而是因为生性单纯而不自觉流露出的呆萌，没有丝毫的矫揉造作，干净得像是一泓清泉，只要看一眼，就觉得整个人都被净化了。

女生冲郑超微笑示意后，很自觉地先行离开了，现在，她反而不失落了，而是暗自希望，他们能一直一直在一起，因为，她大约再见不到这样般配的璧人了。

那个女生走后，丁子君抱着刚采购的一堆东西坐到刚才郑超坐的那条长椅上，随口问了句：“你们认识啊？”

郑超也重新坐回去，看着她埋头整理战利品。

“不认识，就是偶遇而已。”

“哦，这样啊，我还以为是艳遇呢。那个女生挺漂亮的，看着也有气质，我还以为你们会有什么激情呢。”丁子君脑袋杵着，不让郑超看见她眼底的失落。她忘不了刚才郑超对那个女生绽开的温暖的微笑，比正午的阳光还要暖，温暖得似乎要融化人心。

她以为，这样的笑容是独属于她的，有一段时间，她是一直这样认为的。可直到刚才，她才反应过来，他的微笑不是她的专属物，那只不过是代表他温文尔雅的一个表情而已，没有任何特殊的意义。

丁子君伸手按了按衣兜里硬硬的盒子，还没收回手脑袋就被砸了一下。

她茫然地抬头，一抬眼就看见了郑超满脸的阴沉。

“激情什么激情，一个陌生女生而已，我根本就不认识她，她主动过来和我说话，我还能不搭理人家吗？”

“……我就是开个玩笑而已。”丁子君无辜地眨巴眨巴眼，揉揉自己的脑袋，偷偷嘟囔，“就允许你开我玩笑，不许我开你玩笑。”

“我有开过你这种玩笑吗？”郑超抬手揪了一下她的马尾。

丁子君吃痛，赶紧护住自己的头发，妥协道：“好了好了，是我不对好了吧。你能不能有点气度啊，怎么老和我一个女孩子瞎计较？”

见她妥协，郑超收回手，心中腹诽，你以为我愿意这么计较啊，如果对象不是你的话，我话都懒得和她们说。

一场小战争就这样无疾而终了，丁子君没心没肺地向郑超显摆她的战利品：“你手上的那一堆是我买给自己的，我的这一堆是买给别人的。”

“看出来了。”郑超低头看了看怀中的一堆小杂物，暗自庆幸，还好还好，他不用收这么尴尬的礼物了。

他回头看了看她怀里的一堆东西，好像品位也高不到哪儿去。

“你看这个，”丁子君拎起脚下一个大的包装盒向郑超展示，“这是送给我爸妈的，听说是这里的特产，我老妈肯定会喜欢。”

放下手里的大盒子，丁子君又拎起一个：“这个是给许辉妈妈的，吴阿姨身体不好，给她买点保健品。”

郑超诧异得无话可说，她这么小一个人是怎样把这么大一堆东西拎回来的，刚才还没有注意到，现在她一展示，还真把他吓到了。

早知道，他就该跟着她去的，他想象着她一个人拎着这么多东西跑来跑去的样子，光是想想，就觉得辛苦。

“手伸出来。”

正埋头继续翻战利品的丁子君脑袋还没反应过来他要干吗，手已经乖乖地递过去了。

郑超捏住她的中指仔细看了看她的掌心，还好，勒痕不是太明显，说明不是很重。

“好了，拿回去吧。”

等到他再次出声，丁子君才回过神来，指尖还有他的温度，她甚至还能感觉到他指纹的粗糙感，她的脸不自觉地又变得通红，为了缓解尴尬，她顺势握了个拳，把被他握过的那只手包裹住，就露出几个指尖。

“……你有没有玩过这个，叫找中指，就是用一只手把另一只手包住，然后另一个人来猜哪个是中指……”

看她面红耳赤地一个劲捣鼓，就是不敢抬起头看他，郑超低笑，知道她又害羞了。

“怎么不知道，我和你是一个时代的人，归根结底，我只比你大一岁，怎么可能不知道。”郑超抬手学她的样子搓了搓她的刘海，忍了半天还是没忍住，低声吐槽，“你不是紧张了就喜欢搓刘海吗？这次怎么不搓？”

“哦，对，我的刘海。”丁子君神情恍惚地松开两只手，抬手就要搓刘海，手一抬上去就碰到了郑超还没拿开的手，她一个尴尬，又收回来，收回来之后没有地方放，又想往上抬，可郑超的手还不拿开。

……

纠结了半天，她终于恼羞成怒，揪着自己的刘海从他手里撤出来，哆哆嗦嗦地来了一句：“放开，这是我的刘海。”

“好了，不逗你了，赶紧数你的战利品吧。”

只要逗她一下，一整天都是心旷神怡的，郑超心情无比舒畅地继续听她叨叨。

“这是买给李珊珊的，一个动漫的周边。那个家伙特别喜欢动漫，我看这个手办也不贵，就狠狠心买了。”

放下手办，丁子君又拎起两个小巧可爱的包：“这是给另外两个室友的，虽然平时我和她们不是太铁，可关系还算不错的，好不容易出来一趟，总得意思意思。”

郑超对这个完全没兴趣，她爱送什么送什么，不关他事，他现在紧张的是，她要送什么给自己。

刚才他偷偷看了一下，她怀里的东西已经不多了，这么数下去，他的礼物不会是最后那个扁盒子吧？那是个什么鬼？

如果里面是什么奇奇怪怪东西的话，他一定要好好教训她一下，送别人的礼物都挺实用贴心的，要是送给他一个莫名其妙的东西，即便他再高兴，也不会夸她的。

见她拿起那个盒子后，郑超心里咯噔一下，拳头不自觉地握紧，不得不承认，他现在很紧张，比高考成绩出来的时候还要紧张。

他侧过脸，不让丁子君看见他脸上不自然的神色，努力地深呼吸，让自己的情绪平稳下来。

紧张到如此地步，他才明白过来，其实他根本不在乎她送他什么东西，不管她送什么，他一定是开心的，冲他现在急促的心跳，他就敢保证。

她终于开口了，声音依旧是欢快轻松的：“这是一盒书签，是用这里的树叶做的，洗去了叶肉，留下了脉络，跟镂空了似的，特别好看。”

书签？他虽然也看书，可从来不用书签的，她买书签给自己干吗？很不实用啊。

不过只要是她送的东西他就喜欢，更何况，就算她送自己一个实用的东西，他也不见得会舍得用啊。

“许辉最喜欢这种书签了，以前总是我做给他，就用我们学校的梧桐叶，现在好不容易遇到一个精巧的，我可是斥巨资买的，为了买这个家伙，我把最后的钱都花光了。”

丁子君的话像是一把锤子一样，狠狠地在郑超的心里凿了一个大洞，那些名叫幸福和期待的美好情绪，都随着这个大洞一点点地涌出他的胸腔，只留下空荡荡的一片清冷。

果然，她把自己忘记了。呵，就说嘛，他算丁子君的什么人，一不是朋友，二不是恋人，甚至连熟人都算不上，她怎么可能专门为他买什么礼物，他凭什么？

亏他还期待了那么久，实在是自作多情。

丝毫没有意识到郑超情绪变化的丁子君，乐呵呵地把自己的战利品都收起来，招呼郑超：“走吧，我们先去吃饭吧，他们应该也快回来了。”

礼物分配完了，自始至终，她都没有提到他，更没有提到那天对他的承诺。

如果觉得不在意的话，大可以不必说，觉得没必要的话，那么之前就不要开口，为什么那么斩钉截铁地说了，让他满心欢喜地等待了这么久，她却云淡风轻地忘记了。

两人相携着寻找饭馆，郑超拎着一大堆的东西，丁子君走在他身边，喜笑颜开地在打电话。听着她欢快的声音，郑超无比凄凉地想，他的处境和为他人做嫁衣简直有异曲同工之妙。

“许辉，我给你买了一套特别好看的书签，你最喜欢的树叶书签，还封了塑，很坚固的，比我给你做的那些好看多了。”

丁子君兴冲冲地和许辉聊着专门买给他的礼物，郑超在一旁不自觉地就想到了许辉桌上那些透明的东西，他以前从来没有在意过，只知道那是许辉的书签。

却不知道那是丁子君做的，只属于许辉一个人的书签。

他的心越来越凉，凉到几乎绝望，无论他多么努力，无论他多小心翼翼，他始终比不上许辉。他以为许辉不来，丁子君就会属于他了，他是这么想的，可不曾想，她可以和他独处，心里装的却是另一个人。

两人来到餐厅，郑超没什么胃口，随便点了几道菜后就把菜单递给了丁子君，她在等菜上来的时候依旧一脸兴奋地说："我觉得许辉一定会特别喜欢我给他的这个礼物，那个家伙就喜欢收集书签……"

还没等她把话说完，郑超就冷冷地打断了她："能不说许辉吗？我不是许辉，想说回去和他说，不要在我面前说这么多废话。"

丁子君一脸的微笑就这样被他击得七零八落了，她第一次见郑超这么生气，他的眼神阴沉沉的，很明显的有厌恶的情绪，她心里止不住地难过，他在讨厌她了。

那么明显的厌烦。

她以为自己对他来说是特别的，没想到有一天，自己也会被他讨厌。虽然她不知道哪里惹到他了，可光是看到他厌恶的表情，她就已经难过到不行。

眼眶突然变得酸涩，丁子君努力地忍住眼泪，赶紧低头，清了清嗓子，状似无意道："对不起啊，你不想听我就不说了。"

一定不能哭，不然他会更讨厌自己的，没有哪个男生会喜欢一个动不动就哭的女生，那样太烦了，也太矫情了。

等丁子君控制好情绪后，饭菜也上来了。她不敢抬头，赶紧抱着饭碗开始吃饭，努力转移注意力。

"能不能把我的菜给我，怎么都搂你怀里了？"

郑超的话其实和平时是没什么区别的，只是语气没有了平日的调侃意味，变得生硬冷漠，就因为这样，丁子君的心理防线终于崩塌了。

她把盘子往前一推，赶紧捂住自己的眼睛，慌慌张张地就往卫生间跑："我把辣椒弄到眼睛里去了，我去洗一下。”

躲进卫生间的隔间，丁子君捂着嘴压抑地哭出声来，她也不知道为什么要哭，仅仅是因为郑超的语气比较冷，说了她几句吗？

好像不是，她本来没有这么脆弱的，她又不是玻璃心，别人说一句她就会伤心难过，但遇到郑超，偏偏她就难过得不行，因为习惯了他惯着她，照顾她，把她当成一个特别的人温暖对待。

因为期望太高，因为潜意识里已经把他的一切举动默认为他是有那么一点喜欢她的，所以看到他偶尔的生气后，她就受不了了。

终究是她自作多情了。

哭够了之后，丁子君杵在洗手台前开始发愁，她这个德行该怎么办呢，眼睛红得跟兔子似的。

用手扑了一脸的水，眼睛依旧是红彤彤的，丁子君懊恼地跺跺脚，她该怎么办呢，要是被郑超看出来她哭过了，肯定会更讨厌她的。

最后拖得实在没有办法，丁子君还是硬着头皮出去了，她鼓起勇气走到座位旁边，状似无意，其实表现得特别刻意地说了句：“辣椒进了眼睛里好难受，疼死我了。”

话刚说完，郑超就抬头看了她一眼，但很快他就移开了目光，什么话都没说。

丁子君偷偷松了口气，不管怎样，应该是蒙混过去了。

吃完饭两人溜达着往回走，因为之前的气氛，丁子君高兴不起来，郑超也一脸阴沉，周身笼罩着一层低气压，两人就这样一路沉默地回到了旅馆。

丁子君累到不行，天刚黑洗了澡之后就准备睡觉了，郑超也洗了澡，穿了睡衣出来，在另一张床上躺下，屈着腿在玩手机。

丁子君有些尴尬，没话找话道：“你今天在床上睡啊？”

她本来是随口一说，纯属没话找话，郑超的回答却有点尖刻，他眼皮都没撩，直接来了句：“不然你让我睡哪儿？”

这下丁子君是彻底尴尬了，她乖乖闭嘴，下床拉上两人之间的帘子，窝进被子里。

就当她努力酝酿睡意时，许辉突然打来电话，她接起来，装作若无其事地和许辉聊天，刚聊两句，身后突然传来一声刺耳的噪声，紧接着是郑超阴沉的声音：“要打电话出去打。”

她一回头，郑超正站在两张床中间，浑身上下散发着一股剑拔弩张的怒气，他的右手紧紧地揪着那条帘子，即便光线如此昏暗，她还是清晰地看见了他脸上的铁青和手上暴起的青筋。

她莫名感到很委屈，委屈得想哭。如果是她哪里做错了，他可以说出来，她试着改，努力地改成他喜欢的样子，即便她无意识地伤害了他，那么，只要他说出来，她也可以找到道歉的机会。

可现在这样算什么？他什么也不说，什么也不问，就这样莫名疏远了她，莫名看她不顺眼了，让她难过到不知所措。

“丁子君你那头怎么了？有男生的说话声？你……不是吧？”

许辉似乎发现了一个激情满满的点，立刻在那头八卦起来：“虽然我不反对你谈恋爱，可你还是要照顾好自己，男人没一个好东西，别被他们占了便宜。”

“对不起，我出去打。”

丁子君完全没有听到许辉在说什么，看了一眼郑超的脸色后，从床上站起来，低头穿拖鞋。

眼底的泪猝不及防地落下来，滴在毛茸茸的拖鞋上，很快就消失不见，她擦了擦眼角，起身，埋头往外走。

眼前突然一黑，她抬起头，郑超正好堵在她面前。

丁子君握了握手机，本来想说请他让一让的，可又想，路这么宽，何必和他挤。

于是，她一言不发地往另一边侧了一下，脚步还未向前迈去，郑超高大的身体就又追了过去。

仍旧死死地挡着她。

这下她不能沉默了，声音有些颤抖地说了句：“我出去打电话。”

“和许辉？你眼里除了许辉还有什么？”

郑超嘲讽尖刻的语气让丁子君有些受不了，她努力控制眼底的泪意，哽咽道：“不是你让我出去打的吗？”

“你什么时候这么听话了？我说什么你听什么。”

丁子君几乎是歇斯底里地哭出声：“郑超，你到底要我怎么样？我做错了什么你告诉我，我可以改。你能不能别这么对我，如果你讨厌我，你也可以直说，我保证以后不会再接近你，可你这算怎么回事？莫名其妙地生气、讽刺我，怎么看我怎么不顺眼，我到底是哪里惹到你了，我改还不行吗？”

“你……这里惹到我了。”郑超上前一步，面无表情地抬手，指向她心脏的位置。

丁子君一把打开他的手，吼道：“郑超，如果你讨厌我，麻烦你直说，你可以戏弄我，可以调侃我，甚至可以讽刺我，前提是我以为你起码是不讨厌我的，所以我可以接受，但如果你讨厌我，那么请你明说，让我知道你对我的感觉，别让我还像个傻子似的每天若无其事地宽慰自己。”

“我讨厌你？”郑超声音骤然变得冰冷，俯身死死地盯着丁子君的眼睛，几乎是咬牙切齿地说，“丁子君，你就算是块石头，现在也应该焐热了吧。我做的一切你都看不到吗，现在告诉我，你以为我讨厌你？”

他气得语无伦次，终于体会到了什么叫打不得骂不得，她这副浑然不觉的表情，让他有种一拳打在了棉花上的感觉，满腔怒火无处发泄，他整个人都快爆炸了。

他明里暗里努力了那么久，那么小心翼翼地接近她，为了让她对自己有好感，他努力地控制着自己的情绪，一举一动都要斟酌半天，生怕哪点做得不好就会让她不高兴。

他一个人忐忑了这么长时间，为了她，高兴得像个傻子，纠结得跟个疯子似的，到头来，就换来这么个结果？

她以为他讨厌她？

思及此，他再没了陪她玩过家家的心情，一把按住她的肩膀，勾唇一笑，眉眼间扫过一丝邪肆，他启唇，嗓音沙哑：“好，现在我就让你知道一下，我到底讨不讨厌你。”

丁子君还没反应过来发生了什么，整个人已经倒在身后的床上，而郑超，就撑在她身上。

姿势要多暧昧有多暧昧，丁子君现在也忘记了哭，整个人又开始处于僵直状态，大脑里嗡嗡作响，思绪混乱一片，完全不知道目前这个状况她该如何应对。

郑超俊挺的脸近在咫尺，眼神没有了以往的深邃幽暗，变得迷离炽烈，他的薄唇微张，温热的呼吸急促地喷薄而出，一点点地拂在她脸颊上。

“还嘴硬吗，嗯？”他的声线突然变得低沉沙哑，带着不可言喻的性感，最后上扬的尾音像是一片羽毛钻进了她的心脏，撩拨得她面红耳赤。

他也是学生啊，归根结底也只能叫大男孩，平日里看他也是容易害羞的，为什么现在的表情会如此诱惑?

浑身散发着成熟男人的性感气息，即便她偏转了头，努力不去看他的眼睛，不去感受他的气息，可心底的悸动还是无法压抑。

郑超突然松了手，把她整个人拥进怀里，一个劲地低喃着：“对不起，对不起，我不是故意要吓你的，对不起。”

丁子君的胸口被他压得死死的，有点喘不过气来，她挣扎着推开他的脑袋：“你起来，我要被你压死了。”

身上的人缓了好久才爬起来，之后立刻飞奔进了浴室，直到浴室里传来哗哗的水声，丁子君才长长地松了口气，总算活过来了。

她爬起来后忽然想起一件事，连忙手忙脚乱地下床，满地找自己的手机，刚才郑超推倒她的时候，手机还处于通话状态啊。

要是被许辉听见了，她还要不要活了。

她赶紧点亮手机屏幕，查看通话结束的时间，手机上显示是十分钟以前，也就是说她准备拿着手机出去，被郑超拦住的那个时候，许辉就把电话挂了。

呼，还好，许辉还挺有眼力见儿的。

她这头长吁短叹的时候，郑超就从浴室里出来了，他身上还穿着进去时的白衬衫，上头水渍斑斑，隐约可以看见他结实的肌肉。

丁子君唰地红了脸，赶紧别过头，装作在看手机似的在界面上滑来滑去。

“刚才对不起。”

“嗯。”

“我就想问你一句，你那天和我说的话还算数吗？”

“什么话？”

郑超没头没脑的话让丁子君愣了一下，她立刻反问：“我说什么了？”

郑超没有答话，直接走到她面前，学她的样子坐在了地上，一条长腿支起来，右手手肘放上去，上半身顺势倒过来，深邃的眉眼猝不及防地就凑到了她面前。

“就是我叫你陪我郊游那天，你说的话。”

他身上的湿意蔓延过来，丁子君走神地想着，他刚才原来是洗了冷水澡啊。咳咳，不过也确实得洗冷水澡，要是洗热水澡，那还不得烧起来。

腹诽了一会儿，她微微把自己的小腿盘了回来，方便他舒展他的大长腿。

“我不记得我说过什么了。”

那天他叫自己陪他去郊游，她犹豫了半天就答应了，不记得还说过什么重要的事情。

看他微微皱了眉，深邃的眼底不仅有认真还有一丝不易察觉的失落，丁子君更是摸不着头脑了，难道是因为她那天说错了什么话，今天他想了起来，所以冲她发火？

这理由也太牵强了吧。

“你到底想说什么？不管你想说什么我都会认真听的，只要你不要莫名其妙生我的气就好，你这什么都不说，胡乱一通发火，我也猜不出你想要表达什么。”

不管是喜欢她还是讨厌她，或者说她的某些行为让他生气了，虽然她不愿意从他口中听到这些，可总比蒙在鼓里要强。

“你真的要听实话？”

听她坦白后，郑超却突然不好意思了，整张脸埋进膝盖里，看着像是害羞又像是纠结。

丁子君整个人愣住了，这还是刚才把她按在床上的男人吗？现在的他，根本就是个大男生，耳朵都红了，哪还有半点刚才的气场。

都说女人善变，男人也挺善变的。

“我当然得听实话啊，我总得知道自己忽然让你看不顺眼的理由。”

“不是因为这个……”郑超犹豫了一下，另一条长腿也收起来，双膝并拢，把自己的脸埋了进去，纠结了半天才跟蚊子哼哼似的憋出了一句话，“你不是说要送我礼物的吗？礼物呢？明明没有给我。”

“啥？”丁子君诧异地尖叫出声，用了一分钟才反应过来事情的来龙去脉，也就是说，他问她还记不记得那天说的话，其实是在暗示她，她曾经说过要给他买礼物这件事？

因为今天展示战利品的时候却没有他的礼物，所以他就生气了，各种看她不顺眼，各种拿她撒气。

“就因为这个？就因为我没给你买礼物所以你就生气，对我各种冷嘲热讽？郑超，你是不是有病？”

丁子君气急败坏地站起来，看着地上埋着头的人气不打一处来，亏她还以为她做错了什么，胆战心惊地害怕他是在讨厌自己，一个人又难过又伤心，惴惴不安地想着自己是不是真的惹到他了。

可兜兜转转，折腾了这么长时间，她难过纠结了这么久，最后他却告诉自己，这一切都是因为她没有给他买礼物。

仅仅是因为她没有给他买礼物。

他多大了，这么幼稚的行为都做得出来，简直让她哭笑不得。

“说了不是这个，你以为我缺心眼啊，好像我多稀罕你的礼物似的。”

他的声音软软的，但语气倔强，隐隐约约还感觉他挺委屈的。

“那因为什么？”丁子君叉着腰看着地上坐着的这个巨婴，想象着他还能想出什么比这个更幼稚的理由。

地上坐着的人忽地站起来，丁子君适应不及，眼前一黑，下意识地抬头看他。

“我生气是因为你干什么都记得许辉，什么都是许辉，你心心念念的都是许辉。我呢，我明明就在你身边，你总是看不见，对我说过的话你也总是轻描淡写地就忽略了，你根本就不知道……”不知道我对你的每一句话有多在意，你随口说的一句话我都会牢牢地记在心上，你随口的一个承诺我都会欢喜雀跃地期待好半天。

你能体会这种从满怀希望到失望的落差感吗？

你不能，因为我喜欢你，但你不喜欢我。

他的话说到一半堪堪停了下来，因为丁子君的表情太过茫然，茫然得让他有些挫败。

光是他一个人在这里激动失落有什么用，她根本就不会懂得他的心情。

多说无益，郑超觉得再说下去也是自讨没趣，掐了掐眉心，转身往门口走去：“我出去睡，你晚上记得锁门。”

经过他刚才那一番折腾，她估计是不能放心他了，与其让她纠结该不该锁门，还不如他提前嘱咐好算了。

他故意走得很慢，不得不承认，潜意识里他还是希望她能叫住他的，不管是什么原因，只要她能挽留他，解释给他听，不管她说什么，他都听，喜欢许辉也好，不喜欢他也罢，只要她解释，他都乐意听。

可她并没有。

郑超关上卧室的门，自嘲地勾唇笑出声，郑超啊郑超，你什么时候沦落到这种地步了。

出了客厅，郑超才后知后觉地发现，忘记拿被子了，他懊恼地抓了抓头发，自暴自弃地把自己摔进沙发里，暗自发誓，如果丁子君不给他送被子，他坚决不会自己进去取，要是不小心感冒了，就怪她。

怪她没给自己送被子。

没一会儿，卧室的门就响了，郑超面朝沙发躺着，假装睡着了，其实嘴角偷偷上扬，就等着丁子君把被子送过来。

她小心地走来，蹑手蹑脚地给郑超盖上被子。

郑超咬着唇不让自己笑出声，偷偷伸手揪了揪被角。

哇，原来这被子还挺暖和的。

“郑超，你睡了吗？我有东西给你，是给你买的礼物，本来之前就要送给你的，却不知道要怎么说出口，总觉得突然送你礼物挺奇怪的。这个东西挺贵的，我第一眼就看上了，狠了狠心买了下来，花了我好多生活费，你一定要珍惜。不管喜不喜欢你都要好好收着，别怪我没给你准备礼物，你要是睡着了的话，我就把东西给你放枕头边上了。”

见沙发上的人没有动静，丁子君摸摸鼻尖，心想，他大概是真的睡着了。

她小心翼翼地转身，正准备起身，身后的帽子却突然一紧，她重心不稳，咣地摔坐在地上，还没来得及叫出声，沙发上一直沉默的人却突然出声了。

“什么礼物？我要看。”

你有病啊，我一个人叨咕了半天你不吱声，我要走了你才揪我帽子，并且，礼物你自己看不就可以吗，为什么非得我拆给你看，你是我大爷吗？

“你不是要看吗，不起来怎么看？”

咳咳，丁子君对于自己这种口是心非的表现做出了一个很合理的解释，那就是，如果她不拆给他看的话，他一定会没完没了的，她就是不想给自己找麻烦，绝对不是立场不坚定。

嗯嗯，一定是这样。

“我起来了，你拆给我看。”

郑超突然坐起来，被子哗地甩到丁子君的脸上，她努力控制着破口大骂的冲动，把被子从自己头上揪下来，然后抬头准备好好教育教育他。

“……咳咳，你稍等。”

郑超盘腿坐在沙发上，眼睛眯成了一条缝，嘴角上扬，像是个等着喂糖的孩子，更像是一只等着被喂食的大金毛。

丁子君思忖，如果他身后有条尾巴的话，现在一定摇得很欢快。

所以说，看到这样乖顺的、纯良无害的他，她还怎么骂得出口？

这绝对不是因为她偏袒他，只是因为他这个样子让她热爱小动物的爱心哗哗泛滥。

他一脸期待的模样让丁子君有点脸红心跳，她赶紧把沙发边上的小盒子拿了出来，手脚利索地拆开，小心翼翼地打开盒子，然后把盒子里的项链取了出来。

她之所以不知道该如何送出这个礼物的原因，就是因为太暧昧了，项链这种东西不都是女朋友送的嘛，一个半生不熟的女性朋友送人家一条项链怎么想都不合适。

于是她就各种纠结，各种不知道怎么送出手。

现在，她也不管这礼物暧不暧昧了，赶紧送出去就好。

项链的坠子是一块不规则的水晶，纯天然的，绳子是黑色的皮绳，简约大方，她一眼就看上了，她设想了一下郑超戴它的模样，一咬牙一跺脚，狠狠心买了，虽然钱包瞬间瘪得让她差点哭出来。

可为了郑超，也算是值了。

“项链？”郑超把脑袋凑过来，眨眨眼，有点不理解，“你送我一条项链？”

项链这种东西意义很特殊的，她到底是什么意思？是准备向他暗示什么，还是说她压根就不知道送这个东西的含义？

如果是前者的话他估计晚上又兴奋得睡不着了，要是后者的话，他也勉强能接受，这样没心没肺的办事方式也像她的风格。

“项链怎么了，这可是所有礼物中最贵的，我给我妈都没买这么贵的东西。”她说。

郑超把她的话自动脑补为，这是所有礼物中最珍贵的，给我妈的礼物都没这么珍贵，足见你对我来说有多重要。

“很好，我很喜欢，你帮我戴上吧。”

郑超笑眯眯地看着丁子君，一脸讨喜的模样，像是一只大金毛，丁子君甚至想着他会突然扑上来蹭蹭自己。

压抑住心底那股想要帮他顺毛的冲动，丁子君把项链放进他手里，嘱咐他："项链的扣在这里，你把扣转到前头来，等扣好了再转回去就行了。"

送项链本来就够让她不好意思了，还要她亲自帮他戴，大半夜的，她可不想再心律失常了。

"你不帮我戴，我就不戴了。"

沙发上盘腿而坐的某金毛直直地盯着她，坚决不自己动手。

"你爱戴不戴。"都多大的人了，怎么跟个孩子似的，像个孩子也就罢了，别露出这样纯良无害的可爱表情行吗？

……

过了很久。

"拿过来。"

"什么？"

"项链啊。你不拿过来我怎么帮你戴？"

"好，给你，扣在这里。"

丁子君认命地拿起项链，一只手按着扣，一只手找到要钩的环，靠近郑超身边，微微弯腰，双手环过他的颈，低着头找到接头处。

郑超脸上的微笑越来越大，最后高兴得眼睛都眯起来了，他乖乖地坐着，一动也不敢动，贪恋她这个虚空的拥抱。

她的上半身离他很近很近，近到他可以嗅到她身上熟悉的香甜味道，她的手环在他的脖子上，如果从正面看的话，他们的姿势一定像是在交颈拥抱。

光是想象，就美好得不得了。

丁子君在他耳边低声抱怨着："你别抬起头啊，我都看不见扣了，把脑袋低下去。"

郑超听话地垂下脑袋，露出俊美的脖子，方便她扣项链。

趁着她埋头重新找接头处，他偷偷地伸出手，隔空环在了她的腰间，她的腰好细，那么窄窄的一条，他这样双手交叉环着她的腰，中间还有两条空隙。

“呼，终于戴好了。”

接下来的一切就像是连锁反应似的，两个人都没怎么反应过来到底发生了什么。

丁子君的话一出口，郑超一着急，猛地抬头，一不小心正好撞在丁子君的下巴上，她吃痛，条件反射地后退一步，可郑超环在她腰上的手还没来得及收回去，于是，被这么一撞，她又直接倒回去了。

看她倒过来，郑超吓了一跳，生怕她磕着，赶紧抬手紧紧地揽着她的腰。

最后两个人就以无比暧昧的姿势紧紧相拥了。

丁子君环着郑超的脖子，郑超揽着丁子君的腰。

丁子君是最先反应过来的，她一把推开郑超，二话没说，拔腿就往卧室跑。郑超是在咔哒一声锁门声响起后才回过神来，抬手摸了摸颈间凉凉的水晶，咧嘴笑出声。

怎么办，好高兴。

他抱着被子直直地倒在沙发上，狠狠地打了几个滚才舒缓了一下自己的激动之情。

Chapter 10

全角度爱你

P I N G S H E N G Y I N U O

第二天，大家收拾好准备出发的时候，丁子君和郑超不出意料地迟到了，等他俩醒来，已经是早上八点了，大部队出发时间正好也是八点。

也就是说，等他俩收拾好东西再赶去集合，意味着一群人得等他俩一个多小时。

丁子君也明白事态的严重性，有些忐忑地扯了扯胸前的熊耳朵：“要不我们俩别跟他们一起走了？”

“你先收拾东西，我去安排。”郑超随手扒了扒自己的头发，拿起手机出了阳台。

丁子君刚换好睡衣，还没开始收拾东西，郑超就已经打完电话了。

“你怎么说的？”

他们两个孤男寡女同处一室，还一起迟到了，颇有些君王不早朝的香艳，任谁都不会想得太单纯。

“我跟他们说你买给同学的纪念品找不到了，还在找，让他们先走，我陪你一块儿找。车我也联系好了，等我们收拾好了就能走。”

哇哦，好帅。不过几分钟的时间，他就把一切都安排好了，她刚才还在偷偷害怕，要是他们俩和剩下的人一起出去，她一定会被各种异样的目光给戳死的。

没想到他直接把所有人都支走了，并且连车都联系好了，太靠谱了。

她松了口气，浑身轻松地开始收拾行李，她坐在地上哼哧哼哧地往包里装各种乱七八糟的东西，郑超就坐在沙发上托着腮帮子看着她。

“你不收拾行李吗？”

“我没什么可收拾的。”郑超晃了晃手里的钱包和手机，表示自己一身轻松。

“咦，我记得你来的时候背了一个硕大的包，包呢？”丁子君伸手比画了一下那个包的硕大程度，力求表达得生动形象。

郑超满头黑线地指了指她怀里正逐渐变得硕大的包：“……你以为那是谁的包。”

“哦，对，这就是你的包。”

收拾好后，丁子君查看了一下没什么落下的，就准备要走了，郑超把桌上的水递给她：“把药吃了。”

“咦？”

“咦什么咦，你不是晕车吗？难不成还要半路停一下等你吃药。”

要不是他提醒，她又给忘了。这么重要的事情她怎么能三番五次地忘记。

倒是郑超，还记得她晕车这个小细节。

她掏出药，含了一颗在嘴里，然后喝了口杯子里的水送服下去。

温度正好，不凉也不烫。

也就是说，在她收拾行李的时候，郑超就替她倒了杯开水，然后耐心地等她收拾东西，等她弄好后，水正好晾凉了，她也刚好能喝药了。

丁子君被他这样温暖的小细节感动得一塌糊涂，完全不知道该如何表达此刻的心情，只能咕咚咕咚地把水喝完，然后低声道谢：“谢谢你提醒我，顺便谢谢你的水。”

“没关系，下山差不多需要一个多小时，现在出发到山脚时，药正好能起作用，走吧。”说着，郑超自觉地把她硕大的包背上。

丁子君只拿了自己的小挎包，两人出去退了房，之后下山去山脚坐车。

车行驶，药起作用，丁子君也顾不上害羞了，又开始点着脑袋打瞌睡。

“靠在我肩膀上，但不许抱我胳膊。”

“谢谢。”

丁子君双眼蒙眬，含含糊糊地应了一声，乖巧地把脑袋靠在郑超的肩窝里，只是还没过一分钟，她的手就环上来了，把他的胳膊紧紧地揽进她的怀里。

郑超深呼吸一口气，用另一只手戳了戳她的脑门：“说了不许抱我胳膊。”

已经睡得迷糊的丁子君下意识地点点头，赶紧把手放下去。

郑超转头看向车外，窗外的风景像是快镜头般一帧帧地划过，只是这样美好的景色他还没怎么欣赏，身边的这个小人儿又不乖了。

“说了不许抱我胳膊。”

她已经睡着了，眼睛紧闭着，他能看清她小扇子般浓密的睫毛和不自觉嘟起的嘴唇，可爱得紧。

听到他的话，她下意识地点点头，可这次手却没有放下来。

“乖，把手放下去。”

“嗯。”这次她低声应了一声，像是睡梦中的呢喃，但郑超知道，她是在回应他。

回应归回应，手却还是死死地揽着他的胳膊。

这个不省心的丫头，这么不听话。

到头来，遭罪的还是他。

车子行驶了两个小时后，就到了他们学校的正门口，郑超摇了摇身边依旧在熟睡的人。

估计是昨天晚上又没好好睡觉吧，现在倒是呼呼补觉来了，同样是一晚上没怎么睡的人，他可比她精神得多。

“好了，别睡了，睡得天昏地暗了，到学校了，回宿舍再睡吧。”

经过他不懈的努力，这头小猪终于醒来了，她睁开迷蒙的大眼睛，声音软软地低喃了一句：“这么快就到了？”

“快？你睡了一路，当然觉得快。”

郑超咬牙抬起自己全麻了的胳膊，挣扎着下车去取行李。

一脸茫然呆滞的丁子君也乖乖下车，站在他身边。

刚睡醒的她简直乖巧无害得像是只小兔子，软软的、萌萌的，可爱得不像样子。

“我来背吧。”见他把包拿出来，她揉了揉眼睛，伸手就要接。

郑超瞥了她一眼：“我来吧，到了宿舍楼下再给你。”

“嗯。”

他利落地把包背在背上，抬手弹了弹她的脑门：“好了，走吧。”

“嗯。”

丁子君还处于呆滞状态，也没反驳，乖乖地把自己的挎包拎起来，跟在他身后往宿舍楼下走。

两人一路无言地走着，当然并不是郑超不想说话，而是丁子君的反应完全跟不上他的节奏。

“还好吧，没有晕车吧？”

“嗯。”

“嗯什么嗯，我问你有没有晕车？”

“啊？”

“……包你先背上去吧，把东西收拾好了再给我。”

“嗯。”

“……”

好不容易坚持走到了女生公寓下，丁子君伸手要接包，郑超一脸不满地砸了一下她伸过来的手：“你睡觉睡傻了是不是，跟你说话半点反应都没有。”

“嗯？你说。”丁子君现在困得上眼皮打下眼皮，满心满眼想要睡觉，哪还有心思听他说了什么。

这样突如其来的睡意并不是因为那一颗晕车药，而是因为连日来的心累都在回来的这一刻爆发了，她紧绷的神经突然松懈下来，整个人也就变得有些萎靡不振。

“说什么说，回去好好休息吧。”

看她一脸困意，眼睛就快合上了，郑超哪有心情继续说废话，只好取下背上的包递给她，还不忘嘱咐："有事记得给我打电话。"

"嗯。"丁子君接过包，一步一步地蹭回去了。

郑超目送她进了公寓楼，无奈地叹口气，转身往男生公寓走去。

回了宿舍后，丁子君做的第一件事就是睡觉，包里的东西没动，衣服也没脱，直接爬上床就蒙头大睡。

等她睡得天昏地暗，就快分不清天上人间的时候，李珊珊这个祸害回来了。

"哟呵，我家小妞回来了，有没有给爷带礼物？"李珊珊推门进来，第一眼就看到了床上睡得四脚朝天的丁子君，接着，就看到地上放着的硕大的背包。

丁子君把抱枕甩下去，加菲猫的抱枕不偏不倚地砸中在地上胡乱翻腾的李珊珊的脑袋。

"你什么时候回来的？你不是去泡温泉了吗？怎么回来睡得跟猪似的？"李珊珊把加菲猫抱起来，抬头看着床上躺着的丁子君，一脸的猥琐，"该不会是你这只猪把大白菜给拱了吧？"

"拱你妹。"丁子君一脸煞气地从床上坐起来，伸手指了指自己眼底的黑眼圈，愤愤不平地冲底下看热闹的人吼，"李珊珊你有没有良心。我三天没有好好睡觉了，还没睡多久你就把我吵醒了。"

"你几点睡的？"

"快十二点吧。"

"现在是晚上八点。"

"……"

"好了，你要说什么，赶紧说，别废话。"丁子君抓起手机看了一眼，八点十分，两个未接来电，五条短信，都是来自同一个人，郑超。

第一条："丁子君，吃饭了吗？我去吃饭，帮你带。"

第二条："丁子君，睡醒了吗？"

第三条："丁子君，要是醒来的话记得回我短信。"

第四条：“丁子君你吃晚饭了吗？我去吃饭，帮你带。”

最后一条，是刚才发的：“丁子君，你是不是睡死了？”

“走啊，去吃饭，顺便给我讲讲你这次去泡温泉有没有邂逅帅哥，来个一夜情什么的。”

“李珊珊，你以为我是你吗？”丁子君翻个白眼，挣扎着从床上爬起来，萎靡不振地往浴室走。

李珊珊一直目送着她，等她快走到浴室门口时，李珊珊一个箭步冲上来，一把扯住她的胸口，直接把她的领口拉下来往里瞅。

“李珊珊，多日不见，你的猥琐程度真是与日俱增了。”丁子君淡定地一巴掌拍掉了李珊珊的魔爪，整了整自己的领口，转身就要走。

“胸还是原来的胸，咋人不是原来的人了呢？”

“我怎么不是原来的我了？”

“你现在这个萎靡不振的德行就跟被囚禁了三天的失足少女似的，说没有一夜情，鬼才信。”

丁子君忍无可忍，抖擞精神地脱下脚上的拖鞋，一个标准的抛物线甩到李珊珊身上。

“你就不能盼我点好吗？我就那么饥渴啊？”

“啧啧啧，去一趟温泉都没把你的女人气息培养出来，真是糟践了那点经费了。”

丁子君嘴里叼根牙刷，从浴室里探出头，含混不清地说：“哦，对了，经费的一小部分用来给你买手办了。”

“真的吗？”

丁子君只感觉身边忽然刮了一阵大风，等她反应过来的时候，李珊珊整个人已经完全挂在她身上了。

她嘴边的牙膏沫被身后的庞然大物给抖了一身，她把牙刷拿出来，漱了漱口：“还有一夜情吗？”

“哪有，像你这样清纯无敌的小绵羊去那儿绝对是陶冶情操，修身养性，领略大自然的美好。”

“我还像失足少女吗？”

“瞧我这一张碎嘴，你怎么可能是，你这干净得跟朵白莲花似的美少女怎么会像失足少女，要像也是我像，我不仅失足我还失身。”

“……李珊珊你的节操呢？”

“我的节操被狗吃了。”

“其实我是骗你的，我没买手办，太贵了。”

“……丁子君,你个王八蛋。你个失足的白莲花,你的节操也被狗吃了吗?说好的人与人之间基本的信任呢？”

丁子君话音刚落就被李珊珊掐住了脸使劲地摇晃，李珊珊一脸亢奋地撕扯着她，她龇牙咧嘴地又补了一句：“手办在包里。”

“啊？真的？”

“没，骗你的，包里的东西是买给别人的。”

“丁子君，你妹的。”

“这个别人也包括你。”

“……丁子君，我错了还不行吗？你别玩我了成吗？”李珊珊都快哭出来了，她可怜巴巴地揪着丁子君的袖子，希望丁子君能给自己一个痛快。

买还是没买，就一句话。

“自己去包里找找吧。”

听到外头一声高亢的尖叫声后，丁子君淡定地拿毛巾擦了擦洗干净后的脸，抬步出了卫生间。

“丁子君，你就是我的宝贝，你不知道我找这个手办找得多辛苦，我那一套手办就差这一个了，对于有强迫症的人来说，你就是解救了我的天使。”

“好了，别恶心我了，收好你的东西吧，我给娟儿她们也买了东西，我先去整理一下，明天我可能要回一趟家，把给我老妈和吴阿姨的东西带回去。”

她收拾好后，就被李珊珊拉去吃饭了。

李珊珊这厮假期没有回家，也没有出去玩，就一个人闷在宿舍里，见丁子君回来，就跟重见天日的元谋人似的，兴奋得让丁子君有些招架不住。

两人一路拉拉扯扯，打打闹闹地来到了校外的小餐馆，李珊珊咣咣点菜，丁子君则是偷偷点亮手机，给郑超回短信。

“不好意思，我刚睡醒，现在和同学在外头吃饭。”

她点了发送键，手机叮咚一声显示发送成功。她把手机放在桌上，还没来得及点菜，手机又叮咚一声，她拿起来一看，是郑超的短信。

“在哪里？我过去找你们。”

秒回？

他自然是不能过来的，要是被李珊珊看出他俩之间的暧昧，她肯定见不到明天的太阳了。

于是，她赶紧回复他：“你不用过来了，我们快吃完了，马上就要回去了。”

短信发出后没一会儿郑超的又过来了，上头就一行字：“丁子君，你是不是故意躲我？”

她吓一跳，还没来得及回复，就被李珊珊的嘶吼声给打断了：“丁子君你丫能不能点菜，玩你妹的手机。”

“我刚才在发短信。”

“谁的？许辉？别管他，今天你是属于我的，你要是敢再动手机，我就在朋友圈贴你是个蕾丝。”

“老大，我错了还不行吗？”

被李珊珊一通威胁后，丁子君就把回短信的事给抛到脑后了。

好长时间没有这么自在了，丁子君一时间有点小嗨，忍不住喝了几口酒，喝完之后她的话变得奇多，和李珊珊这个话痨凑在一起，两个人唠得没完没了的，整个店里都充斥着她俩的狂笑声。

最后老板有点看不下去了，委婉温和地把她们两个傻子给请了出来，丁子君这才恢复了正常，拉着醉得天翻地覆的李珊珊往宿舍走。

夜风习习，轻柔而微凉，吹在身上很是舒服，吹了一路的风，快到公寓楼的时候，丁子君的酒也醒了，努力拉着已经开始自嗨的李珊珊回去。

远远地，她就看见公寓楼门口有个高高瘦瘦的影子，身影挺拔健硕，很是耐看。丁子君暗想，这个人的身形倒是和郑超有的一拼，就是不知道长得有没有郑超好看。

等她靠近那个人影，并且看清他的脸后，她才发现，这个人长得和郑超也有的一拼。

因为，他就是郑超本人。

一个在短信上说自己在八点半就已经吃好快要回去的人，最后却在十点钟的时候被人在楼下逮了个正着。

这样尴尬的感觉真是不能更爽。

自知理亏的丁子君赶紧觍着脸搭话："呵呵，你还没睡啊？"问完之后她的大脑就开始飞速运转，努力想着对策。

如果郑超骂她为什么骗他，不是说八点半就已经吃好了吗？她就装可怜，说其实她要走的，可李珊珊这个醉鬼不让。

如果他生气了，呵斥她为什么故意撒谎，不愿意见他？她就说实话，就说这个醉鬼喜欢他，她怕这个醉鬼误会。

如果他对自己冷嘲热讽的话，她就勇敢地反讽回去。

各套方案在脑海里演练了一遍，丁子君已经做好了全面备战的准备，却没想到，郑超只说了一句话。

他说："两个女孩子回来这么晚多不安全，你如果有事应该给我发个短信的。"这样我就不会手足无措地在这里等了你将近两个小时。

白天送她回去后，他一个人回了宿舍，宿舍里没有人，他一个人猫在椅子里发呆，突然不适应与她分开的时间。

看不见她的笑，听不到她的声音，不能摸她毛茸茸的脑袋，他一个人待得索然无味。

所以，他掏出手机，开始骚扰她，短信发出去后，他握着手机，一个劲地盯着屏幕，等着她的短信什么时候能回过来。

等了好久，手机依旧没有动静，终于铃声响了一下，他飞奔过去拿起手机，却发现收件箱里的只是一条垃圾短信，他失望地放下手机，踱步去了厕所。

上完厕所，他又赶紧扑回到手机跟前，迫不及待地点亮屏幕，可依旧是失望，她还没有回短信。

之后他打了两个电话，又发了两条短信，她还是没有回复，最后他宽慰自己，她可能是睡着了。

好不容易煎熬地熬到了七点，他暗想，她应该醒了吧，于是，他又试探着给她发了条短信。

仍旧没有回复。

晚上八点多的时候又发了一条，还是没回复。

如果说之前只是失望的话，这个时候他就有点紧张了。他握着手机满屋子转圈，一个劲地胡思乱想，她一个人在宿舍不会遇到什么事吧？

是不是洗澡磕晕了？或者说从床上摔下来摔晕了？

他心急如焚地抓着自己的头发，想着要不冲进女生公寓楼看看吧，问问宿管阿姨丁子君在哪个宿舍。

正当他准备突袭女生宿舍时，丁子君的短信突然回过来了，他死死地盯着丁子君那三个字，盯得都快不认识了。

“不好意思，我刚睡醒，现在和同学在外头吃饭。”

还好还好，只是睡着了，他赶紧回复了她，迫不及待地想要去见她，不管她是刚睡醒去吃饭了，还是怎样，他都想去见她一面，确认她没事，确认她是安全的。

可她回过来的短信却是她要吃完了，马上就要走了。

也就是说，她起码是醒来有一阵了，得洗漱，得换衣服，还得走出来吃饭，并且点菜、上菜、吃饭，这么长的时间里，她一直没有在意他的短信，直到快要吃完了才想起来回复他一下吗？

不得不承认，他很伤心，情绪瞬间变得很低落。他委屈地给她发了句：“丁子君，你是不是故意躲我？”

这条短信又石沉大海似的杳无音信了，郑超拿了外套出门，既然她说快回来了，那他直接去她公寓楼门口等着好了。

哪知，一等就是两个小时，期间他给她打了十几个电话，发了好多短信，那头却没有任何回复。

他由最初的期待变成了失望，失望变成生气，等到最后，他心底唯一剩下的就是担心了。

只要她平安回来就好。

所以，在看到她小心翼翼地打招呼后，他一晚上的愤懑全都烟消云散了，总算她好好地回来了。

确认她没什么事后，郑超转身就要离开，不失落是骗人的，可他的这种失落，她是不会懂的，即便他解释了，如果她说，哦，不好意思，我当时忘记了，他还能怎么办？

她根本就没有把他放在心上，光他一个人失落有什么用？她，根本看不到他的失落。

“你是不是生气了？”丁子君把醉得一塌糊涂的李珊珊放在台阶上，赶紧追上已经走远的郑超，一把扯住他的衣角，“我不是故意的。”

“……”郑超沉默，也不回头，只是伸手把丁子君扯着自己衬衫的手甩了下去，继续毫不犹豫地往前走。

丁子君深知，他肯定是生气了。这种事情搁谁身上都会生气的，他那么担心她，关心她，心心念念地问候着她，害怕她一个人不安全，想要去见她，她却对他撒了谎。

她不知道他在楼下等了她多久，可她知道，能让满心失望的他说出那句你没事就好是多么困难。

体会了多少失落才能做到如此淡然。

这么想来，她结结实实是个罪人。

见他就快进公寓楼了，丁子君犹豫了一下还是追了上去，二话不说揪住他的手腕，着急地解释：“我知道这次错全在我，可我还是有必要解释给你听，其实李珊珊一直喜欢你，几乎是一见钟情，她是我最好的闺蜜，我大学唯一可以交心的朋友，我不想让她伤心，所以，我害怕我们三个人见面，你能理解我吗？”

“她喜欢我,关你什么事？”她喜欢我是她的事,你喜不喜欢我,是你的事,如果你是真的喜欢我，那么，你是不会在意其他人的心意的，为了迁就朋友的感情而委屈自己的心意，那说明，你对我的感情，也仅此而已。

见郑超突然变得阴冷的神色，丁子君不知道自己又说错了什么，她的手被他甩开，只能呆呆地看着他的背影消失在公寓楼里。

第二天，丁子君一脸颓丧地从床上爬起来，抓狂地挠了挠自己的头发，莫名地有些憋屈，明明之前都好好的，怎么突然变成这样了呢，解释也没解释清楚，感觉郑超对她更不爽了。

偏偏李珊珊这个罪魁祸首还睡得跟死猪一样，丁子君愤愤地掐了掐她的脸颊，拿她泄愤。

虽然心里的疙瘩还没解开，可安排好的行程还是得继续，丁子君把要带回去的礼物背上，在看到郑超的背包后，她眼睛一翻，心里又一阵泛堵。

她家离学校不远，坐公交车晃晃悠悠一个多小时就到了，下车再走几百米就是她家所在的小区。

丁子君跟只蜗牛似的背着硕大的包回了家。

丁母一脸激动地搓了搓丁子君的脸，乐呵呵地问：“今天怎么回来了，招呼都不打，中午吃什么，妈给你做。”

丁子君把背包放下，耷拉着脑袋摔到沙发上，有气无力地说：“老妈你看着办就可以了，今天没心情点菜了。”

“好，那妈妈就自由发挥了。”

饭桌上，丁子君解释了此次回家的目的：“我去泡了趟温泉，给你和吴阿姨带了点特产。”

“哦，那你爸呢？没他的份？小心他说你偏心，他可怜巴巴的节假日还在加班，你这样做对不起他。”

丁子君满头黑线："老妈，你和老爸还要分开算的吗？反正就是给你俩的，你们看着办。"

"这样啊，害我白高兴一场，我以为是只给我的。"

"……"

娘俩吃过饭，丁子君自觉地去洗碗。

丁母笑眯眯地看着她，她把洗好的碗放在沥水架上，有点害怕妈妈这让人毛骨悚然的笑容。

"妈，你有话好好说，别这么笑，我害怕。"

丁母把一旁的毛巾扯下来给丁子君擦手，总算收起了那一脸诡异的笑容，直接问："去泡温泉有没有遇到可爱的男孩子？"

"啥？"

"你不是去温泉了吗？去了好几天都没有培养出点感情吗？你这个年纪谈恋爱，妈妈是非常支持的。想当年，你爸爸在高中的时候就追我了，可你姥姥死活不让我早恋，所以我和你爸等大学毕业了才敢光明正大地牵手，不然的话，我和你的年龄差肯定会缩小很多。"

丁子君抽出手，顺手把毛巾挂起来，赶紧猫着腰从厨房里溜出来，捡起桌角上的苹果咬了一口，含混不清地吐槽："老妈，有时候我真觉得李珊珊才是你亲闺女，你俩的八卦程度有的一拼。"

"李珊珊？你那个好朋友？我挺喜欢那个丫头的，比你讨喜多了。"

丁母蹭过来，挨着丁子君身边坐下，表情终于严肃起来，语重心长地教导她："妈妈就是想告诉你，你可以勇敢地追求你喜欢的人，但前提是，要保护好自己。你要明白，这个人值不值得你奉献最珍贵的东西。如果他值得，他是你想要携手一生的人，那两个人有点亲密的举动，妈妈是绝对不会反对的，但他要是个不负责任的人，那你切记，一定要保护好自己。"

听完妈妈的话，丁子君感动得一塌糊涂，妈妈一直是很开明的人，无论是生活还是学习，妈妈始终尊重她的观点，平常相处，妈妈也总像是她的朋友一般，从来不会以长辈自居来训斥教育她。

她把啃了一半的苹果扔到桌上，湿漉漉的两只手直接环上妈妈的脖子，把她紧紧地搂在怀里，轻声说出了自己心底的小秘密：“妈妈，我好像喜欢上我们学生会主席了。”

丁母正色道：“是最近刚有感觉的吗？以前没听你谈起过。”

“就是和他一起去的温泉。我俩认识挺长时间了，现在我才敢确定我喜欢他，可不确定他喜不喜欢我，他特别优秀，我有点配不上他。”

“你是不是傻，感情的事哪有什么配得上配不上的，你是在寻找自己的爱情，又不是我在卖闺女，问人家要车要房，月薪几万。你不需要考虑太多，如果觉得他是对的人，就勇敢地追求，不管他喜不喜欢你，总得试过之后才不后悔。”

“哇……”丁子君故作夸张地张大了嘴，连声称赞，“老妈，你好棒。浑身上下都开始发光了，你太伟大了。”

“乖，要遵从自己的内心，同时也注意保护自己。”

“我知道。”

在家里待了一会儿，丁子君拿上给吴阿姨的东西，穿着拖鞋准备出门，丁母在她身后一个劲唠叨：“虽然离得近，可怎么说也是出门，你就不能拾掇拾掇再出去吗？你这个德行还能找到男朋友吗？”

“妈，我是你亲生的吗？”丁子君完全没有把妈妈的话放在心上，潇洒地关上门，趿着拖鞋去许辉家了。

许叔叔不在，只有吴阿姨一个人，丁子君打了招呼，把东西放下。

吴阿姨满心欢喜地看着她：“哎哟，我的君君，你可比许辉强多了，那个兔崽子从来不惦记着回家，不管是周末还是假期，总是说有事回不来，他不会是在学校有女朋友了吧？”

“据我所知，应该没有。怎么说他也是学校的总务长，身居要职，身不由己啊。”

“我也不指望他回来了，就是有点换季的衣服和吃的要拜托你帮他捎过去了。”

“没问题。”

当丁子君看到吴阿姨拿出一箱旺仔牛奶和一排娃哈哈时，她努力控制着自己的表情，没让脸上有太多放肆的笑容：“阿姨你确定要把这些带给许辉？”

“他不喜欢喝纯牛奶，旺仔牛奶和娃哈哈他还喝得下去。”

“好吧，我带给他就是。”丁子君接过东西，想象了一下许辉看到这些东西之后的表情，有点乐不可支。

“这些是给你的，你们小女生就喜欢这些小零食，你自己背过去吃吧。如果许辉不要那些牛奶的话，你就背回你们宿舍喝。”

“好嘞。”

最后丁子君抱着一大堆好吃的雄赳赳气昂昂地冲回了家里，然后被丁母好一通鄙视：“你是上你吴阿姨那儿蹭吃的去了吧，美其名曰看望。”

“妈，我觉得我不会是吴阿姨亲生的吧？”

“你个兔崽子。”

和妈妈又聊了几句后，丁子君就背着那一大包吃的回了学校。

她连宿舍都没有回，直接停在男生公寓楼下，掏出手机给许辉打电话。

许辉这次电话接得无比之快，快得让丁子君有点受宠若惊，她惊呼：“许辉，真是太阳西升东落了哈，你竟然有这么利索的时候。”

“他去学生会了，没带手机，有事一会儿再打吧。”

稍稍停顿了一下，电话那头就传来略显低沉的声音，丁子君心里咯噔一声，下意识地搓了搓刘海，心脏扑通扑通地狂跳。

谁能告诉她，为什么接电话的是郑超？

一般情况来说，这样私人的电话外人是不应该帮忙接的啊。

“啊……那个……那我一会儿打给他吧……谢谢。”

丁子君确定、一定以及肯定，郑超是被她最后这句略显生疏的谢谢给激怒的。

“丁子君，你找他什么事，我帮你转达。”

他的语气生硬凌厉，甚至带着一丝赌气，丁子君自然不敢把郑大爷当成传话筒，赶紧赔着笑解释："吴阿姨让我给他捎点东西……"

还没等她说完，话就被郑超硬生生地截断了："上来。"

"啥？"

"你不是要送东西吗，直接上来。你之前不是来过我们宿舍吗，怎么，现在才懂得害羞？"

他的话让丁子君瞬间想起了自己和郑超第一次见面时的各种尴尬和难堪，偏偏他一副不屑的口气，这样的激将法恰到好处地让丁子君萌生了冲上去的勇气。

谁怕谁，就像他说的，又不是没去过男生宿舍，有什么好怵的。

这么想着，丁子君也不打电话了，手机一揣就冲进了男生公寓楼。

第二次来的感觉明显不一样了，她虽然依旧紧张，可内心深处那种深入狼窝的恐惧感却是消散了不少。

拼了老命好不容易爬上了五楼，丁子君杵在许辉他们宿舍门口，累得连敲门的劲都没有了。

"那个……"她手抬起来，刚做出一个要叩门的姿势，门就从里头打开了。

开门的是郑超。

"哇，好及时。"丁子君干笑两声，堪堪收回了自己的手。

"进来。"没给她反应的时间，郑超一把揪住她的手腕，把她整个人拖了进来，之后顺势关上了门。

进了宿舍之后，丁子君才后知后觉地发现，宿舍里竟然只有郑超一个人，这个状态是不是有点危险？

她下意识地环视了一下宿舍的环境，倒是脏乱差得意料之外，情理之中。

之后顺理成章地，她就看到了郑超的床位，干净整洁得像是样板房似的，无论是床还是桌子，都干净得不染纤尘，让她这个女生都有点自愧不如。

像是垃圾场里的地下泉似的，郑超的床位简直是个涤荡人心灵的清澈所在，让她觉得，就连他那里的空气似乎都比其他地方新鲜。

偷偷观察好环境后，丁子君找到了许辉的床位，把包搁在他桌上，开始往外捣鼓东西，一边捣鼓，一边偷偷感叹，许辉啊许辉，平时看你拾掇得挺干净的，怎么床位跟猪滚了似的，你睡在郑超旁边就不觉得有压力吗？

东西捣鼓完，丁子君拍了拍已经瘪了的包，回头冲椅子上的郑超说：“你的包我再用一下，晚上回去洗了还你。”

对方完全没有要搭理她的意思，只是垂头看着手里的书，一袭白衬衫比书页都干净，他的长腿搭在桌沿上，整个人慵懒闲适，美好得跟幅画报似的。

鉴于他周身的氛围都太过于温馨美好，于是丁子君也不在意被忽视后的尴尬，乖乖地拉好背包的拉链，把包背上，之后默默地往门外走。

她思忖着，郑超的床位是最靠里的，并且他们的宿舍够大，从他的床位到门口是有一段距离的。

所以说，这么长的距离，他是怎样悄无声息地走过来的。

以至于，她完全没有察觉？

丁子君被郑超从背后按在门板上，他的左手按在她的左手上，让她无法完成开门的动作，另一只手撑在门板上，把她禁锢在他怀里。

她吓得僵在原地，一动不动，心中暗自庆幸，还好身后有个硕大的包，很及时地隔开了两人的距离，降低了他给她的压迫感。

只是，好景不长，还没等丁子君乐几分钟，郑超就已经发现了这个碍眼的东西。

他的左手依旧死死握着她的手，腾开的右手落在她的肩上，食指轻挑，很轻松地就把她右肩上的背带卸了下来。

因为重心不稳，丁子君整个人颤了一下，她下意识地抬手，想要把背带挂上去，手还没动，就被郑超按住了。

“乖，别动。”

他的声音在她耳边低柔地响起，带着一丝不易察觉的低沉沙哑，像是磨砂了的磁带，有点机械化的低鸣。

接着，他抬手把她左肩上的背带也挑下去，硕大的包咚的一声摔在地上，郑超抬脚把包踢到角落里。

丁子君肩上一轻，还没来得及感叹这突如其来的轻松，就被另一股压力压制住了。

这股无形的压力带给她的压迫感比十个大包都要强烈。

“你你你……你往后退点。”丁子君哆哆嗦嗦地开口，整个人下意识地紧紧贴在门板上，努力不让自己的背碰到郑超的胸膛。

“你喜欢许辉吗？”

“啊？啊……”

她的第一声惊叫是因为惊诧郑超这个没头没脑的问题，第二声惊叫是因为他靠得更近了。

他几乎把她整个人都压在了门板上，她前面是冰冷坚硬的门板，背后是他温热结实的胸膛，进退维谷，没有一丝退路。

偏偏他还刻意俯了身，让呼吸更真切地喷薄在她耳边，丁子君脸上燥热难耐，难受地扭了一下身体。

“别动，乖乖回答我的问题。”郑超腾出一只手按在她的腰间，让她动弹不得。

他掌心的温度沿着她的后腰一点点地蹿上来，逐渐弥散在她的脸颊上，让她整张脸红得仿佛要烧起来。

固定好丁子君后，郑超把刚才的话又重复了一遍：“你喜欢许辉吗？”

是喜欢还是不喜欢？如果是遵从自己内心的话，那么，回答是否定的，可就目前的情况而言，她怎么能开口？

如果她说不喜欢，那他要是再问她喜欢谁的时候，她该怎么回答？她接触的异性少之又少，除了许辉就是他，她要是真的否定了，岂不就是在暗示他，她喜欢他吗？

这样斟酌了一下，丁子君咬咬牙，还是低声做了肯定回答：“我喜欢他。”

“嗯？”

郑超显然不相信她的话，质疑的时候稍微扬起的尾音暧昧得很，还没等丁子君出声，他的手就移到了她的腰侧，并且满是威胁地掐了掐她腰间的软肉。

丁子君怕痒得厉害，整个人条件反射地往下蹲，郑超顺势捞起了她的腰，重新把她整个人提起来压在了门板上，但环在她腰间的手始终没有松开。

“再问你一次，你喜欢许辉吗？”

丁子君已经趋于崩溃，郑超的霸道和压制让她紧张到连呼吸都快要暂停了，再加上他浑身上下又开始散发着那种熟悉却让她害怕的成熟男人的性感气息，她整个人都快要瘫下去了。

郑超的呼吸暧昧温热地钻进她的耳窝里，丁子君颈后不自觉地泛起鸡皮疙瘩，她心神微颤，声音轻得像是快要断掉：“喜……喜欢。”

“好，这可是你说的。”

说完，在丁子君还没反应过来发生了什么的时候，她已经被郑超握着腰转了个身，以正面的姿势窝进了他的怀里。

他眼神幽暗，俯视着她的时候，墨黑的瞳仁里泛起层层涟漪，是种她不熟悉的，从来不曾见过的神采。

像是一直昏睡的猎豹突然见到猎物时，那种全然备战的危险感，连眼角眉梢都是胜券在握的粲然。

她有些窒息，不自觉地紧贴在门板上，努力控制着自己的身体，不让自己滑落下去。

“我再问你一句，你，喜欢，许辉，吗？”

这次郑超把语速放得很慢，几乎是一字一顿地问出口，他的声线依旧是低沉暧昧的，可在这温软的声线里，丁子君还是敏感地察觉出了危险的气息。

他的故意停顿似乎是在给她思考的时间，让她在他刻意放慢的语速里好好斟酌一下自己的答案。颇有些如果不遵从他的想法而回答，那么后果自负的意思。

当然，这样的后果不是丁子君承担得起的。

“我……不喜欢他。”为了掩饰自己刚才的口是心非，丁子君紧张地吞了吞唾沫，小声地解释，“其实之前我一直以为自己喜欢他，是最近才发现我对他的感觉并不是对异性的那种喜欢。”

对于她的回答，郑超很是满意，他嘴角勾起，舌尖轻轻舔了下洁白整齐的牙齿，眼睛眯起，整张俊挺的脸凑过来，死死地盯着她，终于问了那个丁子君一直害怕的问题。

“那你……喜欢谁？”

说这句话的时候，他离她很近，近到她可以看到他薄唇上的纹路，以及他舌尖在嘴唇上滑动一圈的轨迹。

她吓得不敢呼吸，生怕自己的喘息会喷在他脸上。她努力侧了脸，磕磕巴巴地说：“我现在……还没有喜欢的人。”

“嗯？”

“啊！”

丁子君之所以又尖叫了一声，是因为郑超俯身在她的锁骨上咬了一口，是真真切切咬了一口。

她能感觉到他坚硬的牙齿与她的锁骨接触时的那种锐痛，一丝丝弥漫开来，让她头皮都开始发麻。

这让丁子君整个人都凌乱了，她哆嗦地抬起手，在郑超腰间戳了戳，声音几乎要破裂了：“郑超……你别这样。”

“我哪样了？这样？”郑超的声音略带戏谑，慵懒的尾音过后，他微微抬头扫了她一眼，接着重新俯身，伸出温热的舌尖，在她锁骨上那一圈浅浅的牙印上轻扫而过。

像是羽毛扫过的酥软，却带着羽毛没有的温热和暧昧，比羽毛更能撩拨人心，丁子君被这酥痒感折磨得快要崩溃，那种如蚁噬心的感觉让她彻底失去了反抗能力。

“再问你一次，有喜欢的人吗？”

郑超的声音在丁子君耳边响起，她的大脑一片空白，眼睛呆呆地直视着前方，她看不到他的脸，只能听到他低沉性感的声音。

不知是因为心底的防线终于被他击溃了，还是因为害怕他继续这样折磨自己，丁子君急促地呼吸着，气息不稳地说出了实话：“有，我有……喜欢的人。”

“你喜欢谁？”

问这句话的时候，郑超终于站起身，把她从禁锢里解脱出来，丁子君浑身瘫软得几乎要站不住，她偷偷往右手边蹭了蹭，不露痕迹地握住了门把手。

如果继续待下去她一定会崩溃的，她的心脏已经狂跳到快要从胸腔里蹦出来，那种慌张无法自控的感觉让她惶恐害怕，所以，此时她唯一的反应就是逃。

“这个是……我自己的事……暂时……不方便……告诉你。”

紧紧地握着手里的把手，丁子君眼神闪躲着，还是撒了谎，现在郑超和她保持着一定的距离，如果她动作快点的话，兴许可以逃出去。

“哦？不方便是吗？”郑超抬手摸到了颈间的扣子，神色慵懒地解开第二颗扣子，随性地拉开了领口，接着，又抬手把袖口解开，并且往上挽了挽。

他不知道他做这些动作的时候有多性感，浑身洋溢着慵懒散漫的气息，举手投足间都散发着成熟男人才有的魅力。

因为这样诱惑的动作，丁子君可耻地看呆了，他修长的颈项和秀美的锁骨就这样闯进她的眼帘，她不停地告诉自己，是时候逃出去了，再待下去，她一定会被蛊惑的。

见她愣怔地站在原地，郑超优哉游哉地往前迈了一步。

因为他的靠近，丁子君终于醒神，几乎是条件反射地迅速转身，同时飞快地转动把手。

门打开了，她甚至可以看见走廊上走来走去的男生，总算得救了。

只是，还没等她把门打开到足够她出去的角度，身后的人已经淡定地走过来，从她身后不费吹灰之力地把门板重新合上。

那种煎熬感再度袭来，丁子君觉得自己就像是温水里的青蛙一般，因为沉溺于他的暧昧温柔，以至于等到危险来临时，除了徒劳挣扎外，连基本的自救都做不到。

几乎是无意识地，她哽咽地说：“郑超你到底要怎么样？”

“你很害怕？”

“嗯。”

“丁子君，我喜欢你。”

郑超的声音透着一股斩钉截铁的坚定，没有了刚才的暧昧性感，严肃得让丁子君整个人石化在原地，那七个字从她耳朵里钻进去，一点点地冲进她的心底，最后化成一声轰鸣，震碎了她所有的害怕和不安。

那么多的忐忑，那么多的煎熬，她一点点地、小心地斟酌着心意，终于确定了自己是喜欢他的，在确定了心意后她努力地掩饰着、克制着，不让他看出自己的心意。

她在害怕，并不是害怕他，而是害怕自己这样的心意于他看来会太廉价，廉价到他会不屑一顾。

虽然妈妈说，感情的事是不会存在配得上配不上的，可她仍旧自卑，她只是一个普通的小透明，而他，优秀到走到任何地方都是最耀眼的存在。

这样的自己怎么能理直气壮和他并肩而立?

一直以来，她都是这样想的，所以，她明明喜欢他却不敢说出口，明明那么希望守在他身边，却连主动接近他都做不到。

在她矛盾纠结的时候，他却突然对她说，我喜欢你。

这样的话无疑是把她从黑暗中救赎出来的最耀眼的曙光，耀眼到让她手足无措。

“你……喜欢我吗？”

郑超按着她的肩膀把她的身子转过来，微微俯身，专注地凝视着她，丁子君依旧傻傻的，没有反应。

郑超无奈，一只手按着她还握着把手的右手，防止她再逃跑，另一只手抬起她精巧的下巴，把她的小脸调整成适合的角度。之后，他微微偏转了头，坚定地吻了上去。

她的唇果然比他想象的还要柔软，温热绵软，带着她独有的香甜味道，像是一块香软的点心，诱惑着他一口一口地拆吞入腹。

好满足。郑超闭上眼，专心地享受着这一刻的温存，虽然他见过了无数次的接吻，或深情的，或暧昧的，甚至是激烈疯狂的，可归根结底那是属于别人的亲吻，他们的幸福始终影响不到他。

然而，这一刻，这才是真正属于他自己的幸福。这一刻，他的心情平静得没有一丝涟漪，没有不该有的冲动，也没有任何的非分之想，唯一的感觉就是，想要守护她，想要永远陪着她。

想要和她在一起，就这样温暖地、满足地永远在一起。

被吻着的丁子君全程瞪着眼睛，她不知道自己该如何反应，她的唇上是郑超薄唇的触感，湿湿的、凉凉的，绵软得像是一块布丁，他的呼吸均匀地弥散在她的颊边，温热一片，她整个人都处于木然状态，就连大脑的运转似乎都变慢了。

心跳越来越快，快到能听到它的声音，那么迫切，那么剧烈。

这样温馨的氛围是被丁子君打破的，因为她实在喘不过气了，她本能地推开郑超，弓着腰大口大口地喘息，因为缺氧，她的大脑已经失去了所有的反应。

她无法思考这个突如其来的吻，也无法思考郑超在吻她时的深情，更无法决定要不要追随自己的心意，和他在一起。

相比于她的慌乱无措，郑超显得轻松得多，他伸出舌头舔了舔嘴唇，表情满足得像是一只偷腥成功的猫。

“丁子君，你喜欢我吗？”

喜欢吗？喜欢，怎么能不喜欢，他的一举一动都牵动着她的心，因为他的一个轻吻，她的心脏就狂跳到快要失控，怎么能不喜欢？

既然他也喜欢她，那如果她仍旧不敢直视自己内心的话，以后她一定会后悔。

能在最青春的时候和这样优秀的男生有一段属于他们的最绚烂的回忆，那么，她的青春就不算枉度。

“我也喜欢你。”

一听到她肯定的回答，郑超一个激动，直接把她拎起来压在了门板上，眼底闪烁着璀璨的光。因为激动，他的声音都有些沙哑：“你说什么？再说一次，我没听清。”

明明就听清了好吗！

“我说，我也喜欢你。”

“丁子君，谢谢你。”谢谢你愿意喜欢我，谢谢你给我这个机会，让我可以好好地待你。

丁子君窝进郑超的怀里，犹豫了一下，还是伸手圈住了他的腰，虽然这样的拥抱仍旧会让她紧张害羞，可相比之前的慌乱，现在的她，更多了一份安心。

世上最幸运的事莫过于你喜欢的人恰好也喜欢你，而她，何其有幸，能得到上天如此眷顾，让这样优秀的男子喜欢上她。

郑超激动得不知该如何是好，他松开怀抱，死死地盯着她看，还是一样让他着迷的眉眼，还是那个让他心动不已的她，但现在，她是自己的了，他不用再忐忑，不用再独自黯然神伤，终于可以放心大胆地喜欢她了。

这样的激动光凭刚才蜻蜓点水般的吻怎么能疏解。

当然，得再吻一次。

这样想着，他也这么做了，他一手握住她的后脑勺，一手紧紧揽着她的腰，俯身就要吻下去。

只是唇落下去却不是她香软的唇瓣，而是她的颈侧。

看着偏转了脑袋，一脸不情愿的丁子君，郑超有些生气，把她的小脑瓜扳过来，俯身直视着她，不满地问：“你不是喜欢我吗？为什么不愿意我吻你？”

“也不是……不愿意。”丁子君的脸变得通红，磕磕巴巴地解释，她抬手搓搓刘海，还是害羞地说了实话，“你一吻我，我就喘不上气，憋得很难受。”

“你个笨蛋，你不会用鼻子出气吗？难不成你平时都用嘴呼吸的吗？”

“当然不是。”丁子君眨巴眨巴眼，嗫嚅道，“一紧张就喘不上气了，我又没接过吻。”

她最后一句撒娇般的嘟囔让郑超心里一暖，他忍不住笑出声来，眯眼揉了揉她的发顶，柔声道：“你不会没关系，我可以教你。”说罢，他低头直接吻了上去。

丁子君惊得瞪大眼睛，整个人又开始慌乱。

“别动，张开嘴，试着用鼻子换气。”

丁子君依言张开嘴，努力学习怎么用鼻子呼吸。

伸出去的舌尖不小心碰到了什么硬硬的东西，丁子君好奇，舌尖伸出去，又轻轻地舔了一下。

哇，竟然是郑超的牙齿，接吻的时候竟然可以舔到他的牙齿。

“你能不能乖乖的，别乱动。”被她的小动作搅得心猿意马的郑超无奈地起身，连呼吸都开始紊乱。

她自然不知道，当她小小的舌尖舔在他唇边是种什么样酥麻的感觉，面对自己喜欢的人这样青涩地撩拨，他能挣扎着控制住自己的冲动简直太不容易了。

丁子君第一反应是整张脸都烧了起来，接着就像只兔子似的，拉开门，飞快地逃了出去。

还沉浸在意乱情迷中的郑超没反应过来，只能眼睁睁地看着她逃开。

屋子里又恢复了一片清冷，郑超抱着手肘伸了个懒腰，心情大好。

Chapter 11

小情歌

P I N G S H E N G Y I N U O

丁子君一路飞奔下楼，途中因为跑得太快还撞了几个男生，她也顾不上道歉，埋头一个劲地往外冲。

等到彻底跑出男生公寓后，丁子君才觉得脑袋是属于自己的了，她努力呼吸着新鲜空气，终于明白了两个事实。

第一，她被表白，并且也表白了；

第二，她和郑超接吻了。

这两个只有在午夜梦回才敢偷偷幻想一下的场景居然在同一天发生了，她摸着自己发烫的脸颊，再三确认，依旧有点不敢相信。

就像你奢望了好久的东西终于有一天属于你了，你的第一反应不会是兴奋，而是质疑和不确定，这样不可能得到的东西真的属于自己了？这样的事情真的发生在自己身上了？

此刻，丁子君就是这样的心情，她双手捧着自己的脸颊往回走，走一截就要停下来想想，天，郑超向她表白了，然后傻笑一阵，之后再走几步，又想起来，郑超还亲她了，她伸手摸摸嘴唇，又一阵傻笑。

就这样一副傻乎乎的样子回了宿舍，一开门，宿舍里仍旧只有李珊珊一个人，那家伙估计是刚起来，蓬头垢面地坐在椅子上吃面，间或狂笑一声，随性潇洒得很。

见丁子君一脸傻笑地回来，李珊珊回头瞅着她:“你老妈没给你背干粮啊？这次怎么空手回来了？我还等着分粮呢。”

“那个，珊珊，我想跟你说件事。”

“我 ×！”李珊珊看着丁子君一脸的含羞带怯，完全是一副坠入爱河的模样，结结实实地吓了一跳，她把嘴里的面条吞了下去，试探地问了句，“你不会是喜欢上我了吧？我虽然不排斥同性恋，可我性取向足够正常，你不能这样。”

“李珊珊，你妹！”丁子君被她这么一打断，更不知怎么说出口了，她搓搓刘海，还是决定先给李珊珊打针预防针。

“珊珊，接下来我和你说的事情很严肃，关系到我之后的幸福，你可以怪我，可以生我的气，可你必须得接受，因为我也是身不由己，如果不是爱到深处，我不敢这么和你说的。”

她这一针预防针打得李珊珊更害怕了，李珊珊赶紧喝了口面汤压压惊：“丁子君，你不要冲动，有话好好说，我也先申明，我要是不能接受你的感情的话，并不是我讨厌你，而是我的性取向正常，我对你的喜欢和你期望的喜欢不是一个概念。你要是万一想不开了，千万别怪我。”

“珊珊，我喜欢郑超。”

见李珊珊还是觍着脸和她开玩笑，她一狠心，直接说出了实话，见李珊珊还没反应，她继续小心地补充：“是真的喜欢。”

“哈？什么时候的事？”

“从温泉回来之后确认了心意，今天他向我表白了，我也向他表白了。”

“然后呢？也就是说你们俩早就有一腿了，你现在才告诉我，你把我男神拐走了？丁子君，你丫好样的啊！”李珊珊气势汹汹地冲到丁子君的面前，一把揪住她的领子，死死地盯着她，一脸的怒意。

丁子君刚才的激动瞬间被吓没了，如果她和郑超的感情要通过牺牲李珊珊这个朋友来实现的话，那样得来的感情她怎么能心安理得地享受？

“珊珊，对不起，我该早点告诉你的，可之前我并不确定自己到底是不是喜欢他，因为我一直在摇摆不定，所以我不敢随意说出口，我不是故意要瞒你的，也不是故意要和你抢的。”

李珊珊一把揪住她的领口，使劲往里瞅。

画风突变得让丁子君有些手足无措，她握着李珊珊的手，小心地问：“你是不是生气了？生我的气了，是吗？”

“没有啊。你喜欢他，他喜欢你，关我什么事？”李珊珊顺手把丁子君的袖子扯起来擦了擦自己油乎乎的嘴，“你完全不需要顾忌我的心思，郑超对我来说跟长腿欧巴是一样的，是一种可望而不可即的存在，我对他只能算是花痴，谈不上喜欢。”

“真的？”听到李珊珊这样的回答，丁子君感动得快哭出来了，一直以来让她纠结的其中一个原因就包括害怕李珊珊会难过，现在这样的纠结不存在了，她的心结也就解开了。

激动得无以复加的丁子君一个熊抱把李珊珊揽进怀里，一个劲地在她颈窝里蹭：“珊珊，你对我真好，爱死你了。珊珊，谢谢你。”

“光谢谢能当饭吃吗？校门口那家汉堡店，我要双层的，再加薯条和鸡米花，可乐要冰镇的。”

“……你不是刚吃了面？”

“你买回来我晚上吃不行吗？”

“……算你狠。”

到了晚上，宿舍里另外两个女生回来了，丁子君也不敢继续和李珊珊讨论郑超的问题了，乖乖地爬上床睡觉。

刚上床，手机就响了，她拿起来一看，是郑超打来的。

她脸一红，小心地缩回墙角，清了清嗓子后才小心地接起来，弱弱地说了声：“喂？”

“睡了吗？”

“还没。”

“在干吗？”

“坐着。”

“哈哈哈，你怎么了，说话怎么两个字两个字地蹦？”

“哪有。”

“……”

“我×，丁子君你能不能好好说话，老娘鸡皮疙瘩都起一身了。”李珊珊隔空飞过来一个抱枕，不偏不倚地砸在丁子君的脑门上。

这个丫头平时说话挺正常的，和许辉打电话时也挺正常，习惯了她正常的说话方式后，突然听到她这么娇滴滴、软乎乎的撒娇声，李珊珊一阵恶寒噌噌地沿着后颈往上冒，恶心得实在受不了了。

能让丁子君变得这么矫情的，果然是真爱啊！

“哈哈哈，李珊珊还挺逗的。”电话那头突然传来一声爽朗的笑声。

丁子君一愣，才回过神来，显然，李珊珊的话被郑超听到了。她有些尴尬，支支吾吾地回答：“她平时就这样。”

“你现在准备睡觉了吗？”

“嗯？我吗？还没有，一会儿再睡。”

“那好，你要是不着急睡的话就下来吧。”

“哦。”

虽然不知道郑超让她大晚上下去干吗，但丁子君还是乖乖地从床上爬下去，穿着小熊睡衣在衣柜里各种翻腾。

“我×，丁子君你大半夜的要去哪儿？我男神请你开房？”

“李珊珊，能不能改改你自说自话的毛病，你哪来那么丰富的联想力。”丁子君抬头看着躺床上咔嚓咔嚓吃薯片的李珊珊，郑重其事地解释，“我就去楼下而已。”

“去个楼下而已。”李珊珊把脑袋探下来，满嘴的薯片渣渣往下掉，“那你穿你妹的正装啊。”

丁子君拍了拍脑袋上的薯片渣渣，无语地看着上头的粉碎机：“那我总不能穿睡衣出去吧？”

“他巴不得你穿睡衣下去呢。”

“帮我看看，穿哪个好看？”

既不能太正式，又不能太随便，要有郑重其事的严肃，还要有轻松自然的俏皮，丁子君找了半天，最后定了一件白衬衫、一件雪纺裙。

床上的李珊珊终于停止了咀嚼，擦了擦嘴，表情严肃地打量起来：“白衬衫挺白领的，不是你平时的风格，但试试这样干练的风格也不错，雪纺裙很公主风，也挺好。”

“所以呢，到底穿哪个？”丁子君着急得一个劲跺脚，郑超还在楼下等着呢，她不能继续磨蹭了。

“嗯……让我思考一下，权衡利弊。”

“嗯嗯，你快点，要迟了。”

等了半天，丁子君仰得脖子都僵硬了，李珊珊才悠悠出声，她随手一指，淡定地说：“还是不穿最好。”

“……李珊珊，你妹！”

李珊珊是彻底指望不上了，丁子君犹豫了一下，还是选择了白衬衫，虽然这不是她的风格，可想着郑超平时喜欢穿白衬衫，兴许还能和他配个情侣装。

好不容易拾掇好自己，在李珊珊的加油打死声中，丁子君表情坚毅地出了宿舍，一路小跑地下楼。

快到一楼大厅时，丁子君又开始紧张了，一个劲地想着，自己的刘海有没有分叉，衬衫穿得合不合适，鞋子有没有刷，走路姿势是不是很奇怪，背有没有挺直。

这样一路纠结地走到大厅，刚拐过来，就看见了在门外等着的郑超。

他依旧穿着白衬衫，黑色的裤子衬得双腿更加笔直修长，兴许是等她等得太久了，他似乎有些无聊，双手揣在兜里，微微垂着头看自己的脚尖。

脖子弯成圆润的弧度，优美得让她忍不住心动。

她双腿不听使唤地终于蹭到他面前，磕磕巴巴地打招呼：“那个……我下来了。”

“没打扰你睡觉吧？”

循着她的声音，郑超缓缓地抬起头，视线从自己的脚尖上移，一点点地聚焦在她身上，终于沉沉地落进她的瞳孔里。

他眸如点漆，眼神比星辰还要璀璨，在他深邃的眼神突然闯进她的眼睛时，她的心脏忍不住狠狠地跳动了一下，彻底沦陷。

“走，我带你去一个地方。”说着，郑超冲她伸出手。

骨节分明的修长手指伸在她面前，丁子君愣了一下，紧张地在裤子上擦了擦自己汗湿的掌心，之后才小心地把手放进他的掌心。

他的手掌很大，温度正好，粗糙的掌心纹路在她手背上轻轻摩擦，有一点点痒。

丁子君还是第一次以这样的姿态和他在一起，被他以这种保护的姿态牵着，心动之余还夹杂着一丝心安，他宽厚的肩膀就在她身侧，只要她微微侧脸，就能毫无阻碍地贪恋那片安稳。

原来，这就是真正的喜欢，忍不住想要接近他，忍不住想要守在身边，哪怕只是并肩走着，也幸福得无以复加，只需要看一眼他高大的身姿，心底就能涌上满满的安全感。

这可是她喜欢的人啊！

两人一路无言地出了校门，郑超领着她继续往前走。

到了冷饮店门口，丁子君在心底默默感叹，现在这个时间点，冷饮店应该早关门了，可不知道郑超用了什么方法，竟然让空无一人的冷饮店依旧灯火通明。

两人推门进去，丁子君探头探脑地跟在郑超身后，左顾右盼地四处张望，还是猜不出郑超带她到这里的目的。

“老板，借你的咖啡机用用。”

“吧台上，走的时候记得关灯锁门。”楼上遥遥传来一个男人的声音。

丁子君好奇地小声问道：“你和这里的老板认识啊？”

“一个毕业了好多年的学长。”

郑超拉着丁子君在靠近吧台的桌子上坐下。

丁子君感叹了一声："是学长啊，好酷啊，自己开冷饮店。"

郑超打开柜子取出一件咖啡色的围兜系上，转身去洗手台洗手。

丁子君没再说话，乖乖地坐在椅子上看着他。

系了围裙的他身上多了一份居家的温馨气息，丁子君忍不住看呆了，眼神不自觉地紧紧跟随着他，看着他打开咖啡机，取出咖啡豆，之后加水研磨。

整个动作一气呵成，如同行云流水般顺畅自然，他眉眼低垂，嘴角微微勾起，薄唇扬成最温暖的弧度，眼神认真专注，再加上他高大消瘦，俊秀干净，整个场景仿佛是油画般优美醇厚。

丁子君把脸颊贴在桌上，侧着脸痴痴地看着他，怎么看都看不够。

他怎么能长得这么好看呢？完美得没有一点瑕疵，这样优秀的人竟然喜欢她，到底是为什么呢？

"你喜欢奶油吗？"在吧台上忙活的帅哥扬声问她。

丁子君这才回了神，反应了一会儿赶紧回答："哦，要的。"

咖啡拉花做好后，郑超端着咖啡走过来，在丁子君对面坐下，柔声道："来，尝一尝。我第一次做，你不要嫌弃。"

怎么会嫌弃，光是看他认真给她煮咖啡的样子，她就已经满足到不行，哪还有心思在意咖啡本身好不好喝。

她低头看着面前的咖啡，先是惊讶，之后变成害羞。

因为郑超用咖啡拉花做了一个她的头像。

咖啡杯旁边放着一只白色的瓷勺，她犹豫了一下，还是决定不喝，这杯咖啡已经超过了它本身的价值，她要是这样一勺子戳下去，简直就是暴殄天物。

"丁子君，做我女朋友吧。"

就在她一门心思瞅着咖啡时，郑超突然开口了，他的声音温柔得让她不敢相信，她恍然抬头，一眼就闯进了他漆黑的眸里。

竟是如此深情。

"我喜欢你，可现在的我一无所有，不敢向你承诺什么，我只想在能已知的现在这段时间好好守护着你，我会做饭，如果你愿意的话我可以天天做给你吃，如果你喜欢咖啡的话，我也可以为你煮咖啡。我喜欢你，并不是简单地想要和你牵手拥抱，看你微笑。丁子君，你是第一个也是唯一一个，我想要同你一起生活的人。”

没有鲜花，没有蜡烛，更没有夸张到轰动所有人的仪式，就只有他们两个人。

简单朴实，却最容易打动人心。见惯了别人表白得轰轰烈烈，丁子君之前也期待过浪漫到让人脸红心跳的表白，可直到现在她才发现，如果真正遇到了对的人，幸福是不拘泥于任何形式的。

只要能听到他那句“我想和你在一起”，就已经满足了。

“好，我答应你，做你的女朋友。”

无关乎未来，不过早地安排未来的事情，就只是为了现在，为了遵从自己的内心，勇敢地直面自己的感情，无惧任何阻碍。

喝了一杯咖啡后，丁子君就成了郑超的女朋友，回来的路上，她还有点不确定，小心地摇了摇郑超的手：“我就这样成了你的女朋友了吗？”

“怎么，觉得不够隆重是吗？其实一开始我也想着要送花，摆蜡烛来着，可转念一想，如果弄出那么大动静的话，没准你就被别人盯上了，我担不起那个风险。”

他的话说得认真，没有一丝敷衍和玩笑。丁子君心里一暖，撒娇地蹭了蹭他的手臂：“嗯。”

两人慢悠悠地晃回了女生公寓楼下。

丁子君松开郑超的手，走到他面前，抬头瞅着他，郑重其事地道别：“我上去了，你也早点睡。”

郑超双手插兜，犹豫了一下，微笑着点了点头。

丁子君抬手冲他挥了挥，转身要走。

脚还没落在台阶上，衣摆就被扯住了，她诧异地回头，郑超可怜巴巴地揪着她，像是一个没有讨到糖吃的孩子，一脸的不舍。

心底的某个角落就这样软软地塌陷了，丁子君怎么舍得继续走，重新面对他站着。

“那我不走了，再站一会儿。”

“就一会儿。”郑超嘴角又上扬起来，眼底都是满足的笑意，黑眸死死地盯着丁子君，不肯错过一分一秒。

这是种什么感觉呢？丁子君也不清楚，她只知道心底突然涌上来一种类似于满足与惊喜的情绪，像是泡沫一般在他笑容的催化下一点点地升腾，瞬间盈满了整个胸腔。

她情不自禁地张开手臂环上他的腰，乖巧地窝进他的怀里，郑超一愣，抬手抱紧她的肩，微微俯身，脑袋窝进她的肩窝里。

“丁子君，我好高兴。”

“我也是。”

被你这样拥抱着，整个人窝进你的怀里，这种亲密无间的感觉好像拥有了全世界，再没有任何事情能超越和你在一起的这种满足和幸福。

直到现在丁子君才明白，为什么恋爱中的人都那么矫情，因为这种美好的感觉根本无法用行动和言语来表达，没有任何东西可以超越它，所以，他们只能用拥有了你便是拥有了全世界的承诺来把这种美好的感觉具象化。

两个人就这样静静地拥抱着，越是拥抱着彼此，越是不想分开，眼看着门禁时间到了，郑超依旧不舍得放开她。

“小乖，你能不能别回去了，别回宿舍了？”

他的声音虽然可怜兮兮的，让丁子君心软得不行，可他们正式交往还不到一天，她怎么可能答应他这么奔放的要求。

“不可以，大晚上我能去哪儿？”

“去外头……开房啊。”说到后头，郑超的声音也不自然地变低，眼神闪烁，脸颊泛上一丝红晕。

见丁子君还没有反应，他又蚊子似的哼哼：“又不是没在一起睡过。”

“郑超，这个能一样吗？”

在温泉那次，他们俩基本上还是陌生人，虽然已经喜欢上了彼此，但因为没有捅破那层窗户纸，他还算是有分寸。

这次两个人心意相通，正是浓情蜜意的时候，她要是陪他出去，简直是送上门被他吃干抹净。

“总之，不可以，我要上去睡觉了。还有，小乖是什么鬼，好难听。”

“小乖，我觉得很好听，很可爱，专属于我一个人的称呼，只有我可以这么叫你，别人都不允许。”

被他这样霸道地宣示了主权后，丁子君的脸上飞起两片红晕，她有些害羞地搓了搓刘海：“随便你了，但在公共场合你要叫我的名字。”

郑超抬手覆在她的手上，拉着她的手一起搓了搓她的刘海，柔声道：“你的爱称就是这么来的，小乖。”

“……虽然你这么说，但我还是觉得很难听。”

“好好好，公共场合一定还叫你的名字。”

两人缠缠绵绵不愿意回去，终于磨蹭到门禁时间，丁子君一惊，拔腿就跑，完全没有在意身后一脸失望的郑超。

回了宿舍，大家已经睡了，丁子君蹑手蹑脚地爬上床，刚登上梯子，身旁就伸出一颗脑袋。

丁子君结结实实地吓了一跳，赶紧捂住嘴挡住了呼之欲出的惊叫声。

等心跳平复后，她腾出手冲李珊珊的脑门拍了一下，压低声音训李珊珊：“李珊珊，你是不是有病，大晚上的要吓死人了。”

“你妹，老娘一晚上不睡，就等着你回来汇报战况，你这么恩将仇报合适吗？”

“嘿嘿，对不起了。”意识到自己理亏，丁子君利落地爬上床，趴在床上探过去摸了摸李珊珊的脸颊，赶紧认错。

李珊珊一脸嫌弃地搓了搓脸，一个鲤鱼打挺翻起来，直接从她的床位挤过来，钻进了丁子君的被窝。

“跟我说说，你俩都干吗去了？我男神对你干什么了？”

“也没什么，就是带我去了外头的冷饮店，然后给我煮了杯咖啡，之后就说让我做他女朋友。”

嘴上说没什么，可丁子君的语气里还是透出止不住的兴奋，李珊珊自然听出了她的口是心非，毫不留情地鄙视她：“明明高兴得连你妈都不认识了，还装你二大爷啊！”

“……”

丁子君对于李珊珊的吐槽简直没有还击之力，只好转移话题：“对了，男女朋友之间该怎么称呼对方呢？”

“亲爱的，宝贝，darling？”

“哎呀，不是。”丁子君捅了捅李珊珊的脸蛋，恨铁不成钢地说，“不是这个，就是正常的昵称。”

“我×，都叫昵称了能正常吗？”

“……”

“好了好了，你说吧。我听着，他叫你啥了？”

“小乖……”

“哈哈哈……”丁子君刚出口，李珊珊就不受控地大笑出声，被丁子君反手掐了一下才赶紧捂住嘴，但还是笑得浑身颤抖。

在床板的颤动声中，丁子君恼羞成怒地踹了她一脚，这一脚终于让李珊珊恢复正常。

“笑你妹啊笑，我把自己的小秘密都告诉你了，你至于这么乐吗？”

“好好好。”李珊珊笑得脸都憋红了，气喘吁吁地说，“好了，我不笑了，我抒发一下我的感想啊。就是觉得我男神太有才了，能想出这么有爱的昵称，完全不是他的风格。”

“……李珊珊，你就是只禽兽，不许你鄙视郑超。”

“我男神为什么叫你小乖呢？因为你很乖？那要是他找的不是你，而是别人的话，是不是得叫小贱？”

在丁子君满头黑线，恨不得把她踹下床的愤怒中，李珊珊又自个儿乐得停不下来了。

“他说是因为我总是喜欢搓刘海，看着很乖，所以才这么叫我，我在紧张尴尬的时候确实喜欢搓刘海。”

“我去，原来是这样。哇，我为什么没有想到？”李珊珊听完她的解释后，一个激灵爬起来，大脑袋直接凑到她面前，有点突然顿悟的意思。

丁子君推开她的脑袋，无语道：“你能不能情绪别这么激动，给我点缓冲时间。”

“小乖……想象一下我男神温柔地叫出这个名字，简直性感到不行。”

看着李珊珊花痴地在床上滚来滚去，丁子君努力地把身子缩在墙上，试探地问：“你不觉得这个称呼很别扭吗？”

“不觉得，太激情满满了。”

“……李珊珊，你的节操呢，做人能不能有点原则？”

就这样，两人窝在床上聊了一晚上，整个状态是丁子君诉说自己少女怀春的小羞涩，李姗姗吐槽，之后丁子君反吐槽，最后两个打一架，李珊珊恢复正常后，丁子君继续少女怀春。

天亮后，两人磨磨蹭蹭地起床，丁子君哈欠连天地晃悠进卫生间洗漱，她悠悠地看着自己眼底的血丝和眼睑下的黑眼圈，深深感叹，果然，秀恩爱是要付出代价的。

洗漱好，换了衣服，看了下课表，丁子君抱着课本准备出发，李珊珊蹲在厕所里声嘶力竭地吼她：“帮我答个到，老娘‘大姨妈’来了。”

“好了，知道了。”丁子君应了一声，开门出了宿舍。

第一节课又是小老头的财会，丁子君一晚上没睡，这下困意袭来，书本摊开，趴着就睡着了。

教室里本来频率较低的嗡嗡声突然拔高，并且伴随着此起彼伏的尖叫声轰隆轰隆地钻进了丁子君的耳朵里，她一脸狂躁地抬起头，很想不厚道地喊一声“能不能小声点，打扰我补觉了”。

只是头刚抬起，等她看清讲台上的人后，瞬间就清醒了。

为什么讲台上站着的不是小老头，而是郑超？

丁子君一个激灵坐起来，扯了扯前排女生的发尾，茫然地问："怎么是郑超给我们上课？老头呢？"

那女生回过头来，乐不可支地说："小老头出去开会了，说要两三天才能回来，这期间的课由郑超来带，他可是小老头的得意门生。"

一旁的女生听到她俩的谈话后也凑过来，花痴地说："据说好多外班的都来听课，你没看见我们教室百年一遇的座无虚席吗？这就是郑超的魅力。"

"最近这几天就由我来带大家，我的讲课风格比较轻松，但重点内容不会落下，如果有什么疑问，下课后可以来问我，我尽全力帮助大家。"

一顿哄吵过后，郑超把麦别在衣领上，他的气场很强大，虽然表情温和，言谈举止温润有礼，可眼底游刃有余的神色还是让大家不由自主地乖乖坐好。

他不卑不亢的神色很是迷人，尤其是沉思时不自觉微皱的眉更是让底下的女生几乎癫狂。

唯一表现得比较淡定的就是丁子君了，她有气无力地趴在桌子上，远远地望着郑超，悔得肠子都青了，早知道是他来上课，她就该起早在前排占个座，现在倒好，离得这么远，只能看到他的轮廓，好不甘心。

思及此，丁子君把脸颊贴在桌上，悠悠地想，为什么郑超昨天晚上不跟她说这件事呢？如果他提前跟她打招呼，她也不至于这么可怜了。

"下面，我找同学回答一下上节课的问题。大家不要紧张，这只是单纯的提问，绝对不是变相点名。"

郑超这么一说，台下立刻笑出声，不少女生甚至暗自祈祷郑超能点自己的名字，这大约是底下的人头一次这么真心实意地期盼自己的名字被点到了。

一番紧张搜寻后，郑超抬头，朗声喊了一个名字。他话音刚落，底下就响起一片失望的叹息声，一群人不甘心地回头，寻找那个有幸被郑超选中的目标。

而作为幸运儿的丁子君在听到自己的名字后，反应了三秒钟之后才傻傻地站起来，抬头看向讲台上的郑超。

"好，丁子君，你来说一下经济的宏观调控的具体措施，从国家和企业以及政策这三方面作答，可以参考课本。”

大学上了两年，丁子君是第一次被提问，并且第一次就是被自己的男朋友点名，还是这么一本正经地提问，她的小心脏怎么受得了。

课本被她翻得哗哗作响，丁子君紧张地弯腰盯着课本的索引，根本找不到他说的什么宏观调控的措施。

要是老师提问的话，她顶多厚着脸皮站一会儿就好了，可现在提问的是郑超，她又不想给他丢脸。这么一纠结，她整个人都慌乱了，完全是手足无措。

还没等她想好该怎么回答，郑超就从讲台上下来，朝她走过来了，过道两旁的女生忍不住惊呼，教室里又躁动起来。

丁子君紧张地垂着头，不敢看他的眼睛，直到他白色的板鞋停在她脚边，她才敢悄悄抬头。

“丁子君，想好怎么回答了吗？”

郑超的声音从麦克风里传出来，带着电流经过的沙哑磁性，丁子君就这样面红耳赤地傻站在他面前，紧张到一句话都说不出来。

她坐在最后一排，身后就是教室的后门，郑超扫了她身后一眼，不露痕迹地挡在了她身前，之后把领子上的麦悄悄地摘下来，握在手心里。

“这是我上次来你们教室做讲座时讲的，你当时从后门溜了，你走的时候我讲的正好是经济的宏观调控。”

郑超压低的声音在丁子君耳边悄然响起。

丁子君一惊，抬头看他，他眼底的戏谑和玩味让她有点生气：“明知道我跑了你还故意问我，你就是想让我难堪是不是？”

“是，要是不想在这么多人面前丢脸，就快点求我。”

郑超重新别好麦，慵懒地靠在桌子上，一只手揣在兜里，一只手撑在桌沿上，挑眉看着她，嘴角倾泻出一丝想看好戏的笑意。

前面的同学都抻着脖子回过头来看，丁子君越发紧张，一颗脑袋恨不得埋进书里头，她低头看着郑超白净的板鞋，犹豫着要不要直接踩上一脚。

“郑超，你饶了我吧，我真不会。”丁子君小声地开口，用只有他们两个人才能听到的声音偷偷地妥协。

郑超看她一脸着急却不敢出声的样子实在是可爱得厉害，鉴于她这副模样过于讨喜，郑超决定，不能这样轻易就饶过她。

“好了，丁子君同学，请你组织语言表达一下你的想法吧。”

郑超的声音从音响里传出来，瞬间响遍了整个教室。

丁子君恼羞成怒地接过话筒，字正腔圆地回答：“对不起，我不会，上节课我逃课了。”

她话音刚落，教室里就一片哗然。一群女生恨铁不成钢地瞅着她，为她白白浪费这样一个表现自己的好机会而感到可惜。

“好，既然这样，那有没有会的同学帮忙总结一下？”

看她赌气地狠狠瞪了自己一眼，郑超不敢再欺负她，只能转移了话题，拿着麦克风往主动举手回答的其他同学那里走过去了。

其他同学的回答无一例外的准确而完美，这样一来，丁子君更生气了，为什么那节课她没有好好听呢。

真正是现在流的泪就是当初没好好听课时脑子进的水。

下了课，郑超还没来得及离开，就被一群早就蠢蠢欲动的花痴女生包围了，丁子君是唯一一个按兵不动的，她脑袋搁在桌上，视线穿越人海扫向他。

现在的他有种鹤立鸡群的耀眼感，他的举手投足，每一个微笑，每一个眼神都是那么完美，好看得让人心悸。

她痴痴的视线终于被郑超捕捉到，他冲她微微一笑。

丁子君生气地翻了个白眼，赌气地转过了脸，不再看他。

“上课时候唯一一个没有回答出问题的丁子君同学，来办公室帮我整理讲义吧。”

丁子君自然知道郑超是找借口叫她出去，可这样的借口在她听来就是赤裸裸的嘲讽。

他还死咬着这件事没完没了了，真是讨厌。

为了表示自己的抗议，丁子君愤然离席，从后门离开。

教师办公的地方就在教学楼后面，中间要穿过一片香樟树，丁子君一个人埋头愤愤地往前走。郑超优哉游哉地跟在她身后，间或叫她几声：“丁子君，你是不是生气了？

“丁子君，我不是故意的。

“丁子君，谁让你上次逃课呢。

“小乖，听话，快过来。”

他最后那句话一出口，丁子君腾地回过头，气势汹汹地冲到他面前，双手叉腰怒视着他：“说了在公共场合不许这么叫我。”

“我不这么叫你，你会过来吗，我还不是被逼的。”郑超宠溺地捏了捏她的脸颊，伸手环上她的腰，掐着她的细腰就要往自己怀里带。

哪知道这个丫头一点都不肯配合，冲他胳膊呼了一巴掌之后就像只兔子似的一溜烟跑了，只留下他一个人一脸无奈地傻站在原地。

等郑超进了办公室时，丁子君已经在里面等他了，并且真的乖乖地在整理讲义。郑超几步冲过去，从背后牢牢地把她抱在怀里，满足地在她发顶蹭了蹭。

“终于抱到你了，好想你。”

“你是想我还是想戏弄我？”丁子君嘴上依旧不饶人，却没有再挣脱他的怀抱。

郑超看她乖乖不动，心里有点痒。

丁子君自然察觉到了他的异样，伸出指甲抠了抠他乱动的手，威胁道：“你再乱动我可走了。”

“我没有乱动啊。”身后的人声音里还有些委屈。

丁子君无语，这么大的人说话怎么可怜得跟个小孩子似的。

“没乱动就把手拿开。”丁子君拉开他的手，后腰靠在桌沿上，转过身来正面对着郑超，见他眉眼低垂，一副可怜巴巴的委屈样子，心中又是一阵不舍。

“你能不能别老是这样，太犯规了，不许博取我的同情心。”丁子君嘴上抱怨着，脸上的微笑却越散越大。

她张开双臂，结结实实地揽上郑超精瘦的腰，在他怀里低声道：“我也想你，才分开一晚上我就想你了。”

“小乖，谢谢你。”

“谢我什么？”

“谢谢你也想我啊。”

“郑超，你是不是傻？”

“我就是傻。”

“……好了，先松开我，你不是要整理讲义吗？”丁子君推推他的胸膛，想要挣脱出来。

哪知这家伙揽得更紧了，脑袋直接窝在她肩窝里，像只大型犬似的，一个劲地蹭，声音闷闷的，很明显不高兴：“最近事情特别多，我要为保研做准备，还要准备论文，学生会的事情也很多，还要上课。”

“这样啊，不是挺好的吗？生活就应该充实点。”

郑超一脸不高兴地打断她：“好什么好，连和你在一起的时间都没有了。平时你还要上课，我还要忙我的，中午你要休息，我还哪有时间和你在一起。”

他眉头微蹙，嘴角撇下来，整张脸都是垮的，周身都散发着我很不高兴的气场，表情神态和讨不到糖吃的孩子一模一样，透着一股反差萌。

看惯了他戏谑或者帅气的模样，突然要面对他这般孩子气的模样，丁子君忍不住乐出声，抬起手指点了点他的鼻尖，失笑道：“你怎么跟个孩子似的。”

“还不是被你气的。”

两个人腻歪了一阵，丁子君终于想起正事，她从他怀里退出来，指了指桌上的讲义：“我们是不是还得整理这些东西？”

“没关系，一会儿我自己整理就行。”

“我帮你好了，反正我也没课。”

“也行。”

丁子君负责整理讲义，郑超则是埋头备课，看他骨节分明的手握着笔奋笔疾书，她忍不住好奇地趴在桌上，探过脑袋看他在写什么。

这是丁子君第一次看他写字，他的字狷狂大气，每一笔都力透纸背，霸气得很，果然字如其人。

“你的字真好看。”丁子君趴在桌上盯着他龙飞凤舞地写字，看得目不转睛。

“你能不能离我远一点？”见她爬过来，郑超抬笔敲敲她的脑门，有些无奈，“你这样会让我转移注意力的。”

“不会啊，我就静静地看着你，保证不出声。”丁子君依旧不自知，稍稍把脑袋收了一下后，继续眼巴巴地看着他。

郑超终于放弃，放下笔，抬手捏住她近在咫尺的下巴，往前探了探身子，偏头吻在她微张的唇上。

一个清浅的吻过后，郑超离开了她的唇，大拇指在她唇上轻轻抚摸着，再次解释：“你这样看着我，我就忍不住想要吻你，我还怎么备课。”

丁子君这才回了神，通红着脸乖乖坐回到自己的椅子上，把讲义举起，遮住了自己泛红的脸颊。

“这样才乖。”

见她重新坐下，郑超拿起笔，继续备课。

笔尖和纸面摩擦的沙沙声响起，丁子君偷偷把脑袋从讲义里探出来，悄悄地看着对面认真备课的郑超。

他认真的样子有种说不出的魅力，这种感觉像是一团软软的棉絮，一点点地飘进她的胸膛，让她整颗心都温暖柔软，忍不住想要一直看着他。

遇到不确定的问题时，他会不自觉地微微皱眉，之后手上的动作会停下来，然后抿唇翻看参考资料，他修长的手指压在洁白的书页上，随着哗哗的翻书声响起，丁子君的心也似乎是那本书一样，被他抚弄得服服帖帖的。

他这个样子简直帅得一塌糊涂，怎么看都看不够。

“课本第十章第二节的讲义给我找一下，有个概念，课本上和最新的参考文献不太一致，我看看哪个更准确，我记得我当时学的时候……”

一边说着，郑超一边抬起头来看向对面的丁子君，顺势向她伸出了手，只是在看到她一脸痴痴地盯着自己的表情后，他才无奈地叹口气，柔声道：“乖，说了不要这么看着我。”

“啊？哦，你要什么来着？”直到视线和他相交时，丁子君才突然回过神，手忙脚乱地在一堆讲义里翻腾。

“第十章第二节。”

“喏，在这里。”丁子君把一摞讲义都摊在桌上，好一通翻找，终于找到了他要的那张，她赶紧站起来，弯腰把那张纸郑重其事地放在郑超手心里。

对面的人把那张纸随手卷成了纸筒，抬手敲在她还没来得及收回去的脑袋上：“不许再这样看着我了，你知道我得有多大的毅力才能在你陪着我的情况下还继续工作。所以，不要挑战我的自制力。”

“哦，我不看你就是。”丁子君抬手揉揉自己的脑门，又乖乖地滑回椅子上，专心致志地整理讲义。

在丁子君不再捣蛋的前提下，郑超终于备完课，他伸了个懒腰，长长叹了口气：“终于做完了。”

那个一直盯着他的小家伙现在正在复印讲义，背影瘦瘦窄窄的一条，郑超起身，几步走到她身后，伸手环上她的腰，满足地喟叹：“终于可以抱抱你了。”

“课都备好了？”丁子君收拾好复印好的讲义，原地转身，面向他而站。

郑超点头，一张俊脸凑过来，丁子君紧张地看着他：“干吗？”

“你说干吗？”说罢，他就俯身吻了下去。

只是当他的唇接触到的不是她柔嫩的唇，而是一摞A4纸时，郑超的脸都黑了。

“你怎么这么不乖？”

“不是，这绝对是下意识的反应。”

心虚的丁子君赶紧放下讲义，右手举起做发誓状，努力让自己的表情看起来纯良无害。

郑超一把扣住她的后脑勺，直接把她压在了门板上，之后不由分说地吻了上去，她含含糊糊地挣扎："讲义掉了。"

他吮吻着她的唇瓣，随口敷衍："不用管。"

她的唇瓣娇嫩柔软，再加上她口腔里香甜的气息，让郑超欲罢不能。

一吻结束，两人一前一后地出了办公室，郑超下意识地就要牵丁子君的手。

丁子君犹豫了一下，偷偷把手收到了身后，郑超诧异，顿在原地看她。

"怎么了？"

"郑超，我们俩的关系可不可以暂时保密啊？"

"啊？为什么？"

"因为我暂时还不想被别人知道。"

"这算什么理由？"郑超回身走到她面前，俯身凝视着她，"小乖，你到底在害怕什么？"

"我害怕别人说闲话。"丁子君垂着头嗫嚅出声，还是不敢说害怕自己配不上他，害怕别人质疑嘲笑的目光，虽然她做足了心理准备，可她害怕自己浅薄的承受能力经不住流言的摧残。

"说闲话？有什么闲话可以说的？"

他们两个人两情相悦，男未婚女未嫁的，别人能说出什么闲话来？郑超很是不理解。

"就是……就是……"丁子君纠结了半天，还是红着脸嘟囔出声，"别人会觉得我配不上你啊。你那么优秀，我就是个小透明。他们一定会说你怎么会看上我之类的。"

她话音刚落就被郑超在脑门上弹了一下，她捂着额头抬头瞅他，看着他满脸的笑意后，愤愤不平地伸手捶了他一拳。

郑超握着她的拳头顺势把她带进自己的怀里，爱怜地摸着她毛茸茸的小脑袋，柔声道："你个傻丫头，脑瓜里装的都是些什么东西。我喜欢你，喜欢的是你的人，喜欢你陪在我身边的感觉，而不是你外在的附属物，就像你喜欢我一样，会是喜欢我学生会主席的头衔吗？"

怀里的人配合地赶紧摇头，郑超接着说："如果我也是个小透明，你还会喜欢我吗？”

“嗯嗯，喜欢。”丁子君又赶紧点头。

郑超俯身亲了亲她的额头继续说:“如果有一天，有一个和我一样有能力，甚至比我还优秀的人出现，你会喜欢他吗？”

就像许辉似的，之前自己还一直把他当作理想型来着，可不喜欢就是不喜欢，不会因为他外在的光环而有所改变。

“不会，我就喜欢你。”

“对啊，你就喜欢我。”郑超宠溺地蹭了蹭她香软的小脸，“所以说，你喜欢的是我这个人，我喜欢的也是你这个人，我们俩的感情不会受到外在条件影响，别人看到的所谓身份的差距纯粹是因为他们是局外人，根本不了解感情的真正含义。”

“嗯。”

怀里的人终于乖了，郑超捏捏她的脸蛋，问：“这下可以牵手了吗？”

“哦，可以了。不过你不许大肆宣扬我是你的女朋友。”

“……我又没病，还大肆宣扬。”

和这个别扭的丫头终于谈妥后，郑超如愿以偿地牵着她的小手出去了。

路上偶尔遇到熟人，大家都会惊讶地问一句：“这是你女朋友？”

郑超也不回避，把丁子君拉进自己的怀里，郑重其事地介绍:“我的女朋友，丁子君，比我小一届的直属学妹。”

反倒是丁子君害羞得不行，从始至终都不敢抬头，每次非得郑超拍拍她的脑袋，她才蚊子似的哼哼出声：“你好。”

从办公楼走到文体中心，丁子君几乎出了一身的汗，要上楼梯的时候她一把揪住郑超的衣摆，磨磨蹭蹭地不肯上去。

郑超无奈，捏着她的手问：“乖，又怎么了？陪我去活动室看一下，就上去一会儿，安排好了我们就去吃饭。”

“我紧张得不行，活动室都是你的部下，我肯定要成为焦点的。”

“好了好了，我保证不让他们纠缠你好不好？”郑超伸手捧着她的脸颊，像哄小孩子似的柔声道，“你就去我的办公室坐着，就坐一会儿，那里没人去的。”

丁子君自然扛不住郑超如此温柔的哄劝，艰难地点了点头。

上了楼，大厅里只有几个人，大家都跑来跑去忙乎着，完全没有注意到他们。丁子君偷偷松了口气，揪着郑超的手偷偷问他：“你的办公室在哪儿？我们赶紧跑过去。”

郑超被她做贼似的模样逗乐了，抬手揉揉她的脑袋，失笑道：“跑什么跑，有这么见不得人吗？”

“快点快点。”丁子君着急得直跺脚。

郑超无奈，拉着她往办公室走去。

到了门口，还没等郑超开门，丁子君就已经迫不及待地推开门冲进去了，他微微皱眉，办公室的门应该是锁着的啊。

等他听到丁子君那声“学姐好”时才反应过来，也难怪，只有刘雨欣有他办公室的钥匙。

三个人之间的气氛变得微妙，刘雨欣是最先反应过来的，她把手上的一摞资料递给郑超，表情淡然：“这是组织部交上来的，文艺部的我还在总结中，你看看可不可以？”

说完，刘雨欣揪着郑超的袖子把他拉到电脑前，有些撒娇似的抱怨：“文艺部的最难做了，我忙了好久还是整理不明白，你帮我弄弄吧。”

听到她刻意撒娇的嗓音，郑超微微皱眉，心里有一丝反感，可刘雨欣是文艺部部长，他不能因为个人情绪耽误了学生会的工作。

“这个表格不能这样做，分类不明确看起来很费劲。”郑超一手握着椅背，一手握着鼠标修改表格，从丁子君的角度来看，特别像是郑超隔空拥抱着刘雨欣。

啧啧啧，这就是她最担心的地方。他是学生会主席，是一个无比耀眼的存在，因此他接触的、需要应付的人要比她想象的多很多。

如果他还没有向她表白的话，那她只能默默仰望着他，只要能看到他就满足了，可现在，她是他的女朋友了，所以，她得寸进尺了，有些贪婪地希望他与所有想要和他暧昧的异性划清界限。

这种要求很过分，可确实是她心底最真实的声音。

“好了，剩下的你自己弄吧，就按我教你的那个方法。”

“好人做到底呗，帮我把剩下的也做了吧。”

见郑超准备起身，刘雨欣直接揪住他的袖子，水汪汪的大眼睛无辜地盯着他，满脸祈求。

这样的表情连她这个女生看得都忍不住心软，更何况是男生。克制着心里涌上来的酸意，丁子君努力宽慰自己，这是郑超的工作，她不能因为这个就乱吃飞醋，那样她还怎么配做他的女朋友。

只不过是工作而已，她要是这么斤斤计较的话，别人会笑话她的，她可是郑超的女朋友，一定要大度，不能太小心眼。

这样心理暗示了一会儿后，丁子君终于释怀，看着两个人和谐工作的场景也没那么刺眼了，她回头扫了一眼，找了把椅子坐下，掏出手机准备刷朋友圈。

“这是你分内的工作，如果我都帮你做了，还要你这个徒有虚名的文艺部部长干吗？”

郑超生硬冰冷的话语让刘雨欣很是下不来台，她被呛得脸微微发白，回头又正好看见丁子君优哉游哉地在玩手机，顿时气不打一处来，直接拿丁子君撒气：“这是工作的地方，你把闲杂人等带来干什么？”

闲杂人等？正刷朋友圈刷得乐不可支的丁子君突然听到自己变成了刘雨欣的攻击目标，有点无辜地抬起头，她可什么都没说啊，坐着也要躺枪吗？

“刘雨欣，如果非要说闲杂人等的话，你才是吧。”

“呵，郑超，我是来交报告的。”

刘雨欣不屑的语气让郑超怒极反笑，他抬手指了指一边一脸无辜的丁子君，一字一顿道：“丁子君是我的女朋友，我带她来谈情说爱的，你才是闲杂人等吧。”

从郑超口中听到“女朋友”三个字时，刘雨欣的整张脸都白了，她嘴唇颤抖着，却说不出一句话来，最后只是用力把那一摞资料扔在地上，跑出了办公室，临走前还狠狠剜了丁子君一眼。

郑超走到丁子君面前，蹲在她脚边，捏了捏她的手指，满是抱歉地问：“是不是让你不好受了？”

“没有。”丁子君起身捡起资料放在桌上，重新坐回椅子上，微笑着握住郑超的手，没心没肺地傻笑，“倒是你，对一个女孩子说那么狠的话，就不怕有损你光辉形象吗？”

“没办法，形象和女朋友，我只能维护一个。”

“油嘴滑舌。”丁子君瞥了他一眼，还是没忍住，扑哧笑出声，“不过你刚才的样子超帅的。”

“是吗？是不是该表扬一下？”

“表扬一下，再接再厉。”丁子君握着他的手，微微弯腰，俯身在他唇上飞快地吻了一下。只是她还没来得及逃跑，就被郑超捧住了后脑勺，化被动为主动地加深了这个吻。

等她被吻得面红耳赤气喘吁吁时，郑超才恋恋不舍地松开她娇软的唇。

“好了，快去工作吧，我在这里等你。”丁子君红着脸推了推他，催促着他赶紧走。

“那我真的走了，你不许乱跑，乖乖等我。”

“我知道，等你就是了。”

郑超一步三回头地出门，丁子君咯咯地笑着，一个劲冲他挥手：“赶紧走，赶紧走。”

郑超走后，丁子君就窝在椅子里玩手机打发时间，还没过十分钟，门就响了，她头也没抬就说：“让你快点去工作了，怎么又回来了？”

对方没有回答，丁子君一抬头，看清楚来人后，脸上的笑意渐渐僵硬：“学姐好。”

“得了便宜还卖乖，装什么装。”刘雨欣铁青着脸靠在门板上，眼神里俱是嘲讽。

丁子君没有出声，收了手机，站起来与她对视："在学姐看来，我成为郑超的女朋友算是我得了便宜吗？"

"呵，你还好意思说出口。我真不知道郑超那么优秀的人怎么会看上你，长相平平，资质平平，简直就是一个普通到混在人堆里都拎不出来的小透明，郑超怎么会瞎了眼看上你。"

见刘雨欣越说越激动，话也越说越难听，丁子君脸上的笑意反而越来越深，在她决定成为郑超女朋友的时候，就预料到一定会有这样的麻烦出现了。

郑超的追求者会不厌其烦地讽刺她，郑超怎么会看上她，她又怎么配得上郑超。

她既然已经坚定了要陪在郑超身边的信念，那么，努力做到配得上他也是她应该做的。

"学姐，其实我并不准备和你吵架，郑超喜欢谁是他的事，我们两个人说到底也是旁观者，始终无法决断他的心意，何必在这里做徒劳无功的计较。"

丁子君的淡然终是激怒了刘雨欣，她再没有废话，直接冲到丁子君面前，一巴掌扇过来。

预料中清脆的掌掴声没有响起，刘雨欣愤怒地看着自己被掐住的手腕，歇斯底里地吼："丁子君，你个贱人，放开我。"

"学姐，你以为我会是只弱不禁风的小绵羊，挨了打只会找男朋友哭诉吗？我在决定做郑超的女朋友之前就已经做好了心理准备，既然想心安理得地待在他身边，那势必就要做出相应的努力，这一点，我比学姐更清楚。"

"你清楚什么？"刘雨欣狠狠甩开她的手，美目间俱是汹涌的怒意，"我喜欢了他那么久，最后他却看上了你，我哪里都比你强，我不甘心！"

"学姐，感情的事不是靠你自以为是的单恋决定的，郑超没有义务为你的自作多情买单。你口口声声说郑超瞎了眼才看上了我，那他为什么瞎了眼都看不上你？你为什么不从自己身上找毛病，而总是喜欢用你自以为是的价值观衡量别人？你口中所谓的配不上不过是基于你所拥有的一些无关紧要的光环来评判别人的观点，学姐，并不是所有人都像你这么世故。你说你喜欢郑超，你喜欢他什么？他的能力、他的优秀、他鹤立鸡群的耀眼？如果没有了这一切，你还会喜欢他吗？不，你不会喜欢，你喜欢的不过是他光鲜亮丽的外在，而我喜欢的，是他整个人。他很霸道，做事容易冲动，有时候说话不过大脑容易伤人，这些，我一样喜欢，不管是他的优点，还是他的缺点，只要是属于他的，我都喜欢。这些，我可以做到，学姐，你做得到吗？”

丁子君的声音不卑不亢，声线温婉坚定，眼神里闪烁着坚毅而不可动摇的光芒，这样的光芒让原本平淡无奇的她突然变得耀眼起来。

刘雨欣越想越气，她气的并不是丁子君在气势上压倒了她，而是丁子君的每一句话都敏锐准确地刺中了她的软肋，让她生气得无以复加，却想不出一句话来反驳。

所谓恼羞成怒大约就是如此，刘雨欣抬手指着丁子君的鼻尖恶狠狠道：“少在这里装白莲花了。说起来一套一套的，谁知道郑超是出于什么原因看上你的。”说完，她冷哼一声，昂首挺胸地离开了。

丁子君被刘雨欣的话说得郁闷了，之前的不安再度袭来。郑超为什么会喜欢她，她真的优秀到值得郑超喜欢吗？

开门声响起，郑超慌慌张张地跑进来，立刻冲上来把丁子君揽进怀里，急切地问：“怎么了？刘雨欣是不是欺负你了？我刚才看见她出去了，她欺负你了是吗？”

被郑超揽进怀里，感受到他真切的温度后，丁子君才回过神来，她伸手环上他的腰，在他怀里蹭了蹭。

等郑超忙完了之后，两人相携着下楼。

郑超问她：“中午想吃什么？”

丁子君有气无力地说：“现在还不想吃，想回去睡觉。”

“好，先回去休息，饿了记得给我打电话。”

“嗯。”

到了女生公寓楼下，丁子君松开手就要往里走，郑超及时揪住她的手腕，不满地抱怨："头也不回就走，你真舍得。"

听到他委屈的声音，丁子君赶紧解释："不是不是，我就是有点走神，不是故意的。"

"好，过来再抱一下。"郑超张开双臂，面带微笑地看着她。

丁子君乖乖地返回去，埋头钻进他的怀里。

他的胸膛温热结实，每次窝进他的怀里，心里总是格外踏实，丁子君轻轻叹了口气，伸手圈紧了他精瘦的腰身。

"小乖，你要相信我。"

"我相信你。"

Chapter 12

学会

P I N G S H E N G Y I N U O

丁子君回了宿舍之后就爬上床准备睡觉，刚躺下还没有十分钟，手机就响了。她摸出手机看了一眼，是郑超，她接起来，闷闷地应了一声：“喂？”

“小乖，怎么了？是不是不舒服？”那头的人立刻听出了她语气的异常，关切地询问。

丁子君自然不敢说她还是因为上午的事情在纠结，只好胡乱编了一个理由：“没事，就是胃痛而已。”

“痛得厉害吗？可以下来吗？”

“倒是不厉害。”

“那下来吧，我给你带了饭，你多少吃点。”

“不想下去。”

她生性敏感，做不到像李珊珊那样没心没肺、豁达开朗，尤其是第一次遇到了自己喜欢的人，她总是担心到有些手足无措。

“不可以下来吗？”

“嗯。”

“那你好好休息。”

挂了电话，丁子君整个人蜷缩在被子里，懊恼地满床打滚，本来还想着好好捋捋思绪，严肃地思考一下她和郑超以后的相处模式的，可听到他的声音后，她瞬间就心软了，在床上翻滚了半天，始终睡不着。

这时，丁子君的手机又响了，她拿起来一看，又是郑超，她犹豫了一下，还是接了起来。

“小乖，你在睡吗？”

“没有。”

“你还是下来吧，我担心你。”

郑超的话一出口，丁子君的心就忽然变得柔软起来，像是胸腔突然发酵，幸福的泡沫一点点满溢出来。

只因为他说，我担心你，那么真诚，那么温暖。

从床上爬起来，丁子君理了理头发，开门出了宿舍，直接奔下楼。

出了大厅，她一眼就看见了门口站着的郑超，他手里提着一个白色的食品袋，另一只手揣在兜里，习惯性地盯着自己的足尖，眉眼低垂，从她的角度只能看到他亚麻色的发顶，看不清他的表情。

“叫我下来干吗？”丁子君在他面前站定，下意识地瞥了瞥他手里的食品袋。陈记？校门口那家豆浆店？

“刚买的，趁热吃了，你不是胃痛吗，最近不要吃辣的了。”郑超微微抬头，视线锁在她小腹上，很自然地抬手在她上腹部揉了揉，“怎么样，现在还难受吗？”

“啊……”丁子君一下没反应过来，等他揉了揉她的肚子后，她才明白过来，自己刚才胡乱编的理由他当真了。

“现在好点了，可能是着凉了。”她磕磕巴巴地继续胡编，眼神闪躲着不敢看郑超的眼睛。

“好，没事我就放心了，上去吧，有事给我打电话。”

“嗯。”

丁子君心虚地拎着东西就要跑。

郑超怔了一下，抬手扯了扯她的袖子，不确定地又问了一遍：“你确定不难受了吗？真的吗？”

看到他关切担心的眼神后，丁子君的罪恶感更强烈了，赶紧坚定地回答：“我确定以及肯定好多了。”

“好，上去吧。”听到她肯定的答案，郑超终于释然，眯眼微笑，冲她挥了挥手。

手里拎着热乎乎的午餐，丁子君心里也暖洋洋的，她乐颠颠地跑回宿舍，打开食品袋一看，是陈记的豆浆和包子，还有两种小菜，相对来说还是很合她胃口的。

刚吃完饭的李珊珊又凑过来，伸爪子拿了一个包子塞进嘴里，含混不清地嘟囔：“我男神对你多好，还亲自给你买饭。”

“嗯。”丁子君嘴上不炫耀，心里已经高兴得冒泡了，她一脸幸福地开吃。

李珊珊又凑过来直接伸爪子捏了一块小菜扔嘴里，很欠揍地评价：“就是太淡了，他不是知道你无辣不欢吗，怎么还买这么小清新的菜？”

经李珊珊这一提醒，丁子君才后知后觉地反应过来哪里不对，从刚才她就一直觉得有哪里不对劲，可始终想不起来哪里出了问题。

原来问题在这里，郑超第一次给她打电话的时候很明确地说给她带了饭，当时她说不下去，过了大约半个小时后，他又给她买了饭，并且特意嘱咐她近期不要吃辣。

也就是说，他给她买了饭，可她说胃痛，他又特意出校门重新给她买了午餐，然后等了好久，因为实在担心所以才又给她打了电话。

在他担心她痛得厉不厉害，又担心她没有好好吃饭的时候，她想的却是自己该不该相信他的感情。他在为她一趟一趟买饭的时候，她却为了躲避他而胡乱编了个理由不愿意见他。

丁子君懊恼地拍了拍自己的脑袋。

一中午没睡，丁子君萎靡不振地去上课，下午第一节是高数，她抱着课本坐在倒数第二排打盹。

茫茫然她才想起，郑超说过要给她补高数的，磨蹭到现在还没有实施，这么想着，她掏出手机给郑超发短信。

“郑超，给我补高数吧，我快要考试了。”

短信发出去还没一分钟，郑超的回复就过来了：“我在图书馆等你。”

她嘴角抽搐一下，严肃地回复他：“老大，不是现在，我还在上课呢。我是说下课以后。”

郑超再次回复短信，丁子君看完之后整个人都呆住了。

他是这么说的：“你们第一节课就是高数，老师是那个催眠的张教授，从来不点名，不查人。你中午没睡，现在一定在打瞌睡，与其在教室浪费时间还不如来图书馆陪我。”

被他猜得这么透彻，丁子君很是无语，可又实在无力反驳，最后只能弱弱地回复：“你稍等，我一会儿过去。”

中间休息的时候，丁子君抱着课本一溜烟地跑出去，一路拔足狂奔。

图书馆在学校的西南角，自丁子君上大学以来，图书馆就没在她脑海里成像过，平时她不喜欢看纸质的书，考试的时候又只喜欢待在教室里复习。

这么想着，她还是第一次来图书馆。

抱着课本进了大厅，丁子君四下环视了一下，等看到类似地铁站的安检系统后，她犹豫了会儿，有些诧异地想，不会进个图书馆都要买票吧？

当然她一贯秉承的原则是不懂就要先查，千万不要直接问，不然丢了的脸就像泼出去的水似的，想收都收不回来了。

站在原地，给郑超打电话，他很快就接起来了，声音低低地问她：“这么快就到了，现在在哪儿？”

丁子君瞅了瞅身前的安检系统，傻乎乎地说：“在安检这儿，我进不去，不会是要买票的吧？”

“站着别动，我下去接你。”

挂了电话，丁子君乖乖地待在原地，像是等着认领的失物似的等郑超来领她。

过了两三分钟郑超就下来了，他掏出卡刷了一下，把傻站着的丁子君领了进来，某好奇宝宝拉着他的手新奇地问：“你拿什么刷的？饭卡吗？”

“一卡通啊，你没用过？”

“没用过，我以为它只有买饭这个功能。”

“别告诉我，你从来没来过图书馆。”

“是你让我别告诉你的，所以我不会告诉你，我真的没来过。”

“你呀，好歹熟悉一下周边环境啊。”郑超抬手拍了拍她的脑门，眼神里满满的宠溺，哪有半点真正责备的意思。

两人相携着进了图书馆，传说中的图书馆比丁子君想象的要气势恢宏得多，按照书籍的分类，每层分成了好几个隔间，隔间里有专门的沙发和桌子，甚至还有茶水间。

“哇，我们学校的图书馆这么高大上。”丁子君揪揪郑超的手，丝毫不掩饰自己刘姥姥进大观园般的惊诧。

“以后学习就来图书馆吧，比在教室里好得多。”

跟着郑超进了他所在的学习区，丁子君一脸兴奋地坐在他对面，环视了一下四周后，小声地问：“在图书馆里可以说话吗？”

“这里没事的，是专门分离出来的一个隔间，讲课背东西都是可以的。”

“那就好。”

摊开书，丁子君看着比自己脸还要干净的书，大言不惭地说：“我高数都不会，你都替我讲讲。”

“你还真好意思。”

郑超把她的书接过来，仔细翻看了一下，最后头疼地揉了揉眉心：“你的书上除了随手涂鸦外就没有一点该有的笔记吗？”

丁子君看着郑超手指边的一只简笔兔子，继续大言不惭：“高数听得太累了，我又听不懂，要是不干点什么打发时间的话，很容易瞌睡的。”

“你怎么能这么理直气壮。”郑超拿起桌上的笔，反手在她脑门上敲了一下。

丁子君吃痛，捂着脑门虔诚道歉：“对不起。”

“好了，从第一章开始，我挑重点教你，该做笔记的时候我会提醒你的。”

见郑超冲自己伸出手，丁子君脸红了一下，还是坚定地把自己的右手放在他手心里，见他有些诧异，她只好双手捧着他的手，坚定地握紧。

“……我是让你把稿纸给我，我要演算。”

丁子君默默收回手，从包里翻出几张支离破碎的纸，砢碜地摆在郑超面前。

“我算是服了你了，笔记本也没有吧？”

某人揪揪刘海，乖乖地点了点头。

郑超抬手又敲了她一下，无奈道：“你就这样来听课啊。”

“可你又没说要我带笔记本和稿纸，我平时上课能记得带课本就不错了。”

“你还有理了。”郑超刚抬起笔准备敲她脑门。

丁子君立刻敏锐地双手抱头，身子后仰，一脸戒备地看着他：“我是过来听课的，不是来挨打的，不许打我。”

“好，我不打你。你过来，坐我旁边，离得那么远，我怎么给你讲。”

“确定？”

“嗯。”

“把你笔给我。”

等把郑超的笔拿到手后，丁子君才放下心，起身绕过桌子，乖乖地坐到他旁边。

刚落座，还没等她反应过来，腰就被郑超扣住了，她下意识地紧紧握着手里的笔，只是没想到，他扳过她的脑袋，一低头，吻上了她的唇。

看着他近在眼前长长的睫毛，丁子君眨巴眨巴眼，脸越涨越红，大脑瞬间缺氧。

“怎么样，还听话吗？”

“嗯嗯，听话。”郑超刚松手，她就立刻埋头趴在桌子上，以便掩饰自己爆红的脸颊，她深呼吸一口气，抬手拍了拍自己的胸口。

虽然不是第一次和他接吻了，可依旧是紧张到不行，整个脑子都像短路了，心律瞬间就飙升了，不得不承认，这是个逼她乖乖听话的好方法，比敲脑门立竿见影多了。

等她心情平复好了后，郑超摊开书，正式开讲了。

“前面的理论和引申我就不说了，我直接讲重点，这个公式很重要，我帮你推导一下，一会儿教你这个公式怎么用。”

他的声音醇厚低沉，带着丁子君喜欢的独有的磁性，她满足地蹭了蹭他的手臂，无比贪恋这种温暖的感觉。

“撒娇是没有用的，一码归一码。”

“……郑超你真讨厌，不懂得情调。”

“我懂得调情就够了。”

“你……个流氓。”

看着郑超眼底戏谑的笑意，丁子君害羞得不行，抬手揪了揪他的头发，愤愤地补充了一句：“还能不能愉快地学习了？”

“好好好，我保证严肃认真地讲课。”

“不许在大庭广众之下亲我，即便我没有听懂。”

“好。”

约法三章后，两人终于可以正式讲课了，郑超提笔把公式的推导方法详细地讲了一遍。

不得不说，郑超的讲课方式特别轻松易懂，比高数老师讲得好多了，只是，问题的关键在于，不管他讲得多好，丁子君的注意力始终集中不到公式上来。

他写字的动作好帅，他的字好漂亮，他身上的味道很好闻，他的胸膛离自己好近，好想窝进去，好想抱着他。

和自己喜欢的人坐在一起却要讨论学习，这种事情简直太折磨了，早知道这种感觉这么闹心的话，她是绝对不会主动要求郑超替她补习的。

这样一番走神下来，郑超讲的东西她就听进去了三分之一，所以，等他换了张纸让她复述公式的推导时，她瞬间有点心虚，弱弱地说：“其实你讲我听就可以了。”

“怎么可以，光我一个人讲你要是接受不了也没用啊。”郑超捏捏她的脸颊，示意她推导公式。

第一步该干什么来着？要通过个什么定理转换的，那个定理是什么来着？

转换完呢？好像还要化简，化简后还要把已知数代入，那个已知数又是什么来着？

丁子君脑子里顿时混乱成一团糨糊，满脑子除了郑超以外想不起一丁点关于公式的要点。

见她迟迟不下笔，郑超友情提醒了一下公式转换需要的定理。

丁子君一听，赶紧拎笔往上写，写完之后又埋头发愣，又不会了。

“接下来就要把多余的化简了吧？”

“……”丁子君提笔在纸上戳，戳，戳，弱弱地问了句：“怎么化简来着？”

“你呀你，这样化简啊。这个不是最基础的吗，怎么也忘记了？”郑超无奈，只好帮她把化简的步骤也做了。

“未知数是啥……具体的数没记住。”

“……”

写到最后，纸上几乎没留下丁子君的笔迹，完全是郑超又写了一遍，他无奈地敲敲她的脑门：“你刚才想什么了？你不会就是以这种茫然的状态误打误撞地冲进你们系前十的吧？你的成绩是不是有水分？”

“绝对没有。”一听这个，丁子君立刻做发誓状，一脸大义凛然，“绝对没有水分。除了高数以外，我其他科目都很开窍的，并且我也学得很努力，绝对不存在水分的问题。”

“既然是这样，你的接受能力不该这么差啊。”郑超不理解地一巴掌盖在她的脑瓜上，一个劲地晃悠。

丁子君的脑袋被郑超揉得转来转去，声音也有些晃晃悠悠：“我接受能力还挺强的，真的，进前十也挺不容易的，我真的凭的是实力。”

“那为什么轮到我就不行呢？因为我讲得不好？”

听到郑超质疑自己的实力，丁子君赶紧打断他，斩钉截铁地说：“没有，你的实力绝对过人，问题在我。”

“嗯？”

“咳咳，我刚才走神了。”

“啊呀，疼。”丁子君腮帮子的肉被郑超揪住，她一脸无辜地看着面前皱眉的郑超，含混不清地解释，“在你身边我根本就学不进去啊。”

只要坐在你身边，我就忍不住想要仔细看着你的眉眼，看你的一举一动，闻着你身上散发的清新的香气，目光和心思完全锁在了你身上，哪还有心思学习。

当然后面的话丁子君不敢说出来，只敢在心底嘀咕。

“起来，既然不想学习，就去看会儿书，这里有相关的资料，你先自己看看。”

被她无辜的眼神打败，郑超松开手，拉着她起身，往身后的书架旁走去。

这排书架靠着墙壁，旁边没有设置座位，位置相对隐蔽，信以为真的丁子君跟着他进了书架里，后知后觉地质疑：“这里有高数资料吗？这里都是文学作品啊。”

“小笨蛋，你还真来找书啊。”

“不是你说的……”

还没等丁子君把话说完，她的唇就被郑超微凉的唇吻住了，他一只手牵着她的手，另一只手撑着书架，把她牢牢地圈在他怀里。

“这里不是大庭广众，所以可以亲你。”他辗转地吻着她娇嫩的唇，满足地喟叹出声。

“咳咳……虽然不是广众，可好歹是大厅，你们这样赤裸裸地秀恩爱合适吗？”

书架的另一端传来一道戏谑的声音，丁子君心里一惊，揪住郑超的衣襟，就要跑。

“乖，别怕，是我朋友。”郑超安抚地握上她的手，在她嘴边轻声启唇，临了还恋恋不舍地舔了舔她的嘴角，这才起身。

“你这样不识趣岂不是更不合适？”郑超起身，眼底的慵懒散漫还没散去，整个人散发着随性不羁的魅力，他懒洋洋地开口，从语气上听不出有任何不满。

“小女朋友？”

那人开口，侧着脑袋打量躲在郑超身后的丁子君，丁子君红着脸慢慢地挪出来。

好歹是郑超的朋友，她要是不打招呼的话就太失礼了。

视野开阔后，她终于看清了那人的脸。该怎么说呢，他给自己的感觉很不舒服，他赤裸裸打量她的眼神，让她有点脊背发凉。

他不同于郑超的阳刚野性，反而带着些阴柔，眉眼细长，但眼神很犀利。

“你女朋友很漂亮，你好，我叫苏然，是郑超的发小。”他前半句是和郑超说的，后半句却是说给丁子君听的。

丁子君犹豫了一下。

“你好，我是郑超的女朋友，比他小一届的学妹，我叫丁子君，很高兴认识你。”她伸出手，官方而不失礼地自我介绍。

“你好，认识你，我也很高兴。”苏然握上丁子君的手，轻轻握了一下。

两人认识后，苏然又和郑超聊了一会儿便告别了。

看着苏然离开后，丁子君才小声地开口：“他是你的好朋友吗？”她故意重读了“好朋友”三个字，想要听听郑超对于苏然的评价。

“毫不夸张地说，他可是我过命的哥们，高中时曾救过我一命，我那个时候不会游泳，不小心落水了，差点淹死，是他救了我。”

“哇，这样啊，那还真是过命的哥们。”丁子君僵硬地笑了笑，表情有些不自然。

“他大一去做交换生了，最近刚回来，因为和我不是一个班级，我最近也没时间找他，所以没带你见他。”

“没关系，今天认识也一样的。”

“你们俩要好好相处，你们可都是我最重要的人。”

“嗯。”

丁子君沉默地回了座位上，心不在焉地从郑超那儿拿回自己的课本，扯扯嘴角：“我还是自己先看一会儿吧。”

“也行，不然像刚才那样，我讲了也是白费口水。”郑超没有察觉出她的异样，一如既往地调侃她。

见他埋头学习后，丁子君拿书挡着脸，脸上的笑意一点点地变得冰冷。

听郑超的语气，苏然对于他来说，在某些方面绝对比她重要，她不过是他喜欢的人，而苏然，救过他的命，如果有一天她真的和苏然发生矛盾了，郑超一定会毫不犹豫地选择苏然。

这一点她心知肚明，并且也欣然接受。

所以，刚才的事不能和他说，她不能让他为难。

丁子君看了看自己的手心，刚才那种滑腻的触感已经消失，可苏然轻浮的表情却依旧让她不舒服。

就在刚才，两人握手结束的时候，她正准备收回手，苏然却突然缩回了食指，在她掌心轻佻地摩挲了一下，她以为他是无意的，抬头却看见了他眼底的暧昧。他启唇，用唇语对她说："You are so hot！"

你很性感。

等她想要再次观察他的神色时，他已经像什么都没发生过一样，一脸淡然地离开了，只留下她愣在原地，百思不得其解。

他刚才的行为应该算是调情吧？当着好兄弟的面调戏好兄弟的女朋友？

这种人也配当郑超的好哥们？

心里纠结到不行，脑子混沌得像是搅拌着的糨糊，这种情况下能看进去书才是有鬼了。

挣扎了半天，丁子君终于放弃，一脸颓丧地放下书："郑超，我看不进去了，我还是回教室吧，一会儿还有课。"

"也行，走吧，我送你回去。"郑超放下书，准备起身。

丁子君赶紧摆了摆手："不用不用，我从图书馆去教室而已，又丢不了。"

"那好，你去上课吧，晚上给你打电话。"说完，郑超单手撑着桌子站起来。

丁子君把课本抱在怀里，继续挥手，一本正经地说："说了你不用送我，我认识路的。"

"笨蛋，谁要送你。"

郑超颀长的身子探过来，空着的那只手握着她的后脑勺，俯低身子，轻轻地吻在了她唇上。

丁子君的脑袋轰地炸开，第一反应就是，老天，这可是大庭广众之下，旁边那么多人呢，他怎么这么放肆。

“好了，回去吧，晚点一起吃饭。”

一个清浅的吻过后，郑超宠溺地揉了揉她的发顶，总算放她走了。

出了图书馆，丁子君依旧心不在焉，信步往前走，走了一半才想起，那是回宿舍的路，她懊恼地拍了拍脑袋，转身往相反方向走。

刚走几步，不远处就传来一声放肆的嘲笑，丁子君皱眉看向声源处，等看清来人后，眉皱得更紧了。

真是怕什么来什么。

“这么快就要回去吗，郑超一个人多孤单。”苏然眼神轻佻，语气戏谑，带着一股浓浓的嘲笑意味。

丁子君忍了半天才憋出一抹皮笑肉不笑的笑，敷衍道：“我要回去上课。”

“你们教室在哪儿？梧桐林那里？正好我也过去，一起吧。”

“不好意思，我们教室不在梧桐林，在香樟林，得走相反方向，和你不顺路。”

“你刚才走的不是相反方向吗，既然又折回来了，说明我们俩是顺路的。”

看着苏然那副猫捉耗子般笃定的表情，丁子君气得脸颊刷白，恨不得冲上去咬死他。这个人怎么这样没眼力见儿呢？非逼得她说，其实我是讨厌你，不想和你一起走吗？

他是郑超的好朋友，不看僧面看佛面，看在郑超的面子上，她也不能和他翻脸。

两人就以这种诡异的气氛往前走着，丁子君始终阴沉着脸，苏然倒是不在意，一直笑眯眯的，直到把她送到了教室楼下，他才开口说话。

只是这句话一说出来，丁子君就恨不得拿起高数书狠狠砸在他那张讨人厌的脸上。

“丁子君，我对你还挺有兴趣的。”

丁子君终于装不下去，管他是不是救过郑超一命，她现在才懒得给他面子，她见过讨人厌的男生，却没见过这么讨厌的，脸皮是一次性的吗，说不要就不要。

“苏然，你有病吧！”丁子君冷着脸骂了句脏话，头也不回地抱着书上楼。

“在郑超面前乖得跟只猫似的，怎么在我面前就这么烈呢？”

苏然双手插兜，眯眼看着她，眼神依旧轻佻放肆。

丁子君深呼吸了一口气，心中默念了十遍郑超的名字，终于忍下了这口气。

进了教室，第二节课已经开始了，丁子君猫着腰找了个空座溜了进去，把书找出来摊在桌上，老师在上头讲得唾沫横飞，她却听得心不在焉。

虽然苏然刚才说的话欠揍，可就冲他那副故意找碴儿的态度来看，估计以后有她的好果子吃，她总不能每次都这样忍着，实在委屈的话，她兴许就顺嘴和郑超说了。

到时候，一边是最好的朋友，一边是女朋友，为难的是郑超，不管他选择偏袒哪头，他心里都不会好受。

她舍不得让郑超为难，又不知道如何有效地攻击那块不要脸的牛皮糖。

混混沌沌地下了课，丁子君刚准备收拾东西回宿舍，手机就响了，来电显示是郑超，她看看时间，正好是饭点。

她接通电话拎着书往外走。

“小乖，下课了吧？我们出去吃饭吧，顺便给苏然接风洗尘，虽然有些迟了，可还是得走走形式。”

一听到苏然的名字，丁子君心里一咯噔，下意识地拒绝：“我还是不去了，一会儿我还有事。”

“我一直想让你们认识一下的，我们三个人要是能一起吃饭多好，你们俩都是我最重要的人，我特别希望你们能和谐相处。”

和谐相处你妹啊，他都把你女朋友调戏了，还和谐个毛！

虽然心里极其想要这样吐槽的，可听着郑超失落的声音一点点地传过来，丁子君又实在舍不得，他已经说了好多次了，说她和苏然对他来说很重要，如果她和苏然闹了矛盾，最伤心的一定是郑超。

出于心疼自己男朋友的心理，丁子君还是勉为其难地答应了。

“那我去校门口等你们吧。”

“好。我们马上过去。”

听到她肯定的回答，郑超的声音瞬间变得轻快起来。不用看，丁子君也能想象出他的表情——眼睛微微眯起，嘴角上扬，一脸满足，像只刚被喂饱的大型犬。

唉，如果能让他高兴，她心里的那点小纠结又算得了什么。

在校门口等了几分钟，那两人就过来了，丁子君无视了一旁的苏然，自然地挽上郑超的胳膊，冲他撒娇：“你怎么不提前出来，让我一个人在这儿等。”

“乖，我等苏然来着，就几分钟而已，你要多包容我。”

害群之马。

心中愤愤地把苏然唾弃了一通，丁子君挽着郑超的手臂，在他身上蹭了蹭，软软地说：“嗯嗯，不过下不为例。”

“我保证。”

三人来到了校门口新开的一家西餐厅，丁子君环视了一下店里的环境，咬牙切齿地问候苏然的祖宗十八代，看这里的档次就知道这顿饭不便宜，苏然一定是故意的。

大家都是学生，随便吃点就好，装什么霸道总裁。更何况，装的时候能不能花自己的钱。

郑超一点都不介意，选好位置后就让苏然点餐了。丁子君坐在郑超身边，忽然发现了另一个问题，那就是，她从来没吃过西餐，一会儿开吃的时候岂不是要丢人？

“郑超，我没吃过西餐。”趁着苏然低头玩手机的时候，丁子君揪揪郑超的袖子，小声地开口，表情有点尴尬。

“没关系，一会儿我教你。”郑超吻了吻她的额角，柔声安慰她，“你放心，这里都是学生，没人会笑话你的。”

听了郑超的安慰，丁子君才放下心来，乖乖地靠在郑超身上，等着饭菜上来。

等侍者把他们的餐端上来的时候，丁子君彻底傻眼了，她心目中的西餐一直是牛排、红酒，所以说这一大坨黏糊糊的东西是什么鬼？

“这是意大利面，苏然喜欢吃这个，用叉子卷着吃，像这样。”郑超拿着叉子友情示范了一下。他的动作规范标准，怎么看都自然高雅，熟稔好看。

反观丁子君，她看着眼前这坨原材料不明的东西，实在无从下口。虽然苏然是主角，但他点菜的时候都不考虑别人的感受吗？询问每个人的意见是基本礼仪吧？

就因为他喜欢吃，所以别人也得陪他吃吗？还真把自己当大爷了。

为了表示自己的抗议，丁子君坚定地把叉子放在一边，转头对郑超说：“我不太喜欢吃这个，我可不可以吃别的？”

“你不喜欢吃吗？还没吃怎么知道不好吃，我觉得很好吃啊。”郑超还没说话，苏然就开口了，他故意露出一副很受伤的表情，好像在说，如果丁子君不吃，就是不给他面子。

当然，他这样的潜台词很快就被郑超捕捉到了，郑超立刻帮腔：“对啊，你还没尝怎么知道不喜欢，可以先尝一尝再说，我也挺喜欢这个味道。”

他俩已经这么说了，丁子君还怎么再开口，只能蒙头开吃。

如果说没吃之前仅仅是觉得不好吃的话，那么吃了第一口后，丁子君唯一的感觉就是想吐。

她口味偏重，不管吃什么都挑辣的，现在倒好，且不说没有一丁点辣味，面还是甜的。

那种黏腻带甜的感觉一直蔓延至胃里，让她一阵阵直犯恶心。

坚持吃了半碗后，丁子君实在恶心得受不了了，扔下叉子捂着嘴就往洗手间跑。

见她离开，苏然抬头，表情瞬间变得无比低落，声音闷闷的："你女朋友好像特别不满意我点的餐，我原本想着让她尝一尝我喜欢的食物，兴许她也会喜欢，没想到会让她这么恶心。"

郑超没有说话，沉默了一会儿后，放下叉子，也起身往洗手间去了。

桌上只留下苏然一个人，他拿着叉子一点点地卷着面条，嘴角慢慢上扬。

洗手间内，丁子君把胃里的东西吐得一干二净后，虚脱地去洗手台漱口。

等她洗了手准备往外走时，一抬头，就看见了门口站着的郑超。

他神情低落，没有生气，但绝对不是高兴的样子。

"那个面很难吃吗？"他的声音闷闷的。

丁子君一愣，立刻听出了他的潜台词，那个面很难吃吗？难吃到你会直接离席，不给苏然一丁点面子。

"……没有，我胃不舒服而已。"

"真的？"

"嗯。"丁子君不想让郑超为难，可也不愿意委屈自己迁就苏然，所以，撒谎是唯一的出路。

借着撒谎，丁子君成功地提前离开了，她走出门口就掏手机给李珊珊打电话。

"珊珊，我和郑超之间出现第三者了。"

"我 ×，绿茶婊？"

"不是，是他的一个好哥们，据说救过他一命，所以他对郑超来说挺重要的，但那个人有点不正常，好像是故意找我的碴儿，我又不想让郑超为难，只好忍着。我怕我忍不了多长时间。"

"我 ×，忍不了就说啊。你是女生，凭什么要你忍？"

"可我舍不得让郑超为难。"

"你以为你纵容一个傻 × 在郑超身边就是对他好了吗？现在什么年代了，又不是一命抵一命的年代，还人情固然重要，可总不能无原则地惯着他啊。他以为他是大爷啊，人人得迁就他，装什么白莲花。"

听了李珊珊义愤填膺地把苏然骂了一通，丁子君心里莫名地舒坦多了，果然压力还是要分担给别人比较好。

意大利面事件过后，丁子君总算过了几天太平日子，苏然鬼一样来，又鬼一样消失了，丁子君受了李珊珊的蛊惑，还是斟酌着把自己的想法和郑超说了。

“我只是说我个人感受，我不太喜欢苏然，总感觉他那个人太轻浮了，当然，这只是我的片面之词，个人观点，你完全不需要参考。”

虽然丁子君已经尽力说得委婉了，郑超还是下意识地护犊子：“他人挺好的，就是在国外待久了可能会比较开放吧。”

他在国外才待了几年而已，总不至于二十年的三观因为几年的国外教育全线崩塌吧。

“只不过几年而已，哪有那么夸张。”

“小乖，我知道你在为上次的事情生气，但是不要凭借第一印象就盖棺定论，总得相处一段时间才能全面了解一个人。你一开始不坚信我就是个调戏小学妹的流氓吗？现在不一样喜欢我？”

好吧，论点论据都搬出来了，算你赢。

很快，能深入了解苏然的机会就出现了，在苏然消失一个星期后，他又阴魂不散地出现了。

这天，郑超要去另一所学校讨论论文课题，他提前和丁子君打了招呼，说是大概要走一天，但如果讨论到太晚的话，可能第二天才能回来。

丁子君思考了一下，从他们学校到另一所学校，单程就要四个小时，这样一折腾，当天去当天回肯定来不及的。

两人约定好后，丁子君就华丽丽地落单了，一个人太孤单寂寞冷了，她努力央求李珊珊陪她一起去吃饭。

可那个忘恩负义的丫头直接甩给她一句：“我男神走了你才想起我，老娘天生给你做备胎的，想什么呢你。平时虐单身狗虐多了，现在报应来了吧。好好享受吧。老娘去找小学弟了。”

望着李珊珊潇洒离去的背影，丁子君备感凄凉。

一个人孤零零地去食堂买饭，之后祸不单行地遇到了苏然。

她努力装作看不见他，谁知道这个臭不要脸的，直接端着餐盘坐在她对面，嬉皮笑脸地问：“郑超不在，你是不是挺孤单的？平时腻歪惯了，现在一个人，多难过。”

“跟你有半毛钱关系吗？”丁子君冷冷地开口，端起餐盘，利落地起身，坐到了后一排椅子上。

还没等她坐稳，苏然又追过来了，这次倒是没有寒暄，直截了当地说：“我对你势在必得。”他的话冷飕飕的，一个个字节挟着风灌进丁子君的耳朵里，像是吐着黑色信子的毒蛇。

如果说之前他说话会让丁子君觉得他轻浮流氓的话，那么现在的他，却让她背脊发凉，她心里莫名地害怕。

他眼底的稳操胜券让丁子君一个劲地冒冷汗。

她的声音有些不自然，但还是竭力让自己表现得镇定一点：“苏然，郑超可是你的好朋友，你趁着他不在调戏他女朋友，这么做不缺德吗？”

“有什么缺不缺德的，我现在就可以明确地告诉你，我喜欢你，我所有的话都是认真的，不信的话，你大可以不要在意，不过到时候不要哭着求我放过你。”

“我和你不过刚认识而已，何必拿我当靶子。”苏然的话越说越过分，丁子君反而镇定下来了。她暗想，能对一个刚认识没几天，并且还是自己哥们女朋友的女生说我喜欢你，就算没病，也绝对不能算是正常人。

“NoNoNo，我和你认识不止一两天，郑超早就给我看过你的照片，我第一眼就看上你了，等见到本人后，我就发誓，一定要让你成为我的人。”

听他说得如此随意，丁子君怀疑，没准他的三观真的全线崩塌了，完全不知道什么是礼义廉耻。

“狗咬我的时候，我虽然不至于也咬他一口，可起码……”丁子君勾唇冷笑，抬脚狠狠踹在了苏然的小腿骨上，看他表情痛苦地蹲下身，她得意地一笑，“我可以踹他一脚。”

踹完，她也没什么心情继续吃饭了，转身离开食堂。

下午没课，丁子君赖在床上，等李珊珊回来后，她赶紧把食堂发生的被调戏事件说给李珊珊听。

李珊珊听完直接来了句：“×，你什么时候这么受欢迎了？”

“你妹，现在是说这个的时候吗？”丁子君把手里的枕头飞下去，准确无误地砸在李珊珊的脸上。

“好吧，我严肃点。”把枕头揪下来抱在怀里，李珊珊的表情总算恢复正常，她皱眉思考了一下，有些纠结地指了指自己的脑袋，“那个苏然，是不是这里有问题？”

“对，我也这么觉得，要是没问题怎么能说出那种话。可不管他有病没病，我现在担心的是我不知道怎么和郑超解释，我总不能说你朋友对我动机不纯，你离他远点。”

“哈哈哈哈，其实这样说也挺好的，简单粗暴。”李珊珊笑得不怀好意。

丁子君手里没什么能飞下去的武器了，只能狠狠地冲她翻了个白眼。

一晚上辗转反侧没睡好，第二天一早，丁子君蔫蔫地从床上爬下来，第一件事就是给郑超打电话。

电话很快就接通了，郑超的声音温润疏朗，神清气爽：“小乖怎么了？想我了？”

听到他温暖的声音，丁子君都快哭出来了，借着这个委屈劲，她斟酌着和他说了昨天的事：“郑超，我昨天被苏然调戏了，他跟我说了流氓话。”

当然，她不可能和郑超说出苏然的原话，苏然不要脸，她还要脸。

那头的人半天没有反应，丁子君还以为信号不好，下意识地叫了他一声：“郑超，听得见吗？”

“听得见。”

郑超的声音骤然变得低沉，闷闷的，丁子君知道，这是他不高兴的前兆。

还没等她解释，他就开口了：“丁子君，我知道你不喜欢苏然，可我和你说过了，他是我最重要的朋友，我不能为了你舍弃他，同样我也不能为了他舍弃你，我想要二者兼得，我离不开你们任何一个，所以，不要让我为难好吗？”

他叫她丁子君，自从交往以来，他从来没在私下里直呼她的名字，所以说，他这次是真的生气了。

他根本没有考虑她话里的真实性，也没有问她受没受委屈，当然，并不是他不在乎，而是因为他不相信。

他不信任她，以为她是为了离间他和苏然之间的关系故意这么说的，所以，他压根没有在意她话里的真实性，直接盖棺定论了。

呵，口口声声让她不要以片面之词评价苏然，但他呢，不一样不经客观思考就偏袒了苏然吗？

“我知道了，就当我没说。”

挂了电话后，丁子君捂着脸躲进卫生间，眼泪不受控地往下流，她哽咽地擦着一个劲猛飙泪的眼睛，很是委屈。

她并不是要求郑超能无条件地偏袒她，也不是无理取闹让他为难，她只是在受了委屈，害怕了之后向他陈述一下事实而已，他怎么可以这样？不去求证，也不询问就直接说她是在撒谎呢？

他不是喜欢她吗？难道恋人之间连这点基本的信任都没有吗？

这算哪门子喜欢，他干脆喜欢苏然好了。

“丁子君你丫占着茅坑不拉屎干吗呢？赶紧出来，我要上厕所。”卫生间外，李珊珊声嘶力竭地吼。

丁子君赶紧擦擦眼泪，起身开了门。

“你丫哭了？为什么？想我男神想的？我×，不至于吧。不就分开一天嘛，这么矫情。”一看到她通红的眼睛，李珊珊又思维奔逸地脑补了。

丁子君烦躁地敲了敲她的脑袋：“李珊珊，你能不能别脑补了，少说一句会死啊。”

“倒是死不了，那你说，到底怎么了？”

“我说苏然调戏我，郑超不相信，说我是故意要离间他们之间的关系。”

“我 ×，他也太瞎了吧。这种情况下性取向正常的人都应该偏袒自己的女朋友好吗！”

“就算不偏袒也应该公平一点啊，他怎么能不分青红皂白就怪我呢？”

“对啊。”看着李珊珊突然变得猥琐的表情，丁子君有种不祥的预感，果然她一脸贼兮兮地奸笑着凑过来说，“郑超不会喜欢苏然吧。”

“……李珊珊，你去死！”

上课时，丁子君的眼睛还是红红的，李珊珊把自己的冰袋借给她用，她一上午的课没听进去，快下课的时候，郑超的电话进来了。

丁子君犹豫了一下，还是接了起来。

“小乖，对不起。”

“我知道。”

她自然不能说，哦，不是你的错，我没关系的，是我不该让你为难。她心里介意，所以理所应当地接受了他的道歉。

相较于他的道歉，她更想知道他道歉的原因。

“为什么要跟我道歉？”

“我早上不该那么跟你说话的，我应该好好斟酌一下。”

“说了半天你还是没有一点反省的意思吗？你早上的话是语气的问题吗？你不分青红皂白就冤枉我，根本没有考虑我说的是不是事实，你连一点犹豫都没有就偏袒了苏然，你连最基本的信任都不给我，现在你跟我说是语气问题，这是语气的问题吗？”

丁子君的声音很大，这是她和郑超相识以来头一次这么生气，用如此生硬的语气和他说话。他们之间的矛盾不是苏然，而是信任，光凭喜欢来维持感情是不可能的，两人之间有基本的信任才是最主要的，而现在，他连这么点信任都不给她，她还怎么能义无反顾地喜欢他？

“丁子君，你好好说话。”

“我怎么不好好说话了，我好好说话你听过吗？我早上没和你好好说话吗？你听我说了吗？”

她的声音越来越大，几乎接近嘶吼了，经过她身边的同学都有点好奇地回头瞅她，她这才拿着手机走到没人的树林里听电话。

那头的人一直没有说话，等了两三分钟后，郑超冷静异常的声音才悠悠传来：“丁子君，你冷静一下，等你冷静下来我再给你打电话。”

他这种漠不关心的态度终于激怒了她，她握着手机冷冷地说：“郑超，你的好哥们今天一本正经地说要得到我，该冷静思考的是你，不是我。”说完，她也不等郑超说话就利落地挂了电话。

看着手机屏幕暗下去，丁子君颓丧地蹲在地上，眼眶酸涩，又想哭了。

因为那个该死的苏然，她和郑超吵架了，他们交往还没几天，就因为一个外人吵架了，郑超没有哄她，没有迁就她，没有偏袒她，而是冷冷地告诉她，她应该冷静一下。

或许她在他心目中远没有她想象的那么重要。

这样想着，心里更难受了，丁子君埋头掉眼泪，手机响了，她一看，是郑超，果断挂掉。

默默地哭了一阵，在挂了郑超七八个电话后，手机又响了，这次不是郑超，是李珊珊。

“丁子君，你丫在哪儿呢？赶紧回来，郑超在楼下等你呢。”

“我一会儿回去。”

“哦，行，那你快点，我男神可是在楼下等着你呢。”

“我马上回去。”

嘴上虽然一个劲应着，丁子君起身后却是重新回了教室，她才不会回去，她现在的情绪很不稳定，见了郑超只会继续和他吵架，她现在最不想做的就是和他吵架。

她不想好不容易才和他在一起，还没好好地喜欢他、照顾他，怎么能动不动就和他生气吵架，如果不是逼不得已的情况下，她怎么可能用那种语气和他说话。

在教室里坐了一会儿，看着时间差不多了，丁子君收拾了东西往外走。

这个时间郑超应该早回去了，她有点沮丧，郑超再也没有打来电话，他估计也生气了，这应该是他们两人之间第一次正式冷战吧。

不过刚开始冷战，她就已经受不了了，她迫切地想要见到郑超，想要抱抱他，闻着他身上的味道，听他宠溺的声音。

早知道就该好好和他说话的，明明他也有他的难处，如果某天他说李珊珊背着她勾引他，她一样不会相信的。

这种事情应该换位思考，她却只考虑了自己，因为他没有第一时间偏袒她而觉得委屈，实在是太幼稚了。

耷拉着脑袋出了教室，脚边突然多了一双白色的板鞋，她猛地抬头，还没来得及看清板鞋的主人，身子已经跌进一个温暖熟悉的怀抱。

“小乖，对不起，我不该凶你，不该不相信你，不该仗着苏然是我的哥们就让你受委屈，是我太自私了，对不起，你能不能原谅我？”

丁子君揪着郑超的衣襟，压抑了好久的泪又泛上来。她哽咽着埋头在他怀里，断断续续地开口：“我说的是实话，我没有骗你，没有挑拨离间，真的。我也不知道他为什么那么说，我有点害怕，所以就告诉你了，你还不相信我。”

“对不起，小乖，是我的错。”郑超捧起她泪湿的脸颊，轻轻吻在她的眼睫上，一点点吮去她的泪水，“对不起，是我的错。”

听着他满是愧疚的声音，丁子君心里的委屈瞬间就烟消云散了，她抬手擦了擦脸颊，抬头看着郑超：“你怎么知道我在这儿？”

“刚才还那么生气，怎么可能这么爽快答应见我。我就猜你应该还在教室，所以过来看看，没想到你真在。”

“你在教室外等了那么长时间？”

“不算长，起码你原谅我了，我等得也值得。”

“你怎么突然决定相信我了，明明刚才还让我冷静的。”

丁子君环着郑超的腰，仰着小脸看他眼底的神色。

他眼底的神色越来越暗，最后变得落寞，他不自然地偏转了头，等实在受不了她直勾勾的目光后，才嗫嚅道："因为……你哭了，我……听到你哭了。"

"所以以后不要惹我哭，后果很严重的。"

一场信任危机就这样悄无声息地化解了，丁子君拉着郑超的手乐颠乐颠地往宿舍走，忍不住开口问他："你说，那个苏然是不是有病啊？"

郑超抬手弹了一下她的脑门，失笑道："我是选择相信你了，可你这么说他不合适吧，他要是有病怎么能安稳地长这么大？"

"没病他为什么要对我耍流氓？"

"……"郑超无奈地揉了揉她的发顶，"好了，不要胡思乱想了，我会看着办的。"

送丁子君回了宿舍，郑超冷了脸，掏出手机给苏然打电话："苏然，你出来，我有话和你说。"

两个男生直接约在操场见面，苏然从宿舍里晃晃悠悠地出来，来到操场后，他冲着郑超吹了声口哨："哟，直接在这儿见面，这是要约架的意思？"

"苏然，你是我最好的朋友，而丁子君是我的女朋友，是我最在意的人，我不希望你们俩有矛盾。"看着懒洋洋走来的苏然，郑超冷了脸，表情严肃地出声，他说得平淡，话里的威胁意味却是显而易见的。

"呵，到最后你还是选择了你女朋友是吗？我承认，我是小小调戏了她一下，不过主要目的是为了替你测试一下她的忠贞度，结果挺明显，她还挺忠诚的……"

"苏然！"还没等他说完，郑超就怒喝出声。

苏然乖乖地闭了嘴，挑了挑眉，没再说话。

"我的感情不需要你来替我测试，不管她对我的感情是怎样，那都是我自己的事，你不要打着帮我的幌子随意涉足我们的感情。"

"好了好了，真不经逗。我只是开了个玩笑而已，你也知道，国外待久了，思想观念可能有点扭曲。”苏然自嘲地开口，终于妥协。

“但愿如此，还有，以后不要单独和丁子君见面了，不管你有什么样的借口和理由。”

“嚯，真是重色轻友，口口声声说我和她一样重要，到头来，还不是偏袒了她。”看着郑超错身离开的背影，苏然悠悠地开口，挑眉等着郑超回应。

郑超停住脚步，没有回头，但语气无比坚定地开口：“因为她舍不得让我为难，会考虑我的感受，而你不会。”

不会考虑他的感受？呵，他为什么要考虑郑超的感受？苏然撇撇嘴，冷笑一声，踢了踢脚下的石子，暗想，郑超之所以把自己当朋友还不是因为自己曾经救过他吗，无非是为了还人情，还要说得这么冠冕堂皇。

郑超不让他动丁子君，他偏要动，他倒要看看这个丁子君到底有什么好，能让郑超这么袒护。

原本以为苏然事件就这样过去了，可丁子君怎么都没想到，这次的事件比上次的言语调戏更来势汹汹，让她更加承受不住。

事情发生在体育课上，当时她正在换衣间里换运动装，刚放好衣服准备出去，只是脚还没迈出去，身前却突然多了一个庞然大物，在她还没反应过来的时候，就被一把推回了更衣室的隔间里。

她张口就要惊呼，来人已经及时捂上了她的嘴。

“嘘，乖乖的，不要乱叫，我可不想伤害你。”苏然说完便松开了手。

丁子君条件反射地就要叫出声，还没开口，他就面带微笑地说：“尽管叫，如果你不怕让郑超丢人的话。”

一听到郑超的名字，丁子君下意识地闭嘴，冷眼看着他，低声质问：“你到底要干什么？”

“我不干什么，就是想看看你和郑超的感情有多坚不可摧，能不能经得住流言。众口铄金听过吧？当所有人都认定这是事实后，我想知道，郑超还会不会义无反顾地信任你。”

“我身正不怕影子斜，我没做过的事情难不成你还能编出来不成？”丁子君皱眉怒视着他，眼底没有一丝惧意。

“好，你大可以试试。”

说完，苏然便俯身，飞快地在丁子君颈间咬了一口，等丁子君反应过来时已经迟了。

她知道，就凭苏然刚才的力度，她颈间一定留下齿印了。

现在她终于害怕了，她刚才的无所畏惧是建立在苏然使用正常手段的基础上，从始至终她都忽略了一个重要的问题。

那就是，苏然从来都不是正人君子，怎么可能用什么光彩的手段。

“丁子君，你现在已经入了我的套了，认栽吧。看热闹的人才不会管你有什么苦衷和误会，他们需要的就是这种劲爆的八卦。”

没一会儿，隔间外突然传来一阵嘈杂声，丁子君暗惊，现在应该是下课时间啊，怎么会有人回来？

“你休息一下吧。”

“可能是有点中暑。”

原来是中途回来的学生，丁子君松口气，还好，还有时间和苏然周旋。

“呼，好戏要来了，丁子君，你做好准备了吗？”苏然突然戏谑地笑了一声，眼神变得邪魅。

丁子君心中瞬间不安，手心里的冷汗一层层地涌上来。她知道一定没好事，却不知道，事情会糟到如此地步。

“要来了，丁子君。”苏然一把捂上她的嘴，之后身体重重地压在她身上，发出类似粗喘的暧昧声音。

“嘘，你听，隔间里是不是有奇怪的声音？”

“呀，真的。我们学校的人这么奔放吗？”

隔间外的两个女生肆无忌惮地讨论着，间或暧昧地笑出声。

听到外头的讨论声，苏然更起劲了。

丁子君奋力挣扎着，却始终挣不开他的禁锢，反而徒增了暧昧。

苏然的喘息声、隔间外的讨论声，这些声音歇斯底里地冲进丁子君的脑海里，她的心越来越凉，终于明白了苏然口中众口铄金的含义。

别人只会疯狂讨论他们在隔间里的激情四射，没人会管她是不是被逼的，没人在意声音是不是故意装出来的。

大家在乎的，无非是可以肆意对别人指手画脚所谓的言论自由。

丁子君的泪一点点流下来，渐渐濡湿了苏然的掌心，他嫌弃地松了手，轻松地吹了声口哨，玩味地看着她："现在可以叫了，叫吧。"

"苏然，我到底哪里惹到你了，你为什么要这么对我？把我弄得身败名裂对你有什么好处？"丁子君压抑着自己的哭声，哽咽着问出口。

"你没惹到我，是郑超惹到我了，既然你们两个亲密得不行，那就由你替他分担些压力吧。"

隔间外的嘈杂声越来越大，丁子君心底彻底变凉，她知道，这下她是真的完了。

"丁子君，走吧。"苏然掐住她的手腕面带微笑地看着她，另一只手去开门。

门锁咔哒打开，丁子君心里一沉，立刻哀求："苏然，我求你，不要这样。"

"都已经做到这种地步了，要是不善始善终那多没意思。"说罢，苏然冷眼狠狠地扯住她的手腕，一把将她推出隔间。

隔间外都是刚上完体育课回来的女生，大家边聊天边换衣服，看到她出来后，有认识她的同学还关切地问她："哎？丁子君，你怎么没上体育课呢？还好老师不点名，不然又要罚你跑八百米了。"

此刻丁子君的内心已经完全崩溃，根本做不出合适的反应，她连头都不敢抬，埋头就往外跑，只是刚抬步，身后就传来一道慵懒的声音："丁子君，跑那么快干什么，好歹等等我。"

苏然一出来，更衣室里尖叫声、议论声瞬间像是沸腾的油锅里的水珠一般，噼里啪啦地迸溅出来，整个更衣室立刻热闹起来。

刚才中途回来的两个女生声情并茂地和其他好奇的人解释事情的来龙去脉，关键地方虽然遮遮掩掩地带过去了，可这种欲言又止的解说方式反而增加了大家八卦的欲望。

“你不知道他们俩刚才在隔间里……”

“哦，明白明白，你们也真是的，真没眼力见儿，明晃晃的两盏电灯泡。”

“哈哈哈，是是是，那个时候就该赶紧出去。”

“……”

身后的哄笑声、讨论声，还有一群人了然玩味的眼神，所有的一切都像是一柄柄利剑准确无误地狠狠插进丁子君的胸腔，她浑身瘫软几乎站不住。

双腿像是灌了铅一般，虽然她想要飞快地逃开这个地方，腿上却使不上劲。

头一次，她感到那么无助，明明事情不是这样，她却连为自己澄清的勇气都没有，那一张张好事者的八卦脸还有他们肆无忌惮的指指点点让她手足无措到想哭，却连泪都不敢流。

“好了，走吧。”苏然慢悠悠地走过来，亲昵地拍了拍她的肩膀，这样的姿势给人的感觉像是丁子君故意等他一样，身后看热闹的人继续探头探脑地八卦。

丁子君终于失控，反手一巴掌狠狠扇在苏然那张令人作呕的脸上，嘶吼地骂出声：“苏然，你还算是人吗？！”

清脆的掌掴声响起，更衣室里瞬间安静下来。

震惊的不仅是围观的八卦者，还有苏然，他满脸的笑意被她一巴掌打得支离破碎，只留下错愕。

丁子君的眼底已经盈满了泪水，隔着泪水，苏然可以清楚地看到她瞳孔深处的绝望和无助。

“我……”我就是开个玩笑而已，苏然的话还没说完，丁子君已经埋头跑出去了，他愣了愣，皱眉追了出去。

梧桐林里，苏然总算追到了丁子君，他拉住她的手腕，正准备解释，不料丁子君突然回过身，抬腿狠狠地踢在他小腹上，力道之大，让他直接踉跄倒地。

“苏然，你给我记住了，我恨你一辈子，我恨不得活剐了你。以后不要让我看见你，因为我怕自己会忍不住，一刀捅死你。”

丁子君眼底的恨意如烈火般在晶亮的眸子里熊熊翻滚，那样炽烈坚定的表情配上她这么娇小的一个人，看着竟是异常耀眼，难怪郑超会喜欢上她，果然有点过人之处。

苏然捂着痉挛的小腹看着她，冷笑出声：“为了郑超这么拼吗？”

不过是听到了郑超的名字，丁子君眼里的泪就汹涌而出，刚才的坚毅瞬间灰飞烟灭，她的眼神突然变得灰败，带着不可自抑的绝望无助。

“苏然，你不是人，你是个禽兽，人是做不出这种事情的。”她的声音低低的，没有了刚才浓厚的恨意，反而带着一丝绝望后的喟叹。

说完，她转身离开，再没有回头。

呵，苏然扶着身边的树干站起来，懊恼地一拳打在树上，关节处的锐痛丝丝缕缕地传来，他止不住地冷笑，这个女人为了郑超能做到如此地步吗？

她眼底的溃败，她的绝望无助，她的脆弱无措，她所有的情绪都是因为郑超，因为害怕郑超误会，害怕郑超伤心，所以她才那么惶恐，那么恨他。

从小到大，郑超样样都比他强，他习惯了躲在郑超的光芒之下，像个小跟班似的默默无闻。

除了这些，就连他喜欢的女生也无一例外喜欢郑超，他那么小心翼翼追求的女生，最后在他胆战心惊地表白之后，却淡然一笑，温婉地说：“不好意思，我喜欢的是郑超。”

一而再，再而三，每每当他决定开始一段新的感情时，那些他喜欢的人却统统向郑超抛出了橄榄枝，郑超没有交过一个女朋友，却间接破坏了他所有正在萌芽的感情。

心中的不甘和愤懑逐渐累积，虽然他深知这并不是郑超的问题，可心中压抑的负面情绪轰然崩塌时，他依旧非理性地把所有责任都推到了郑超身上。

是郑超，让他这么多年来活得如此窝囊。

于是，在他见到丁子君后，便调戏她，最后在今天，他用了撒手锏，直接用流言离间他们的感情，他要让郑超也体会一下他体会过的那种荫翳的憋闷感。

他估计好了所有结果，并且有把握能够控制好所有可能出现的结果。

他以为自己这次的行动是万无一失的，无非是两人受不了舆论压力被迫分手，不管以后的发展如何，他的目的终归是达到了。

可他万万没想到，结果会是这样。

郑超为了丁子君和他翻脸，丁子君不仅和他泾渭分明，现在还对他恨之入骨。

这种变相的秀恩爱让他愤恨不已，郑超凭什么可以得到这样忠贞的感情？他不比郑超差，为什么丁子君连一个眼神都不屑于给他？

凭什么？

这头苏然愤恨地靠在树干上，愤恨地诅咒着郑超，而另一边离开的丁子君则是慌不择路地跑回宿舍。

一路上，她的脑袋都是空白的，无法正常思考这件事情后续的结果，她神情恍惚，失去了全部的思考能力。

回了宿舍，她直接脱鞋爬上床，恍然地钻进被子里，强迫自己睡觉。

眼睛刚闭上，脑海中那些戏谑的声音又歇斯底里地涌上来，她像是被扔进沸油里煎炸的活鱼一般，垂死挣扎着、煎熬着，却只能越来越绝望。

眼角的泪濡湿了枕头，她又跌跌撞撞地爬下床，倒了两片晕车药直接吞进口里，口腔里生涩的苦感让她的大脑一瞬间清醒过来。

她抱膝蹲在地上，终于忍耐不了，号啕大哭。

哭够了，药效也发作了，丁子君昏昏沉沉地爬上床，倒头就睡。

Chapter 13

在你身边

P I N G S H E N G Y I N U O

“丁子君，你怎么能这样？你们俩都是我最重要的朋友，却同时背叛了我，我那么喜欢你，你怎么能这样对我？”

“对不起，郑超，对不起，我没有背叛你，我喜欢你，我只喜欢你，你听我解释，我和苏然那是误会，事情不是你听到的那样。”

“丁子君，你怎么解释？你口口声声让我相信你，可现在这样了，你要我怎么义无反顾地相信你？”

“郑超，你听我解释。”

看着郑超毅然决然离开的背影，丁子君拼尽全力地追逐他，却再也追不上他的步伐，他终于不要她了。

意识到这一点，丁子君颓丧地摔在地上，捂着脸痛哭出声……

“哎哎哎，丁子君你丫哭什么？人家睡觉说梦话，你睡觉在哭丧，哭你妹，赶紧起来！”

丁子君艰难地睁开眼睛，蒙眬地看见了李珊珊的脸，她抬手捏了捏李珊珊的脸颊，声音还有点哽咽：“原来真是梦。”

还好是梦，梦中那样撕心裂肺的离别让她几欲崩溃，她的无助，她的茫然，她有苦说不出，就那样任郑超离开了她，如果放在现实，她怎么受得了？

丁子君如同劫后余生般松了口气，她搂着李珊珊的脖子起身，把脸埋进李珊珊的肩窝里，泪水一点点地渗进李珊珊的衣领。

“我×，丁子君你丫眼泪都流到老娘胸上了。”

梦中的郑超不要她了，可现实呢，她连和他说话的勇气都没有，在更衣室里，她独自面对旁人肆无忌惮地戳她脊梁骨，那样的焦灼绝望已经耗尽了她所有的勇气，她还怎么和郑超开口。

她害怕看到他眼底的失望，害怕看到他难过，流言让他看到的事实，就是他最重要的两个人同时背叛了他，她还怎么能直视他灰败的眼神？

如果他问她“丁子君，你怎么能这样对我”，她连解释的话都说不出口。

她那么小心翼翼地喜欢着他，谨慎敏感地守护着他们的感情，舍不得他难过，舍不得他受伤，看他皱眉都会心疼，她怎么能直面他的绝望？

“丁子君，是不是出事了？”

等李珊珊听到丁子君哭得上气不接下气时，才终于意识到事态的严重性，丁子君这个丫头看着是个软妹子，心里却比谁都倔强，如果不是出了什么大事，她怎么可能哭得这么歇斯底里。

“李珊珊……我和郑超……”

“我×，分手了？”

“不是。”

李珊珊说完分手两个字，丁子君又一通号啕大哭，如果真的分手了怎么办，光是想想都难过得不行，如果真的分手了，她该怎么办？

“我的妈呀，我错了还不行吗？我就是猜测一下，你别哭行不行？”李珊珊被丁子君这阵势给吓到了，赶紧求饶。她把怀里的泪人拎起来，用自己听着都恶心的温柔嗓音哄着，“乖，你先别哭，和我说说怎么回事好吗？不然你这么嗷嗷哭，我心里瘆得慌。”

于是丁子君一边哭一边把更衣室里发生的事情说给李珊珊听。

伴随着丁子君或轻或重的哭声，李珊珊总算是明白了事情的来龙去脉。

“所以说，郑超是怎么和这种贱人当哥们的？这种人渣，不该早死早超生吗？”

“呜呜呜……”丁子君又开始哭泣。

李珊珊一脸嫌弃地抽了张纸巾给她："你丫能别哭了吗，又不是郑超死了，没完没了，哭得我都想揍你了。"

被李珊珊用纸巾糊了一脸，丁子君总算不哭了，可眼睛一片昏暗，没有一点点神采，整个人神情恍惚，跟丢了魂似的。

"你在这里哭也没有用啊，你得和郑超解释。先下手为强，不然苏然那个碎嘴和郑超说点闲话，你俩没准真得掰。"

她话一说完，丁子君嘴一撇，泪眼汪汪的，又要哭了。

"哎哎哎，姑奶奶你别哭啊，还让不让人理智地分析了？"

"不是……我不敢和他解释……外头的人……肯定……肯定……"肯定传疯了，说她劈腿，背叛郑超，或者说得更难听。

"呀呀呀，你妹啊，又哭又哭，再哭老娘不管你了。不就是一点小误会吗，至于吗？"李珊珊算是怕了丁子君，这家伙真是要么不哭，一哭起来像坏了的水龙头，关都关不上。

"不是小误会……"

"哈？这么劲爆？"

"还有这里，别人怎么能不误会。"说着丁子君指了指自己颈间。

李珊珊凑上去一看，一枚暧昧的齿印映入眼帘，她愤愤地咒骂："苏然这个生不了儿子的太监，这么做太缺德了吧！"

"所以说，我完蛋了。"丁子君垂眸，眼底的凄惶神色一点点地涌上来。

那种绝望仓皇的眼神让李珊珊忍不住心疼，她把这个可怜的小人儿搂进怀里，低声安慰："大不了你先回家住几天，好好休息休息，郑超那边，我帮你解释。"

"嗯。"

"下午的课就别去了，我替你做笔记。"

"嗯。"

"想吃什么？我替你带。"

"不想吃。"

“好，你先睡觉。”

和李珊珊哭诉了一通后，丁子君的心情好了不少，她抱着被子窝回床上，拿起枕边的手机，一条一条地翻看郑超的短信。

“小乖，为什么不接电话？”

“小乖，我想你，我最近好忙，学生会的事情太多了，今天一天都见不到你。”

“乖乖，你是不是不舒服，为什么不接电话，还不回复短信，我盯手机盯得快要把它戳穿了，你还不回我。”

“小乖，你是不是病了？我上去看看你好不好，你这样我很担心。”

“……”

一共三十个未接来电和四十三条短信，丁子君边看边哭，最后狠狠心关了机，现在郑超还不知道发生了什么事，等他知道了之后还能这么温柔地和她说话吗？还能这么担心她吗？

不会了吧，毕竟在他忙着工作学习的时候，她却“勾引”了他最好的朋友。

下午，李珊珊去上课了，宿舍里就丁子君一个人，她坐在床上愣愣地发呆，门外突然响起了敲门声，她愣了一下，还是爬下床开门。

“你好，请问……”

丁子君还没说完话，脸上就挨了一巴掌，她捂着火辣辣的左脸，抬头看向来人。

盛怒中的刘雨欣。

“丁子君你个婊子，明明已经当了郑超的女朋友，为什么不珍惜？你作践你自己可以，你为什么要作践郑超？”

“我没有作践他，也没有作践自己，不管你信不信，我和苏然没有一点关系。”

“你还要不要脸？”刘雨欣怒不可遏地直接又挥手上来，丁子君没有避开，结结实实又挨了她一巴掌。

“他上午被裁纸刀割了掌心，血冒了一桌子都不知道止血，我送他去医务室，他一路上都心不在焉，他那么认真谨慎的一个人，怎么可能犯这种低级错误。我以为他不舒服，却怎么也想不到是因为你这个贱人。”

刘雨欣的情绪越来越激动，最后气得眼底泛起泪花：“我把那么喜欢的人让给你，不是让你伤害他的。我以为你能让他幸福，所以，我不在乎。可现在呢，我从来没见过他露出那种眼神，看得我心疼得要滴血，丁子君，你既然不喜欢为什么不早拒绝，为什么要伤害他？”

刘雨欣歇斯底里的吼叫声让丁子君终于回神，她擦了擦冒了血的嘴角，神情坚定地说：“我没有要伤害他，我比你更喜欢他，喜欢到宁愿伤害自己也不愿伤害他，我怎么舍得让他伤心。”

“丁子君，不管你怎么说，总之，你和苏然的奸情所有人都知道了，以后，离郑超远远的，不要再让我看到你接近他，如果有下次，我不会饶了你！”说完，刘雨欣擦擦眼角，转身要走。

丁子君突然冲上来扯住她的衣角，她回头，厌恶地看着丁子君：“当了婊子还想立牌坊，这是你自找的，由不了别人。”

身后的人半天没有说话，刘雨欣不耐烦，甩开她的手开门。

“他的手……伤得厉害吗？”

“你不配关心他。”

关门声轰然响起，室内又恢复了冷清，丁子君缓缓蹲下，把脸埋进膝盖里，像是一只受伤的幼崽，低低地哭出声。

哭够了，她起身，去卫生间洗漱，拿了李珊珊的冰袋敷了敷脸，之后收拾了东西，锁门离开。

出了宿舍，她埋头往外走，路上不乏对她指指点点的路人，她盯着自己的脚尖，努力做到不去计较。

“这不是那个劈腿了我们主席的女生吗？”

“对，真替主席不值，看上个什么东西。”

另一边的两个学妹眼神放肆地盯着她，丝毫不避讳地议论。

“这不就是那个出了名的学姐吗？”

“我认识，我们学生会主席的前女友呗。”

“主席有这么个前女友还挺倒霉的。”

从宿舍到校门口不过十几分钟的路程，丁子君却感觉像是走了几个世纪般，她背负了一生都不会再遇到的羞辱和难堪，像只蜗牛般慢慢爬行，没有人来保护她，她除了默默接受这些肆无忌惮的伤害外，无计可施。

终于坚持到了校门口，丁子君已经虚脱了，她坐上公交车晃晃悠悠地回家。

在公交车上，没人认识她是谁的女朋友，没有人会怀疑她勾引了谁，一群陌生人神色匆匆地忙碌着各奔东西，只有这个时候，她才终于敢抬起头松一口气。

到了家，丁子君开门进了房间，屋里没人，她把东西放下，给妈妈打了电话。

“妈妈你去哪儿了？”

“宝儿，你怎么拿家里座机打的电话？你回家了？真可惜，我和你老爸出去玩了，你爸单位组织的，你不是最近都有课嘛，就没告诉你，你不会怪妈妈吧？抽屉里有钱，随便花，如果不够妈妈再给你打。”

心里疲累到极点，无助绝望了那么久，独自承受了那么多的流言蜚语，此刻突然听到妈妈温柔的声音，丁子君鼻子一酸，差点又哭出来。

“没事，我就回来取点东西，你和爸爸好好玩，记得给我带好吃的就行。”

“好嘞，乖宝，妈妈要坐车了，不跟你说了，就这样。”

“嗯。”

挂了电话，丁子君轻轻吐了口气，其实爸妈不在也挺好的，起码她这副狼狈样子不会让他们看见，她也可以一个人好好地缓冲几天。

冰箱里塞得满满的，应有尽有，完全不需要出门。丁子君拿了盒酸奶，又拿了块三明治，转身回到客厅，开了电视，窝在沙发上开吃。

电视里放着无聊的家庭伦理剧，丁子君百无聊赖地盯着屏幕消磨时间，恶霸婆婆各种虐小绵羊媳妇，偏偏那个丈夫还是个感动中国的大孝子，所以小媳妇夹在中间委屈到不行。

这头小媳妇刚哭完，镜头一转，是丈夫揪着男二的领子大骂他是小三，这个刺耳的字眼瞬间让丁子君心里一凉，她拿起遥控器，果断地关了电视。

啃完手里的三明治，她起身回了卧室，洗澡换了睡衣，继续蒙头大睡。

只是闭上眼之后，满脑子都是郑超失望受伤的表情，丁子君喟叹一声，爬下床吃药。

药效发作后，她头昏脑涨地窝进被子里，努力地睡觉。

“当了婊子还立牌坊。”

“就是，太给主席丢人了。”

睡梦中，那些污浊的咒骂声歇斯底里地把她包围，她无助地蹲在地上忍受千夫所指，想哭，却胸闷得发不出声音。

被这种窒息的感觉折磨醒，丁子君惊恐地睁开眼，迷糊间看到了熟悉的床头柜，她挣扎着爬起来，缓了缓神之后才发现，原来是她刚才趴着睡，压到胸口了，难怪会那么憋闷。

头疼得好像要炸裂，丁子君却再也睡不着了。她撩起窗帘看了看天色，已是夜幕低垂，一阵凄凉感突然袭上心头。

前所未有的孤独感猝不及防地包围了她，难怪网上有人说，最孤独的事情莫过于一个人吃饭，一个人蒙头睡觉，一觉醒来，夜幕降临，满屋子的黑暗，你依旧是一个人。

一开始她并不能理解这种所谓的孤独，总觉得有些夸张，直到现在，她才切身体会到了这种感觉，这种仿佛被所有人遗弃的凄凉感。

黑夜是滋生负面情绪的温床，所有在白天不易察觉的情绪都会在黑夜渐渐发酵弥漫，变得一发不可收拾。

丁子君蜷缩在床上，心中的思念汹涌澎湃地袭来，她想见郑超，不管他会不会对她失望，不管他有没有被流言误导，她只想见见他，她自以为是的坚强就快被这无止境的孤独吞噬殆尽了。

客厅里，她手里捧着座机听筒，那个烂熟于心的号码一直在脑海里翻滚，可她始终按不下去，明明只要按下去就能听到他的声音了，她却越来越害怕。

害怕他变得冰冷的语气，害怕他不是关心她，而是质问。

犹豫纠结了很久，她还是没有拨号码，她捧着电话摔在沙发上，眨巴眨巴眼，有点想哭。

时间一点一点地流失，夜越来越深，丁子君挣扎着从沙发上爬起来，还是忍不住给郑超打了电话。

座机按键特有的嗒嗒声在暗夜里响起，每一声都重重地敲打在她心上，每一声都一点点瓦解她的心防。

一声就好，让她听听他的声音就好，她快要坚持不下去了，一个人撑得太累了，不管他说什么，她都顾不得了。

最后一位手机号输完，听筒里出现拨号的嘟嘟声，丁子君按着自己的胸口，吓得大气都不敢喘一口。

“对不起，您拨打的用户已关机，请稍后再拨。”

听筒里传来机械甜美的女声，丁子君像是被兜头浇了一盆冷水，瞬间心凉了个彻底。她深深呼了口气，放下听筒，摸了摸眼角，起身回了卧室。

一夜无眠，即便是吃了好几颗晕车药也无济于事，只要闭上眼脑海中便像走马灯一样出现郑超的脸，生气的、失望的、无情的，抑或是决绝的，她虽然迫切地想要见到他，却没有勇气面对这其中的任何一种情况。

翻来覆去地折腾到半夜，丁子君终于熬不住，口干舌燥地爬起来，跌跌撞撞地去喝水，冰冷的水滑过口腔最后落进胃里，才感觉舒服了一点。

夜凉如水，丁子君穿着睡衣窝在沙发上发呆，时钟嘀嘀嗒嗒地指向四点，她依旧毫无睡意，只能头昏脑涨地看着天色一点点亮起来。

终于熬到了天亮，她伸了伸懒腰，起身拉开客厅和卧室的窗帘，收拾房间。

叠被子、扫地、洗衣服，最后甚至把玻璃都擦了一遍，等累到精疲力竭时，一上午的时间算是消磨过去了。

中午她也没吃饭，只是喝了盒酸奶，没什么胃口，也懒得张罗做饭，之后窝在沙发里继续发呆，下午两点多的时候，家里座机响了，她跑过去一看，是李珊珊的号。

不得不承认，她竟然有点失望，她还期望是郑超打来的，明明手机故意关了机，现在却期盼他能联系自己，真是矛盾。

接起电话，李珊珊没说废话，直奔主题："下午财会老头子点名，我帮你打掩护，但晚上要交作业，得你自己来，发老头子的邮箱。"

"我知道了。"

"丁子君，你还好吧？"

"还行，我爸妈不在，我一个人也挺好，安安静静的，适合思考人生。"

听着丁子君强颜欢笑地开玩笑，李珊珊心疼得很，不用看也能想象到丁子君此时的表情有多落寞和孤独，只可惜，她的孤独，自己无法插足。

解铃还须系铃人，丁子君的心病只能由郑超来治。

"那就好，这几天我会好好上课的，保证每节课都认真听，绝对不玩手机，完了把笔记带给你。"

"嗯。"

"好，拜拜。"

挂了电话，丁子君盯着座机发呆，眼眶有些酸涩，果然在这种时候唯一惦记着她的就只有李珊珊了。

那个她心心念念，想得心脏都快灼烧起来的人却始终没有一点音信，就这样任她一个人放逐，不闻不问。

心里渐渐发酸，眼泪差点又飙出来，丁子君狠了狠心，跑回卧室，打开了关机将近两天的手机，她暗自发誓，如果郑超的未接来电超过十个，那她立刻给他打回去。

手机慢慢悠悠地开了机，反应了一会儿后就不停地嗡嗡振动，她心跳突然加快，有些紧张地查看了通话记录。

许辉的未接来电有二十三个，李珊珊的五个，老妈的三个，还有一个陌生号码。

没有郑超的。

一个都没有，从事情发生到现在，将近两天的时间，他没有给自己打过一个电话。

兴许他直接发短信了呢？丁子君自我安慰地赶紧查看收件箱，一堆乱七八糟的短信，她一条条地翻看下去，依旧是许辉的、李珊珊的、老妈的，还有一些垃圾短信，没有郑超的。

从他知道事情到现在，他没有尝试过联系自己，电话没有，短信也没有，真正的不闻不问。

是对她失望了吗？还是说，已经放弃了。

她颓然地扔下手机，缓缓地蹲下，把脸颊埋在膝盖里，眼泪一点点地渗出来，瞬间濡湿了皮肤，虽然她做过最坏的打算，想过郑超会不要她了，可她却没有想到，会是这样难过。

想到他就这样一言不发地不要她了，她突然后悔，是不是当初不顾一切地向他解释会比逃避现实要好一点？是不是她努力地求他，他就不会不要她？

一个人哭得天昏地暗，丁子君觉得，自己大概把这辈子的眼泪都流尽了，哭够之后，她整个人都萎靡不振、头痛欲裂、神志不清，腿软得迈不了步。

在沙发上双目无神地继续发呆，接近傍晚的时候，门外突然响起了敲门声，丁子君这才从茫然发呆中回了神，赶紧穿上拖鞋往门外跑。

爸妈这么快就回来了？好不容易出去玩一次，就不能多待几天吗？她慌张地跑到门口准备开门，等意识到自己这个德行实在有点太过狼狈时，又赶紧折返回去，冲到卫生间查看自己的状态。

眼睛倒不是很红，可眼皮浮肿，黑眼圈快垂到下巴上了，脸色也不好，整个人都散发着一种颓丧的气息，要是被老妈问起来，她该怎么解释？

就说感冒了，不舒服？

现在这个情况，也只能这么说了。

随便用冰袋敷了敷眼睛，丁子君就慌慌张张地跑去开门了。

等开了门后，她才忽然意识到一个问题，那就是如果是爸妈回来的话，他们有钥匙，如果李珊珊的话会在门口嗷嗷吼她，如果是许辉的话，他来之前会给她打电话的。

所以，她看着门外的来人，眼泪瞬间汹涌而出，再也止不住。

她埋头冲进那个她眷恋已久，思念得快要发疯的胸膛，放声大哭。

“郑超，你怎么才来？”

等她哭够了，郑超才小心地抬起她的脸，轻轻吻了吻她的嘴角，低声道歉："对不起，让你受委屈了。"

“郑超，事情不是你听的那样，不管流言传得多沸沸扬扬，你都不要相信，我和苏然真的什么都没有发生，更衣室里的事情全部是他自导自演的，真的，我和他什么都没有发生。”

不管他信与不信，不管流言多汹涌，她都要向他解释，即便要分开，也要明白地分开，起码，她尽力了。

“乖，不要说这个了。脸色这么不好，是不是没有好好吃饭，嗯？”

郑超没有正面表示关于这次流言他的态度，而是岔开了话题，捏捏她的脸，脸上俱是关切。丁子君哽咽了一下，重新埋进他怀里，委屈地说："没有好好吃饭，哪有心情吃。"

既然他不愿意说，那她就陪他继续粉饰太平，她不敢深入思考，郑超是因为这件事太过让他失望而不愿意提及，还是说他并不是那么相信她，所以不知道该如何表态。

无论是哪种结果，都不是她愿意见到的，却也是她必须要承受的。

“你爸妈不在吗？就你一个人？”

“他们出去玩了，估计要走好几天。”丁子君亦步亦趋地跟在郑超身后，跟着他进了厨房，看着他打开冰箱搜寻食材，她惊诧地问，“你要给我做饭吗？”

“不然呢？我之前就跟你说过，我会做饭，可以养你，现在终于有机会了。”

哦，对，求爱的那天，还有咖啡拉花来着。

流理台上摆了胡萝卜、黄瓜、木耳，还有小葱和几瓣蒜，丁子君看着在冰箱冷冻格里刨来刨去的郑超，蹲在他身边看着他一格一格地翻。

“你在找什么？你要给我做什么？我喜欢吃辣的，这几天嘴里淡出鸟了。”

“乖，不要说脏话。”郑超终于在最后一个格子里找到了需要的东西，一块鸡肉。

丁子君跟着他起身："这个又不是脏话。"

"给你做宫保鸡丁，不太辣，你这两天没怎么吃辣的，突然一下吃太辣胃会受不了的。"

他修长的手指在红红绿绿的食材间穿梭，异常好看，丁子君盯着他的手，自告奋勇："我帮你洗菜吧。"

"好，鸡肉要先解冻。米在哪儿？"

"在那边橱柜下头，白色的桶里，老妈说放在桶里不容易生虫子。"

"嗯，找到了。"

白色的桶，单纯的只是一个桶，郑超看着比脸盆还大的开口，无奈道："不长虫子的前提是桶要密封啊，这样敞开的话是不起作用的。家里有大点的矿泉水瓶子可以装进去，那样比较好。"

"哇，郑超，你为什么懂那么多？"

"生活常识而已啊。"

"可我妈生活了四十几年了，依旧没什么常识。"

"……这么说你妈妈合适吗？"

淘了米后，郑超用高压锅焖大米，鸡肉也解冻得差不多了，他从刀架上取了菜刀切菜，丁子君站在旁边，目不转睛地盯着看，一会儿看看菜，一会儿看看他。

"乖，你先去客厅等着，饭好了叫你。"

郑超把切好的胡萝卜丁和黄瓜丁装进小盆里，俯身亲了亲她的额角。

"不，我就在这里看着你。"

丁子君仰头蹭了蹭他的脸，像是一只撒娇的猫崽子似的，缠在他身边，就是不肯走。

"好，那就待着吧。"郑超把食材都切好后，放上锅，开火热油，等油热了后，有条不紊地放小料进去。

沸油和水珠接触的一瞬间，厨房里传来一阵刺耳的刺啦声，丁子君吓得后退一步，张圆了嘴冲郑超吼：“你小心点，小心油，油。”

“没关系，又不是第一次做了。”

小料炝起来的香味瞬间在厨房里弥漫开来，丁子君兴奋地凑过去，深深地嗅了一口，口水都要流出来了：“哇，好香，好饿。”

“马上就好，你去看看米饭焖好了没有。”郑超转头看着她。她的眼神终于恢复了神采，他忍不住，俯身吻在她唇上。

没有以往那么香软柔嫩，微微发干，他心疼地伸出舌尖润了润她的唇瓣，之后恋恋不舍地起身。

丁子君的眼睛瞪得大大的，还是那副面红耳赤的表情，他心中突然变得柔软，腾出手掐了掐她的脸蛋，催促道：“快去看米饭，我的菜要煳了。”

一听菜要煳了，丁子君这才醒过神来，赶紧往电饭锅跟前跑。

“什么时候焖的呢？几分钟了？”

“二十分钟了，可以了。记得排气。”

“哦。”丁子君打开排气阀，白色的蒸汽嘶嘶地往外冒，她又是一副受惊的表情，瞪圆了眼珠，惊恐地看着满屋子热乎乎的蒸汽。

“我的天，压力这么大，要是直接揭开的话会不会突然爆炸？太恐怖了。”

菜已经出锅了，郑超把做好的宫保鸡丁装盘，回头看着一旁兴致盎然的丁子君，忍不住吐槽：“压力那么大，你根本就揭不开好吗！”

“……这样啊。”

米饭焖得正好，丁子君负责盛米饭，郑超把菜端去客厅，边走边问：“餐桌在哪儿？”

“啊？”丁子君被蒸汽喷了一下，烫得满地蹦跶，压根没听清郑超在说什么。

外头的人无奈，只好又问了一遍：“我问餐桌在哪儿？”

“没餐桌，就在客厅吃。”

丁子君端着两碗米饭哒哒地跑出来，把米饭放在茶几上，抬手比画了一下：“餐桌就是它。”

已经走到客厅另一头的郑超只好折回来，放下菜，满脸不解："在茶几上吃饭？"

"对啊，本来有餐桌的，可老妈说在餐桌上吃饭就看不到电视了，光埋头吃饭多没意思，容易消化不良，所以，就把餐桌撤了。"

丁子君盘腿坐在地毯上，把碗垫从茶几下掏出来铺好，然后把大碗的米饭推到郑超面前。

红红绿绿的宫保鸡丁看着就让人食欲大增，丁子君拿勺子挖了一勺倒进自己的碗里，之后埋头开吃。

对面的郑超一直不开动，丁子君抬头看着他，眨巴眨巴眼，含混不清道："你为什么不吃，很好吃，比我妈做的强太多太多，太香了。"

对面的人眯眼微笑，没开口。丁子君看着他明显施展不开的大长腿，似乎找到了理由："这里太憋屈吗？要不去阳台上吃吧，阳台上有老妈的躺椅和小桌，不过阳台是临街的，容易现场直播。"

"你啊，吃饭和说话你选一样行不行？"郑超抬手戳了戳她鼓起的腮帮子，捏着她的下巴把她的小嘴合上。

呀，一时间太过随意，把这么重要的礼节给忘了，在外头的话，她相对来说还是一个比较端庄的淑女，可只要一回家，就会瞬间变得散漫起来，现在心还没来得及收回来，一不小心就失态了。

被郑超看了笑话后，丁子君不敢再乱说话了，乖乖地埋头吃饭。对面的人也开吃了，不过和她比起来，他简直能把宫保鸡丁吃出西餐的优雅来，她暗自喟叹，人和人果然是不一样的。

像郑超这样的人，不管做什么都带着一种与生俱来的优雅和后天培养的尊贵气质，与她不同，怎么看都像村里来的。

"你是怎么做到两个腮帮子同时鼓起来的，像一只花栗鼠。"

丁子君一抬头，就看到郑超一脸玩味地盯着她看，她摇摇头，没有说话，努力地咀嚼，等到把自己腮帮子里的饭都吞下去了，才小心地开口："没什么诀窍，可能就是我吃得比较多。"

一个腮帮子装不下了，所以只能用两个腮帮子装。

“哈哈哈，小乖，你怎么这么可爱。”听完她一本正经的回答后，郑超瞬间笑出声。

他爽朗的笑声感染了丁子君，她也跟着他没头没脑地傻笑。

笑着笑着却莫名地难过起来，如果以后她再也见不到他这样温暖的笑容怎么办？这样的笑容终有一天会属于别人，想到他以后要对着另一个女生笑得如此好看，她的心就隐隐作痛。

所有他给过她的美好都将变成只属于她一个人的回忆，到时候，该是怎样的凄凉？

“怎么了？”等郑超笑够了，一低头就看到丁子君一脸落寞地盯着他。

他清了清嗓子，不自然地开口：“我保证，我的笑绝对没有恶意，真的觉得你很可爱。”

“……没事。”丁子君摇了摇头，“就是刚才呛了一下，嗓子有点不舒服。”

“谁让你吃那么多。”郑超抬手拍了拍她的脑袋，利落地起身往厨房走。

看他高大的背影消失在厨房里，丁子君一低头，眼底的泪吧嗒吧嗒地掉在桌上。

等他出来后，丁子君眼底的泪还没来得及擦干净，他举着水杯走到她面前，把水杯放下后，抬手擦了擦她眼角的泪珠，宠溺地吻了吻她濡湿的眼角：“被呛了一下而已，怎么还哭了，多大的人了，跟个小孩子似的。”

他的怀抱依旧温暖，窝在他的怀里，所有的委屈和阴霾都统统消散，他的胸膛是她最好的避风港，能包容她所有的孤独和无助。

如果这个怀抱能一直属于她该多好。

“乖，好了，把水喝了，饭要凉了。”

“嗯。”

吃过饭之后，丁子君自告奋勇洗碗。郑超斜倚在门框上，挑眉看着她：“你这个样子还挺有家庭主妇的风范。”

“……哪有一个家庭主妇笨到只会洗碗的。”丁子君把洗好的碗放在沥水架上，双手湿淋淋地回头看着郑超，脑子不过电地抬手冲他甩了甩。

因为她这个下意识的动作，郑超白色的衬衫上就华丽丽地被甩了一些洗碗水。

被甩的人倒是没什么反应，笑容不变地看着她，反而是丁子君自己不好意思了，干笑两声：“咳咳，其实家庭主妇还会洗衣服。”

“那就麻烦家庭主妇了。”郑超抬步走过来，扯下架子上的毛巾，把她的双手包裹进去，仔细地擦干净。

“机洗还是手洗呢？”

“随便，无所谓的，没那么多讲究。”

两人出了厨房，丁子君摩拳擦掌地盯着郑超的衬衫，兴致高涨地说：“把衣服脱了吧，我帮你洗，一晚上应该能干。”

“没关系，不用洗也可以的。”郑超按住她的脑袋，突然俯身凑过来，紧紧贴着她的脸颊低语，“不要这么激动地让我脱衣服，我会误会的。”

他的声音缠绵暧昧，丁子君听后腾地红了脸，磕磕巴巴地解释：“我发誓……我的话绝对没有歧义……单纯就是洗衣服而已。”

“我知道。”郑超起身，眼底的戏谑消失，又恢复了认真。

丁子君眨眨眼，后知后觉地反应过来，他又在捉弄她了，很是愤愤不平地瞪了他一眼。

饭也吃了，碗也洗了，丁子君要郑超陪她看电视。

郑超犹豫了一下，看着已经暗下来的天色，本来想要拒绝的，可丁子君眼底期待的神色太过炽烈，他又舍不得开口。

最后只能妥协，丁子君捧着一袋薯片跪坐在沙发上，郑超把肩膀借她靠，两人依偎在沙发上看电视。

所谓电视就是雷打不动，全国转播的新闻联播，播音员均匀缓速的声音对丁子君来说简直是催眠，她两天以来都没能好好睡觉，现在有郑超在她身边，她无比安心，心里的疲累涌上来，眼皮都打架了。

她把薯片扔在茶几上，从郑超的肩膀滑下去，一路滑到他腿上，找到一个最舒服的姿势后，满足地眯上眼睛。

见她闭上了眼睛，郑超伸直了腿，把电视按了静音，闭着眼的人把他的右手揪过来抱在怀里，嘟囔道：“没关系，你可以继续看的，不影响。”

“要不回卧室睡吧，在这里睡容易着凉。”

郑超用左手把她掉落在脸颊上的发丝撩起来掖在耳后，伸手摸了摸她的脸颊。

“嗯……不去。”丁子君下意识地摇了摇头，翻了个身后，伸手圈住他的腰，迷迷糊糊地回答，“去的话你就走了。”她的小手紧紧揪着郑超的衣摆，整张脸埋进他腰间，生怕他会离开。

看着她逐渐变得均匀的呼吸，郑超知道，她已经睡着了。

所以说，刚才的回答完全是她下意识的反应，这种发自内心对他的依赖让郑超心疼不已，他皱眉摸摸她的脸颊，说给她听，却也是说给自己听：“我不会离开你。”

怀里的人再没有反应，已经睡熟了，郑超靠在沙发上，享受这难得的安逸。

客厅的钟表嘀嘀嗒嗒地走着，时间一分一秒地过去，夜色也越来越暗，客厅渐渐地陷入一片黑暗，当时针慢悠悠地指向十点时，郑超缓缓低头，动作轻柔地把丁子君的双手从自己腰上松下来，轻轻地把她的脑袋扶了起来，撤出了双腿。

他没有开灯，摸黑进了卧室，取了毯子和枕头，把沙发上睡熟的人安顿好后，俯身亲了亲她的脸颊，起身离开。

等丁子君醒来的时候，身边的人已经不见了，她腾地坐起来，即便睁着眼睛，周遭也是一片黑暗，身上的毯子掉在地上，她仓皇地爬起，跌跌撞撞地跑去开灯。

突然的明亮让她很不适应，她捂着眼睛适应了一会儿刺眼的光线，之后睁开眼睛看向沙发。

除了枕头和掉落在地上的毯子外，再没有其他。

不知道什么时候，在她完全没有意识的情况下，郑超离开了。

不管她抱得多紧，不管她有多舍不得，他还是离开了。

被思念折磨得快要崩溃，好不容易才见到了他，她生怕错过和他在一起的分分秒秒，可终究没有把他留下。

他把自己一个人留在了一室的黑暗里，像是那两个无助黑暗的夜晚一样，只留她一个人独自面对一室的清冷。

丁子君赤脚站在冰凉的地板上，那种像是被全世界抛弃了的无助感袭上心头，她再也忍不住，蹲在地上大哭出声。

“小乖，怎么了？这么大的人了还怕黑吗？我还怕开灯影响你睡觉。”

刚洗了衬衫准备晾出去的郑超听到哭声后赶紧跑出来，看到客厅地上蹲着的人后，又是心疼又是好笑。

他擦了擦手上的水，抬步走向她：“好了好了，别哭了，丢人死了，跟个找不着妈的小孩似的。”

地上蹲着的人听到声音后赶紧抬头，等她看到笑眯眯向她走来的郑超后，立刻飞扑进他的怀里号啕大哭。

“我还以为你走了，我以为你不要我了。”

怀里的人紧紧地抱着郑超的腰，小脑袋埋进他胸口，哭得上气不接下气。

郑超摸了摸她的脑袋，低声哄着：“对不起，是我的错，没和你说一声，别哭了，乖。”

那种失而复得的喜悦涌上心头，丁子君也不知道自己现在到底是因为害怕他离开伤心地哭，还是因为庆幸他没走高兴地哭，总之，眼泪像是开了闸的水龙头，一个劲地往外涌。

历经了将近半个小时苦口婆心的哄劝，丁子君终于不哭了，郑超弹了弹她的脑门，如释重负地松了口气：“你个丫头真能哭，不知道的人还以为我把你怎么了呢，哭得歇斯底里的。”说完，他作势要走。

丁子君反应敏捷地一把揪住他的衣摆，一脸紧张地问他：“你要去哪儿？”

“我去给你找冰袋，你看看你的眼睛，肿得只剩一条缝了。”

“我陪你去，我知道冰袋在哪儿。”

“好，你陪我去。”

于是郑超走在前面，丁子君像个怕迷路的孩子似的紧紧揪着他的衣摆跟在后头。

丁子君从冰箱取出冰袋后自觉地敷在眼睛上，坚硬冰凉的冰块突然刺激到浮肿的眼皮，她冻得一个劲哆嗦，赶紧双手把冰袋捧着。

郑超在一旁看着她笑：“走吧，去客厅，我帮你敷。”

两人又回到沙发上，丁子君依旧躺在郑超腿上，双手下意识地紧紧抱着他的腰。郑超心中一软，声音温柔得出奇：“好了，乖乖转过来，你这样怎么敷眼睛。”

“那你把手给我。”丁子君松了手，翻身过来，冲他张开双手。

看她一脸依赖自己的可爱模样，像是一只猫崽子似的软软地撒娇，郑超心念一动，忍不住俯身吻在她唇上，在她唇角辗转低喃：“我保证不走好不好，乖乖敷眼睛，我把手给你的话，冰袋要掉了。”

“那你敷吧。”丁子君听话地把手放下来，郑超把冰袋放在她眼睛上。

见他放好了冰袋，丁子君立刻伸出手抓住郑超的胳膊，他失笑：“乖，我又跑不了，你抓这么紧干吗？”

“没事，不影响你的，我揪着你的袖子就好。”

“那就揪着吧。”到最后，郑超只能妥协，由着她扯着自己的袖子。

两人无言地窝在一起，郑超垂头替她旋转着冰袋，一点点地敷着她的眼睛，她揪着他的袖子随着他的手上下微动。

“啊呀。”敷了大概半个小时，丁子君突然尖叫出声，一个劲地缩脖子。

郑超把冰袋拿开：“怎么了？突然叫出声，吓我一跳。”

“嘿嘿，冰袋化了。”丁子君乐呵呵地傻笑，伸手擦了擦脖子上的水珠，“水流进脖子里了。”

“起来吧，差不多了。”郑超把她扶起来，站起身就要走，只是刚一起身，就又踉跄地倒在沙发上。

丁子君被重重地弹起来，一个劲地瞎高兴：“哈哈哈，郑超你怎么了？”

“……腿麻了。”

“啊哈哈哈哈……”

在丁子君满屋子回荡的笑声中，郑超跺了跺脚，僵硬地迈步挣扎着进了卫生间。

一番折腾下来，时间也不早了，郑超见钟表时针堪堪指向十二点，便招呼还在沙发上猫着的丁子君：“不要窝在客厅了，回卧室睡觉吧。”

“来了。”丁子君赤着脚跑过来，站在他面前问，“你要睡哪儿？我的屋还是睡我爸妈的屋？”

还没等郑超说话，她又自问自答：“你有洁癖，估计会嫌弃我爸妈的屋，但你不会嫌弃我，所以说，你还是睡我那个屋吧。”

看着她一脸纯良无害地看着自己，但眼底的狡黠却难以遮掩，郑超失笑，伸手弹在她脑门上：“我哪个屋都不去，我睡沙发。”

一听他要睡沙发，丁子君立刻急了：“不能睡沙发，这两天夜凉了，睡沙发容易感冒。”

“没关系，我抵抗力没那么差的，我好歹是个男生，你老把我往你屋里带干吗？知道什么是引狼入室吗，说的就是你。”

“你又不是狼,你是我男朋友啊。”丁子君小声地嘟囔着,最后还是撇撇嘴,接受了郑超的建议，“那我给你取被子。”

安顿好郑超后，丁子君一脸不情愿地返回卧室睡觉，走到卧室门口时，她扒着门框看沙发上的人：“晚上不许偷跑。”

“我知道。更何况大晚上的哪有车，去睡吧，晚安。”

进了卧室，关上门，丁子君靠在门板上，脸上故作轻松的表情终于一点点地溃散，这样的粉饰太平究竟能维持多久？虽然还是一如既往的甜蜜和依赖，但流言造成的隔阂不是不提及就会消失的。

不管他们多么刻意地不去提起那件事情，可横亘在两人之间的隔阂就像一根刺一样，除非忍痛拔除，否则就会一直隐隐作痛，即便微笑，都会生疼。

在黑夜里静静站了一会儿，丁子君转身开门，出了卧室，重新来到客厅。

“郑超，你睡了吗？”黑暗里，她冲着沙发上的黑影开口。

沙发上的人低低地应了一声：“没有。”

“郑超，我有话问你，你要如实回答我，不管结果怎么样，你都要诚实地回答我，不许骗我。”

她宁愿明明白白地失去他，明明白白地心痛，也不愿自欺欺人地贪恋他给的幸福。

“你是怎么找到我家的？”

郑超大概是没有预料她会问这么个无关紧要的问题，顿了一下后才回答：“问了李珊珊，她告诉我的。”

“昨天晚上我给你打电话，你为什么关机了？”

“手机没电了，昨天一直没时间充电。”

问完这个问题，丁子君就沉默了。她不知道接下来该怎么问，她之所以选择从这些无关紧要的事情上问起，单纯是因为害怕，她想要给自己一点缓冲，给自己一点适应的时间。

先问一些不重要的，与此同时做好心理建设，等问到关键问题时，才有勇气接受即将到来的结果。

“那……为什么我回家后你一直没有联系我？”

这下换郑超沉默了，他沉默了大约有三分钟，这三分钟对于丁子君来说简直是煎熬，她汗湿的双手紧紧揪着睡衣衣摆，心跳如雷地等待着他的答案。

“因为……我不敢。”他清冷的声音在暗夜里响起，带着一丝夜凉如水的清冷和落寞。

丁子君惊住，下意识地问：“为什么？”

害怕流言就是事实吗？还是害怕她真的背叛了他？

“因为……我没有保护好你。”

丁子君没有说话，在一片黑暗里思忖他话里的温暖，她的胸腔暖暖的，心底沉积的冰块因为他的话一点点融化，他说没有保护好她，而不是不相信她。

“郑超，你相信我吗？”缓了好久，她才开口。这是她最不敢问的问题，却也是她最想知道的问题，她知道，只要他信她，那流言自会不攻而破，但如果他不相信她，那么，他们的感情便真的走到尽头了。

她辗转反侧了好几天，唯一在意的不过是他是否信任她，唯一害怕的也是这个。

郑超没有回答，却是从沙发上起身，在黑暗中准确无误地向她走来，等丁子君反应过来时，已经落进了他温热的胸膛。

“小乖，不要这么问我。我怎么会不相信你，我唯一相信的便是你，但我除了相信你以外却再也无能为力，在你独自面对流言蜚语时，在你一个人难过时，我却毫不知情，我不敢给你打电话，因为我害怕，我害怕你会哭，害怕自己不知道该如何安慰你。你为我受了那么多委屈，我却不知道该怎么安慰你。本该由我承担的压力现在却统统由你背负了，我是你的男朋友，却连保护你都做不到。我长这么大，头一次觉得这么无助，明明想要好好保护你的，却只能眼睁睁地看着你受伤而束手无策。”

他的声音低沉微颤，语气里的难过和心疼一点点地钻进丁子君的耳膜，此时的她已经不知道该用什么样的语言来表达自己的感情，嗫嚅了半天，却只是埋头在他怀里，低声却坚定地说：“郑超，谢谢你，谢谢你相信我，只要你相信我，那就够了。”

所有的流言蜚语对我来说都无所畏惧，我害怕的不是流言，而是你的心意，只要你选择相信我，那就算与全世界为敌，我也会一直陪着你。

一直以来她的害怕，她的惶恐在此时看来都是那么微不足道，当她绝望地想着，郑超会不会相信流言而抛弃她时，他却在因为没有保护好她而独自懊恼。

他们都那么小心翼翼地用自己的方式喜欢着彼此，真心的，谨慎的，甚至敏感的，害怕因为自己而让对方受伤。

虽然过程煎熬，结局却是柳暗花明，他们总算见证了彼此的真心，再不怕任何阻拦。

两人静静相拥了一会儿，丁子君从他怀里退出来，踮起脚，轻轻地吻在了郑超的唇上，他愣了一下，欣然接受了这个意义非凡的吻。

有郑超守在身边，丁子君很快就睡着了，并且难得的一夜无梦，终于能好好地睡一觉。

第二天等她睁开眼的时候，阳光已经透过窗帘洒了满地，她揉揉眼睛，睡眼惺忪地爬起来，赤脚出了卧室，欢快地跑去厨房。

果然，她喜欢的人正在厨房为她做早餐。

他穿着白衬衫，身上系了一条维尼熊的围裙，那样可爱的图案搭配他俊逸的脸竟然没有半点违和感，清晨暖融融的光晕在他脸上，把他轮廓立体的侧脸映衬得晦暗不明，从她的角度来看，温暖得像是一幅水墨画。

他把煎蛋摆进盘子里，转身搅了搅正在咕咚咕咚冒泡的热汤，案板上还摆着刚热好的面包片和培根，丁子君自告奋勇要做三明治。

看着她笨手笨脚地把案板上的食材往面包片里塞，郑超无奈，回过身走到她跟前，吻了吻她的额头，柔声道："好了，我来弄就可以，你去外面等着。"

"可我想帮你。"丁子君冲他微笑，眨巴眨巴眼，眼神里是满满的期待。

"那好，先帮我把你的鞋穿上，赤脚容易着凉，快点去。"

"好的，收到。"丁子君接到命令立刻飞奔出去，穿好兔子头拖鞋后，又马不停蹄地飞奔回来，冲着正在做三明治的郑超邀功，"看，穿好了，快吧。"

"是挺快，再去把衣服换了，别老是穿着睡衣在我面前晃来晃去。"

"郑超，你从实招来。"丁子君突然叉着腰吼了一声。

郑超不解地回头看她："怎么了这是？"

"你是不是想把我支开？你就是嫌我在这里碍事是不是？"

"既然有自知之明，那就快出去吧。"

郑超一脸坦诚，没有半点犹豫的态度让丁子君略有不爽，她走到郑超身后，双手用力地环上他的腰，脸颊使劲地在他背上蹭了蹭，赌气道："我还就不走了，就这么抱着你，看你还烦不烦我。"

"乖了，别生气，我又不是烦你，我就是不舍得你陪我一起站着，多累啊。"郑超的声音带着难掩的笑意。

丁子君嘟嘴，偷偷翻了个白眼，抬头用脑门狠狠撞在他背上：“花言巧语。”

“好好好，都依你，让你抱着行了吧？你怎么这么缠人，跟只猫崽子似的，黏糊糊的。”

郑超艰难地移动身体看沸腾的汤，丁子君亦步亦趋，紧紧地圈着他的腰，跟着他往灶旁走。

“昨天说我像花栗鼠，今天说我像猫崽子，合着我就不能好好当个人。”

“……”还在搅拌汤的郑超被她这句话逗得扑哧一声笑出声，扭转身子看着小脸贴在自己身上的丁子君，“我比喻一下行不行？”

“有用动物比人的，哪有用人比动物的。”

“好了，我败给你了。”

汤熬好了，郑超戴上手套准备端汤，他抬手拍了拍腰间的小手：“把手拿开，我要端汤了，小心烫到你。”

身后的人听话地把环着他腰的手松开，但依旧没放手，而是改为揪着他腰后的衣摆，跟着他挪动到案板旁边。

“我早上从来没喝过汤，老妈总是给我喝豆浆或者是牛奶。”丁子君把脑袋从郑超胳膊底下钻过去，伸着个小脑袋努力往案板上瞅。

“你就不能在前面看吗？”郑超看着自己胳膊底下的小脑袋，脱下手套后顺势在她头顶敲了敲，“这样不难受啊？”

“不难受。”

“……”

因为丁子君没完没了地添乱，等早餐上桌时，都快接近中午了，郑超拿起筷子敲了敲对面准备直接上手吃沙拉的人，声音略微有点大地呵斥：“多大的人了还直接上手。”

“……”

丁子君没有作声，默默收回手，抬头狠狠瞪了他一眼，有点委屈地说：“吼什么吼，就知道吼我。”

“我不是在吼你，就是让你先洗个手再吃，不然不干净。”

“我不洗。”丁子君嘴上拒绝着，但还是乖乖拿起筷子。

两人对视一眼，忍不住笑出声，心里同时默默说了一句，幼稚。

吃了早饭，丁子君依旧负责洗碗，郑超接了一个电话就匆匆忙忙往阳台上去了，等她洗好碗，收拾好厨房后，郑超还在打电话。

隔着阳台的玻璃，她听不到任何声音，只能看见他微微皱起的眉，他只有遇到棘手的事情或者是生气的时候才会皱眉，看这个情况，电话里说的并不是什么太愉快的事。

郑超在阳台打电话，丁子君坐在沙发上看电视，等了大约十几分钟，他终于回来了，脸色不是太好。

丁子君犹豫了一下，还是问出口：“遇上什么棘手的事了吗？”

“我卸任之后学生会一直没找到合适的候选人，刚才老师打电话让我继续当学生会主席，如果我执意不当的话，就必须找一个合适的人选。”

听完他的话，丁子君脸上的笑意渐渐退散，不用问，她也已经猜出了事情的来龙去脉。

这次的事件之所以能让她被所有人戳脊梁骨，很重要的一个原因就是她的男朋友不是别人，而是受许多女生追捧的公众人物，郑超。

因为他的过于耀眼，作为他的女朋友，她无形之中就背负上了原本不属于她的压力。

她的一举一动，她和郑超的感情，每时每刻都要接受别人的揣测和猜忌，只因为郑超不是普通人。

在意识到这点时，他便卸任了这个受人瞩目的职务，唯一的理由便是，他想要通过这样的方式来保护她，只要他变得普通了，低调了，那他们的感情也就不会被那么多人指指点点了。

可就是这样一个简单的理由却毁了他多年的努力，虽然这个职务并不是实际意义上的事业，但丁子君明白，这里头同样倾注了他无数的心血。

他努力了那么多年的职务仅仅是因为她就全部放弃了。

他这样的牺牲让她怎么能够心安理得地接受？

“郑超，你继续当学生会主席吧，不要卸任了。你努力了那么久，怎么能说放弃就放弃。虽然你忙起来的时候连和我见面的时间都没有，可我还是比较闲的，我可以去学生会找你。至于别人的议论，我不在乎的，只要你相信我，那所有的压力我陪你一起承担。所以，不要放弃好吗？”

对面的人一直没有说话，丁子君心中的愧疚像是海浪一样汹涌袭来，如果让他为了自己做出这么大的牺牲，那她情何以堪？

就在丁子君难过得快要哭出来时，郑超开口了，他的声音依旧低沉，语气却是无比坚定：“对我来说，你更重要。”

因为他的这句话，丁子君终于忍不住落了泪，她抬步走到他面前，紧紧地抱着他，把脸颊埋进他的胸膛，哽咽道：“可你这样做的话，我会很难过。”

“但如果不这么做的话，难过的会是我，因为这个头衔，我让你受了那么多委屈，有这一次教训就够了，我不能再让你难过了。”郑超声音坚定，却温柔无比，那样温暖绵软地熨帖着她的心脏，丁子君眼眶酸涩，泪珠一个劲地向外翻滚，让她分不清到底是因为难过还是因为感动。

两人静静相拥，虽然没有说话，彼此的心意却了然于心，他们没有一刻比现在更肯定对方的心意。丁子君甚至有些庆幸，幸好发生了这次事件，可以让她更肯定自己的心意，也更肯定郑超对她的心意。

曾经的犹豫不决和优柔寡断都已消失殆尽，她暗自发誓，郑超便是她此生的良人，是她生命里的独一无二，无人能比。

这样温馨的氛围持续了大约五分钟就被外头传来的开门声给打破了，丁子君一惊，赶紧从郑超怀里钻出来，用了三秒钟反应过来发生了什么。

“我的天，我妈他们回来了。”

能用钥匙开门的除了老妈和老爸没有别人了，丁子君一下慌了神，手忙脚乱得不知该怎么办，她拉着郑超的衣襟慌慌张张地说：“你要不先藏进我卧室里？然后找机会逃跑。”

“没关系，不要慌，那样做反而欲盖弥彰，还不如淡定一点。”

郑超的话音刚落，门就打开了，丁母拎着大包小包挤进来，看到丁子君后，脸上的表情有些惊喜，在看到丁子君身后的郑超后，惊喜变成了疑惑和惊讶。

“丁子君，这是……你同学？”丁母把手里的东西放在地上，斟酌了一下，还是没敢直接问，这是你男朋友？

被问话的丁子君磕磕巴巴着不知该怎么解释，身后的郑超反而镇定得很，落落大方地自我介绍：“伯母您好，我是丁子君的男朋友，也是她的学长，比她大一届。”

丁母仔细打量郑超，见他面容俊秀，身材颀长挺阔，举止谈吐彬彬有礼，一看便是家庭教育良好的人，再看看自己家闺女，头发随手扎成一束，身上还穿着三年前的桶装睡衣，看着怎么就那么砢碜。

“那个……你们没课？”丁母不知该怎么开口问，总不能直接说你俩孤男寡女独处一屋干吗呢。自然也不能问，小伙子你是不是昨天晚上也在了，有没有把我家姑娘怎么了？

“那个……也不是没课。”丁子君看着老妈一脸诡异的表情，想要解释，可又不知道该怎么说，磕磕巴巴了半天也没把话说清楚。

“学校是有课，但丁子君病了，就请假回来休息，她害怕您担心所以没告诉您，我过来照顾她，现在好多了，下午就可以回去上课了。”郑超表情自然，条理清晰，言简意赅地把目前的状况解释清楚了。

丁母了然，看着丁子君神采飞扬的样子，也不像是生病未愈的样子，便也放了心，于是就将注意力全放在郑超身上，笑眯眯地问：“小伙子你和子君是怎么认识的？”

一旁的丁子君目瞪口呆地看着自己的亲妈对于她生病没有一点要关心的意思，反而是一脸八卦地凑向郑超，她直接冲到老妈跟前，觍着脸笑道：“这种事情你问我就好。”

“你话都说不清楚，能问出个什么来。泡茶去吧，一会儿你爸也回来了。”

被老妈一脸嫌弃地推开，丁子君哀怨地挪步去厨房泡茶，一边泡茶一边探头探脑地观察客厅的情况。

郑超脸上的表情一直很礼貌得体，眼神真诚，每次说完话都习惯性地微笑，露出一排洁白整齐的牙齿，看着讨喜得很。

从她这个角度看不到老妈的表情，但看老妈激动得快要手舞足蹈的样子，貌似两人的交谈还是很愉快的。

泡好茶，丁子君端着茶走出厨房，刚一迈步，就听见老妈乐呵呵地说：“你们小孩子谈个恋爱挺好的，不过得掌握好分寸……”

还没等老妈说接下来的话，丁子君就一个箭步冲过去，赶紧打断了老妈：“老妈，我爸叫你呢，在车库外头。”

“哦，是吗？还能有什么事，东西我都带回来了啊？”丁母虽然有些怀疑，可还是起身出门了。

目送老妈离开后，丁子君才一脸紧张地冲到郑超面前，忐忑地问：“我老妈和你说什么了？没说什么不该说的吧？没查你家户口吧？”

“没有，伯母很好，心态很年轻，一点都不像她那个年纪的人。她问我，我是怎么看上你的，你每天脸不洗，头发不梳，从来不化妆。我说，我喜欢的就是这样自然的你，然后伯母就笑了，夸我怎么这么会说话。”

听郑超的描述，丁子君大致可以想象到老妈说话时的表情了，她抬头看着郑超眼底的戏谑，尴尬地掐了他一下，底气不足地辩解：“我老妈喜欢开玩笑，你不要当真，我也没她说的那么邋遢。”

“我说了我就喜欢这样的你，这样才真实自然啊。”

“你还是认同了我妈的话，觉得我邋遢？”

“……”

其实，丁母刚才和他说的并不是这些，她很严肃认真地说：“郑超，我们家子君从小就被家里人宠得不像样子，所以性格敏感细腻，你要是决定和她在一起，就要努力地适应她这样的性格，要学会找到一个适合两人共处的平衡点，尽量不要让她受伤。她这个人别看一副没心没肺的样子，可心里比谁都要强，她的心理承受能力比较弱，又是第一次谈恋爱，你一定要多担待。”

丁母说话的时候神情无比认真，似乎她已经认定了自己便是可以陪伴丁子君一生的人，因为丁母的这份信任，他也要努力地做到最好，努力守护着丁子君，不让她受一点伤害。

没一会儿，丁母就回来了，身后跟着丁父。

郑超起身和丁父打招呼，丁母则是直接冲过来掐丁子君的脸：“骗我说你爸叫我，你爸哪里叫我了。你个小鬼头，害怕我欺负你男朋友是不是，我看他比看你顺眼多了。”

丁子君努力挣脱了妈妈的魔爪，撇撇嘴：“我早就看出来了，我就说我不是你亲生的。”

“我倒宁愿你不是我亲生的，我要是有像郑超这样的孩子该多好，懂事有礼貌，长得还好看。”

“人家长得好看是因为遗传基因好，懂事有礼貌是家教好，你确定落在我们家还能长成这样吗？”

“丁子君，你个小鬼。竟敢这样和你老妈说话，找打啊你。”

母女俩在客厅里各种拉扯，丁父和郑超坐在沙发上边聊天边看着那欢脱的母女俩，两人的表情惊人的相似，俱是温柔宠溺。

“子君像她妈妈，看着大大咧咧的，实际上小心眼特别多，偏偏还总喜欢把什么都藏在心里，如果不仔细观察，根本不知道她在想什么。”

郑超听完，很认同地点了点头：“是，受了委屈也不说，自己一个人忍着。”

“我和她妈妈谈恋爱的时候就很辛苦，要小心翼翼的，生怕有哪里做得不对，一不小心就惹她生气了。不过自从有了子君，她的脾气好了不少，不会没头没脑地生气了。”

丁父嘴上说的是丁母，可郑超心里清楚，他其实影射的是丁子君。

丁父不过是换了一种柔和的方式来提醒他，既然决定要和丁子君在一起，那就要做到包容她所有的缺点，不能因为一时情动而轻浮地接受了她的感情，却做不到保护她到最后。

Chapter 14

越来越不懂

P I N G S H E N G Y I N U O

没过多久，两人就收拾好东西准备返校了。等了大概有十分钟，公交车来了，两个人晃晃悠悠地挤上公交车，找了个相对宽松的角落站着，郑超一手拉着扶手，一手揽着她的腰，把她圈在自己的怀里，严严实实地保护着她，不让她被人群冲撞。

晃悠了一个多小时，终于到了学校，丁子君挣扎着从车上挤下来，长长地松了口气："呼，我的天，再坐一会儿我就要窒息了。"

"先回宿舍休息一会儿，晚上想吃什么，我给你买。"

"我想吃麻辣烫，变态辣的那种。"

"不可以，换个别的。"

"酸辣粉，变态辣的那种。"

"不可以，先吃点清淡的，好好养养你的胃。"

"那我吃过桥米线，普通辣的那种。"

"说了不可以，吃点不辣的，乖，大晚上吃辣的对胃不好。"

"那你让我吃什么，你问我喜欢吃什么，然后我说我喜欢吃的，你又不给我买，你这是变相专制。"

"……"

郑超看着张牙舞爪的小人儿，一脸无奈地揉揉她的发顶，柔声哄着："乖，我这不是为了你好吗，要是晚上吃得难受了，我不在你身边，没人照顾你怎么办？"

“打着对我好的幌子变相专制。”丁子君把他的手揪下来狠狠地甩开，翻着白眼继续无理取闹，“你不在还有李珊珊，她也可以照顾我。”

看她又像个孩子似的，不满足她的要求就跟他闹，郑超宠溺地凑过去亲了亲她的脸颊，继续诱哄：“乖了，明天中午给你买好不好？晚上吃太辣真的不好，胃会不舒服的。”

“可我就是现在想吃，我已经好几天没好好吃顿饭了，我离了辣就像鱼离了水一样，是活不下去的。”丁子君垮着脸，做了一个活不下去的表情。

郑超被她这副耍宝的模样彻底打败，只能妥协：“好了，好了，给你买。”

“我要麻辣烫，变态辣。”

“麻辣烫可以，但不可以放那么多辣椒。”

“我就要吃。”

“不许吃。”

“就吃。”

“不许。”

“就吃。”

“……”

两人在这种你无理取闹，我哪里无理取闹了的幼稚氛围中一路到了公寓楼下，临上楼之前丁子君郑重其事地叮嘱郑超：“麻辣烫，变态辣。”

生怕她继续纠缠的郑超这次很明智地没有正面回应，只说：“你先回去吧，一会儿给你买就是。”

乐颠颠地回了宿舍后，丁子君发现了一个很严肃的问题，那就是李珊珊和其他两位室友都不在。

猫进椅子里，丁子君给李珊珊打了个电话，那厮的回答是：“老娘就不能有点夜生活啊？你多大的人了，一个人睡觉还害怕。”

“李珊珊你妹，我就是关心一下你的去向，另外两个人呢？”

“人家爱上哪儿上哪儿，关你屁事。”

“……”得到李珊珊的肯定回答后，丁子君终于无可奈何地接受了自己将独自度过慢慢长夜的这一现实。

百无聊赖地爬上床，丁子君瞪着眼睛看天花板，脑海中渐渐涌上来刚从公交车上下来时，心里压抑不住的胆怯。

她知道流言不是靠逃避就能消退的，虽然她和郑超之间的误会解除了，可郑超为了她卸任学生会主席也是事实。

在外人看来，她就是个祸国殃民的祸水，她虽然没有倾城之姿，却结结实实地把郑超连累了，光凭这一点，就足够被别人狠狠戳她脊梁骨了。

回来的路上，她一直紧紧握着郑超的手小心而紧张地观察身旁路人的神色，借着和郑超胡搅蛮缠来缓解自己心里的忐忑。

好不容易到了楼下，她用来伪装自己的麻辣烫话题也结束了，她恨不得快点躲回宿舍，只是刚一抬步，郑超就轻轻地拉住了她的手，她回头，就看到他一脸的微笑。

他启唇坚定地说："别怕，有我在。"

丁子君翻了个身，把枕头抱在怀里，现在想想，还是忍不住高兴地傻笑，因为他的那句话，她所有的紧张和害怕瞬间烟消云散了。

对啊，有他在，她还害怕什么呢？不管前方的路有多艰难，不管有多少流言蜚语，都有他为她承担，有他保护着她，她还有什么可畏惧的呢？

他是她的后盾，是她最坚固的靠山，即便风雨兼程，她也愿意陪他勇往直前，共同直面属于他们的未来。

在床上感慨了一会儿后，郑超的电话就来了，她乐滋滋地接起来。

"小乖，下来领饭。"

"是变态辣吗？"

"变态什么变态，就是正常辣，我没再放辣椒。"

"……讨厌，竟然不守信用。"

嘴上在生气，眉眼间却已经盈满了笑意的丁某人兴奋地跑下楼领饭。

公寓楼门口，丁子君接过饭盒，一脸心痛的表情向郑超诉苦："宿舍里就我一个人，我要独守空房了。"

“没关系，我可以偷偷进去陪你。”郑超伸手把她嘴角边的发丝撩到耳后，半开玩笑半认真地说。

听他说完，丁子君鄙视地瞅了他一眼：“流氓，谁让你陪了，我一个人乐得自在。”

“手机不要关机，有事情一定要给我打电话，知道吗？”

“能有什么事，我这么大人了，睡觉能睡出什么毛病。”

“乖，不要嘴硬，听话。”

郑超突然严肃的表情让丁子君的逆反心理瞬间爆棚，她撇撇嘴，不屑一顾地说：“能有什么事，还能有人把我偷走不成？”

身前的人没有说话，只是眉眼突然冷了下来，皱眉盯着她，在她还没反应过来他为什么生气时，他已经俯下身，狠狠地吻在她唇上。

丁子君被吓了一跳，差点把手里的麻辣烫甩出去，等反应过来后就害羞脸红了。郑超的嘴唇凉凉的，和她满脑袋都快要冒火的火热比起来实在是对比鲜明，她抬手推了推他的肩膀，觉得自己又缺氧了。

在她就快要窒息的时候，郑超终于饶了她，松开她的唇，缓缓起身，深邃的眼神依旧出神地聚焦在她红润的唇上，他抬起手，大拇指轻轻捻在她嘴唇上，低沉地说：“都吻了这么多次了，怎么还会脸红？”

“我怎么知道。”丁子君长长地呼了口气，胸腔差点憋炸了，她抬手搓搓刘海，神色不自然地嘟囔着，“会脸红才是正常的吧。”被喜欢的人亲还能面不改色心不跳的那是木头好吗！

“还嘴硬吗？”郑超伸手覆上她的脸颊，粗糙的手掌摩挲着她细嫩的皮肤，声线低哑地问出声。

丁子君反应了一下，垂了头，小声道:“不敢了，如果有事一定给你打电话。”

“这样才乖。”听到她肯定的回答，郑超笑眯眯地拍拍她的脑袋，整个人又变得温柔体贴。丁子君眨眨眼，不敢相信这个人就是刚才那样邪魅暧昧强吻了自己的郑超。

这一刻，她无比怀疑，郑超这家伙是不是有两张脸，说翻就翻。

在楼下小秀了一会儿恩爱后，丁子君终于恋恋不舍地回了宿舍，麻辣烫的粉条已经泡得膨胀了，丁子君看着汤面上漂着的那层少得可怜的辣椒，毅然决然地把李珊珊柜子里藏着的那瓶辣椒给偷了出来。

等麻辣烫变得红灿灿的一片，终于有了点它本来该有的样子后，丁子君这才食指大动地开吃。

对于几天来没怎么好好吃辣椒的丁子君来说，这碗麻辣烫无疑让她感动到涕泗横流，等吃完后，她摸摸自己快要烧肿的嘴唇，心中无比满足。

吃饱喝足，丁子君早早爬上床，心满意足后，入睡着实很容易，不过几分钟，她就睡得香喷喷了。

只是睡了不过几个小时就不踏实了，她竟然梦到自己被追杀，她一路拔足狂奔，闭着眼睛一个劲地往前冲，可一睁眼发现自己还在原地。

她眼睁睁地看着一把明晃晃的刀捅进她的肚子里，虽然没有血冒出来，锐痛却是真真切切的。

被剧烈的锐痛折磨得清醒过来的丁子君下意识地摸肚子，呼，还好还好，没有血，也没有刀子，果真是梦。

她松了口气，刚想翻身，腿还没动，小腹间的锐痛又席卷而来，她痉挛地蜷缩在床上，脑袋昏昏沉沉的，第一反应就是给郑超打电话。

电话很快就通了，郑超睡意蒙眬的声音传来，带着惺忪的沙哑："乖，怎么了？"

"郑超，我被人捅了一刀……不是，我肚子疼……像是被人捅了一刀……"

她磕磕巴巴地解释完，郑超只说了句"等我"，就挂了电话。

小腹间的疼痛愈演愈烈，一刻都不停歇地向全身蔓延，丁子君疼得冷汗直冒，只能双手握拳死死地抵着小腹。

等了大约五分钟，郑超就赶来了，他直接拿钥匙开了门，进来之后顺手开了灯，等看到在床上打滚的丁子君后，立刻手忙脚乱地爬上床，一把抱住她，急切地问："哪里疼，什么时候开始疼的？"

已经被疼痛折磨得快要神经错乱的丁子君脑子有些短路，有气无力地开口问：“你怎么……进来的？”

“现在是问这个的时候吗？我找楼管阿姨要的钥匙。”看着她已经变得惨白的脸色，郑超整个人都慌了，情绪有些激动地吼她，他都快被她吓疯了，哪有心情回答她这种无关紧要的问题。

“你……别吼我。”丁子君弓着身子蜷缩进他怀里，疼得一个劲地哆嗦。

郑超心疼得不行，赶紧把她揽进怀里，语无伦次地问她：“乖，我没有骂你，你哪里疼？是不是疼得特别厉害？我带你去医院。”

丁子君没有力气回答他，疼得紧紧缩成一团。

郑超一下慌了神，抱着她往床边挪，到了梯子跟前时，他颤抖着问怀里的人：“乖，能动吗？”

怀里的人弱弱地摇了摇头，她现在疼得连腿都伸不直，根本下不了梯子。

办事一向雷厉风行，无论遇到什么棘手的事情都能做到运筹帷幄、胸有成竹的郑超此时却完全慌了神，他抱着丁子君，脑子一片空白，只能干着急地低吼：“这该怎么下去！”

“你……背我。”相比郑超六神无主的慌乱，丁子君反而成了主心骨，她配合着郑超，把自己挂在了他的背上。郑超一边哆嗦着，一边小心翼翼地下了梯子。

刚下了梯子，郑超把丁子君打横抱在怀里，起身就要跑，怀里的人揪了揪他的领子，低声道：“你把鞋穿上……记得带钱和手机。”

“我带了。”

郑超穿好鞋，抱着丁子君就往外冲，还好从宿舍出来的时候带了钱包，不然像现在这个情况，他已经慌乱到不知道该怎么办了，还哪有时间翻找钱包。

出了公寓楼，外头一片漆黑，空气中带着深夜的清冷微凉，这个时候郑超才恍然想起，他忘记给丁子君穿衣服了，她身上只穿了一件单薄的睡衣，完全不具备御寒功能。

慌乱间，他只能把自己身上的睡衣脱下来披在她身上，之后上身只穿了一件背心抱着丁子君拔足狂奔。

公寓楼离正门有一段距离，郑超心急如焚，一下都没歇一路狂奔出去。

出了校门，空荡荡的路上没有一辆出租车，郑超紧张得不知道该怎么办，像是一只困兽似的狂躁地在原地打转，看着清冷的街道，着急得快要发疯。

“你打电话……叫车。”看他着急得失了主意，丁子君只能挣扎着开口，腹间的疼痛越来越剧烈，她的意识就快涣散了，身上一个劲地冒冷汗，疼得快要哭出来了。

还好手机被他随手装进了睡裤口袋里，郑超直接坐在地上，一只手把丁子君揽在怀里，另一只手在通讯录里翻找。

挂了电话后，郑超就坐在地上抱着丁子君，他探头看着道路两边的情况，着急地说：“这车怎么还不来？我们要不叫救护车吧？这么长时间会不会耽误了，行吗，小乖，我们叫救护车吧。”

听他紧张地翻来覆去地唠叨着，丁子君抬起手摸了摸他的脸安慰：“没关系，我还行，能忍住，救护车没准还没出租车快呢。”

“没关系吗？现在呢，觉得怎么样？刚才疼得厉害还是现在疼得厉害？”

郑超握着她的手，视线紧紧锁着她。

他眼底的神色是丁子君从来没有见过的，那么慌乱，那么着急，一瞬间像是失去了所有支撑一般无助，哪还有半点平日里自信的样子。

“没关系的，你不要紧张。”

焦急地等了将近十分钟后，出租车终于来了。郑超抱着丁子君跌跌撞撞地上了车，他紧紧抱着怀里的人，扬声冲前头的司机怒吼：“去最近的医院，快点。”

司机被他横眉怒目的样子吓到了，赶紧踩油门发动车。

一路上，郑超都在不停地催促司机：“能不能快点，都这个时候了还管什么交通规则，人命重要还是规矩重要……”

眼看郑超越来越激动，司机弱弱地提醒了一句：“这位小哥，你不要着急，我这个速度已经够快了，你冷静一下，不要吼。”

“你……”还没等郑超开口，丁子君就抬手捂上了他的嘴：“你才要乖一点，不要着急，就算是飞也得飞过去才行，你不要慌。我还好，可以忍。”

在丁子君的轻声安慰下，郑超终于冷静下来，可丁子君还是能明显感觉到，他抱着自己的胳膊颤动得厉害。

终于到了医院，郑超付了车钱，连零钱都没要就抱着丁子君下了车，一路往急诊楼跑。

进了急诊楼，值班的护士立刻迎上来，一边领着郑超往急诊室走，一边询问基本情况：“病人哪里不舒服？”

“肚子疼。”

“具体是哪里？”

“右下腹。”

进了急诊室，郑超把丁子君放在病床上，着急地看着一旁做基础检查的护士。

“来，把腿屈起来，好，这里疼吗？”护士在丁子君右下腹按压了一下，一抬手，丁子君就疼得痉挛，因为她的惊呼，郑超瞬间紧张起来，一把揪住护士，急切地问：“护士，她怎么样？是不是很严重？”

“小伙子你不要着急，看她的情况，像是急性阑尾炎，我去通知医师过来，你不要慌。”说完，护士就拨通了值班医生的电话。

没一会儿几个医生就来了急诊室，检查确诊后，医生决定给丁子君紧急做阑尾切除手术。

其中一个年纪稍大的医生回头问一旁站着的郑超：“你是患者家属吗？一会儿患者需要紧急做一个阑尾切除手术，需要患者家属填写知情同意书。”

“我是。”

“那好，你随我来一下。”护士领着郑超来了护理站，把知情同意书递给他，“这里写患者的信息，下面签你的名字就好。”

郑超握笔的手还是止不住地哆嗦，他深呼吸一口气，平复了一下心情后才填写，等填到家属与患者的关系时，他犹豫了一下，写了“兄妹”两个字。

最后签名的时候，他笔尖一顿，签了“丁超”两个字。

签好了知情同意书，丁子君就被紧急送往手术室了，郑超留下来交押金，办住院手续。

浑浑噩噩地忙完一切后，郑超坐在手术室外的长椅上，整个人像是被抽空了一样彻底瘫软下来。

双手酸痛得抬都抬不起来，身上的冷汗把衣服都浸湿了，他垂头看了看自己脚上穿反了的鞋，忍不住失笑。

他什么时候这么慌乱过？印象中似乎从来没有，从小到大，他办事都很稳妥可靠，不管遇到什么情况，他总能保持理智，冷静地分析，果断地实施。身边的人都称赞他遇事不骄不躁、不惊不乱，只有他自己明白，他之所以可以做到冷静，完全是因为别人认为的慌乱情况根本不值得他慌。

所以，长这么大，他从来没有体会过什么叫作六神无主，自然无法理解别人那种慌乱无措的心情。

直到现在，他似乎才能对那种慌乱感同身受，那种大脑一片空白，紧张到思维彻底停顿，心里除了慌张根本不存在任何理性思考的慌乱。

手术室的红灯一直亮着，郑超坐立难安地在走廊里踱来踱去，每一分钟都像是煎熬，虽然他知道，阑尾切除手术只是一个简单的小手术，可当这种看似简单轻巧的事情放在一个你重视在意的人身上时，它便不再简单了。

你不会考虑它只是一个小手术，创伤小，预后好，你在意的会是她痛不痛，害不害怕，麻药过后那段时间怎么熬，饮食需要注意什么，伤口会不会感染，需不需要吃一些口服药……

在他焦灼地等待了将近三个小时后，手术室的灯终于灭了。

他赶紧起身往门口走，丁子君被推出来，他走上前问医生：“医生，怎么样？她没事吧？”

“没什么事，在医院养一个星期，回去注意饮食，少吃辛辣食物，这是个小手术，创伤不大，不要担心。”

听了医生的回答，郑超松了口气，低声道谢后，缓缓跟在医生身后进了病房。

第二天一早，等丁子君睁开眼后，第一眼看见的就是专注凝视着她的郑超，她眨巴眨巴眼，开口问他：“你怎么没回去？”

“你刚做了手术，我怎么回去。你得了急性阑尾炎，昨天晚上把阑尾切除了，医生吩咐你要住院一周，等伤口拆线了才可以回去。”

“急性阑尾炎？我怎么会得急性阑尾炎呢？”丁子君小心地摸了摸自己的肚子，不过脑子地问出口。

原本只是随口一问，谁知道她这句话瞬间把郑超给点炸了，他直接冲她脑门打了一巴掌，冷着脸训斥她：“怎么得的？怎么得的你自己不知道吗？让你少吃点辣椒你偏不听，医生说你之所以得病就是因为饮食不规律加上吃辣椒吃得太凶得的，你还好意思问我怎么得的。”

他的声音格外大，隔壁床的病友好奇地回头瞅着他们。

丁子君缩了缩脑袋，偷偷看了看他铁青的脸色，一瞬间有点委屈：“我又不知道吃辣椒能得病，吃辣椒不就是容易上火吗？”

“你还嘴硬，老是不听话，别人说什么都不听，你是不是还得再挨一刀才长记性。”

病房里的其他人被这两个小年轻的对话逗乐，虽然笑得并没有恶意，可依旧让丁子君尴尬得不行。她眨巴眨巴眼，看着郑超阴沉的脸，委屈得厉害，撇撇嘴，带了哭腔低喃：“你吼我干吗？我也不想得病啊。要是你觉得烦你不要管我就好，完了我让我妈妈把医药费还给你。”

“还谈医药费。”郑超生气地冲她脑门弹了一下，他昨天晚上差点担心死，眼睛都没合一下地在她床边守了一夜，怕她疼，怕伤口绷开，盖被子怕她热，不盖被子又怕她冷。

他担心了一晚上，这个丫头倒好，开口就和他谈医药费，简直要把他气死了。

只是这样一个下意识的动作终于让丁子君崩溃了，她撇撇嘴，眼角稀里哗啦地冒泪：“说有事要打电话的是你，打了电话还要怪我的也是你，早知道我直接打给许辉了。”

“你，还敢给我提许辉！”郑超又抬手，丁子君以为他又要弹她，下意识地就闭上了眼，等了半天，脑门上并没有传来预料中的疼痛感，她睁开眼，就看见郑超凑过来的俊挺的脸颊。

这次，他没有弹她，而是轻轻地吻了她。

因为这个爱意满满的吻，丁子君的泪瞬间就止住了。

等郑超起身时，她已经停止了哭泣，眨巴着水汪汪的大眼睛盯着他。

“小乖，以后要听话好不好？不要让我担心，好吗？你不知道昨天晚上我有多害怕，看着你那么难受，我慌乱得失去了所有该有的反应，变得手足无措，无助得很，我从来没那么害怕过，所以，求你，一定要乖乖的，不要再吓我了。”

郑超眼底的神色渐渐变得晦暗，眼角微垂，眼底的心疼一丝丝地涌上来。这是丁子君头一次见他这么失落彷徨，她心一疼，咬咬唇，冲他张开双臂，柔声道：“对不起，让你担心了，以后我一定听话，不管你说什么，我都听你的，再不会让你担心了。”

就像你舍不得让我难过一样，同样，我也舍不得让你难过。所以，我会听你的话，好好照顾自己，不再让你担心。

郑超俯身轻轻地揽住她，带着劫后余生的释然轻声道：“好。”

两人腻歪着，不知不觉已经到了八点。

郑超摸了摸丁子君的脸问她：“早上想吃什么？医生说你虽然可以吃普食，但要忌辛辣和油腻，尽量吃清淡一点。”

床上的人撇撇嘴，哀叹一声：“不吃油腻还好，不吃辛辣太痛苦了。没有辣椒的饭根本吃不下去啊。”

“乖，这不是特殊时期嘛，你忍一忍。”郑超起身把她的床头稍微摇起来一点，把枕头垫在她肩下，让她可以躺着舒服一点。

“我不知道想吃什么。”

“粥和小菜行吗？不是白粥，皮蛋瘦肉粥，可以吗？”

丁子君想象了一下，感觉没那么难吃，便点点头答应了。

“好，我去买。”郑超亲了亲她的额头，起身去买粥。

郑超走后没几分钟，护士就进来输液了。

小护士核对了人后，给丁子君挂了液体，笑眯眯地问她：“小妹妹，你哥哥呢？去买早餐了？”

哥哥？是在说郑超吗？

“咳咳，他其实不是我哥哥。”丁子君脸红了一下，不知道该不该说郑超其实是她的男朋友，正犹豫着，那护士又开口了：“你哥哥叫丁超吧？昨天帮你的手术签字了呀，不是亲哥哥吗？”

丁超？丁超是什么鬼？丁子君强忍着笑意，总算明白了事情的原委，大概是郑超不想惊动她的父母，作为家属替她的手术签了字。

明明是应该感动的，可丁子君现在偏偏想笑得不行，她憋着笑回答：“他是我堂哥。”

“这样啊，难怪呢。”

护士挂完液体，推着治疗车走后，丁子君终于忍不住，咯咯地笑出声，一旁的阿姨听到她的笑声后也忍不住吐槽：“看着就不是哥哥，哪个哥哥又是亲又是抱的。”

“他没通知我爸妈，害怕他们担心，就伪装成我哥给我签字了，都跟我一个姓了。”

丁子君也顾不上害羞，越想越乐，一个人捂着肚子笑个不停。

正当她笑得欢快时，郑超推门进来了，手里拎着早餐，一看见她捂着肚子傻笑，立刻着急地跑过来训她：“刀口还没好你瞎乐什么，小心绷开了。有什么可乐的，看把你高兴的。”

放下手里的早餐，郑超掀起被子，小心地看了下她右下腹的纱布，还好，并没有渗液。

“闭嘴，别笑了，再笑真的要绷开了。”这个傻丫头，大早上一个人傻乐什么，郑超把粥盛进碗里，取了勺子搅拌着晾凉，尝了一口确认不烫了之后，就坐在床边准备喂她。

“啊，张嘴。”他举着一勺粥递到她嘴边。

丁子君止了笑，张嘴甜甜地叫了声：“谢谢哥哥。”

这一声哥哥瞬间让郑超石化了，他脸上的表情一点点瓦解，脸颊上飞起一抹红晕，眼神又闪躲了：“那个……你知道了……昨天晚上……不是特殊情况嘛……”

看着他又害羞了，丁子君更乐了，一脸猥琐地看着他：“哥哥，原来你好这口啊。”

“丁子君，你够了，别笑了。”郑超恼羞成怒地把勺子塞进丁子君张开的嘴里，正笑得欢的丁某人没有预料到他来这招，结结实实地被呛了一下。

“咳咳咳……”被呛得一口气缓不上来，丁子君也乐不起来了，捂着肚子一个劲地咳嗽。看她咳得脸都红了，郑超也慌了，赶紧放下碗，紧张地掀起被子看她的刀口。

纱布上渗出了浅黄色的液体，郑超心里咯噔一下，不会是把伤口绷开了吧？意识到有这个可能，他赶紧起身跑去找护士。

没一会儿，一个看起来年纪不大的小护士就过来了，她掀起被子看了看丁子君的伤口后说：“这是正常渗液，不是伤口裂开，不过要尽量避免病人咳嗽，不然腹压剧烈升高的话是极容易引起伤口裂开的。”

“我以后一定注意。”一旁站着的郑超垂着头，双手乖乖地交叉放在身前，表情蔫蔫的，像极了一个被老师教训的小学生，表情委屈得不行。

床上坐着的丁子君目送护士离开后，终于憋不住笑出声来：“郑超，你刚才那个模样太可怜了，看得我都想哭。”

“还笑，别笑了。要不是因为你笑怎么会呛住。”傲骄的郑某人啧啧嘴，翻了个白眼后继续教训她。

丁子君面不改色地悠悠道：“要不是你突然把勺子戳进来，我难不成还能被自己的口水呛了？”

“……”

被丁子君强有力的理由打击得无力反驳的郑超撇了撇嘴，嗫嚅了半天依旧没有一丁点的还手之力，他双手慢慢插进兜里，偏转了头，低低地说了声：“对不起，我刚才不是故意的。”

刚才还一脸傲骄的模样瞪着眼睛训她，现在却突然变得可怜巴巴地和她道歉，丁子君怎么可能真的舍得怪他，赶紧给了他一个台阶下：“没事没事，也是我自己不小心。”

“明明是我的错。”委屈的某人仍旧不肯转过头来看她，语气越来越委屈。

丁子君诧异地撇了撇嘴，没想到郑超这么难哄。

“呀，郑超，我肚子有点疼，是不是出血了？”停顿了一会儿后，丁子君突然捂着肚子惊叫了一声。

一旁还在闹别扭的郑超听到叫声，立刻回头冲了过来。

他以迅雷不及掩耳之势掀开了她的被子，紧张地问：“疼得厉害吗？是不是还是因为刚才的咳嗽啊？伤口没有出血，疼得……”

郑超的话还没说完，就被丁子君揽进了怀里，他蹲在她面前，她伸手正好可以圈住他的脑袋，她埋头在他发顶上轻轻蹭了蹭：“别内疚了，又没什么事，就是咳嗽一下而已，死不了人的。”

怀里的人半天没有动静，静默了一会儿主动伸手环上她的腰，孩子气地窝在她怀里，轻轻地点了点头。

一上午的时间就在挂点滴和聊天中度过了，接近中午的时候，丁子君掀开被子准备下床，一旁坐着的郑超条件反射地一把按住她：“你要什么？我替你拿。”

“这个你真替不了。”丁子君看着他一脸紧张的表情，很不厚道地笑出声，“我想去厕所。”

“咳咳，那我陪你去。”郑超神色不自然地回答，眼神下意识地飘忽。

丁子君一看到他这副害羞的模样就忍不住想逗他：“这个怎么陪？我上厕所你守在外头我多尴尬，没关系，我自己去。”

“丁子君，你烦不烦。”被丁子君调戏得面红耳赤的郑超终于有点怒了，直接拦腰把她打横揽进怀里，大踏步地往卫生间走。

路过其他病友的病床时，一群人暧昧地笑起来，一个劲地冲丁子君眨眼睛，时不时调侃一下：“小姑娘好福气，找了个这么好的男朋友。”

被郑超牢牢锁在怀里的丁子君立刻不干了，伸手揪着郑超的脸，一个劲地嘟囔：“快放我下来，我自己走。”

“走什么走，你是不是想让伤口裂开？我是你名正言顺的男朋友，又不是你情人，你这么心虚干什么。”

“哎呀，我又不是那个意思。”丁子君红着脸继续揪他，“我是觉得这样被抱着有点不好意思，那么多人看着。”

“好了，不好意思也没用了，开门。”

卫生间门口，郑超依旧没有放她下来的意思，丁子君小小挣扎了一下：“要不你放我下来吧，我自己去，你总不能跟着我进厕所吧。”

“让你开门你就开门，你其实挺重的，我累。”郑超鄙视地瞅了她一眼，完全不理会她的话。

两个人这样傻不棱登地杵在卫生间门口也不合适，终于还是丁子君妥协了，一只手圈着郑超的脖子，另一只手乖乖地打开门。

郑超一路把她放在马桶上，最后把自己的鞋脱下来垫在她脚下，这才关门出了卫生间。

上完厕所，丁子君自力更生地拎起裤子，弓着腰冲外头吼了一声：“哥哥，我好了。”

门很快打开了，郑超铁青着脸走进来，随手把门关上，气势汹汹地走到她面前，压低声音训她：“你个不听话的丫头，再这么叫小心我教训你。”

他的表情虽然在生气，可眼底拿她无可奈何的纵容，丁子君却是看得一清二楚，这样的教训她才不害怕，眯眼露出一排雪白的牙齿，脆生生地又叫了一声：“哥哥。”

“哎，你。”看她嬉皮笑脸的样子，哪有一点长教训的意思，郑超一把揽住她的腰，捏住她的下巴，垂头狠狠地吻了上去。

小丫头的唇又恢复了原先的香软，软糯得像是一颗团子，郑超换手按着她的后脑勺，狠狠地亲吻着她。

两人小小亲热后，郑超小心地把丁子君横抱进怀里，抬步出了卫生间。

病友阿姨们没太注意他们在卫生间做了什么耗了这么长时间，只是面带微笑又一路目送他们回到了床位。

中午郑超下楼买了饭，两人吃过饭后，郑超摸了摸丁子君的脸，用协商的语气问她："我下午想要回一趟学校，带点住院用的东西，行吗？"

"可以啊，顺便把我的手机带上，李珊珊肯定觉得我被外星人带走了，活不见人，死不见尸的。"

"行，下午不需要输液，你好好睡一觉，我很快回来。"

"嗯。"

送走郑超后，丁子君真的窝进被子里呼呼大睡，并且一觉睡到连郑超回来了都不知道。

等她睁开眼时，第一眼看到的就是坐在椅子上正在削苹果的郑超。回了一趟学校，他又变得神清气爽了，穿着雪白挺阔的白衬衫，干净得人神共愤。

"郑超，你先把刀放下。"丁子君小心地伸了个懒腰，声音黏糊糊地开口。

"怎么了？"郑超把刀放在床头柜上，拉着凳子坐过来，伸手摸了摸她的脸，宠溺地看着她，"你可真能睡，一觉睡了一下午。我还担心你一个人能不能行，匆匆忙忙地着急往回赶，你倒好，睡得天昏地暗的。"

"我也不知道为什么这么困，一觉就睡到这个时候了。"丁子君揪着郑超的胳膊爬起来。

他扶着她的肩膀帮她："怎么了？要上厕所？"

丁子君摇摇头，伸手抱住郑超的脖子，把自己的脑袋埋进他的肩窝里，闭上眼睛蹭了蹭："就是想抱抱你。"

"吃苹果吗？"郑超摸摸她的脑袋问。

怀里的人摇了摇头，声音惺忪地嘟囔："不想吃，还困，还想睡。"

"不是太困的话就不要睡了，不然晚上睡不着了，还有杧果，要不要吃一点？”

郑超揽着她的腰，让她保持一个舒服的姿势趴在自己身上。

“要吃。”丁子君点点头，可整个人还是懒懒地挂在郑超身上，没有要下来的意思。

郑超无奈，只能一手揽着她，一手从床头柜上掏杧果：“乖，先去床上躺着，我帮你剥开，你这样挂着我腾不开手。”

“那不吃了，不去床上，躺着太累了。”

这个丫头，怎么跟个孩子似的，大约真的是因为病了，所以才这么黏人吧。郑超俯身亲了亲她的耳朵，柔声哄着她：“就一会儿，剥完了再挂上来。”

“嗯。”

哄了半天，身上的人终于肯爬下来，郑超松口气，总算空出手来给这个小祖宗剥杧果了。

澄黄饱满的杧果从果核中间破开，一分为二，果肉切成小块，之后在杯沿上轻轻一滑，肉嘟嘟的杧果粒就哒哒地落进了杯子里。丁子君看着郑超纤长的手指穿梭在果粒之间，总觉得他本人比杧果粒要诱人多了。

两人正腻歪着，床头柜上的手机突然铃声大作，铃声轰轰烈烈地唱了一遍准备第二次循环时，丁子君才突然恍然大悟，哦，原来是她的手机在响。

她接起电话，还没说话，电话那头就一通骂。

“丁子君你丫的，是死是活就不能给老娘一个信吗？老娘还以为你被抛尸了呢。要不是我男神今天回来和我说了一声，我都要找你老妈哭去了。”

“那个……李珊珊，对不起哈，情况比较紧急，我刚做了手术，手机也没带，没办法及时通知你。”

大约是听见丁子君难得用这么委婉的语气和她说话，李珊珊一下有些受宠若惊，正常思路就这样被她打败，想好的教训她的话也说不出来了，嗫嚅了半天只说了句：“你丫的不按常理出牌啊！”

“嘿嘿，这次真的是我的错啊。”

“好了，卖萌可耻，今天有点晚了，明天过去看你。”

“好，记得给我买好吃的。”

“我 ×，吃得都挨刀了，还吃。”

“……”

挂了李珊珊的电话后，丁子君又想起一个问题：“对了，郑超，我住院的事你没和我爸妈说吧？”

一旁被她冷落的郑超悠悠地转过身来，白了她一眼后才回答：“当然不能告诉他们了，起码也得等你稳定下来了再说，过几天我再通知他们吧。学校的事我也安顿好了，你不用操心。”

“我倒是没什么关系，你呢，你不是学习挺紧张的吗，这样陪我耗着可以吗？”

“我也没关系，抽几天出来陪陪女朋友还是可以的。”

晚上睡觉的时候，等郑超洗漱完了回来之后，丁子君还直挺挺地躺着，大眼睛眨巴着看着他，没有一点睡意。

郑超坐在床边，伸手摸了摸她的脸颊：“怎么还不睡？”

丁子君撒娇地蹭了蹭他的手掌：“睡不着，下午睡太久了，现在特别清醒。”

“活该。”郑超的态度突然来了个 360 度大转变，温柔地抚摸着她脸的手握拳屈指，指节重重地敲在她脑门上。

床上撒娇的某人被他这么一砸彻底蒙了，双手捧着额头，大眼睛里满满的诧异，表情越来越委屈，最后嘴一扁，可怜巴巴地开口：“干吗打我？”

“谁让你下午睡那么久。”郑超对她委屈的表情完全视而不见，自顾自地收拾东西。

80×80 厘米的彩色泡沫板一块块拼起来铺在地上，拉成了一长条，丁子君也顾不上委屈了，从床上探出脑袋瞅他，好奇地问：“你在地上铺这个干吗？放东西吗？”

“不放东西。”铺好之后，郑超脱鞋盘腿面对丁子君坐着，这个角度，她的唇瓣正好在他眼前，他一边解衬衫的扣子，一边前倾偷香，“放你男朋友。”

被吻了的丁子君反应了一会儿后才接他的话："你要睡在地上？地上多凉啊。"

地上的人脱下衬衫，叠得整整齐齐地放在她床头，身上只穿了一件背心，调整好睡姿后，就躺在板上准备睡觉了。

还真睡啊，且不说那块板就一条，完全放不下他颀长的身体，没有枕头，没有被子，光是地上的湿气也不适合人睡觉啊。

更何况，自她病了，忙里忙外的都是他，他两天没有好好休息了，她怎么舍得委屈他再睡在地板上。

"郑超，你上来睡吧。和我一起睡，床挺大的，两个人挤一挤的话能睡下的。"

"没事，我就在地上睡，你是病人，我怎么能和你挤，我体积比你大多了。好了，别纠结了，我一个大男人哪那么金贵，倒是你，快点睡吧。"

被郑超果断拒绝后，丁子君继续不屈不挠地游说："你上来吧，我一个人害怕。"

"没事，我就在你旁边，害怕的话就叫我一声。"

"可我想抱着你睡。"

"抱就算了，小心你的刀口。"

"我就要抱。"

既然说服不成，那只能使出必杀技了，丁子君趴在床头，垂着脑袋看地上躺着的郑超。

他一只手放在小腹上，另一只手遮在额前，颀长的身体躺成一个长条，从她这个角度看，他根本不像是在睡地板，倒像是在拍度假画报。

啧啧啧，长得好看、身材又好的帅哥果然在任何时候都抢眼得厉害，不像她，住院之后明显邋遢了许多，在颜值上简直被他甩了好几条街。

"郑超，我想让你抱着我睡，好不好嘛？"在被郑超无情地忽视了之后，丁子君终于忍无可忍，用自己听了都起一身鸡皮疙瘩的娇嗲声音继续发起了攻击。

不知道他是受用了还是实在受不了她这个违和的声音，总之，皇天不负有心人，他终于肯爬起来了。

“你怎么这么缠人，抱着睡不热吗？”郑超因为太累，已经睡意迷蒙了，起来的时候眼神都是迷离的，声音低软，整个人看着疲惫不堪。

看着他起来，丁子君麻溜地往后退了退，抱着他的脖子把他揪上床，掀起被子给他盖在身上：“好了，就这样睡吧。”

“等你睡着了，我再下去。”郑超半眯着眼睛，迷迷糊糊地把她搂进怀里，身子下意识地往后撤了撤，生怕碰到她的伤口。

几乎没有什么缓冲的时间，还没等丁子君在他怀里蜷缩好，他就已经睡着了。

他均匀绵长的呼吸在她头顶蔓延开来，丁子君小心翼翼地爬起来，仔细打量着他的睡颜。

睡着的他看起来很是纯良无害，亚麻色的发丝软软地贴着额头，眉头轻轻皱着，长长的睫毛覆盖在那双深邃的眸上，在眼睑下方洒下一小片浅灰色的阴影，煞是好看。

挺拔的鼻梁下是他的薄唇，只是睡着的时候，他的唇终于不是抿成一条线，而是不自觉地轻轻嘟起，像是小孩子。丁子君好奇地凑上前看了看，突然发现一个可爱的现象。

那就是，他其实并没有嘟起嘴，而是把舌尖抵在了牙齿之间，伸出来的一点点舌尖把嘴唇顶起来，形成了小小的可爱的弧度。

他睡觉的时候原来这么可爱啊，简直像是一个巨婴。

神志清醒的丁子君兴致勃勃地盯着他的睡颜，百看不厌地瞅了很久，最后实在困得不行了，才趴在他怀里睡过去。

刚睡着没多久，丁子君就感觉自己被抱起来了，她睡得并不沉，被这么一折腾，立刻睁开了眼睛，等看到抱着自己的郑超后，她迷迷糊糊地问出口：“怎么了呀？”

“乖，不要趴着睡，小心压到伤口。”

郑超把她翻了个个儿，小心揽着她的腰把她正面朝上放在床上，之后抬手给她盖好被子，这才侧着身子重新躺回她身边，揽着她的肩继续睡觉。

整个过程丁子君都是瞪着眼睛的，所以目睹了郑超闭着眼睛把她翻个儿的全过程，她眨巴眨巴眼睛，侧着脑袋看着身边已经迅速入睡的郑超，无比好奇地想，刚才他抱她的时候，到底清醒没清醒啊？

一个人望着天花板胡思乱想了一会儿，丁子君带着这个疑问恍恍惚惚又睡过去了。

一夜无梦，几乎是一觉睡到了自然醒，等丁子君睁开眼睛时，天刚蒙蒙亮，她看了看手表，才五点半。

身边的人还睡着，宽阔的背对着她，但依旧是侧着身子，他高大的身体憋屈地占了窄窄的一条，光是看着就觉得难受得很。

这个姿势他大概维持了一晚上，不然的话，像这样的单人床，要睡两个人的话，是绝对不可能睡得舒服的。

思及此，丁子君轻轻地揪了揪他的衣服，想让他再往里躺一躺，她已经睡醒了，在边上躺着就行。

她刚揪了一下，郑超就转过身了，他沿着那窄窄的一条艰难地翻了身，抬手替她掖了掖被角，之后探手在她小腹的纱布上摸了摸，最后才伸手揽上她的肩。

整个动作一气呵成，丁子君乖乖躺着，到了嘴边的话愣是没说出来。

因为……他根本没有醒过来。

从翻过身到现在，不管是给她盖被子还是检查她的伤口，他的眼睛始终没有睁开，也就是说这一系列的动作都是他在睡梦中无意识完成的。

她心里一阵阵地紧缩，看着他睡熟的模样，眼眶酸涩到生疼，她轻轻把他的胳膊抬起来，轻手轻脚地掀开被子下了床，捂着肚子坐在床的另一头。

早上的空气有些许清冷，不过倒是很提神醒脑，丁子君蹑手蹑脚地倒了两杯水晾在床头柜上，还没等她把暖壶放下来，郑超就醒了。

准确地说，是突然坐起来了，并且很大声喊了她的名字。

“嘘，我在这儿呢。其他人还睡着呢，你小点声。”丁子君放下暖壶，低声开口。

郑超听到声音后，扭过头来看她，睡眼惺忪地爬下床，伸手就要抱她。

“没关系的，我睡醒了，你睡吧。”丁子君拍拍他环在自己腰上的手，“快，睡去吧。”

“地上凉，你快点上来。”抱着她的人死活不松手，声音软乎乎地开口，带着睡意未散的慵懒。

丁子君被他这副模样逗乐，摸摸他的发顶：“你还知道地上凉啊，那你昨天晚上还说要睡地上。”

“不睡了，那你上来，地上凉。”

“……”

这个家伙，不清醒的时候比清醒的时候难缠多了，丁子君无奈，只能威胁他：“你快点睡，要是休息不好，哪有精力照顾我。”

“哦，那我再睡一会儿，你不要乱跑，不要坐地上。”

怀里的人总算妥协，松开手后倒头又睡着了。

明明累到不行，明明困得眼睛都睁不开，却还是下意识地关心她，首先想到的都是她，她丁子君何其有幸，能遇到这样一个时时刻刻把她放在心上的良人。

别人都说真心难测，殊不知，难测的并不是真心，而是人心。在这个物欲横流的社会，所有的感情或多或少都被明码标价，待价而沽，在这样物质的环境里浸淫太久，当一段真正属于自己的感情出现时，许多人反而驻足不前了。

害怕这段感情的背后是金钱的度量，害怕自己的真心被贴上一个低廉的价码，带着有色的眼光去评估所谓真爱，从始至终都充斥着世故气味，想想都很凄凉。

她也沾染了这种世故气息，面对感情犹豫不决，担心自己配不上郑超，担心家庭背景悬殊太大，直到现在她才后知后觉，两个人能在一起，维系感情的并不是所谓的门当户对，而是彼此毫无芥蒂地互托真心。

郑超睡了不到半个小时就起来了，他醒来的时候丁子君正坐在椅子上玩手机。

“乖，早上想吃什么？”郑超伸手抱了抱她，垂头给了她一个早安吻，他的声音松软，带着晨起后的散漫，相较于平时的低沉磁性，更添了一丝慵懒的魅力。

“嘴里好淡，想吃辣的。”丁子君暂停了手里的游戏，抬起头看着他，眼里俱是祈求。

“只有这个不可以，现在还不能吃辣椒，吃点清淡的。”

“好吧，那就喝粥好了。”

半强制地决定了早餐后，郑超端了脸盆去洗漱，丁子君被抱上床，继续休养生息。

等郑超去买早饭后，丁子君一个人百无聊赖地盯着天花板发呆，他在的时候，她从来不觉得自己是在住院，没有一点生病住院的抑郁，反而觉得能全天和他在一起也算因祸得福。

但只要他离开了，不管多长时间，这段空白时间里，她的心情总是很低落，暗自发誓下次不让他离开了，等想到自己的伙食没着落时，又悻悻地放弃了这个想法，盼着他能快点回来。

这次他走的时间格外长，长得丁子君都有点狂躁了，所以等听到开门声后，她下意识地喊了一声：“郑超你怎么走了这么长时间？”

“我是你大爷，不是郑超。逮谁都叫郑超，住院住傻了你！”

预料中的人没回来，预料之外的人倒是来了，丁子君看着提着大包小包走进来的李珊珊，有点尴尬，缓了缓之后才开口：“嘿嘿，来之前怎么不打电话？”

“跟郑超打了，没和你说，你丫现在就是三从四德的裹脚小媳妇，和你说有屁用。”

从苏然事件到现在，丁子君几乎有将近一周没和李珊珊好好待过了，这种贱萌贱萌的说话方式也着实久违了。

“嘿嘿，没办法，谁让我有这么好的男朋友呢。”

“你为什么不在嘴上挨一刀？”

“李珊珊你别咒我。”

两人打了会儿嘴仗，李珊珊这才正式展示她的慰问品。

“你的内衣、内裤、鞋子、大姨妈巾，还有我窖藏多年的辣椒。这些是各种麻辣食品，我知道你最近嘴一定淡出鸟了，给你解解馋。”

床上堆满了李珊珊带来的东西，内衣裤和吃的东西裹在一起，大姨妈巾直接扣在了装辣椒的小瓶上，所有东西都以一种诡异的方式混在一起，像极了它们主人的狂放不羁。

面对着占了半床的麻辣食品，丁子君眼泪都快出来了，李珊珊对她是“真爱”啊。知道她刚做了手术，立刻亲切地送来了一堆她必须忌口的东西。

“李珊珊，你怎么不给我买点水果呢？”

盘腿坐在一堆麻辣食品中间的李珊珊得意地拎起一袋烤鱼片递给她：“水果什么的郑超会买啊，我给你买的这些可是你在医院里吃不到的。看看，还是我最疼你。”

看着她双眼闪烁着自豪的光芒，丁子君欲哭无泪地伸手掐住她的脖子，哀号道：“你说你丫的是不是故意的，明知道我刚做了手术，刺激性的食物是绝对忌口的，你还买这么多馋我，你缺不缺德，这样对待一个病人合适吗？”

当李珊珊听到“忌口”二字时，突然露出一副大彻大悟的表情，若有所思道：“哦，原来如此，我怎么把这么重要的事给忘了，那正好，我拿回去好了。”

李珊珊维持着被掐脖子的姿势往身前搂吃的，丁子君的表情更囧了，张嘴在她脖子上啃了一口。

“我×，你丫的干吗咬我，跟你男朋友学的吗？这么凶悍小心嫁不出去。”

“你才嫁不出去，你全家都嫁不出去。”

“……可我妈嫁出去了。”

“……”

两人打闹了一会儿后，郑超就回来了。三个人其乐融融地吃了早餐后，李珊珊就把自己背来的那一大兜好吃的又背回去了，丁子君坐在床上，眼睁睁看着到嘴的美食又飞走了，心情瞬间变得无比低落。

身边的郑超看她可怜巴巴的表情，失笑："多大的人了，跟个孩子似的，等你病好了，这些东西还是可以适量吃一点的。"

"可我现在就想吃。"

"现在不可以。"

"讨厌。"

"讨厌也不可以。"

原本枯燥压抑的住院生活因为有郑超陪着，除了温馨以外就是甜蜜，这是丁子君长这么大以来头一次住院，却也是她最幸福的一次，有自己最喜欢的人陪在身边，无微不至地照顾自己，肉体上的疼痛被心底的甜蜜遮蔽，变得无关紧要。

就这样腻腻歪歪地住满了一周，她腹部的伤口也拆了线，医生说再住到两天就可以出院了，得知这个消息后，当事人丁子君表示很失落："出了院就不能和你在一起了。"

一旁替她削苹果的郑超被她这副不符合常理的表情逗乐了，他伸出手指弹了弹她的脑门，轻斥道："哪有人盼着住院的，更何况出了院怎么就不能在一起了，我又不是常驻医院不回去了。"

"回去在一起的时间毕竟少了啊，在这里你可是全天都陪着我。"

丁子君摸了摸湿淋淋的脑门，表情越来越委屈，水汪汪的眼睛盯着郑超，满脸的失落。

郑超被盯得心软到不行，俯身宠溺地亲了亲她的唇角："好了，我最近不太忙，尽量腾出所有时间陪你好不好？如果我实在没时间的话，你要是没课也可以来找我，行吗？"

"好。"

“实在不行的话，我们俩搬出去同居好了。”

“流氓。”

“……”

郑超是在丁子君出院前一天才把她做手术的事情告诉丁父丁母的，丁母在那头哭得稀里哗啦的，说什么都要直接冲过来看女儿。郑超一个劲地安慰她，说丁子君已经好了，马上就要拆线，也可以出院了，现在没事了，明天再过来也行。

可担心女儿的丁母死活不同意，执意要马上过来。郑超知道，再怎么深的感情都不及母爱这般深沉，丁子君病的时候，他都吓得六神无主了，更不用说丁母，就算她不来，晚上也肯定担心得睡不好觉。

最后他只能妥协，把医院的位置告诉了丁母。

一直在旁边偷听的丁子君忐忑地揪了揪他的衣角，小声问道：“我妈说什么了，没骂我吧？她一直嘱咐我不要乱吃东西的，我从来没听过话。”

“乖，伯母怎么可能舍得骂你，你没听见吗，她在那头哭得多厉害。”

“我妈平时就挺能哭的，看个电视剧都哭得稀里哗啦的。”

她话音刚落，脑门就挨了郑超一巴掌：“这个能一样吗？”

“……开个玩笑而已，干吗打我。”

挂了电话不到一个小时，丁父和丁母就赶来了，郑超下楼把两人接上来，丁母一路揪着他的袖子哭：“丁子君没事吧？割了阑尾影响身体正常功能吗？她疼得厉害吗？那个丫头可怕疼了，割个手指都能哭一天。她吃饭睡觉好吗？有没有瘦了啊？”

面对丁母连珠炮似的发问，郑超有些招架不来，只好柔声耐心地和她解释：“伯母您放心，这只是个小手术，术后输了镇痛药，不太疼的，她吃饭睡觉都很好，没瘦，医生说她恢复得很好，您不要担心。前几天没好彻底的时候我害怕您担心就没和您说，我觉得有我在就够了，所以一直瞒着您，您和伯父不要怪我。”

“怎么会怪你，要不是有你在，这丫头现在还不知道怎么样了呢。我们离得远，就算有点事也赶不过去。”丁母边说边哭，情绪有点失控。

郑超抽了纸巾给丁母擦眼泪,赶紧转移话题:“伯母,这里是丁子君的病房,从这儿进就可以。”

丁母一进门，一眼就看见了坐在床边玩手机的丁子君，二话不说，扑上去把她抱进怀里就大哭。

丁子君被妈妈这个样子吓蒙了，反应了半天才笨拙地拍了拍妈妈的背，轻声安慰：“好了老妈，别哭了，我这不好好的嘛，对不起，让你担心了。”

丁母抱着她继续哭。

丁子君也有点忍不住，撇撇嘴，吧嗒吧嗒掉眼泪。

两个男人在边上看得又是心疼又是无奈，劝也不是，不劝也不是。

过了大约十多分钟，母女俩终于不哭了，郑超赶紧招呼丁父丁母坐下，给他们倒了水，洗了水果端过来。

四个人围坐着聊天，郑超把丁子君住院的情况详细地和丁父丁母说了一遍，丁母这才放下心来，掀起丁子君的衣服就要看她的伤口。

一旁坐着的丁父眼明手快一把按住丁母的手，挤眉弄眼地冲她使了个眼色，丁母一脸单纯地问：“怎么了，这里又没有外人，我就看看闺女的伤口。”

两个人的小动作，郑超看得一清二楚，他有些尴尬地挠了挠头，赶紧站起来：“那个……我下楼去买点水果，伯父伯母你们慢慢聊。”

“哦，你是怕郑超看到丁子君的小肚子啊。”

丁母的话一出口，剩下的三个人瞬间变得无比尴尬，这种事情只可意会不可言传，这样赤裸裸地说出来，丁父的脸都绿了，郑超的脸色也好不到哪儿去，从脸颊红到了耳朵根。

尴尬的气息蔓延开来，空气好似都凝滞了，除了丁母，剩下的人都恨不得挖个洞把自己埋了。

最先反应过来的是丁子君，她揪了揪老妈的手，尝试着转移话题：“刀口很小的，就一点点，现在的手术都是微创，不会拉一个大口子的。”

尴尬的气氛总算有了个正常的走向，丁父松了口气，赶紧附和："是啊，刀口小的话，好得也快，也不疼。"

"刀口就几厘米，也不太容易留疤。"一旁站着的郑超单手握拳抵在唇间，附和着出声，努力缓解尴尬。

呼，话题总算恢复正常了。丁子君深感欣慰，正准备开口，丁母却突然看向郑超，笑眯眯地问出声："也就是说你已经看过伤口了？"

呃……

周围再次恢复静默，丁子君苦着脸看着自己的亲妈，心中默默地哀号，老妈你为什么总是要当话题终结者？和谐有爱地聊聊天不可以吗？为什么要问得这么赤裸裸？

转移话题失败后，郑超更尴尬了，整张脸都变得通红，即便他垂着头一个劲地盯着自己的脚尖，丁子君依旧能看到他眼神里的闪躲和神情的不自然。

"郑超，我想喝豆浆，你下去帮我买吧。"

郑超如蒙大赦地点了点头，拔腿逃也似的跑了。

郑超走后，丁母终于恢复了正常，摸着丁子君腰间的伤口，用难得语重心长的口气说："闺女，郑超是个好孩子，你们俩要好好处，这次要不是有他在，就你一个人的话，要是出了什么事，你说妈妈该怎么办？妈妈和你爸不能时时陪在你身边，有郑超陪着你，我们也放心，你们俩一定要好好的。"

"妈，我一定和他好好处着。"

"你们在医院没乱来吧？"

"妈，我是在住院，能干吗？"

"出院之后记得报答郑超，但是尽量要把持住，妈妈现在真的不太想当姥姥。"

"……"

-02-
春风好美
让我爱你，暮暮朝朝·完结篇
/从今以后，我们再无生离，只有死别/
商战计中计的蜜甜宠爱
《让我爱你，暮暮朝朝·完结篇》
费尽心机换此生一诺，高冷杜总裁厚颜无耻表示
没什么不可利用的，包括他的颜
楚小姐只好坦白，"这世上，唯有杜先生是独一无二的。"
妾心如水/著
定价：32.80元

-01-
春风好美
让我爱你，暮暮朝朝
妾心如水 / 著
定价：32.80 元
/幸好遇见你，余生全是你/
温暖治愈的都市商战文
《让我爱你，暮暮朝朝》
禁欲系高颜值总裁杜慕
偏偏百般纠缠身败名裂富家女楚歌
资深前员工含泪818
那些年我们家老板和杜先生撒下的狗粮
杜先生相当淡定：“我是她男朋友……地下的。”